古典文敎研究輯刊

十五編
曾永義 主編

第7冊

清代乾嘉時期蘇州閨秀文學活動研究
——以結社與唱和爲考察中心(下)

王曉燕 著

國家圖書館出版品預行編目資料

清代乾嘉時期蘇州閨秀文學活動研究——以結社與唱和為考
察中心（下）／王曉燕 著 — 初版 — 新北市：花木蘭文化出
版社，2017〔民106〕
目 4+208 面：19×26 公分
（古典文學研究輯刊 十五編；第 7 冊）
ISBN 978-986-404-899-1（精裝）
1. 女性文學 2. 清代文學 3. 文學評論
820.8   106000805

ISBN-978-986-404-899-1

9 789864 048991

古典文學研究輯刊
十五編 第 七 冊   ISBN：978-986-404-899-1

清代乾嘉時期蘇州閨秀文學活動研究
——以結社與唱和爲考察中心（下）

作　　者　王曉燕
主　　編　曾永義
總 編 輯　杜潔祥
副總編輯　楊嘉樂
編　　輯　許郁翎、王筑　美術編輯　陳逸婷
出　　版　花木蘭文化出版社
社　　長　高小娟
聯絡地址　235 新北市中和區中安街七二號十三樓
　　　　　電話：02-2923-1455／傳眞：02-2923-1452
網　　址　http://www.huamulan.tw 信箱 hml810518@gmail.com
印　　刷　普羅文化出版廣告事業
初　　版　2017 年 3 月
全書字數　345024 字
定　　價　十五編 18 冊（精裝）新台幣 32,000 元　　版權所有·請勿翻印

清代乾嘉時期蘇州閨秀文學活動研究
——以結社與唱和爲考察中心（下）

王曉燕　著

目次

第四章　閨秀──文士視野中的結社互動與文學自立：文士中心抑或才媛中心

　　關於閨秀與文士結社問題的討論，首先需要論述的是，文士的「才德」之辨。比如清代淮山棣華園主人《閨秀詩評》中記載衡州王仲景孝廉與石生之間關於女子之才的辯論：

> 世稱女子不宜有才，似也。然無才者盡賢淑耶？衡州王仲景孝廉
> 云：「女子以色勝才，則可有可無耳。至於賢不賢，何繫乎此？」石生
> 則云：「長於才者必有情，深於情者必有德，似才轉不可少矣。」〔註1〕

足見清代士人對閨秀才學的重視，甚至超過了色與德。在清代，對婦學表示支持並招收閨秀為弟子的文人不在少數，較為典型的有袁枚、陳文述、錢謙益、毛奇齡、杭世駿、阮元、郭麐、任兆麟等等。不論他們出於何種目的，從客觀上講，其支持閨秀創作並招收女弟子的行為的確為推動清代婦學的發展作出了必要的貢獻。雖名義上是招收女弟子，但文士與閨秀們的文學活動，實際上呈現出兩個較為明顯的特徵，一是閨秀參與結社的相對自主性與拓展性。結社活動的開展並非僅僅在文士與閨秀之間，實際上，在一個相對完整或集中的社群裏，閨秀以女弟子身份，借助文士的平臺，已在彼此之間形成較為獨立的社集群體。二是授學活動的雙向性與互動性。「授徒」活動並非僅僅以文士傳授為主，而是以文士與閨秀詩人的文學互動作為彼此交流、切磋的基本方式。因此，此章我們將著重探討以收徒授學為外在形態的閨秀與文

〔註1〕　（清）淮山棣華園主人《閨秀詩評》，南京：鳳凰出版社 2010 年，第 2306 頁。

士之間形成的結社。

第一節　蘇州閨秀—文士結社模式、特徵及社會心理

一、在性靈風潮下的狹義結社與廣義結社：結社類型與交遊特徵

　　在清代乾嘉時期，蘇州地區閨秀拜文士為師的現象較為普遍，而文士所看中的閨秀特質雖然不盡相同，但最重要也是最普遍被認同的一點即是閨秀詩「多寫性靈」，也正是乾嘉詩壇風行一時的性靈說所倡言的中心命題。在清代，招收女弟子之風盛於前朝，曾招收過女弟子的文士包括袁枚、陳文述、郭麐、王士禎、阮元、沈德潛、畢沅、杭世駿、陳維崧、俞樾、任兆麟等等，不勝枚舉。其中，尤以袁枚招收女弟子為最。清代學者蔣敦復《隨園軼事·閨中三大知己》記載：「先生女弟子三十餘人，與嚴蕊珠，金逸、席佩蘭為最契，先生稱為『閨中三大知己』」〔註 2〕。三人中，袁枚又最契重席佩蘭，奉為隨園第一女弟子。而巧合的是，三位女弟子均為蘇州人。在《隨園詩話·補遺》卷九中袁枚曾自述：「以詩受業隨園者，方外緇流，青衣紅粉，無所不備」，此處「紅粉」即言其女弟子。袁枚曾輯刻《隨園女弟子詩選》，的確列出三十家左右的女詩人，但實際數量應遠非如此。在《補遺》卷八里韓廷秀有詩《題劉霞裳兩粵遊草》云：「隨園弟子半天下，提筆人人講性情。讀到君詩忽驚絕，每逢佳處見先生。」一方面指出隨園女弟子人數之眾，另一方面也言及女弟子受到袁枚「性靈」詩思之深。然而根據王英志先生《隨園女弟子考評》一文考察〔註3〕，其女弟子實不止三十人。考察這一成員的主要依據，是袁氏於嘉慶元年（公元 1796）編撰的《隨園女弟子詩歌選》，此集由袁枚弟子汪穀作序並付梓。汪穀序曰：「四方女士，聞其名者，皆欽為漢之伏生、夏侯勝一流。故所到處，皆斂衽扱地，以弟子禮見。先生有教無類，就其所呈篇什，都為拔尤選勝而存之。久乃裒然成集，攜郭蘇州，交谷付梓。」〔註4〕

〔註 2〕（清）袁枚著，王英志主編《袁枚全集》第 8 集，南京：江蘇古籍出版社 1993年，第 645 頁。
〔註 3〕張宏生《明清文學與性別研究》，南京：江蘇古籍出版社 2002 年，第 692 頁。
〔註 4〕（清）袁枚《隨園女弟子詩》六卷，汪穀序，南京：鳳凰出版社 2010 年，第2576〜2577 頁。

雖收入二十八位女弟子詩作，但由於是詩選，因此不能括其全貌。王英志先
生又據《隨園詩話補遺》卷一所記《十三女弟子湖樓請業圖》〔註5〕中十三名
女弟子，加上《隨園女弟子詩選》所記，總共三十四位閨秀。再據《隨園詩
話補遺》卷五、《金纖纖女士墓誌銘》、《續同人集‧閨秀類》等文獻所記，
除了湖樓集會外，袁枚在途徑蘇州時，曾在虎丘與汪玉軫、沈散花、江碧珠
等吳門閨秀相會，後又曾於繡谷園與尤淡仙、張滋蘭、顧琨等閨秀舉行詩會，
《續同人集》中所記載的袁枚女弟子還包括了張玉梧、張瑤瑛、錢浣青等，
而在嘉慶二年（公元1797）袁枚臨終前還曾招收五名女弟子，在此基礎上如
若再加上袁氏家族的女性（受到袁枚詩學思想影響和詩歌創作指導的），比
如袁氏姊妹：袁杼、袁傑、袁裳、袁機等，那麼袁枚女弟子的數量至少在五
十人左右。再根據施淑儀《清代閨閣詩人徵略》、胡文楷《歷代婦女著作考》
等文獻可知，這五十人左右的女弟子中，江蘇閨秀三十三人，浙江閨秀僅十
九人〔註6〕。在袁枚女弟子中，僅來自蘇州一府的閨秀就多達二十人。分別是
蘇州：張滋蘭、顧琨、江碧珠、尤淡仙、金兌、金逸、何玉仙、周濃蘭、朱
意珠、王碧珠等十人；太倉：畢慧、周月尊、張絢霄等三人；常熟：屈秉筠、
歸懋儀、席佩蘭等三人；吳江：汪玉軫、嚴蕊珠、袁素房、吳瓊仙等四人，
總計二十人。值得注意的是，隨園老人袁枚招收女弟子五十餘人，但被其命
為「閨中三大知己」的女子嚴蕊珠、金逸、席佩蘭皆為蘇州人，似乎在某種
程度上說明蘇州已經成為袁枚性靈論創作實踐與詩文結社活動的的重要地域
之一。

　　蘇州地區閨秀與文士結社的性質，一般定性為詩文酒社而與政治無涉。
基本類型包括以下幾種：一是以閨秀拜師的方式與文士保持師徒交遊關係；
二是以文士收徒為主要途徑，與閨秀保持書信往復與詩藝切磋；三是以文士
為中心，以其姊妹為主體形成的社會型唱和關係。例如，《隨園詩話》卷十記
載袁氏「三妹」皆能詩，時人稱「孝卓三妹」，即袁機、袁棠、袁杼，袁枚與
其三姊妹皆有唱和之作，且已合刻《三妹合稿》行世，又抄三人佳句，以廣

〔註5〕乾隆五十五年（公元1790），庚戌女弟子西湖詩會之後，有婁東尤詔、海陽汪
　　　恭合繪《十三女弟子湖樓請業圖》。《清朝野史大觀》卷十，《隨園女弟子湖樓
　　　請業圖》則明確指出十三女弟子分別為：孫雲鳳、孫雲鶴、席佩蘭、徐裕馨、
　　　汪纘祖、汪姌、廖雲錦、嚴蕊珠、張玉珍、屈秉筠、蔣心寶、金逸、鮑之蕙
　　　等十三人。
〔註6〕王英志《隨園女弟子考評》，南京：江蘇古籍出版社2002年，第694頁。

流傳。〔註7〕但這三者皆爲狹義的結社，廣義的「閨秀—文士」結社還應包括以這些名士爲中心形成的文學網絡。比如袁枚《隨園詩話》卷九記載，「乙未二月，避生日於蘇州」期間，即有蘇州「舊識」女校書任氏姐妹向其索題。既爲舊識，可見之前曾有交遊，而此次又往蘇州，任氏姊妹先後向袁「以扇索詩」，不僅對袁枚及其詩作表示了極大的尊崇與喜愛，更是在此後，凡「逢能文之客，必歌此四章，不落一字」，對其題詩的極其推崇又不能不體現出任氏姊妹對袁枚的敬仰以及背後的師友關係。而文獻再次印證，四年後當袁枚再次前往蘇州時，任氏姊妹仍「持舊扇相示」，雖然此時扇已舊，然而時愈新，袁「感其情，再題二絕句」云：「四年前贈扇頭詩，多謝佳人好護持。不是文君才絕世，相如琴曲有誰知？爲儂重唱《玉玲瓏》，嚦嚦鶯聲繞畫屏。一曲歌終人一世，那堪頭白客中聽？」〔註8〕作客他鄉，頭白年老的袁枚卻爲得知音而欣喜感懷，視其爲知音，並與任氏姊妹保持不定期交遊。除此而外，袁氏與蘇州閨秀不定期交遊的例子不勝枚舉。再例如《隨園詩話》卷五記載〔註9〕，吳中三女王素芬（夢蘭）、袁湘佩（蘭貞）、陸蘭垞（素心）即亦有著此類師友關係。而這種不定期的交遊方式與情感寄寓正是袁氏在吳、越間與眾多閨秀才媛保持精神依託、詩文往來，雖不有結社之名，卻始終成爲其心靈導師的事實。

另外須要補充的是，廣義的「閨秀—文士」結社，除以文士爲中心外，還有一種類型較爲特殊，即以閨秀爲中心，這類社集唱和模式往往須以文士（閨秀之外子）爲依託，以伉儷爲中心而從屬性地建立。比如，長洲文士王芑孫，因詩書、收藏而聞名於世，其妻曹墨琴與之即有十分密切的聯吟關係，《寫韻軒小稿》中記載了頗多二人的唱和詩作〔註10〕，如《清江浦度歲和外韻》、《乾隆庚戌長至後六日東城花市衙齋雪中炙硯爲屈元安夫人書衛夫人筆陣圖說作卷書成與外聯句作八韻詩一章即題卷首》等。當時人向王芑孫索題時往往也向其繼妻曹墨琴索題，久而久之在曹氏周圍亦形成較爲較爲固定的

〔註7〕（清）袁枚著；顧學頡校點《隨園詩話》卷十，北京：人民文學出版社 1982年，第 341 頁。

〔註8〕（清）袁枚著；顧學頡校點《隨園詩話》卷九，北京：人民文學出版社 1982年，第 298 頁。

〔註9〕（清）袁枚著；顧學頡校點《隨園詩話》卷五，北京：人民文學出版社 1982年，第 135 頁。

〔註10〕（清）曹貞秀《寫韻軒小稿》卷三，上海：上海古籍出版社 2010 年，第 731頁。

唱和群體與師友關係。《寫韻軒小稿》同時記載了大量琴墨與眾文士交遊題贈
的佳詩〔註11〕，比如《題劉石庵先生書卷四首》（文中自注：予書花蕊《宮詞》
百首，公題其後云，此書勁健無塵韻）、《洪雅存太史求題寒檠永慕圖四首》、
《題法學士溪橋詩思圖》、《題法學士詩龕圖二首》、《法庶子以予所臨十三行
易得江西吳香蘇女史畫花卉一幅既裝其畫復以求題》、《題葉舍人栽竹寫書
圖》、《題何水部所藏定武蘭亭》、《魁將軍求題三姝墨翰冊》、《伊刑部求題天
香深處卷同外用刑部韻》、《趙舍人求題所藏李今生折枝墨花四首》、《祝侍御
求題所藏潘恭壽臨文端容自寫小像》、《題沈茂材所藏月下美人卷子》、《泰安
蔣令尹因培求題碧霞元君玉印文四首》等等。文中所言法學士即乾隆四十五
年進士，清代著名文學家與藏書家，《梧門詩話》的作者法式善。可知圍繞閨
秀曹墨琴所形成的文學交遊關係。這裡須要補充的一點是，曹墨琴社集關係
的複雜性一方面必然與其丈夫王芑孫有關，另一方面，我們注意到，乾嘉時
期蘇州地區藏書家結社活動的頻繁化也為其交遊視野的開拓鋪展了必要的圖
景，以最直接的影響為例，長洲王芑孫之子王嘉祿娶長洲另外一位藏書家黃
丕烈之女為妻〔註12〕，黃氏與王氏乃家族聯姻，黃丕烈比之王芑孫約小九歲，
在隨後的道光年間，從黃丕烈連續參與的詩文結社活動來看，也不能沒有王
氏夫婦結社的影子。黃丕烈所舉詩社有：五同年會、問梅詩社、百宋一廛吟
社、狀元會等〔註13〕。除此而外，以閨秀為中心形成的交叉結社模式，更有
以名妓為中心形成與眾多名士形成詩文結社的特殊模式，這類交遊模式又可
以細分為唱和型與題贈型。《隨園詩話》卷六記載了這樣一則題贈型的交遊活
動。康熙年間蘇州名妓張憶娘，色藝名冠一時，蘇州畫家蔣深（蔣繡谷）為
其寫《簪花圖》小照，其孫溈園則向袁枚以圖索題，其時已在乾隆庚午年間。
而當袁枚拿到原圖已有題贈時方才發現，「題者皆國初名士」，萊陽姜垓、蘇
州尤侗、蘇州沈歸愚等皆有題詩。〔註14〕可知蔣繡谷《簪花圖》小照完成後，
即已經邀請清初諸名士同題唱和，一時形成雅趣風尚。而題贈者之一的萊陽
姜氏，「以孤忠直節，名震海內；而詩之風情如此。聞憶娘與先生本舊相識，

〔註11〕（清）曹貞秀《寫韻軒小稿》卷三，上海：上海古籍出版社 2010 年，第 743
　　　　頁。
〔註12〕徐雁平《清代文學世家姻親譜系》，南京：鳳凰出版社 2010 年，第 124 頁。
〔註13〕（清）江標《黃蕘圃先生年譜》商務印書館 1939 年。
〔註14〕（清）袁枚著；顧學頡校點《隨園詩話》卷六，北京：人民文學出版社 1982
　　　　年，第 181 頁。

一別十年，尊前問姓，故詩中不覺情深一往云。」〔註15〕又足見題贈者與被題贈者之間確有的交遊關係。在清代的蘇州，名士對閨秀才媛的欽賞，甚至對名妓的欽賞風雅一時，在袁隨園的推波助瀾下形成一股不可逆轉的潮流，或許這正是閨秀與文士結社形成的重要前提。

但不論狹義還是廣義，這類結社的特徵也較爲突出，首先目的性都較爲明確的，即以文學商榷、思想交流、藝術審美、人生品鑒等爲中心，形成一個或疏或密的詩學陣營。其次社員也較爲單純，除分別以一位文士爲首外，其餘多爲閨秀；三是閨秀的身份已經逐步超越了世家的範疇，而擴及到平民；四是最值得關注的一點，即閨秀除以此文士爲魁首進行詩文唱和，彼此切磋外，她們已經在本詩社內部以及詩社之間開掘更爲廣泛的詩友關係，出現交叉結社的現象，因而在於文士的師友關係外，形成較爲獨立的唱和社集群體。例如《隨園詩話》卷四記載〔註16〕，袁枚某次曾約女弟子駱綺蘭同遊西湖，但因自己欲先看梅花後出行，沒想卻耽誤了聚會。當其到達湖樓（袁枚與其女弟子社集的場所）時，駱綺蘭已「先一日歸矣」，於是只見壁上題詩數首，袁便「手錄以歸」。而在這次相約出遊的活動中，駱綺蘭雖是應袁枚之邀，但竟「約女伴先往」，且「先一日歸」，實在有爽約之嫌，但袁枚並未因此生氣，反而爲其題壁佳作讚歎不已，且手錄爲快，又從一個側面說明，袁枚對女弟子較爲獨立的交遊情況早已不陌生，且認爲此亦在情理之中。足見當時閨秀與文士結社活動的相對靈活與閨秀文學交遊活動的相對獨立性。五是關於文集的出版與傳播，此類結社往往有唱和集傳世，但傳播方式有所差異。由於文士的參與與積極支持，得天獨厚的社會優勢，使閨秀詩文集相比於第一大類的閨秀間結社而言，在傳播上相對容易，且途徑多樣化，既有文士出資付梓的單獨刊行，也有附錄於文士文集之後、之中的間插傳遞，都爲閨秀結社更爲廣泛的開展提供了有利條件，也爲閨秀詩文集的廣泛流播奠定了基礎。

二、在文化悖論中的適度妥協與持久抗衡：社會基礎與心理前提

清代，閨秀走出閨閫獲得相對自由的文學活動雖是事實，但畢竟是被有限

〔註15〕（清）袁枚著；顧學頡校點《隨園詩話》卷六，北京：人民文學出版社 1982
年，第 185 頁。

〔註16〕（清）袁枚著；顧學頡校點《隨園詩話》卷四，北京：人民文學出版社 1982
年，第 121 頁。

地接受，並在有限的地域漸進式地發展，此種行為並未得到普遍的社會認同。那麼，在有限的話語權與接受維度中，閨秀與文士結社活動本身即面臨著較大的質疑，成為其文學深進一步發展的輿論障礙。但與此同時，進步文士的積極支持與倡言又使得身陷囹圄的社交型結社活動及結社成果的傳播得到較為有力的保護，獲得潛在性的發展機遇；而作為創作與活動主體的閨秀自身，也在積極地尋求精神與話語出路。因此，可以說，閨秀與文士的結社既是在文化悖論中艱難起步，又是在與悖論的適度妥協與持久抗衡中不斷拓展。

第一，女性的傳統職能被發展到極致，舊觀念嚴重束縛著閨秀的文學活動。因而閨秀文學開拓遭遇前所未有的抵制與批判。在清代，女性的傳統職能被發展到極致，比如社會對女性貞潔觀念極度重視，「女子無才便是德」仍社會的主要思想等等，都嚴重限制了女性走出閨閣的自覺與行動。學者陶秋英曾在其著作《中國婦女與文學》一書中就簡明扼要地梳理了中國古代女性貞潔觀逐步深化的一個過程，她指出：「女子貞操的學術是立於漢代的儒家，但事實上，漢代的社會並不曾受其大賜，唐代對於貞潔觀念仍然很淡薄，宋代由理學的發達進至於禮教的大進步，由禮教的大進步而進至於女子貞潔的被極端重視，明代成為貞潔最重視最發達的時代，到了清代，什麼都到了極致，貞潔成了女子的天責。」〔註17〕陶秋英指出了當時婦女貞潔觀念至高無上的現實，因此，一些以傳統儒家倫理與程朱理學為依據，具有濃厚保守思想色彩的的學者公開批評清代「婦學」〔註18〕的失真，比如生活於清代中葉儒家婦德盛行時代的清代學者章學誠，就曾在其《婦學》〔註19〕篇中控訴說，不少輕佻小人以造勢標榜並炫耀名聲，是世之流弊。古代的婦學，是先學禮後言詩，而現在的婦學恰恰相反，只作詩而不達禮甚至敗壞禮俗。章學誠將矛頭直接指向了以清代學者袁枚為代表的，招收女弟子並與其詩文唱和者的

〔註17〕陶秋英《中國婦女與文學》，北新書局1993年，第32頁。
〔註18〕所謂「婦學」，在古代專指對婦女的教育，《周禮・天官・九嬪》曰：「九嬪掌婦學之法，以教九御：婦德、婦言、婦容、婦功。」這就是說，早在遠古社會，國家即專設了職掌婦女教育的機構與官員，教育內容是婦女的德、言、容、功四個方面。章學誠也論述了古代婦學的主要內容，指出：「婦學之目，德、言、容、功。鄭注『言為辭令』，自非嫻於經禮，習於文章，不足為學，乃知誦《詩》習《禮》，古之婦學，略亞丈夫。」「蓋四德之中，非禮不能為容，非詩不能為言。」
〔註19〕（清）章學誠《文史通義・婦學》，上海：上海古籍出版社2008年，第177頁。

言行。章氏曾在《章氏遺書‧丁巳札記》中近乎憤慨地怒斥了這一所謂的文學交往方式:「近有無恥妄人,以風流自命,蠱惑士女,大抵以優伶雜劇所演之才子佳人惑人。大江以南,名門大家閨秀,多爲所誘。徵詩刻稿,標榜聲名,無復男女之嫌,殆忘其身之雌矣。此等閨娃,婦學不修,豈有眞才可取?而爲邪人之播弄,浸成風俗,人心世道,大可憂也。」〔註20〕在章學誠筆下,以袁枚爲代表的一群支持女性創作的文士成了「風流無恥之徒」,其招收女弟子的行爲也成了「以優伶雜劇所演才子佳人惑人」,文士與大家閨秀之間的所謂文學交往也不顧男子之別,在章氏看來,這是有敗於風俗的。學者錢泳對袁枚詩學立場雖然褒貶皆有,似乎很中立,但在《履園譚詩》中,錢泳批評袁枚招收女弟子教其爲詩的做法也是很尖銳的:「隨園先生,著作如山,名滿天下,而於好色兩字,不免稍累其德,余有弔先生詩云:『英雄事業知難立,花月因緣有自來。』實爲先生補過也。」〔註21〕竟將袁枚謂爲「好色」之徒。此外,像洪亮吉、譚獻、凌廷堪、王昶、江藩等人也都不同程度地持有相同的態度。在清代復古風氣之下,文人抱殘守缺的思想也是不可迴避的事實。

第二,相對寬鬆的文化環境與文士支持,爲女性文學空間的開拓創造有利條件。雖然上述言論表露得十分激烈,但我們更應該看到相對於此前任何一個時代,清朝女性作家所處的文學環境都更爲寬鬆,女性不僅在家庭內具有讀書、受教育甚或進行文學交流創作或刊行出版的自由與可能,更是在家庭之外,其文學創作活動都得到許多著名文士的讚美與支持,比如毛奇齡、錢謙益、沈德潛、張惠言、俞樾、阮元等。桐城派領袖姚鼐更是明確堅定地聲援閨秀爲詩:「儒者或言文章吟詠非女子所宜,余以爲不然。使其言不當於義,不明於理,苟爲炫耀廷欺,雖男子爲之,可乎?不可也。明於理,當於義矣,不能以辭爲之,一人之善也。能以辭爲之,天下之善也。言而爲天下善,於男子宜也,於女子亦宜也。」〔註22〕姚鼐這裡說得很明白,文辭只是作爲「義」與「理」的載體,如果不能很好地體現「義理」的內質,那麼僅僅用以炫耀的文辭,男子亦不可爲;若能「明理,當義」,加以文辭飾之,則「天下之善」,男子可爲,女子亦可爲。這當然不是毫無條件地支持女性的創作,而是基於「義理」的前提。與此同時,揚州學派代表人物阮元,也曾編

〔註20〕陳東原《中國婦女生活史》,上海:上海書店出版社 1984 年,第 269 頁。

〔註21〕(清)王夫之《清詩話》。上海:上海古籍出版社 1963 年,第 872 頁。

〔註22〕(清)姚鼐《鄭太孺人六十壽序》,載《惜抱軒文集》卷八,四部叢刊本。

著《兩浙輶軒錄》與《淮海英靈集》搜集江浙婦女的創作，其支持的態度是
顯而易見的。常州文士陸繼輅還曾從詩的本質是抒情言志、出於「憂愁幽思
不得已而託之於此」的立場出發，在其《崇百藥齋三集》中駁斥了「婦人不
易爲詩」之謬論：

> 吾聞諸儒家者曰，婦人不宜爲詩。斯言也，亦幾家喻而戶曉矣。
> 顧嘗有辨之者，至上引《葛覃》、《卷耳》以爲之證。夫《葛覃》、《卷
> 耳》之果出於自爲之與否，未可知也。則婦人之宜爲詩與否，亦終
> 無有定論也。抑吾又聞，詩三百篇皆賢人君子憂愁幽思不得已而託
> 焉者也。夫人至於憂愁幽思不得已而託之於此，宜皆聖人之所深諒
> 而不禁者，於丈夫、婦人奚擇焉？〔註23〕

在這裡，陸繼輅引《詩經》爲據，將「發憂愁幽思」作爲寫詩的根本要素，
推理出其聖人皆可發憂愁幽思，丈夫與婦人亦可爲之的道理，是很有說服力
的。除此而外，清初對女性創作給予支持的著名學者還有王士祿、陳維崧、
吳偉業、王士禎、王文治、杭士駿、郭麐、陳文述等等，比如郭麐就曾在其
《樗園銷夏錄》中對閨秀文學創作給予充分肯定：「劉景叔（祁）云：『賢人
君子得志可以養天下，不得志天下當共養之。』其言甚大。詩人閨秀亦天地
同所當珍重愛惜之物，其有坎坷，亦宜相共存之，無所於讓。」〔註24〕

　　文士對閨秀創作支持方式也是多種多樣的。學者郭蓁曾對此作了總結，
將之歸納爲六種方式〔註25〕：一是爲女詩人詩集作序和題詞，充分肯定女性
寫作的合理性。錢謙益、沈德潛、俞樾等人的集中均有不少此類作品。這裡
以常州文士陸繼輅爲例作一說明，陸繼輅之妻錢惠尊（字訒宜）、次女采勝（字
君素）、三女兌貞皆擅書能詩。〔註26〕陸繼輅曾刪存三人之詩，定其題爲《五

〔註23〕《清代詩文集彙編·崇百藥齋文集》卷一四，上海：上海古籍出版社2010年，
　　　　第310頁。
〔註24〕（清）郭麐《樗園銷夏錄》下，清嘉慶刊靈芬館全集本。
〔註25〕郭蓁《論清代女詩人生成的文化環境》，《山東社會科學》2008年第八期，第
　　　　61～64頁。
〔註26〕《國朝閨秀正始集》曰：「訒宜工書。董士錫《表甥女陸氏壙銘》曰：」（君
　　　　素）能讀父詩二千首皆熟，亦能詩及書畫。所遺詩五十餘首，畫古士女圖
　　　　十數幀，書千文一通皆工。「（《齊物論齋文集》卷三）陸繼輅《快雪時晴室
　　　　記》載：「兌貞好作書，十四五歲時，小楷學歐陽詢，徑寸者學裴休。既盡
　　　　得其法，年來益放筆作徑八九寸者，尤有遠韻可玩。」（《崇百藥齋三集》
　　　　卷一一）。

眞閣吟稿》，並附刻於自己所作《崇百藥齋三集》之末，爲之序明確表達其「婦女爲詩觀」，支持女性文學創作。二是爲女詩人刊刻作品，比如拜經樓主人吳騫在徐燦六世重孫處得到詩集稿本後將其刊刻，當時藏書家競相收藏；三是招收女弟子，指導其詩歌創作，參與其中比較著名額文士有袁枚、錢謙益、陳文述、杭世駿、毛奇齡等。四是在詩話類著作中存錄女詩人的生平和作品，使女詩人賴之以傳，比如《隨園詩話》、《閩川閨秀詩話》、《靜志居詩話》、《閨秀詩話》等等；五是將女性作品編入詩歌總集之中，使其成爲詩史不可或缺的一個部份，比如錢謙益《列朝詩集》、沈德潛《清詩別裁集》等都具有代表性。另有專門爲女性編撰的詩歌總集，比如胡孝思《本朝名媛詩鈔》、蔡壽祺《國朝閨閣詩鈔》、許夔臣《國朝閨秀香咳集》等，保存了大量女性詩歌文本；六是文士將其與女詩人唱和酬答的作品加以整理後收入自己的文集，隨其集子得以傳播，提高女詩人的知名度。這裡可以舉一個非常著名的例子，陽湖孫星衍妻王采薇年二十四而卒，孫星衍刻其集入《平津館叢書》，並委託洪亮吉、孔廣森、葉歡國爲之作序，且自撰《行狀》請袁枚爲之撰《墓誌銘》。這些舉措，在客觀上擴大了女性詩作的影響，爲其揚名後世起到了重要作用。孫星衍在王氏生前就常在友人面前誇耀她的詩才，頗以爲榮。楊倫有詩題曰《君（指孫星衍）嘗自誇室人知詩，予索觀而不一示，復疊前韻戲呈》〔註27〕，足見孫星衍以其妻能詩而自豪。此後，學者畢沅也將王采薇的詩作收入其《吳會英才集》之中，當然說明了當時文士對閨秀之作的重視及爲其揚名的考慮。除此集中常見方式外，文士對閨秀的支持方式，還包括爲閨秀作墓誌銘、組織各種雅集等。以墓誌銘爲例，清代學者袁枚曾招蘇州閨秀金逸（陳竹士妻）爲女弟子，金逸去世後，袁枚親自爲其作墓誌銘，頌其才之高，品之潔。袁枚還曾爲孫薇妻子王采薇等撰寫墓誌銘。閨秀之人藉此得以名世，閨秀之詩爲更多文士所知，閨秀之才學也因此而得到認可。

第三，閨秀文學社會化發展的有效策略：「正名」與「宗經」。在上述兩個方面文化思想鬥爭激蕩之中，女性要突破重重障礙獲得創作相對寬鬆的空間，就不得不選擇有效的策略。一則借文士之口爲詩集或詩話「正名」；比如清代女詩人兼詩論家沈善寶在公元 1842 至公元 1846 年間，將閨秀詩文集與閨友投贈之作合編爲《名媛詩話》十二卷及續集上中下三卷，雖然是集的編

<hr>

〔註27〕《清代詩文集彙編·九柏山房詩》卷三，上海：上海古籍出版 2010 年，第 729 頁。

訂與詩評是基於沈氏的女性立場與意識，更多地體現著張揚女性才藝的目
的。雖然詩話中仍難以避免雜有「節烈事實」，甚至清代學者張美翊稱其「庶
於女學有萬一之助」，但也僅僅是「萬一」而已。然而，我們還是發現，《名
媛詩話》「序」的主旨卻緊緊呼應著這「萬一」的主題，其「正名」爲名號爲
詩學創作開路的用意是非常清楚的：

> 《鴻雪樓詩集》，武母沈太淑人所著，吾鄉李世娘武恭人爲太淑
> 人女，雅擅文翰，慈教也。予因李而得識其兄悅堂，悅堂以優行貢
> 成均，觀政刑部。其爲人敦厚和平，口不談詩，而貌言舉動均合乎
> 詩之旨，得乎詩之味，殆深於詩學者也。今刊其慈闈所著《名媛詩
> 話》十二卷，予受而讀之。夫詩始「二南」，二十五章中，或后妃自
> 作，或作於宮人，或作於諸侯夫人，或作於大夫妻，或作於婦人女
> 子，詩固婦女事也。十二卷中所載，信乎「德必有言」：性情之章，
> 修齊之助也；學問之什，陶淑之原也；贈答之文，道義之範也；感
> 慨之語，名節之箴也。傳在古人，勸在今人，覺在後人，厥功偉哉！
> 悅堂以是編公之天下，孝子之事，其即仁人之心也夫！光緒丙子山
> 陽秦煥謹序。〔註28〕

秦煥謹之序言闡釋了以下幾個問題，一是充分肯定了女性作詩，並將源頭追
溯至《詩經》「二南」；二是《名媛詩話》編訂的目的，不是闡揚女性詩作，
而是「修齊之助」、「道義之範」、「名節之箴」、「勸在今人，覺在後人」，是詩
教的宗旨，這與序言開頭言及悅堂時所稱「爲人敦厚和平，口不談詩，而貌
言舉動均合乎詩之旨，得乎詩之味，殆深於詩學」一脈相承。顯然，秦煥謹
之序與沈善寶女性詩學觀的立場並不完全吻合，其實質乃在於爲《名媛詩話》
正名，從而說明「詩固婦女事也」的合理性。

　　清代女性爲獲得創作相對寬鬆的空間，另一策略則是在傳統經學中尋求
理論支持，從而在本質上確定其創作的有效性。以選詩提倡「敦厚溫柔」的
惲珠爲例，在其所輯《國朝閨秀正始集》弁言中也將閨秀創作與《詩經》相
提並論，從經學的角度，在「婦言」和詩文之間找到一種必要的內在聯繫：「昔
孔子刪《詩》，不廢閨秀之作。不知《周禮》九嬪掌婦學之法，『婦德』之下，
繼以『婦言』，言固非辭章謂，要不離乎辭章者近是，則女子學詩，庸何傷乎？」
將女性的詩歌創作納入「婦言」的之列，名正言順地將女性的文學身份與儒

〔註28〕　（清）沈善寶《名媛詩話》卷一，臺北：新文豐出版公司 1987 年，第 23 頁。

家婦教的基本要求（儒家婦教所謂的「四德」指《周禮・天官・九嬪》所言婦女應該自我約束和規範的四個方面的準繩：婦德、婦言、婦容、婦功。而「婦言」主要是指溫潤柔雅的一類，而非辭令伶俐的一種，據班昭《女誡》對「婦言」的解讀：「婦言，不必辯口利辭也」）貫通起來，在經學範疇內爲女性文學「立言」的一席之地找到了合理化的依據。貼切地講，這是一種策略，在清代，藉此策略以論證女性創作合理性、提升女性創作地位的言論較爲普遍，比如嘉慶年間的甘立媃在其《詠雪樓稿・自序》中自言：「予幼從父受書，聞先大夫訓詞，以爲『婦德』首『德』次即『言』，『言』非口舌出納之謂。人各有心，在心爲志，發言爲詩，則詩即『婦言』之見端也。」〔註29〕甘立媃以《毛詩序》爲依據，指出，言即詩，都爲心聲，從而也在經學源頭上找到了女性作詩的依據。甚至有女性作家直接從有補於世道人心的角度出發，認爲不論男女，不尚文采，只要是對此有益，皆應採之，比如上海閨秀趙棻《濾月軒集》即有如此論調：「夫徒尚文采，無益理道，雖公卿達官之言，無足取也！苟有補於世道人心，雖田夫牧豎之言，不可廢也，而況婦女之賢者乎！」雖然道出的是爲詩的宗旨與高標，但畢竟正面肯定了婦女之賢者立言的合理性與社會價值。不僅如此，趙棻在《濾月軒集》中還進一步大膽斥責了「內言不出於閫」的謬論，更是對文士隱匿其名，晦澀其意，借女性之口傳意達旨的作爲不甚認同，並直言不諱：「文章吟詠誠非女子事，予之詩不能工，亦不求工也。蓋疾夫世之諱匿而託於夫若子以傳者，故不避好名之謗，刊之於木」〔註30〕。與其讓文士藏匿其意隱晦表達，不如女性自己直抒其意來得痛快，激烈的言辭下，要爲女性創作爭得一席之地的態度是非常明確而堅定的。從以上的分析我們不難判斷，儘管清代女性進行文學創作的社會認可還很有限，儘管其詩學思想也稱不上清代詩壇的主流，但畢竟，這些有限的論調已經足以證明，女性在詩歌中尋求自身生命價值體現，甚至在身份與心理上追求與文士相等的詩學地位的嘗試已在悄然蔓延，成爲一股勢不可擋的潮流衝擊著單一的男權話語中心，充斥並豐富著清代的詩壇。而不論出自何種原因的思考，「溫柔敦厚」的儒教思想已經不足以成爲她們唯一的命題，更顯得像浮光掠影閃過清代詩空。

〔註29〕甘立媃《詠雪樓稿》卷首，道光二十三年（1843）半偈齋刻本。
〔註30〕（清）趙棻《濾月軒集》，上海：上海古籍出版社2010年，第526頁。

第二節　蘇州閨秀拜師型結社過程及個例舉隅

上文已對閨秀與文士結社的社會因素與心理前提作出三個方面論述，可以說閨秀詩人在清代的大量涌現不是偶然，而閨秀與文士酬唱聯吟，突破家族範圍的文學交遊，甚至拜師結社，既有清廷政策的因素，也有社會女性觀念的影響，當然，文士的聲援與幫助都是極為重要的外動力，這一切無不共同作用於女性詩歌創作思想的改變，使其逐漸擺脫「內言不出於閫」的陳規俗制，在詩歌領域尋求自身的聲音，表達屬於獨立內心世界的話語。此節，我們將從清代文士與閨秀的詩文結社方面論述文士在結社中所發揮的作用，以及閨秀突破性別身份拓展結社範疇的努力與實踐。以下，我們便以清代幾位典型的文士與閨秀的文學社集活動為例，從淵源、形式、內涵、心理、活動、成果與影響多個層面進行剖析。

一、「無情何必生斯世，有好都能累此身」：隨園及其蘇州女弟子

袁枚的詩歌理論深刻地影響著乾隆詩壇，其所處的時代學術思想十分活躍，反理學與崇理學、反漢學與重漢學的鬥爭亦十分激烈，文藝上反覆古與復古、主性靈與重教化的鬥爭也未曾停歇，袁枚堅定地站在反理學與反漢學的戰線上，是乾隆詩壇主性靈反覆古思潮的傑出代表。《隨園詩話》的編撰就旨在倡導性靈說詩論以反對乾隆詩壇主張復古與詩教的沈德潛格調學說，並批評翁方綱以漢學考據作詩的不良風氣。《隨園詩話》一方面對性靈說作出理論上的闡釋；另一方面則選錄大量符合性靈說理論的詩歌作品進行印證，通俗易曉廣受青睞。葉燮弟子，蘇州文士薛雪，雖然受其師將詩文之道折中於經學，將經學精神鎔鑄於詩文之道思想的影響，與格調論者沈德潛詩論保持著較大的一致，然薛雪不僅對袁枚其人十分推崇，且對其詩論亦有所褒詞。在《隨園詩話》卷五中，袁枚記載了這樣一件事。「吳門名醫薛雪，自號一瓢，性孤傲，公卿延之不肯往；而予有疾，則不招自至」，薛雪的醫術高明為世人所知，他不僅對袁枚之病表現出關懷備至，且用奇術治好袁枚「庖人、廚人」之病。袁「奇賞之」！此時薛雪便說出了一番醫論與詩論的辯證論題：「我之醫，即君之詩，純以神行；所謂人居屋中，我來天外是也。先生詩亦正不凡。」〔註31〕

〔註31〕　（清）袁枚著；顧學頡校點《隨園詩話》卷五，北京：人民文學出版社 1982

　　性靈說並非由袁枚所首倡。「性靈」二字在劉勰《文心雕龍》、鍾嶸《詩品》、唐宋詩人以及明代公安派、竟陵派的論述中都曾出現過。袁枚不僅汲取了前人的理論，並在此基礎上作出了新的發揮，最終形成了比較完備的性靈說詩論。學者王英志這樣歸納了「性靈說」的內涵：其主旨是從詩歌創作的主觀條件出發，強調創作主題表現具有眞情、個性、詩才三個方面的要素〔註32〕。在這三塊理論基石上，生發出創作構思之靈感、藝術表現之獨創性與自然天成、作品內容抒寫眞情表現個性、詩歌意象靈活、鮮明、生動而風趣；詩歌作品以感發人心使人產生美感爲其主要藝術功能等觀點。具體而言，眞情、個性、詩才三個方面應作如下闡釋：

　　第一，赤字之心。首先「赤字之心」即性靈、眞情，《隨園詩話》有言「詩人者，不失其赤字之心也。」（卷三）；其次，眞情乃詩歌的靈魂，「自《三百篇》至今日，凡詩之傳者，都是性靈，不關堆垛」（卷五）；再次，以眞情動人是詩之主體審美功能「聖人稱詩可以興，以其最易感人也」（卷十）；眞情論乃針砭沈德潛的「詩教」說。第二，不可以無我。詩人需有個性「作詩，不可以無我」、「有人無我，是傀儡也」（卷十）。藝術創作需要有獨創性，不囿於古人不盲從流俗，「要之，以出新意，去陳言爲第一著」（卷六）；此說實際也批評了明七子的後繼者沈德潛。第三，天籟生趣。藝術表現需要自然天成，「天籟最妙」（《補遺》卷五），即使對素材提煉加工，也需不露痕跡。最後，詩歌意象要生動、靈活、有趣。《隨園詩話》引用楊萬里「風趣專寫性靈」（卷一）之說，又提出「生氣」、「生趣」（《補遺》卷三），倡導以生動、靈活、風趣的意象抒寫性靈。袁枚對創作藝術技巧上的靈感特別強調，其論詩有「筆性靈」、「筆性笨」之分（見《補遺》卷二）「有人以某巨公之詩，求選入《詩話》。余覽之倦而思臥，因告之曰：『詩甚清老，頗有工夫；然而非之無可非也，刺之無可刺也，選之無可選也，摘之無可摘也。』筆性靈，則寫忠孝節義，俱有生氣；筆性笨，雖詠閨秀兒女，亦少風情。」〔註33〕「筆性靈」即有詩才，這是針對翁方綱以考據爲詩而發的言論「經學淵深，而詩多澀悶，所謂學人之詩，讀之令人不歡」（卷四）袁枚在性靈說上的大力提倡，有力地

年，第136頁。
〔註32〕 王英志《性靈派三大家簡論》，《廈門教育學院學報》，2008年第四期。
〔註33〕 （清）袁枚著；顧學頡校點《隨園詩話補遺》卷二，北京：人民文學出版社1982年，第596頁。

推動了女性詩學的發展，爲其提供了恰當的審美標準與審美追求，既不必像
沈德潛格調說那樣拘泥於擬古的格調，追求沉雄豪壯的唐音，也不需像翁方
綱肌理說那樣標舉學問，以考據爲詩。只須作者以通俗自然的文字抒發一己
之眞情，這無疑爲女性文學創作開闢了新路。袁枚就有女弟子四十餘人，是
性靈派的一支偏師。

「性靈」論，包括了「情」與「眞」，不僅袁氏一門閨秀皆能詩，其女弟
子亦詩才雋逸，袁枚曾言：「余女弟子雖二十餘人，而如蕊珠之博雅，金纖纖
之穎解，席佩蘭之推尊本朝第一：皆閨中之三大知己也。」而圍繞在袁枚周
圍的閨秀，在詩歌創作上多收到其「性靈說」的深刻影響。那麼，何謂「性
靈」？袁枚曾於《隨園詩話》中闡釋了關於「性靈」四個層面的意涵，第一，
本旨論：「楊誠齋曰：『從來天分低拙之人，好談格調，而不解風趣。何也？
格調是空架子，有腔口易描；風趣專寫性靈，非天才不辨。』余深愛其言。
須知有性情，便有格律；格律不在性情外。《三百篇》半是勞人思婦率意言情
之事；誰爲之格，誰爲之律？而今談格調者，能出其範圍否？許渾云：『吟詩
好似成仙骨，骨裏無詩莫浪吟。』詩在骨不在格也。」〔註34〕「性靈」論最
早要上述至唐代詩人楊萬里，他早已指出，以性靈爲解詩宗旨的人爲天才，
而好談格調者，往往只是空架子，毫無風趣。接著以《詩經》中女子之作爲
典範，強調率意言情乃作詩的根本要素，詩之精髓在內裏之「骨」而不在外
在之「格」。楊萬里的這一觀點得到袁枚的認同。

第二，技巧論：

> 余作詩，雅不喜疊韻、和韻及用古人韻。以爲詩寫性情，惟吾所
> 適。一韻中有千百字，憑吾所選，尚有用定後不愜意而別改者；何得
> 以一二韻約束之？既約束，則不得不湊拍；既湊拍，安得有性情哉？
>
> 《莊子》曰：「忘足，履之適也。」余亦曰：忘韻，詩之適也。〔註35〕

這是詩歌創作技巧上的「性靈」論，袁氏認爲，凡受到用韻、格律等限制的
詩歌創作，都有害於眞性情的表達，因而當杜絕這些陳規戒律，以莊子之「忘」
的工夫，離形去智，從而創造出「適己」之詩來。顯然，是以「我」之性情、

〔註34〕 （清）袁枚著；顧學頡校點《隨園詩話》卷一，北京：人民文學出版社 1982
　　　　年，第 16 頁。

〔註35〕 （清）袁枚著；顧學頡校點《隨園詩話》卷一，北京：人民文學出版社 1982
　　　　年，第 17 頁。

「我」之表達爲中心。第三，詩道論。在提出詩歌本旨爲性靈的基礎上，袁枚又以《尚書》所言爲典範，提出「詩言志」、「歌永言」、「聲依永」、「律和聲」四者爲詩之道。「曰：『詩言志。』言詩之必本乎性情也。曰：『歌永言。』言歌之不離乎本旨也。曰：『聲依永。』言聲韻之貴悠長也。曰：『律和聲。』言音之貴均調也。知是四者，於詩之道盡之矣。」〔註36〕第四，立場論。性靈說是袁枚詩學思想的鮮明立場，一方面，它是對沈德潛格調論、翁方綱肌理說的駁斥。《隨園詩話》中言：「人又滿腔書卷，無處張皇，當爲考據之學，自成一家；其次則駢體文，盡可鋪排。何必借詩爲賣弄？自《三百篇》至今日，凡詩之傳者，都是性靈，不關堆垛。惟李義山詩，稍多典故；然皆用才情驅使，不專砌塡也。」〔註37〕考據學的興盛與詩歌的創作互不相關，前者是掉書袋，甚至是賣弄學問，而後者是眞性情的傳遞。袁枚指出，詩與學問堆垛毫不相關，李商隱詩雖然多典故，但其用典的根本是才情。至於性情的具體表現，袁枚並不拘執一端，認爲「人各有性之所近」〔註38〕另一方面，性靈說的鮮明立場也是對禮教道德訓條的駁斥。

袁枚不僅以提倡「性靈說」成爲乾隆朝的詩壇巨將，且以招收女弟子而名聞天下，毀譽不一。其與閨秀詩文結社的場所即在「隨園」。據王英志先生《袁枚傳》考證，「隨園」本是袁枚在南京的住所，後成爲其與友人及弟子詩文交遊的主要場所。袁枚曾自作《隨園記》，是一篇極賦予靈性的散文，記載了獲得其園的經過，亦述寫了其園所處之佳勢，更寄託了「隨」之與物共生，得天地靈氣之精華的意涵。試看其文：

> 金陵自北門橋西行二里，得小倉山，山自清涼胚胎，分兩嶺而下，盡橋而止，蜿蜒狹長，中有清池水田俗號乾河沿，河未乾時，清涼山爲南唐避暑所，盛可想也。凡稱金陵之盛者，南曰雨花臺，西南曰莫愁湖，北曰鍾山，東曰冶城，東北曰孝陵，曰雞鳴寺，登小倉山，諸景隆然上浮。凡江湖之大，雲煙之變，非山之所有者，皆山之所有也。康熙時，織造隋公，當山之北巓，構堂皇。繚垣牖，

〔註36〕（清）袁枚著；顧學頡校點《隨園詩話》卷一，北京：人民文學出版社 1982年，第 68 頁。

〔註37〕（清）袁枚著；顧學頡校點《隨園詩話》卷一，北京：人民文學出版社 1982年，第 72 頁。

〔註38〕（清）袁枚著；顧學頡校點《隨園詩話》卷一，北京：人民文學出版社 1982年，第 105 頁。

> 樹楸千章，桂千畦，都人游者，翕然盛一時。號曰隋園。因其姓也。
> 後三十年，余宰江寧，園傾且頹，馳其室爲酒肆。禽鳥厭之不肯嫗
> 伏，百卉蕪謝，春風不能花。余惻然而悲。問其值，曰三百金，購
> 以月俸，茨牆剪闥，易詹改塗。〔註39〕

上述一段文字對以小倉山爲中心建立的「隨園」作了細緻的介紹，從地理位置上看它位於金陵的西北面，而小倉山爲清涼山分嶺而成，清涼山曾是南唐時的避暑盛地，小倉山便出落於此優越的環境之中，登山瞭望，南爲雨花臺，北爲鍾山，東爲冶城，西南爲莫愁湖，東北則爲孝陵、雞鳴寺，登小倉山而金陵全景盡收眼底，眞有陶弘景「山中何所有？嶺上多白雲。只可自愉悅，不堪持贈君」的切身感觸。不可不謂隱逸勝地。而據說袁氏考證，此園舊址乃東晉太傅謝安的住地，故名曰「謝公墩」。在袁枚之前，此園的主人爲雍正時期的大臣隋赫德，在《隨園詩話》卷二中袁枚指出，此園即曹雪芹《紅樓夢》中的大觀園，是曹家被抄之後，雍正將其賞賜給了曹寅的後任隋赫德，隋氏命其爲「隋織造園」，即「隋園」。「隋園」廢棄，爲袁枚所購得，更名爲「隨園」，因而袁枚才於《隨園詩話》中稱「即余之隨園」。在接管「隋園」後，袁枚對其進行了修整，《隨園記》中記載了其修善的原則「隨其高爲置江樓，隨共下爲置溪亭，隨其夾澗爲之橋，隨其湍流爲之舟，隨其地之隆中而欹側者，爲綴峰岫」，總之，修善的原則只有一個，即「就勢取景」，因而，園成之後，袁枚更名爲「隨園」，意在其自然天成也，似乎從中也映照著其「性靈說」的影子，取其天然靈性之意。而對於自己棄絕仕宦移居隨園的選擇，袁枚自有心中的考量，其言：「蘇子曰：『君子不必仕不必不仕』，然則余之仕與不仕，與居茲園之久與不久，亦隨之而已。夫兩物之能相易者，其一物之足以勝之也，余竟以一官易此園，園之奇足以見矣。」〔註40〕實際上，隨園不僅作爲一個歷史文化的縮影存在，作爲一處佳景勝地彰顯，更是袁枚人生志趣的選擇，其以「我」之性情爲中心講究情與眞的詩學世界在現世中的鮮明投影。在《隨園後記》中，袁枚有言：「五代時俘檀利宴宣德堂歎曰：『作者不居，居者不作』，余今年裁三十八，入山志定，作之，居之，或未可量也。乃歌以矢之曰：『前年離園，人勞園荒。今年來園，花密人康。我不離園，離

<hr>

〔註39〕　（清）袁枚著；顧學頡校點《隨園詩話》卷一，北京：人民文學出版社 1982
　　　　年，第 45 頁。

〔註40〕　（清）袁枚著；顧學頡校點《隨園詩話》卷一，北京：人民文學出版社 1982
　　　　年，第 53 頁。

之者官，而今改過，永矢勿諼』」。〔註41〕堅定了入山之志。因而，與其說「隨園」是袁枚與眾詩友、弟子社集的場所，不如說這是其心性感召的聚合。

1. 袁枚與蘇州女弟子結社逸事綜述

作爲清代性靈詩說的領袖，袁枚於嘉慶元年（公元 1796）編纂《隨園女弟子詩選》，選收了二十八位女弟子的詩作，包括了席佩蘭、孫雲鳳、駱綺蘭、金逸、屈秉筠、歸懋儀等在內，而像孫雲鳳一樣自願系列隨園門墻者居多，在《袁枚年譜》「乾隆五十四年己酉（公元 1789）」條記載，袁枚時年七十四歲，「杭州孫雲鳳寄和詩二章來，有願入門墻之意，子才欣然收爲女弟子」〔註42〕「乾隆五十五年庚戌（公元 1790）」條又載袁枚時年七十五歲，「秋，駱綺蘭以書來，願列門墻之下」〔註43〕。詳考《隨園詩話》、《小倉山房詩集》、《小倉山房文集》以及胡文楷《歷代婦女著作考》、施淑儀《清代閨閣詩人徵略》、惲珠《國朝閨秀正始集》等文獻資料，袁枚女弟子至少在五十人左右，這在清代已經是一個相當龐大的詩人群體。那麼，袁氏與女弟子的交遊採取的是何種方式呢？據袁枚《小倉山房詩集》及《隨園女弟子詩選》記載，他曾兩次召集女弟子於自己寓居的西湖寶石山莊湖樓雅集。湖樓雅集則爲隨園女弟子社集的重要形式之一。據王英志先生考證，兩次集會時間分別是乾隆五十五年庚戌（公元 1790）春、乾隆五十七年壬子（公元 1792）春，一次是袁枚回鄉掃墓召集十餘位女弟子於湖樓舉行詩會，據《袁枚年譜》「乾隆五十五年庚戌（公元 1790）」條記載，七十五歲的袁枚於是年「四月十三日，將還江寧，年招孫雲鳳、孫雲鶴、張秉彝、徐裕馨、汪嬪等女弟子凡十三人，大會於湖樓」〔註44〕同年「四月十四日，走別汪繩祖，其女汪嬪、汪妽出見，亦有女弟子之稱」〔註45〕。另一次是重遊天台歸來途徑杭州，又舉湖樓詩會，七人爲舊徒，四人爲新弟子。袁枚《十三女弟子湖樓請業圖》二跋記載了這次湖樓盛事：

> 乾隆壬子三月，余寓西湖寶石山莊，一時吳會女弟子，各以詩
> 來受業。旋屬尤、汪二君爲寫圖布景，而余爲志姓名於後，以當陶

〔註41〕（清）袁枚著；顧學頡校點《隨園詩話》卷一，北京：人民文學出版社 1982
　　　年，第 53 頁。
〔註42〕鄭幸《袁枚年譜新編》上海：上海古籍出版社 2011 年，第 549 頁。
〔註43〕鄭幸《袁枚年譜新編》上海：上海古籍出版社 2011 年，第 559 頁。
〔註44〕鄭幸《袁枚年譜新編》上海：上海古籍出版社 2011 年，第 556 頁。
〔註45〕鄭幸《袁枚年譜新編》上海：上海古籍出版社 2011 年，第 556 頁。

貞白「真靈位業」之圖。其在柳下姊妹偕行者，湖樓主人孫令宜臬
使之二女雲鳳、雲鶴也。正坐撫琴者，乙卯經魁孫原湘之妻席佩蘭
也。其旁側坐者，相國徐文穆公之女孫裕馨也。手折蘭者，皖江巡
撫汪又新之女纘祖也。執團扇者，姓金名逸，字纖纖，吳下陳竹士
秀才之妻也。十三人外，侍老人側面攜其兒者，吾家姪婦戴蘭英也，
兒名恩官。諸人各有詩集，現付梓人。嘉慶元年二月花朝日，隨園
老人書，時年八十有一。

　　乙卯春，余再到湖樓，重修詩會，不料徐、金二女都已仙去，
為淒然者久之。幸問字者又來三人，前次畫圖不能羼入，乃託老友
崔君，為補小幅於後，皆就其家寫真而得。其手折桃花者，劉霞裳
秀才之室曹次卿也。其飄帶佩蘭而立者，句曲女史駱綺蘭也。皆工
吟詠。綺蘭有《聽秋軒詩集》行世界，余為之序。清明前三日，袁
枚再書。〔註46〕

乾隆壬子三月，寓居於西湖寶石山莊的袁枚召集吳會女弟子舉行了盛大的湖
樓社集。十三人之外，另有一人為袁家姪婦戴蘭英，這十四人幾乎都為官宦
或士子之妻女，如相國之女孫裕馨、吳下陳竹士秀才之妻金纖纖、巡撫之女
纘祖等。女弟子孫雲鳳在《湖樓送別序》中描寫了當時社集的盛況：「我隨園
夫子行年七十，婦孺知名所到四方，裙釵引領」〔註47〕。這兩次結會都以袁
枚為中心，而結會地點都不約而同地選擇西湖寶石山莊，可視作社所，而兩
次結會的成員都較為固定，即社員。因此，雖無結社之名而已具備結社之實。

　　乾隆庚戌湖樓詩會中，席佩蘭沒有參加卻被記入跋中。在袁枚集外文《十
三女弟子湖樓請業圖》二跋中，曾述及兩次湖樓請業之雅事。據《隨園詩話
補遺》卷一記載「庚戌春，掃墓杭州，女弟子孫碧梧邀女士十三人，大會於
湖樓，各以書畫為贄。余設二席待之。」〔註48〕卷五又記：「壬子春，余在西
湖，招女弟子七人作詩會。」〔註49〕又據袁枚八十一歲時（嘉慶元年）二月
花朝日所書前跋中記載：

〔註46〕 匡來明《隨園女弟子詩詞》，上海：光華書局1931年，第154頁。
〔註47〕 鄭幸《袁枚年譜新編》上海：上海古籍出版社2011年，第521頁。
〔註48〕 （清）袁枚著：顧學頡校點《隨園詩話補遺》卷一，北京：人民文學出版社
　　　　1982年，第571頁。
〔註49〕 （清）袁枚著：顧學頡校點《隨園詩話補遺》卷五，北京：人民文學出版社
　　　　1982年，第679頁。

乾隆壬子三月，余寓西湖寶石山莊，一時吳會女弟子，各以詩
來守業。旋屬尤、汪二君爲寫圖布景，而余爲誌姓名於後，以當陶
貞白「眞靈位業」之圖。正坐撫琴者，乙卯經魁孫原湘之妻席佩蘭
也。嘉慶元年二月花朝日隨園老人書，時年八十有一。〔註50〕

其中言及孫原湘妻子席佩蘭，說她也參與了此次胡樓詩會。但事實上，據《袁
枚年譜》記載，乾隆五十三年（公元 1788 年）三月，袁枚過常熟時，經吳蔚
光引薦，使孫原湘入隨園門下（並未言及席佩蘭）〔註51〕。後，孫原湘妻子
席佩蘭因受丈夫影響，致《上袁簡齋先生》書信給袁枚，再經袁枚親自考察，
方才肯定了席佩蘭的詩才，對其評價極高：「字字出於性靈，不拾古人牙慧，
而能天機清妙，音節琮琤，似此詩才，不獨閨閣中罕有其儷也。」〔註52〕二
人初次相見的時間應是在乾隆五十九年（公元 1794）春。因此，席佩蘭就不可
能參與湖樓詩會。雖席佩蘭《長眞閣集》中實有《隨園先生命題十三女弟子湖
樓請業圖》詩，但所寫乃是：「中有彈琴人似我，數來剛好十三徽」〔註53〕。
後附有「畫余坐苔石畔撫琴」句，則更明顯地指出，只是「畫似」，而非實有。
而袁枚在跋中，不僅虛設了史實，還以陶貞白（宏景）自喻，將《十三女弟
子湖樓請業圖》喻作《眞靈位業圖》，將集結弟子詩會之事與神仙譜系相提並
論，實可以窺見袁枚「造」韻事「癡」態之一斑。

據文獻中的記載，袁枚與吳會女弟子的社集也不止一次，且多以「請業」
爲名使四方才媛相約而至，而風雅的袁枚必請人代爲布景置圖。乾隆壬子三
月在西湖寶石山莊的吳會女弟子「湖樓請業」，袁枚即囑婁東尤詔、海陽汪恭，
爲寫圖布景。

2. 隨園與「閨中三大知己（蘇州才媛）」交遊

袁枚，爲浙江錢塘文士，「晚年以後詩名，閨秀原拜下風者本十三人，後
則濫廁至二十八人。」〔註54〕但其「隨園女弟子」卻多蘇州閨秀，據清人陳
芸《小黛軒論詩詩》卷上記載，袁枚蘇州女弟子（包括嫁入蘇州，文學活動
主要在蘇州的弟子）有如下才媛：

〔註50〕王標《城市知識分子的社會形態 袁枚及其交遊網絡的研究》第四章《湖樓詩
會考》，上海：上海三聯書店 2008 年，第 169 頁。
〔註51〕鄭幸《袁枚年譜新編》，上海：上海古籍出版社 2011 年，第 558 頁。
〔註52〕（清）席佩蘭《長眞閣集》卷四，上海：上海古籍出版社 2010 年，第 433 頁。
〔註53〕（清）席佩蘭《長眞閣集》卷四，上海：上海古籍出版社 2010 年，第 498 頁。
〔註54〕（清）陳芸《小黛軒論詩詩》，上海：上海古籍出版社 2010 年，第 342 頁。

席佩蘭，字韻芬，洞庭山人，歸常熟孫舉人原湘。著《長眞閣
詩集》。金逸，字纖纖，蘇州人，歸陳茂才基，著《瘦吟樓詩草》；
嚴蕊珠，字綠華，吳江人，著《露香閣詩草》。王倩，字雅三，號梅
卿，山陰人。陳基繼室，著《問梅樓詩集》。屈秉筠，字婉仙，常熟
人，著《蘊玉樓詩鈔》。歸懋儀，字佩珊，常熟人，著《繡餘小草、
《聽雪詞》。袁淑芳，字麗卿，吳江人。王蕙芳，字秋卿，震澤人。
汪玉軫，字宜秋，吳江人。鮑印，字尊古，常熟人。張絢霄，字霞
城，吳縣人。王碧珠，字紺仙，朱意珠，字寶才，皆蘇州人。〔註55〕
陳芸對袁枚女弟子盛況有詩贊譽道：「長眞綺麗瘦吟纖，寫韻聽秋色相兼。二十
八家弟子在，絳紗人坐半鬚髯。」〔註56〕陳芸所例舉的僅爲其中部份，清人施
淑儀《清代閨閣詩人徵略》卷六亦有：「蔣宛儀，常熟人。文恪公女孫，諸生何
大庚室。從隨園老人學詩，稱女弟子。有《酬和集》行世。」〔註57〕等多處記
載。被袁枚目之爲「閨中三大知己」的嚴蕊珠、金逸、席佩蘭皆爲蘇州籍。

（1）元和　嚴蕊珠

蕊珠爲秀才嚴家綬之女，有《露香閣詩草》，前有吳江女史沈昭華序、兄
秩序。據清人雷瑨、雷瑊《閨秀詩話》載，嚴蕊珠「綺思清才」，有著作傳世：

吳江嚴綠華，名蕊珠。《春日雜詠》云：「簾鎖爐香盡日垂，曲
蘭低亞坐題詩。慈親指點桃花笑，憶否當年靧面時。黏天芳草翠平
鋪，三月江南似畫圖。小立溪邊春祓禊，水中人影萬花扶。」綺思
清才，誦之齒頰生芬。著有《露香閣詩草》。〔註58〕

在與袁枚相識之前，嚴蕊珠已有詩歌創作活動，且在節令上曾參與活動。比如
此文中所提及的三月「祓禊」。祓禊，乃古人於春秋兩季至水濱舉行的祓除不祥
的祭禮習俗，此俗源於上古。春季常在三月上旬的巳日，並有沐浴、採蘭、嬉
遊、飲酒等活動。三國魏以後定爲三月初三日，稱爲祓禊。此外，關於席佩蘭
入袁枚隨園，正式稱弟子之事，《隨園詩話》中詳細記載這樣一番論詩經過：

吳江嚴蕊珠女子，年才十八，而聰明絕世，受業門下。余問：「曾
讀倉山詩否？」曰：「不讀不來受業也。他人詩，或有句無篇，或有

〔註55〕（清）陳芸《小黛軒論詩詩》，上海：上海古籍出版社2010年，第301頁。
〔註56〕（清）陳芸《小黛軒論詩詩》，上海：上海古籍出版社2010年，第302頁。
〔註57〕（清）施淑儀《清代閨閣詩人徵略》卷六，南京：鳳凰出版社，2010年，第
1960頁。
〔註58〕（清）雷瑨、雷瑊《閨秀詩話》，南京：鳳凰出版社2010年，第1001頁。

篇無句。惟先生能兼之。尤愛先生駢體文字。」且曰:「人但知先生
之四六用典,而不知先生之詩用典乎?先生之詩,專主性靈,故運
化成語,驅使百家,人習而不察。譬如鹽在水中,食者但知鹽味,
不見有鹽也。然非讀破萬卷、且細心者,不能指其出處。」〔註59〕

清代以吳江閨秀嚴蕊珠爲代表的女性,在詩歌藝術技巧上主張「化典」,即使用
典故須與詩歌意境水乳交融而不可有堆垛刻意之嫌。如果將用典視作「人力」,
那麼「化典」即爲「天籟」。嚴蕊珠亦爲袁枚隨園女弟子,其詩學思想不能不受
到袁枚的直接影響,袁枚早已指出「天籟不來,人力亦無如何」、「人功未及,
則天籟亦無因而至」(《隨園詩話》卷五)顯然,要做到化典的詩境,在講究自
然天成的同時,還必須有典故學識的積累,懂得正確的使用方法,「博士賣驢,
書券三紙,不見『驢』字」〔註60〕,此古人笑好用典者之語,佳境應是「繪事
後素」。因而袁枚在考察蕊珠對用典的熟悉程度後,大爲驚駭,甚而至思虞仲翔,
云:「得一知己,死而無恨。」並以蕊珠爲「閨中知己」(袁氏以嚴蕊珠之博雅、
金逸之領解、席佩蘭之推尊本朝第一,將此三人列爲閨中三大知己)。觀蕊珠詩,
以描寫自然山水者居多,如《秋日雜興》其一:「垂虹秋色五湖連,雁響孤蒲宿
渚烟。簾卷西風雲影散,洞庭飛翠落窗前。」這類詩雖然清新,但終覺少了風
骨,亦少了對生命觀照的溫度。雖然嚴蕊珠有著謝朓、孟浩然似的筆觸,善於
在瞬間抓住自然中靈動精緻的片段,但其詩中極少幽怨乃至連淡淡的憂傷都極
爲罕見,風格亦呈現出清麗恬靜的格調,相較於清代蘇州其它才媛而言,其詩
境總顯得過於寧靜而單薄。那麼袁氏爲何要視一年幼才媛爲知己?據《隨園詩
話補遺》卷八記載,嚴蕊珠母親李鳳梧亦爲詩人,其祖李玉洲生前與袁枚交遊
甚密,當時李鳳梧只有幾歲。〔註61〕袁枚還曾留宿李玉洲家中。在《隨園詩話
補遺》卷一中就曾有關於李玉洲論詩的記載:「李玉洲先生曰:『凡多讀書,爲
詩家最要事。所以必須胸有萬卷者,欲其助我神氣耳。其錄事不錄事,作詩者
不自知,讀詩者亦不知。方可謂之眞詩』」〔註62〕李玉洲就十分主張將淵博的學

〔註59〕(清)袁枚著;顧學頡校點《隨園詩話》卷五,北京:人民文學出版社 1982
　　　　年,第 142 頁。
〔註60〕(清)袁枚著;顧學頡校點《隨園詩話》卷五,北京:人民文學出版社 1982
　　　　年,第 135 頁。
〔註61〕(清)袁枚著;顧學頡校點《隨園詩話》卷五,北京:人民文學出版社 1982
　　　　年,第 253 頁。
〔註62〕(清)袁枚著;顧學頡校點《隨園詩話》卷一,北京:人民文學出版社 1982
　　　　年,第 8 頁。

識作爲寫詩的重要前提，使詩與學能彙融貫通，創作者與閱讀者皆心領神會。
清人沈德潛曾於《李玉洲太史詩歌序》中對其詩論與詩才作了極高的評價：「古
來論詩家，主趣者有嚴滄浪，主法者有方虛谷，主氣者有楊伯謙，主格者有高
廷禮，而近代朱竹垞則主乎學，之五者，均不可廢也。然不得才以運之，恐趣
非天趣，法非活法，氣非活氣，格非高格，即學亦徒見其汗漫叢雜而無所歸，
蓋詩之爲道，人與天兼焉，而趣而法而氣而格而學，從乎人也者，而才則本乎
天者，人可強，而天不可強，故從來以詩鳴者，隨其所長，俱可自見，而詩人
中之稱才人者，古今來只數餘人相望於天地之間。玉洲先生，今之才人也。」
〔註63〕沈德潛對李玉洲的評價十分高，古往今來具才者數人而已，玉洲即爲其
一，而其才，乃趣、法、氣、格、學五者的結合！袁枚與李玉洲早已有交情，
無怪李氏孫女嚴蕊珠拜袁枚爲師，原來自有淵源。袁氏八十歲在讀過訪蕊珠家
時，燕蕊珠在其《隨園師見過》詩中這樣寫道：「彩絲合繡先生像，玉笋欣聯弟
子行。如此愛才能有幾，從來知己感難忘。」〔註64〕這「知己」應是一語雙關
之詞既指自己的祖父李玉洲，亦自稱矣。

（2）長洲　金逸

　　金逸（公元 1770～1794），字纖纖，長洲人，諸生陳竹士（陳基）妻，爲
隨園女弟子，有《瘦吟樓詩草》四卷行世。金逸去世後，閨秀李紉蘭、楊蕊仙、
陳雪蘭三女士爲其詩集捐金付梓。陳文述以「蛾眉都有千秋意，肯使遺編付
劫塵」述其對金逸詩集付梓之寄託的理解。沈善寶《名媛詩話》卷四關於金
逸的記載：「吳門金纖纖逸，諸生陳竹士基室」。然在清人雷瑨、雷瑊《閨秀
詩話》中對作爲隨園女弟子的蘇州閨秀金逸與眾文士、才媛的交遊卻有詳細
記載：

　　　　女士金逸，字纖纖，長洲人。諸生陳竹士基室，爲隨園先生女
　　弟子。有《瘦吟樓詩草》。集中佳什美不勝收，無愧作者。《隨園先
　　生來吳門，招集女的弟子於繡閣，余因病未曾赴會，率賦二律呈先
　　生》云「西湖續會許相從，閨閣咸欽大雅宗。我豈能詩慚畫虎，人
　　言此老好眞龍。竹聲當涼三徑，雲氣深潭幻一峰。未得追隨女都講，
　　春愁偏欲惱吳儂。」〔註65〕

〔註63〕《清代文學批評資料彙編》（上），臺灣：成文出版社 1979 年，第 392 頁。
〔註64〕（清）袁枚著；顧學頡校點《隨園詩話》卷八，北京：人民文學出版社 1982
　　　　年，第 765 頁。
〔註65〕（清）雷瑨、雷瑊《閨秀詩話》，南京：鳳凰出版社 2010 年，第 1024～1025

金逸此處「西湖續會」是指袁枚兩次召集女弟子於西湖舉行的社集。時間分別是乾隆五十五年庚戌（公元 1790）春、乾隆五十七年壬子（1792）春，一次是袁枚回鄉掃墓召集十餘位女弟子於湖樓舉行詩會，一次是重遊天台歸來途徑杭州，又舉湖樓詩會，惜後一次，金逸因病未能參加結會，於是便作有兩首律詩贈予袁枚，其二云：「柳條不肯繫春光，返棹天台餞別觴。青眼每深知己感，白頭猶是愛才忙。湖堤草色催新夏，驛路蟬聲到夕陽。願到明年芳訊至，許教桃李附班行。」〔註66〕青眼二字實已道出其與隨園知音相遇之意，對於袁枚性靈詩說的解悟，金逸亦有自己的心得，她曾對丈夫陳竹士言及自己對袁詩的理解：「余讀袁公詩，取《左傳》三字以蔽之，曰『必以情』。」〔註67〕對袁枚，金逸亦是十分欽佩，其曾作《上隨園夫子書》稱讚隨園之風雅，並盛表自己對能列門牆的知遇之恩，其文曰：

> 前者返棹天台，駐旌茂苑。建坫壇於繡谷，媛集金閨，續宴會於錢塘，才量玉尺。湖山佳話，萬古千秋；風月主人，九州一老。大名灌耳，望籌天神；小草懷春，自慚管蒯。芳苦登龍之無路，乃蒙折簡以相招；恨不奮飛，偏逢小極。藥鐺經卷，消永晝之生涯；病豎詩魔，作終宵之伴侶。腰無一尺，淚有千行。郎君竹士，忝陪杖履。得即光儀，乃以風雅宗工，儒林耆舊，而肯虛懷若谷，老眼舒青，備述教言，愈加銘佩。〔註68〕

在這段文字裏，金逸再次講述了袁枚「媛集金閨，續宴會於錢塘」的事實，對「湖山佳話、風月主人、九州一老」的盛世深深感懷於心，更對袁枚「風雅宗工、儒林耆舊、虛懷若谷」的清風雅儀欽佩不已，對其將閨秀才媛奉爲知己且「備述教言」的爲師之態「愈加銘佩」。在《喜簡齋夫子枉過里門奉呈》一詩中，金逸更是對袁枚清新獨異的性靈詩歌說十分欣賞：「格律如何主性靈，早聞持論據清新。唯公能獨開生面，此席愁難有替人。比佛慈悲容世佞，得仙居處論花鄰。古來著作傳多少，那似袁安傳其身？」〔註69〕「開生面」、

頁。

〔註66〕　（清）雷瑨、雷瑊《閨秀詩話》，南京：鳳凰出版社 2010 年，第 1024～1025頁。

〔註67〕　（清）袁枚著；顧學頡校點《隨園詩話補遺》卷一，北京：人民文學出版社1982 年，第 569 頁。

〔註68〕　（清）袁枚著，王英志主編《袁枚全集》第七集，南京：江蘇古籍出版社 1993年，第 597～598 頁。

〔註69〕　（清）袁枚著，王英志主編《袁枚全集》第七集，南京：江蘇古籍出版社 1993

「難有替」字字都將其對袁氏詩學思想的認同溢於言表。這首題為「枉過」偶得的詩，顯然在暗示金逸對袁枚景仰的同時，更暗示著閨秀對其知遇之緣的欣喜，當然，並非所有仰慕袁枚詩才的才媛都能忝列門墻，隨園女弟子戴蘭英在《題湖樓請業圖》詩中如此寫道：「詩人慧業雅作圖，公獨創以湖樓呼。湖樓幾輩豪吟客，散盡名士歸名姝。十三行已早馳譽，後進追攀輒棄去。公因小阮憐鄙人，丹青補在空虛處。」〔註70〕後進追攀輒棄去，正反映出袁枚身後才媛追隨者不能盡入隨園的無奈。金逸是幸運的，但卻又是不幸的，其體弱多病，常年被病痛困擾，《清代閨閣詩人徵略》記其「卒年二十五」，其亦自述「腰無一尺」，瘦弱不堪，無怪其詩集取名曰《瘦吟樓集》。在其一生中，有竹士為伴，隨袁枚酬唱，在金逸看來「病豎詩魔」與「藥鐺經卷」，這一切都成為其「終宵之伴侶」，她將自己真實的生活與生命的寄託融彙於作詩之中。

另外，從金逸《瘦吟樓詩草》中諸作來看，其交遊活動也不僅局限於「隨園」之內，而同樣是以此為平臺與清代文士及才媛廣泛唱和。試看其詩題《次韻蘭雪〈詢病作〉》、《病中得郭頻伽贈詩，並讀近作》等可知。金逸才思敏捷與丈夫陳竹士伉儷唱和一時也曾傳為佳話。據施淑儀《清代閨閣詩人徵略》卷六引袁枚《小倉山房文集》記載：「金逸，生而婀娜，有夭紹之容。幼讀書即辨四聲，愛作韻語，每落筆如駿馬在御，躞蹀不能自止。」〔註71〕金逸的聰穎才思與浪漫天性更是在三難竹士的新婚時就開始體現出來，袁枚《小倉山房文集》記：「結褵之夕，新婦煙視眉行。忽一小婢手花箋出，索郎詩歌催妝。竹士適適然驚，幸素所習也，即應教索和。」〔註72〕當年有蘇小妹三難新郎之說，今有金纖纖催妝索詩，竹士鎮定自若對答如流，虛驚一場。但令人驚異的是，婚後金逸竟將自己的妝鏡臺變成了墨臺，從此以後變閨房為學舍，與陳竹士競相唱和，二人情意之深與詩學之近是可想而知的。又據袁枚《小倉山房文集》記載，當時吳門多閨秀，汪玉軫、江碧珠、沈散花等亦多與纖纖有詩歌酬唱，而這些才媛中不乏「清溪吟社」中人，足見金逸交遊之

　　年，第585頁。

〔註70〕匡來明《隨園女弟子詩詞》，光華書局1931年，第144頁。

〔註71〕（清）施淑儀《清代閨閣詩人徵略》卷六，南京：鳳凰出版社2010年，第1949頁。

〔註72〕（清）施淑儀《清代閨閣詩人徵略》卷六，南京：鳳凰出版社2010年，第1950頁。

廣。不僅如此，金逸與此群吳門閨秀之間的唱和竟以《越絕書》、《吳越春秋》等爲話題，曾因此引來眾縉紳驚異的目光，且目之爲「眞靈會集」！〔註73〕可見其唱和之奇！除汪玉軫、沈散花等閨秀外，與金逸常有酬唱往來關係的，據《瘦吟樓詩歌草》記載，另有胡石蘭、汪宜秋、周湘花、吳素雲等。而除了與丈夫及清溪詩社閨秀成員有詩歌交遊外，纖纖與丈夫陳竹士之友人亦有較爲密切的交遊唱和，比如文士吳蘭雪、郭頻伽、李石桐、蔣伯生、謝蘊山、嚴守田等。其《瘦吟樓詩草》中有：

> 已拼小劫到遊仙，問詢勞君格外憐。喜聽新詩歌來病裏，強扶
> 殘夢讀花前。風禁鈴鎖清如語，月逼紗窗薄似煙。不是相逢眞國士，
> 等閒燒燭爲題箋。（《次韻蘭雪訊病之作》）〔註74〕

> 誰吹蘭氣化秋煙，得此風流骨亦仙。世上有情春似夢，病來無
> 睡夜如年。活依經卷愁難懺，修到梅花瘦可憐。我愧謝家詠絮格，
> 漫勞刻燭劈蠻箋。（《病中得郭頻伽贈詩並讀近作之一》）〔註75〕

病重的羸弱與對精神孤獨的體驗再一次在金逸的酬唱詩中體現出來，「風禁鈴鎖」、「月逼紗窗」是幽冷的環境對人的拷問，「愁難懺」與「瘦可憐」則是詩人難以言說的孤自哀憐。而病重有摯友垂詢，爲本來多艱的人生又平添幾分愜意。而後亦有《頻伽、伯生兩君復疊前韻訊病，感而有作，仍次前韻》等。《瘦吟樓詩草》中另有文士嚴守田《舟中讀纖緯夫人詩與頻伽、伯生唱和之作，因次原韻奉寄》等作，都見證了金逸與諸文士交遊的雅興與眞意。我們發現，金逸與郭麟的交遊十分頻繁，實際上郭麟是帶著對金逸詩的激賞與之酬唱聯吟。在《瘦吟樓詩草》中有這樣一首詩《竹士兄見過，出纖緯夫人病中答詩及見題近稿一首，同韻奉酬》：「重和素墨寫題箋，爲聽秦嘉話可憐。賴有詩篇能過日，不然病骨奈三年。藥烟繚亂茶爐畔，棋局叢殘繡榻前。又爲吳儂詩人半，挑燈廢盡昨宵眠。」對金逸詩的期待竟至於讓郭麟到了「賴有詩篇能過日」、「挑燈廢盡昨宵眠」的地步，其詩友之情，知己之識可見矣。

（3）常熟 席佩蘭

席佩蘭在袁枚閨中三大知己裏是較顯赫的一位，據清人雷瑨、雷瑊《閨

〔註73〕匡來明《隨園女弟子詩詞》，光華書局1931年，第144頁。
〔註74〕（清）金逸《瘦吟樓詩草》，蟲天子編《香豔叢書》，北京：人民文學出版社1992年，第2279頁。
〔註75〕（清）金逸《瘦吟樓詩草》，蟲天子編《香豔叢書》，北京：人民文學出版社1992年，第2279頁。

秀詩話》卷十二記載：「佩蘭，字道華，又字韻芬，號浣雲。虞山孫子瀟太史
室，與子瀟太史詩才相敵，稱爲一時佳偶。道華請業於袁簡齋先生，先生極
稱賞之，曾有『詩冠本朝』之語。《隨園選女弟子詩》，以道華詩褒然舉首。
著有《長眞閣集》。」〔註76〕知席佩蘭爲太史孫原湘妻，且詩學才華與原湘相
敵，爲袁枚女弟子，得到袁氏的贊許，推爲本朝第一。又據清人施淑儀《清
代閨閣詩人徵略》卷六記載：「佩蘭，江蘇昭文人。庶吉士孫原湘室。原湘，
字子瀟，嘉慶乙丑進士，有才名。浣雲刻苦吟詩，與子瀟共案而讀，互爲師
友。」〔註77〕加上孫原湘在其《天眞閣集》中《病起》一詩中曾寫「賴有閨
房力學舍，一編橫放兩人看」〔註78〕以及席佩蘭《長眞閣集》中《同外作》
亦有：「燕子不來風正靜，小樓人語月黃昏」〔註79〕之語，將閨房當作學舍，
一同讀書聯吟的閨中之樂自也溢於言表，又知，席佩蘭與丈夫孫原湘有著伉
儷唱和亦師亦友的關係。而《長眞閣集》中孫、席二人的頗多唱和正印證了
這一點，比如《送外之瀋陽》、《望外逾期不歸》、《七夕寄外書》、《得外書次
韻》、《次外韻題蘇甘漁寒集》、《和子瀟見示韻》〔註80〕等，施淑儀所引倪鴻
《桐陰清話》中亦有「昭文孫子瀟太史，與德配席浣雲，俱能詩，倡和甚多」
之語。在席佩蘭寫給孫原湘的詩中，也每每賦予深情，甚至詩中亦較多直述
「情」字之語，無處不滲透其作詩的宗旨「字字出於性靈，天機清妙」，其《送
外之瀋陽》云：「話到臨歧絮，情緣惜別濃」，《望外逾期不歸》云：「情重料
非言惆恍，愁多莫是病支離」，《喜外竟歸》云：「好向勤慰問，敢先兒女說離
情」，《次外韻題蘇甘漁耐寒集》又云：「如此高情斷煙火，梅花才得等比詩魂」。
〔註81〕另外，從其《長眞閣集》序言中知，佩蘭與原湘同受業於隨園，且《長
眞閣集》附於孫原湘《天眞閣詩集》之後刊行。作爲隨園女弟子，席佩蘭得
到袁枚極高的評價。席氏爲常熟名門之後，根據《清代硃卷集成》第七十九
冊中的記載，席佩蘭乃江蘇昭文世族席氏後代，爲席永恂玄孫女、席鏊孫女、
席光河女。其中，席永恂在康熙四十三年（公元1704），例選國子監助教，曾

〔註76〕　（清）雷瑨、雷瑊輯《閨秀詩話》，南京：鳳凰出版社2010年，第1215頁。
〔註77〕　（清）施淑儀《清代閨閣詩人徵略》卷六，南京：鳳凰出版社，2010年，第
　　　　　1944頁。
〔註78〕　《清代詩文集彙編》編纂委員會編《天眞閣集》上海：上海古籍出版社2010
　　　　　年，第5頁。
〔註79〕　（清）席佩蘭《長眞閣集》卷一，上海：上海古籍出版社2010年，第492頁。
〔註80〕　（清）席佩蘭《長眞閣集》卷一，上海：上海古籍出版社2010年，第490頁。
〔註81〕　（清）席佩蘭《長眞閣集》卷一，上海：上海古籍出版社2010年，第490頁。

爲康熙間進士陸隴其門生。〔註82〕席家書香門第一直傳續四代。席佩蘭自然首先受到家族文化的薰陶。那麼席佩蘭又是如何與隨園相識並得其首肯的呢？上文提及，根據《袁枚年譜》記載，乾隆五十三年（公元 1788 年）三月，袁枚過常熟時，經吳蔚光引薦，使孫原湘入隨園門下（並未言及席佩蘭）〔註83〕。後，孫原湘妻子席佩蘭因受丈夫影響，致《上袁簡齋先生》書信給袁枚，再經袁枚親自考察，方才肯定了席佩蘭的詩才。二人初次相見的時間應是在乾隆五十九年（公元 1794）春。但實際上席佩蘭與袁枚的交遊並未如此簡單。據《長眞閣集》佩蘭自序所言：

> 佩蘭嘗乞序於隨園先生，蒙諾而未與。未幾，先生歸道山，如求成連海上之琴，但聞海水汨沒，山林窅冥，百鳥悲號而已。謹錄先生所題拙集數語，即以弁言，以明學詩之所得云。嘉慶十七年五月，道華席佩蘭識。〔註84〕

據席佩蘭自序，她曾多次得到袁枚「題拙集數語」，而這次又「乞序於隨園先生」，那麼應是席佩蘭因丈夫原湘已先入隨園門下，久慕其名又奉其說，因而學其詩方才乞其題贈。但這次因隨園歸道山，題贈之事「諾而未與」，席佩蘭便將之前隨園所題數語彙錄作爲弁言，作爲「明學詩之所得」，其云：

> 字字出於性靈，不拾古人牙慧，而能天機清妙，音節琮琤，似此詩才，不獨閨閣中罕有其儔也。其佳處總在先有作意，而後有詩，今之號稱詩家者愧矣。和希齋尚書在軍中箚來云：「每得隨園片紙隻字，朝夕諷誦，虞等梵經。」老人每得韻芬詩句，亦復如斯。隨園老師枚讀。〔註85〕

席佩蘭所謂「學詩之所得」即指「出於性靈，天機清妙」，能以手中之筆寫心中之意，無愧於詩，而袁枚所賞識的也正在於此，甚至將自己對佩蘭詩的期待與欽佩比之於尚書對自己的詩句的崇奉，其贊許之意顯而易見。在袁枚正式收席佩蘭爲女弟子前，席佩蘭還曾有一篇《上袁簡齋書》的書信表達對袁枚詩學精神的追隨，字裏行間的仰慕之意溢於言表：

> 慕公名字讀公詩，海內人人望見遲。青眼獨來幽閣裏，縞衣無

〔註82〕（清）錢泳撰，孟斐校點《履園叢話》下，上海：上海古籍出版社 2012 年，第 56 頁。

〔註83〕鄭幸《袁枚年譜新編》，上海：上海古籍出版社 2011 年，第 561 頁。

〔註84〕（清）席佩蘭《長眞閣集》，上海：上海古籍出版社 2010 年，第 490 頁。

〔註85〕（清）席佩蘭《長眞閣集》，上海：上海古籍出版社 2010 年，第 491 頁。

奈浣妝時。蓬門昨夜文星照，嘉客先期喜鵲知。願買杭州絲五色，
絲絲親自繡袁絲。

深閨弱翰學塗鴉，重荷先生借齒牙。漫擬劉惔知道蘊，直推徐
淑勝秦嘉。解圍敢設青綾幛，執贄遙衾絳帳紗。聲價自經椽筆定，
掃眉筆上也生花。

南極文昌應一身，幸瞻藜杖拜星辰。十年蚤定千秋業，片語能
生四海春。詩格要煩裁偈體，畫圖何敢秘豐神。願公參透拈花旨，
可是空王座下人。（時方以拈花小影乞題）〔註86〕

「青眼」、「嘉客」、「袁絲」字字皆示以對袁枚的敬慕。而書信中關於「徐淑
秦嘉」之事的隱喻應是喻指自己與丈夫孫原湘。胡文楷編著《歷代婦女著作
考》卷一引嚴可均《鐵橋漫稿》、《玉臺新詠・贈婦詩三首序》皆記載了關於
「徐淑秦嘉」夫婦情致至深的故事〔註87〕。鍾嶸《詩品》亦有：「夫妻事既可
傷，文亦淒怨。為五言者，不過數家，而婦人居二。徐淑敘別之作，亞於《團
扇》矣。」〔註88〕顯然，席佩蘭用此典欲述其與孫原湘伉儷情深。而在文末，
卻又以「願公參透拈花旨，可是空王座下人」收尾，這「拈花微笑」乃《五
燈會元》卷一記釋迦牟尼的一則公案，講究的是心領神會、旨趣相通。這「空
人」便是佛的一種異稱。席佩蘭此語似要暗示袁枚，吾為拈花弟子，願師拈
花微笑，互得其心。這裡需要補充說明的一點是，世人盡知，袁枚對釋氏的
不接納態度一直很明確，但實際上袁氏所作之詩語又盡顯參透的旨趣，據清
人錢泳所撰《履園叢話》下「袁簡齋」條記載：「袁簡齋先生一生不信釋氏，
每遊寺院，僧人輒請拜佛，先生以為可厭，乃自書五言四句於扇頭云：『逢僧
必作禮，見佛我不拜。拜佛佛無知，禮僧僧見在。』」〔註89〕不信佛乃不以他
者言說為己說，實已得釋氏真諦。

〔註86〕（清）席佩蘭《長真閣集》，上海：上海古籍出版社2010年，第491頁。
〔註87〕東漢桓帝時，秦嘉為郡上計吏將赴洛陽。時徐淑病居母家，秦嘉遣車迎歸欲
　　　　見一面，但因徐淑臥病，只空車往還而未獲面別，於是秦嘉便作《贈婦詩》
　　　　以表繾綣，徐淑亦作《答秦嘉詩》相酬，遂成伉儷佳話。而後秦嘉留洛陽任
　　　　黃門郎，夫婦二人便以互寄詩書的方式聊慰暌隔。數年之後，秦嘉病卒於津
　　　　鄉亭，而徐淑年少卻不意再醮，毀形不嫁，終生寡居。
〔註88〕〔南朝梁〕鍾嶸等撰；張連第箋釋《詩品》哈爾濱：北方文藝出版社2000年，
　　　　第59頁。
〔註89〕（清）錢泳撰，孟斐校點《履園叢話》下，上海：上海古籍出版社2012年，
　　　　第414頁。

　　另外，席佩蘭與眾多隨園女弟子一樣，在正式入門之前應有「弟子禮」。
其《聞宛仙亦以弟子禮見隨園喜極奉簡》一詩中，佩蘭如此寫道：「天半遙聞
環佩聲，海棠花下拜先生。芳蘭敢託同心契，玉笋真宜領袖行。詩教從來通
內則，美人兼愛擅才名。何當並立袁門雪，賭詠風前柳絮輕。」〔註90〕這「環
佩」為圓形中間有孔的玉器，為女子所戴，後借指女子。拜師之禮乃在海棠
花下舉行，才媛拜師的聲音清脆明亮響徹半空，以此為「託同心之契」。與此
同時，席佩蘭也指出，雖然「詩教從來通內則〔註91〕」，然「美人兼愛擅才名」。
才名與內則並不矛盾，在這群拜師閨秀看來，在這個才德兼善的時代要求中，
女性也有權利爭取自己的精神領地與話語，這在某種程度上不能不說是女性
意識的復蘇。

　　在入隨園詩社之前，不僅席佩蘭竭盡全力地爭取，隨園老人亦絲毫不怠
慢地考察。施淑儀引《隨園詩話》中袁枚數語，記載了一次有趣的故事：「女
弟子席佩蘭，詩才清妙。余嘗疑是郎君孫子瀟代作。今春到虞山訪之。佩蘭
有君姑之戚，縞衣出見。容貌婀娜，克稱其才，以小照屬題，余置袖中。即
拉其郎君同往吳竹橋太史家小飲。日未暮，而見贈三律來。讀之，細膩風光，
方知徐淑之果勝秦嘉也。」〔註92〕在袁枚看來，女弟子詩才清妙，仿似丈夫
代筆，於是親自到常熟孫原湘家中考察。佩蘭見袁枚到來甚是高興，隨即以
小照請袁枚題詩，而袁枚卻與孫原湘一道另處飲酒。不時，便有佩蘭三首律
詩相贈，見其「細膩風光」，袁枚這才認可了佩蘭之詩才，也傳下一段佳話。
在入隨園詩社成為女弟子之後，席佩蘭與袁枚唱和甚多，亦多題贈袁枚篇章，
試看其《長真閣集》中的詩題即知：《上巳日隨園先生來虞敬呈二律》、《和隨
園先生自壽十章》、《以詩壽隨園先生蒙束縑之報且以詩冠本朝一語相勖何敢
當也再呈此篇》、《為宛仙書扇即用扇頭隨園韻奉簡》、《壽簡齋先生》、《冬日
喜隨園先生來虞並示所刻女弟子詩選以佩蘭居首敬呈二律》、《隨園先生命題
十三女弟子湖樓請業圖》、《謝隨園先生文綺之贈》、《謝隨園先生題如蘭圖》、
《聞隨園先生之訃欲作挽詩未果因題所選女弟子詩後》等。在這些詩文中，

〔註90〕（清）席佩蘭《長真閣集》，上海：上海古籍出版社 2010 年，第 490
〔註91〕內則，《禮記》篇名，鄭玄曰：「以其記男女居室，事父母之法」，其實是古代
　　　　儒家提出的一整套家庭道德規範。寄託了儒家的 道德理想，也反映了古代宗
　　　　法等級制度下家庭內的道德關係，主要是貴族家庭內的道德關係。
〔註92〕（清）施淑儀《清代閨閣詩人徵略》卷六，南京：鳳凰出版社 2010 年，第 1945
　　　　頁。

席佩蘭將自己參與到隨園詩社活動的過程，尤其與袁枚之間的詩文交遊交代得十分清楚。與此同時，對於袁枚將其稱爲女弟子第一，又將其詩作奉爲本朝第一之事，席佩蘭既表示了內心的感激，也表達了才不勝名的謙遜，更有以此爲榮繼袁氏傳詩的信心，在《冬日喜隨園先生來虞並示所刻女弟子詩選以佩蘭居首敬呈二律》中，她這樣寫道：「一編新刻玉臺成，入手先驚見姓名。余力尚能傳弟子，長留竟許託先生。得攀驥尾原知福，直冠蛾眉卻過情。恰似春風吹小草，青青翻獲領群英」，在席佩蘭看來，袁枚之編輯女弟子詩選其功不下《玉臺新詠》，自己能入隨園門下已是幸運，而被譽之第一卻超過了實際的情形，自己之學若能傳授給後來的弟子，這也應是得益於袁枚的師承。在《和隨園先生自壽十章》中，佩蘭更是明確表示欲繼承隨園衣鉢：「香茗一編爲贄禮，掃眉寸管祝長春。隨園衣鉢今堪繼，婦替佳兒作替人」〔註93〕。袁枚多次來虞，在常熟、長洲等地與才媛等酬唱聯吟，並不斷擴大女弟子的陣容，後又刊刻所選女弟子詩，席佩蘭與袁枚始終保持著亦師亦友的關係，在詩中她曾寫道：「人中仙佛詩中聖，文采風流肆輝映。眼底江山斗秀靈，胸前冰雪爲情勝。我讀公詩二十春，春風喜得降朱輪。」〔註94〕二十年來，從相識到相知，席佩蘭始終將袁枚之詩奉爲心中之聖，一以貫之的敬之、喜之。直到袁枚去世，在爲其作挽詩時，席佩蘭仍這樣描述自己內心的感受：「驚聞仙履返珠林，常抱銜恩一寸心。不作挽詩非爲懶，知音人去怕彈琴。陳編重撫不勝情，珍重徐陵手選成。一片落花風笛裏，西州愁殺女門生。」〔註95〕這女門生與其師之間是心靈摯友，知音已去，彈琴驚魂，一片落花，愁殺其生。

　　席佩蘭在袁枚詩弟子中是較爲活躍而多才的一位，她的結社交遊並非局限於隨園女弟子之間，這一點是極其值得重視的。這一方面說明閨秀社交型結社多樣化、廣泛化，也說明其交遊的主動性與選擇性；另一方面，即使在隨園詩社內部，也絕非所有才媛都有著彼此唱和的密切關聯，相反地，在以袁枚爲中心建立起來的隨園詩社平臺下，才媛們又各自形成自己的結社群體。僅以袁枚閨中三大知己中的兩位爲例，金逸與席佩蘭就分別屬於不同的詩社關係群體，金逸更多的唱和對象，是以汪玉軫、吳瓊仙、袁淑芳等爲中心；而與席佩蘭的聯吟密切的則是屈秉筠、歸懋儀、張玉珍等。這裡，我們

〔註93〕　（清）席佩蘭《長眞閣集》卷三，上海：上海古籍出版社2010年，第519頁。
〔註94〕　（清）席佩蘭《長眞閣集》卷三，上海：上海古籍出版社2010年，第572頁。
〔註95〕　（清）席佩蘭《長眞閣集》卷三，上海：上海古籍出版社2010年，第620頁。

仍以席佩蘭《長眞閣集》中的唱和爲例進行說明。《長眞閣集》中，席佩蘭與屈秉筠唱和十分頻繁，我們同樣以詩題爲證：《謝屈宛仙惠題小影即次原韻》、《促宛仙作九九消寒詩》、《侄婦謝翠霞作九九消寒詩清新獨出戲題其後簡宛仙》、《問屈宛仙病》、《題屈宛仙拈梅圖》、《謝屈宛仙惠絹花春茗》、《戲簡屈宛仙》、《題宛仙詩稿》、《題宛仙畫蘭》、《宛仙海棠雙鳥畫卷》、《中秋待月詞和宛仙韻》、《屛風詞爲宛仙壽》、《聽雨同子瀟作何宛仙韻》、《春盡日次宛仙韻》、《雨中摘玫瑰餉宛仙副以二絕句》、《疊前韻寄宛仙》、《乞貓詞寄呈宛仙》、《宛仙畫荷花便面題二絕句意以花比余也次韻奉答》、《西瓜燈和宛仙》、《訊宛仙病》、《以佛手餉宛仙蒙賦詩稱謝次韻奉答》、《再答宛仙賦謝桂花之什》、《消寒辭和宛仙韻簡餐花》、《題屈宛仙詩稿次卷中自壽詩韻》、《宛仙惠題拙集依韻奉報》、《宛仙將避暑養痾於城南戲集其稿中句奉送》、《集句再簡宛仙》、《宛仙畫梅蘭水仙於一幅見貽戲題》、《宛仙畫春蘭數朵子瀟添梅一枝於旁戲題》、《宛仙爲竹禮部畫竹題曰淩雲高節爲書一絕句補空》、《宛仙以瓶花十二種羅列蘊玉樓詩歌來索和》、《謝宛仙惠畫扇繡袖》、《宛仙作蕊宮花史圖十二人者各有未相識也今歲春遊趙若冰李餐花言探皇言淡玉陶菱卿相見於舟次而余與宛仙尤聞聲相思顧未得預焉因紀其事兼寄宛仙》〔註96〕等等，席佩蘭與屈秉筠爲詩中摯友的關係十分明確。不僅如此，二人結爲畏友，視對方爲知己的心理定位與相對集中和獨立的交遊關係也值得關注，以席、屈爲中心建立的新的結社群體，相對獨立於隨園女弟子的範疇，這一現象本身即已說明蘇州閨秀與文士的結社，並非簡單地表現出依託或附屬的關係，其自身結社活動已經相對活躍和獨立，同時，從另一個層面也反映出，蘇州閨秀社交網絡的錯綜複雜，其結社平臺，並非以文士爲中心，恰當地講，是以人爲中心，這個「人」，是符合其闡釋需求的對象，是其心理所尋求的同盟者，更是其自我彰顯、歷史呈現、性靈抒發的志同道合之友，而閨秀自我意識的相對獨立性也由此體現出來。在《謝屈宛仙惠題小影即次原韻》中，席佩蘭既欣喜又深沉地對屈秉筠的「題小影」之舉予以回饋：「深情遙結同心契，好句先聞脫口香」，又在《聞宛仙亦以弟子禮見隨園喜極奉簡》一詩中爲屈秉筠入隨園門下而倍感歡喜：「何當並立袁門雪，賭詠風前柳絮輕」。席佩蘭對屈秉筠之作給予了極高的評價，《題宛仙詩稿》：「掃眉筆上無脂粉，脫口吟時有佛香。」像席佩蘭這樣在詩社中與一位閨秀如此密切的唱和往來，在蘇州地區

〔註96〕 （清）席佩蘭《長眞閣集》卷三，上海：上海古籍出版社 2010 年，第 518 頁。

都是較爲突出的，二人在詩歌創作中的一切才能盡情呈現。而屈秉仙又曾拜
長洲閨秀葉婉儀爲師，那麼，葉婉儀很有可能也屬於席佩蘭的唱和社群。據
清人施淑儀《清代閨閣詩人徵略》卷六記載：

> 婉儀，字莒芳，長洲人。通判常熟屈保鈞繼室。女紅之暇，點
> 染勿輟。別駕有女弟宛仙，互相商榷，時稱閨中勝友。嘗合寫《蘭
> 菊》小幀，席道華夫人題云：「《離騷》詞後寫陶詩，最喜聰明筆兩
> 枝。補盡人間難了願，春蘭秋菊竟同時。」子宙甫、女莒湘，皆善
> 畫。一門翰墨，照映湖山，誠藝林所罕有。〔註97〕

從這段文獻材料看，除葉婉儀外，子宙甫、女莒湘也極有可能與席佩蘭有詩
友關係，並屬於此唱和社群。除屈秉筠外，《長眞閣集》中，與席佩蘭酬贈也
較爲密切的詩人另有：閨秀友歸懋儀、丈夫孫原湘、侄婦謝翠霞、閨友錢蕊
仙、叔姑汪安人、詩友趙若冰、文士吳竹橋太史、文士李松雲太守、詩友吳
翠亭、文士陳古華太守、外祖張巽園、文士汪秀峰、閨友駱綺蘭、閨友王梅
卿（金逸去世後，丈夫陳竹士繼妻）、秀水王仲瞿金雲門夫婦、文士張南籠太
守、文士張夢廬太守等等，既有當朝聲名顯赫的文士，也有同爲隨園詩社中
的名媛。

　　席佩蘭對袁枚的仰慕是貫穿其詩歌創作始終的，與此同時，她對碧城仙
館詩社陳文述及其行跡亦頗多贊詞，在《長眞閣集》中有佩蘭《題陳雲伯大
令文述碧城仙館詩鈔》、《滄海雲帆圖爲雲伯大令賦》、《陳雲伯大令重修河東
君墓紀事》等詩作，似乎可以看到其對碧城詩社活動的傾心關注，在《題陳
雲伯大令文述碧城仙館詩鈔》中席佩蘭這樣寫道：

> 十年才筆九州橫，五色江花楮葉明。賦出寶刀無敵手，歌成團
> 扇有深情。夢入碧城仙界穩，果然風格玉谿生。蛾眉幾個眞知己，
> 曾費金臺序玉臺。吳門香夢住年年，四百飛橋六柱船。消受湘君下
> 塵世，雲藍親爲掌書箋。〔註98〕

將陳文述組織結社的盛況及自己寄情於碧城仙館的眞情述之筆端。在《碧城
仙夢圖》中席佩蘭更是傳達出找到精神家園歸宿的怡悅：「白玉雕闌碧玉甍，
似分明又不分明。果然靈境非人境，畢竟他生勝此生。淺水自尋前度影，落

〔註97〕　（清）施淑儀《清代閨閣詩人徵略》卷六，南京：鳳凰出版社 2010 年，第 1976
頁。
〔註98〕　（清）席佩蘭《長眞閣集》卷六，上海：上海古籍出版社 2010 年，第 553 頁。

花偏認步虛聲。微雲幾縷春痕在，刻向瑤天月一泓。」〔註 99〕意境澄明詩境
清新的靈動與生命正是佩蘭對碧城仙館詩社追慕的因由。那麼，即以《長眞
閣集》所載文本爲據，在袁枚的隨園詩社之下，以席佩蘭爲中心而形成的社
集群體，至少有兩個，一是以常熟閨秀屈秉筠、歸懋儀以及席氏丈夫常熟文
士孫原湘爲主要對象建立的蘇州當地唱和詩群；二是以席佩蘭與杭州文士陳
文述爲中心建立的又一個聯吟群體。而席氏所有活動都置放於隨園詩社的平
臺之上，得益於此又不拘泥其中。

　　綜觀上述史實，隨園閨中三大知己：席佩蘭、金逸、嚴蕊珠的文學交遊，
所展示出的是一群賦予靈性的閨秀，多才善思且較爲廣泛地結交詩友，酬贈
聯吟甚至品評時事，擁有相對寬裕的文化環境與更爲豐富的話語內涵。清代
文士茗溪生在其《閨秀詩話》卷二中曾言：「世之論詩者必曰：『詩之爲道，
宜遠規風雅，近寢饋於漢、唐以來諸名作，然後潤之以山川之氣，乃能超然
成一家言。』然若是者，求之白首窮經之士，尤難多得，況乎深閨弱質者哉？
故我之取閨秀詩，只求性情，不尚格調魄力，亦以其難得也。」〔註 100〕茗溪
生的論調實際上代表著有清一代性靈派文人對閨秀詩歌的支持立場，也代表
著清人對女性文學的某種程度的珍視與欣賞。不論如何，這一論調的確在保
護與促進女性文學發展的層面上有著十分積極的意義。於是，閨秀方將自身
對生活的感悟、對友情的尊重、對才學的渴望、對生命的哲思統統融彙到筆
下的詩文之中，使獨白走出閨闈成爲眞實生命存在過的一種體認。她們擁有
比男性文人更爲敏銳的觸角。南朝文學家江文通曾就一「離別」解析了閨中
人的三重苦境，其曰：

　　　　別雖一緒，事有萬端。誠齋斯言。即以閨中而論，同一離別也，
　　而有三境焉：少年科名得意，一笑出門，彼此生歡喜心，此境之樂
　　者，一也；恩好方濃，飢寒遝至，謀生無計，迫於不得已而行，此
　　境之苦者，二也；其下則嗜利之徒，貪痴無已，行裝一出，動輒數
　　年，彼其閨中人，豈無雲鬟玉臂、顧影自憐者，而似水流年，徒傷
　　栖獨，此境之尤苦者，三也。境殊情異，言即因之。〔註 101〕

只一「離別」，在閨秀之不同際遇中竟然蘊含如此豐富的意涵。最樂之「別」

〔註 99〕 （清）席佩蘭《長眞閣集》卷六，上海：上海古籍出版社 2010 年，第 554 頁。
〔註 100〕 （清）茗溪生《閨秀詩話》卷二，南京：鳳凰出版社 2010 年，第 1657 頁。
〔註 101〕 （清）茗溪生《閨秀詩話》卷二，南京：鳳凰出版社 2010 年，第 1656 頁。

境，爲「少年科場得意」，因心有所待，前途光明，夫婦情深，逐覺心生暖意，
自然歡喜，如畢太夫人與畢沅之別；最苦之「別」境，爲「謀生無計，迫於
不得已而行」，在飢寒中爲生計而四處奔波，無奈之中更生縹緲之感，怎能不
苦；尤苦之「別」境，乃丈夫嗜利，數年不歸，徒讓閨中女子空守流年。這
後兩者，都應屬吳江女詩人汪玉軫爲典型。總而言之，敏銳的才思與善感的
情致是使閨秀詩人在結社中獲得更大創作突破的源泉。

3. 隨園蘇州女弟子結社活動餘論──常熟歸懋儀

以袁枚爲中心形成的隨園詩社雖然極其顯目與重要，然其女弟子並非僅
僅依靠袁枚形成單一的結社群，實際上，從隨園女弟子的書信往來及文學交
遊關係來看，她們已在「隨園」之外建立起自己相對獨立的社交群體，這是
一個值得關注的現象，也正是說，成爲隨園女弟子，並非閨秀們詩學活動的
終結，而是另一個層面的新開始。比如常熟虞山女詩人歸懋儀佩珊，即爲隨
園得以門生之一。懋儀，字佩珊，江蘇常熟縣人。巡道歸朝煦女，上海諸生
理學璜室，其詩集有多種傳世，有《繡餘小草》、《繡餘續草附聽雪詞》等。
清代閨秀創作動機與藝術旨趣並非單一，以歸氏爲例，其由於家道的中落，
詩文也一度成爲其謀生的依據。在《寄映藜四叔父書》中，歸氏不僅講述了
自己的身世際遇，也言及創作的原因：

> 侄女遭際迍邅，家園破碎，數年來姑歿於堂，翁喪於途，了無
> 生色。米鹽瑣屑之外，加以骨肉慘傷，以致疾病叢生，不能勤操井
> 臼，旦夕傍徨，惟恐有負先人期望之心耳。天寒白屋，久賦無衣，
> 賴味莊先生垂念舊交，憐才破格，數載以來，得免溝壑。生涯冷淡，
> 日從事於詞章，或作一跋，或賦一詩，藉博蠅頭微利，歲暮則追逋
> 兼詩而至者紛紛矣。〔註102〕

「家園破碎，數年來姑歿於堂，翁喪於途，了無生色」已是環境的重創，再
加上「疾病叢生，不能勤操井臼」更使其對生活的希望幾於破滅，但由於得
友人相助，有味莊先生援手，方才「得免溝壑」，難怪歸懋儀曾在其詩作中要
將其命運與十七歲出嫁前去世的明末才媛葉小鸞相與並論。因而，作詩的情
狀與初衷乃「日從事於詞章，或作一跋，或賦一詩，藉博蠅頭微利」，詩文曾
一度成爲歸氏謀生的方式（以詩文謀生的清代閨秀也不在少數，比如著名才

〔註102〕（清）王蘊章《燃脂餘韻》卷四，南京：鳳凰出版社 2010 年，第 738〜739
　　　　頁。

媛沈善寶雖出身官宦家庭，但在家道中落之後，也曾不得已「以潤筆所入奉母課弟」〔註103〕。再如常熟才媛趙秉清，爲知府貴柣之女，因貴柣移疾歸里，貧不自存，而秉清守貞不字，便「爲女塾師以助薪水」〔註104〕）而「歲暮則追逋兼詩而至者紛紛」是其始料未及的。歸懋儀與席佩蘭互爲「畏友」。所謂「畏友」，在古代多指在學問上、道義上、德行上彼此砥礪，令人敬重的友人。明代名士蘇竣曾在其《雞鳴偶記》中，將朋友分成四類，曰：「道義相砥，過失相規，畏友也；緩急可共，死生可託，密友也；甘言如飴，遊戲徵逐，昵友也；和則相攘，患則相傾，賊友也！」歸懋儀學品與人品兼善，袁枚對她的評價也極高，並有詩相贈：「絕代青蓮筆，名媛此大家。幽懷清到雪，仙骨豔成花。」〔註105〕將懋儀之詩骨與唐代詩仙李白並提，已是盛讚。那麼，歸氏是否僅僅與席佩蘭這樣的同爲隨園女弟子之人交遊呢？我們試看幾則材料。其一是道光三年四月二十一日，金壇文士段驤拜手序《繡餘續草》中的一段記載：

> 拘牽之論，多言婦女不可使讀書。嘻！是未知其辭之謬也。敬姜之規公甫、文伯，曹大家之踵成《漢書》，作《女誡》，非徒以文稱，躬修乎道德，深造自得於文辭，故其言充乎有物，奐乎有文章。其它貫串典籍，博稽古今者，其人代有。他若括母知廢，陵母知興，又豈不學而至者耶？拘牽之論，至不足信。歲壬午，余由古中江達上海，榻觀察署，與余妹道契闊。而余女甥自璋，出詩辭質余，則其言有章，佳麗可誦。叩其所自，則師於女士佩珊夫人，而得其旨趣者也。余笑曰：「不母之師，而外求師乎？」余妹曰：「夫人才媛也。」及歸吳閶，凡知夫人者，無不言夫人才媛也，心竊異之。閨秀不求聞達，兼之女紅分其心，油鹽柴米亂其懷，雖好文墨，往往中怠，鮮有完作。夫人何一署稱之，一邦稱之如是耶？索其詩辭讀之，調逸芳辭醇，其置者卓然稱風人之旨，然後知所聞爲不爽也。余居吳閶三十年而未知之，余之陋甚矣。夫人淡泊自甘，少陵稱「侍婢賣珠圍，牽蘿補茅屋」者，夫人景況，約略近之，而能琢磨洗削，

〔註103〕（清）沈善寶《名媛詩話》前言，臺北：新文豐出版公司1987年，第3頁。
〔註104〕（清）施淑儀《清代閨閣詩人徵略》卷六，南京：鳳凰出版社2010年，第1947頁。
〔註105〕（清）王蘊章《燃脂餘韻》卷四，南京：鳳凰出版社2010年，第738頁。

克成其志，非古所謂豪傑者歟？聞其風者，奮然於詩書之途，尚友
古人於千載之上，不淆於浮論，知慕敬姜、惠姬之為人，未必不由
夫人牖之也。〔註106〕

這段序言極有意味，首先，作序之人段驤不是別人，正是清代文字訓詁
大師段玉裁之子。此序字裏行間充滿著段驤本人對歸懋儀的諸多敬意，序字
前特意加上了「拜手」二字。「拜手」在先秦的典籍中已經出現，比如《尚書‧
益稷》：「皋陶拜於稽首」，《列子‧仲尼》：「顏回北面拜手」，《漢書‧郊祀志
下》：「尸臣拜手稽首曰：『敢對揚天子，丕顯休命』」等等。它專指我國古代
男子的一種極高的禮儀——跪拜禮，即在下跪之時，須兩手拱合，不及地而
低頭至與手心平，而故稱「拜手」，亦稱「空手」。段驤在為歸懋儀《繡餘續
草》作完序時竟恭敬如此，其欽佩之心可以想見。另外，在序言開頭，段驤
直陳「拘牽之論」「其辭之謬」，對否定女性讀書的言論表示了不屑，並列出
自己對女學給予理解與支持的理由，一則以班昭（曹大家）為例指出女性「躬
修乎道德，深造自得於文辭，其言充乎有物，奐乎文章，貫串典籍，博稽古
今」值得肯定，加上學而有自，深厚的家學傳統又為其創作打下良好的根基，
因而不可輕易以「婦女不可使讀書」的謬論否定女性的天份；二則，段驤的
一次親身經歷讓他對常熟才媛歸懋儀刮目相看。一次，其女甥自璋出詩辭相
質，「其言有章，佳麗可誦」，段氏一問才知，女甥已拜師於女士佩珊夫人。
段驤初始表示質疑，畢竟閨中女子因家庭瑣事相擾，又不求聞達，因而「雖
好文墨，往往中怠，鮮有完作」。但日後，見盡人皆知、皆識佩珊夫人之才學，
便索詩拜讀，方識其「調逸而辭醇，有風人之旨」，因而又自愧弗知其名，孤
陋寡聞矣。在得知歸懋儀自甘淡泊，克成其志時，又終覺欽佩。

這段序言，一方面真切地反映出清代有識之士不同流俗的婦學思想，另
一方面則反映出常熟閨秀歸懋儀詩學交遊的廣泛與為閨塾師的經歷，當然還
有其極盛的才名與醇厚的品行。而《繡餘續草》正是段驤所選歸懋儀佳作刊
印付梓所得。之後，段氏更是將此集向士推介，便又有道光癸未斗指丁三日，
吳縣戈載之序，其序云：「琴川有佩珊夫人，巋然獨存，始本不在袁、任之門，
年老遊倦，為吳中女師，猶日吟詠以自遣。生平所為詩不下千餘首，金壇段
右白丈選其尤者付梓，明《繡餘續草》，後附《聽雪詞》一卷」，「前此諸女士，
皆奉人為師，身為弟子，而夫人則儼然垂教，不為弟子而為師，且以女子教

〔註106〕　（清）歸懋儀《繡餘續草》，合肥：黃山書社 2008 年，第 661 頁。

女子，授受親而性情恰，其理更順。」文士戈載更是指出，歸懋儀廣泛與女弟子文學交遊的事實，雖然在其作此序時，「徵君去年顧訪家君，予始獲晤，年七十外，近勤於經史，不復談前事。一時之流風雅韻，固已蘭枯香滅，無有人慕而道之矣」〔註107〕，此處的「徵君」正是也曾招收女弟子的江蘇震澤人任兆麟（「清溪詩社」領袖張滋蘭丈夫），往日閨秀拜師盛事已漸淡去，但「獨夫人以一女子，負盛名數十年，久而彌重」實在難能可貴，這一從一個側面反映出，乾嘉時期的閨秀拜師現象並非才媛們一時興起，捕風捉影似的追捧，而相當一部份閨秀視創作爲生命，已水乳交融地匯入自己的生活與情意，並在相對廣闊的文學交遊空間中建造起屬於自己的文學大廈與精神世界。

歸懋儀不僅在師友關係上建立起自己的文學交遊網絡，更是在親人與摯友中普遍地進行著詩歌唱和，並形成自己相對成熟的唱和群體，我們從以下這些酬贈的詩題中即可得知：《寄映蔡四叔父書》、《答曹夫人書》、《寄華山弟書》、《致何春渚徵君書》、《答香卿夫人書》、《寄懷玉芬夫人》、《戊寅臘月重訪怡園過馮玉芬夫人連床話舊剪燭論詩即次見贈元韻》、《和毛壽君山人春興元韻》、《贈圭齋妹》、《燈花和圭齋妹韻》、《贈景崇女阮》、《次圭齋妹見贈原韻》、《次吉雲妹見贈韻》、《小眞同柔仙見招以詩代簡次韻答之》、《次日遠峰小眞同遊詩來再答二首》、《送方式亭楷大令歸宣城三首》、《次春洲茂才見贈韻》、《次潘榕皋先生東坡生朝韻》、《奉次潘榕皋先生登焦山用東坡金山詩韻》、《和毛壽君山人春興元韻》等等。玉芬夫人、圭齋妹、小眞、潘榕皋先生等即與歸氏有著較爲密切的唱和關係。而著名思想家龔自珍與歸氏亦有詩文往來。在《龔自珍全集》中記載，嘉慶二十四年己卯、二十五年庚辰，他在兩次參加進士考試落第時，歸懋儀曾贈詩「刪除蠹篋閑詩料，湔洗春衫舊淚痕」以示慰藉，隨後，龔自珍也回贈七律誠致謝意：「蘼蕪徑老春無縫，薏苡饞成淚有痕。多謝詩歌仙頻問詢，中年百事畏重論。」龔自珍自言人到中年怕談論過去的事情，官場平庸充斥，自己亦遭造謠誣陷，舊事不堪重提，但唯感謝歸氏書信慰藉。據說一次龔自珍偶得明代薄命才媛葉小鸞的眉紋詩硯，作《天仙子詞》，歸氏知此，便以《題葉小鸞眉子硯爲定庵公子賦》相贈，詩曰：「小躡青鸞證上仙，紫雲一片未成煙。美人眉樣才人筆，合締三生翰墨緣。螺子輕研玉樣溫，摩挲中有古吟魂。一泓暖瀉桃花水，洗出當年舊黛痕。絕代娥眉絕代才，紅絲攜向鏡奩開。憑君第一生花筆，翻出新圖十樣來。」

〔註107〕（清）歸懋儀《繡餘續草》，合肥：黃山書社 2008 年，第 662 頁。

〔註108〕對這位才華橫溢卻在十七歲臨出嫁時夭折的才媛絕代詩筆予以傾心的
讚美。可以說歸氏與其詩友的關係已經超越了普通的唱和與詩藝的切磋，而
將詩歌寫作與人生情志密切關聯，彼此之間儼然成爲精神與志趣的摯友，正
如歸氏《答香卿夫人書》中所云：「千里神交，十旬闊別，相憶之情，筆舌難
罄」，詩筆可以包含眞情，但無法盡釋知音。也正因如此，歸懋儀詩集的刊刻
與傳播，其文士詩友也起到了不可或缺的作用，比如在《致何春渚徵君書》
云：「日前枉顧荒齋，匆匆未盡悃忱。自顧菲材，蒙長者知遇，殘稿付之集中，
拙書銘諸石上，抑何愛之深而望之切耶！遂令閨閣中欣欣作千秋之想，復承
厚賜累累，在長者有加無已，在義實深抱愧。」〔註109〕

　　由上述史實可知，歸懋儀與友人的詩文交遊也絕非簡單地交流文學、啓迪
才思、酬唱娛樂而已，而是時常反映出清苦孤愁之緒以及企盼從不容樂觀的生
活狀貌中尋求自我解脫的精神訴求。《秋夜感懷》中已經流露出清苦之感：「半
生心事篆成灰，欹枕空教腸九回。骨瘦不禁秋氣逼，詩寒苦受別愁催。燈前人
影隨雲散，天外鴻聲帶雨來。連日清閨惆悵甚，東籬孤負菊花杯。」〔註110〕，
而《次潘榕皐先生東坡生朝韻》一詩卻眞率地抒寫出明朗灑脫的志趣：

　　　　苦憶神仙玉局子，萬古精靈脫生死。立德功言三不朽，難得一
　　　　身兼眾美。椒酒春盤慶令辰，翩然鶴降如有神。長留浩氣彌宇宙，
　　　　豈獨大筆垂輪囷。世途夷險本無定，身遇屯邅道逾進。早師孟博志
　　　　澄清，晚學淵明樂天命。一笑詩成興更遒，眼前百事良悠悠。大江
　　　　寒月白如練，知公又作逍遙遊。〔註111〕

北宋大文豪蘇軾曾作《提舉玉局觀謝表》，中有「今行至英州，又奉教授臣朝
奉郎提舉成都府玉局觀」句，因其曾被授予提舉玉局觀，故後人常以玉局稱
蘇軾〔註112〕。「神仙玉局」便成爲清代文士喜以自稱的雅號，即以蘇軾爲人爲
文爲仿傚。比如清人陳文述《西泠閨詠》序中就曾記載：「雲間人爲扶鸞之戲
言：『君前生是玉局修書使者，所至有玉女侍側。』君頗自喜。」在扶鸞時得

〔註108〕　（清）歸懋儀《繡餘續草》，合肥：黃山書社 2008 年，第 679 頁。
〔註109〕　（清）王蘊章《燃脂餘韻》，南京：鳳凰出版社 2010 年，第 739 頁。
〔註110〕　（清）歸懋儀《繡餘續草》，合肥：黃山書社 2008 年，第 663 頁。
〔註111〕　（清）歸懋儀《繡餘續草》，合肥：黃山書社 2008 年，第 675 頁。
〔註112〕　〔宋〕劉克莊《摸魚兒·賞海棠》詞：「悵玉局飛仙，石湖絕筆，孤負這風韻。」
　　　　　（明）文徵明《先君行略》：「一日見公書，稍涉　玉局　筆意。」（清）趙翼《再
　　　　　題焦山寺贈巨超練塘雨詩僧》詩：「我本才非蘇玉局，敢嗔佛印不燒豬。」清·
　　　　　程文正《錢王廟》詩：「殘碑有字還堪讀，玉局鴻文筆力遒。」

知自己可與東坡居士媲美，陳文述喜不自禁。蘇軾「隨緣自適」的人生旨趣、超脫豁達的人格境界令世人欽佩，更令這群生活於清朝特殊時代文化中的文人雅士欽慕不已，這位潘榕皋先生也不例外。近日許承堯所撰《歙事閒譚》中「潘榕皋逸事」條記載：

> 《墨林今話》云：潘榕皋先生奕雋，官戶部主事，嘗典試黔中，家門鼎盛，子侄並綴巍科，而先生性獨蕭滄，早棄簪紱，高臥垂三十年。近歲閉關養高，罕與世接，藉圖史碑刻以自娛。或於春秋佳日，與吳中耆舊，飛觴坐花，聯眞率之會，賦詩記事，人望之若神仙焉。歲壬午重宴鹿鳴，江浙兩省，惟先生與秋室學士兩人，時稱「吳越二老」。〔註113〕

無怪歸懋儀要以「苦憶神仙玉局子，萬古精靈脫生死」稱讚潘榕皋先生，由此看來，主要也因其「性獨蕭滄，早棄簪紱，高臥垂三十年」的那份滄然與灑逸。而《歙事閒譚》中所言及潘榕皋先生也常聚詩會，並有較爲固定的唱和地點「或於春秋佳日，與吳中耆舊，飛觴坐花，聯眞率之會，賦詩記事，人望之若神仙焉。歲壬午重宴鹿鳴」，「眞率會」便很有可能是潘榕皋所結詩社之名，而歸氏與潘榕皋唱和頻繁，也極有可能爲結社成員之一。另外，文中有「歲壬午重宴鹿鳴」的字樣，「重宴」正好說明結社吟詩的規律性，而「鹿鳴」則很有可能是社所之名。潘榕皋已是用東坡生朝韻，而歸懋儀則又次韻，又足見此閨秀仰慕東坡之情，且與潘榕皋詩學旨趣與人生格調的相近。不僅如此，詩中對孟子博志澄明、淵明樂天知命的達觀也示以敬仰，對莊生似的逍遙超解更爲神往，都足證歸氏詩學境界的不尋常。那麼歸氏所參與的結社也應不止一個。從這些交遊的書信中，我們還注意到，歸懋儀除了拜袁枚爲師外，還曾拜有一師，即其書信中提及的「味莊先生」。在《繡餘續草》集中有《味莊先生示法華賞牡丹詩次韻》（「蜀箋五色爛於霞，擎得驪珠出絳紗」）、《喜雨行呈味莊先生》（「兼旬不聞喚鵓鴣，金烏飛出纖雲無」）等詩作，皆爲與味莊先生唱和之什，歸懋儀與味莊的師生關係在《哭味莊師》一文中歸氏已有說明。一方面，歸懋儀對味莊的去世非常哀痛，另一方面在文中，她提及「青雲篤高誼，十載賴公活。深閨弄柔翰，學詠昧音律。迷津時一指，漆室懸朗月。倘有尺寸長，公必表而出。」〔註114〕在音律吟詠上得到尊師指點迷津，在生活上得到尊師的相助，歸氏對味

〔註113〕許承堯撰，李明回等校點《歙事閒譚》合肥：黃山書社2001年，第910頁。
〔註114〕（清）歸懋儀《繡餘續草》，合肥：黃山書社2008年，第671頁。

莊的知遇之恩十分感激，足見其師生友誼深切。

　　由上述幾方面文獻可知，歸懋儀的文學交遊在隨園女弟子中都是較爲突出的現象。不僅自己多次拜師學藝、且同時招收女弟子，並與多個詩群保持了密切的唱和關係，隱論時政、縱議人生、感傷友情等都形成了歸懋儀獨特的詩學主題，並畫出一條不同尋常的詩文社交軌跡。

4.「隨園詩社」平臺下的才媛獨立結社及文學交遊活動餘論

　　在袁枚的蘇州籍女弟子中，除歸懋儀外另有一些文學活動也較爲突出。這裡例舉數例進行說明。第一位閨秀吳江才媛吳瓊仙。據王蘊章《燃脂餘韻》卷一記載：「吳江徐山民之配妻吳瓊仙，字子佩，一字珊珊，工吟詠。山民故喜爲詩，得珊珊大喜過望，同聲偶歌，窮日分夜。袁隨園聞之，嘗自吳中過訪，以爲徐淑之才，在秦嘉之上。山民益自喜，謂獲師友之助。偕遊天平山，題詩絕壁，見者疑謂神仙過往，颷車羽輪，動衣裳而落珠玉也。」〔註115〕關於吳瓊仙的記載，《江蘇詩徵》卷一六三、洪亮吉《徐君妻吳安人墓誌銘》、郭麟《吳珊珊夫人小傳》等略有記錄。這裡首先反映出的問題是，閨秀自身較好的文學修養，以及與其丈夫之間頻繁而極樂的唱和本身已不同尋常，一方面是其家學淵源的積澱，而另一方面則是文人的大力支持促成了這群女子以特殊的才學，這是其走出閨閣參與結社的重要淵源。

　　更有意味的是，在袁隨園詩社之下，閨秀之間並未形成一個十分完密的統一社群，她們雖然活躍於此平臺之下，但各自又相對自由地形成自己的唱和網絡，比如吳門才媛金逸，與隨園女弟子中吳瓊仙、汪與珍、袁淑芳等交遊較爲密切，形成一個詩歌群體；同時又與陳文述京城詩友無錫閨秀楊蕊淵、長洲李紉蘭等唱和往來，形成第二個詩歌群體。在金逸去世後，楊蕊淵、李紉蘭、陳雪蘭等三女士共同爲其《瘦吟樓詩稿》捐金付梓，足見其四人之間深摯詩情。清人王蘊章《燃脂餘韻》卷二記載了此事，且有陳文述對此事之極評：「蛾眉都有千秋意，肯使遺編付劫塵。」〔註116〕恐只有詩友之間才有如此憐香惜玉。另外，若根據王蘊章記載，還可知作爲吳門陳竹士（陳基，爲袁枚弟子）前室的金纖纖，與竹士伉儷唱和，感情深摯，很有可能是陳竹士「龍華會」詩社中的成員。此即很有可能是金逸所參與的第三個詩歌群體。據王蘊章《燃脂餘韻》記載：「纖纖嘗與竹士同夢至一處，烟水無際，樓臺出

〔註115〕　（清）王蘊章《燃脂餘韻》卷一，南京：鳳凰出版社2010年，第634頁。
〔註116〕　（清）王蘊章《燃脂餘韻》卷一，南京：鳳凰出版社2010年，第645頁。

沒雲氣中，彷彿有人告之曰：『此秋水渡也。』因共聯句。醒而憶『秋水樓臺碧近天』七字。」〔註117〕不久不至十日，金逸旋卒。竹士繼娶山陰王女士倩，但結褵未久，王倩亦離世，臨終曾作《絕命詩》四章，另有絕句二首，爲陳文述雲伯所作，其云：「文字緣牽總宿因，生生死死見情眞。請看收拾殘花骨，還是龍華會上人。便做神仙也怕愁，不如歸去瞑雙眸。裁雲作帳月爲簪，冷臥碧城十二樓。」雲伯嘗云：「閨閣妙麗之質，幽豔之才，皆天上謫僊人也。」〔註118〕王蘊章評曰：「觀於纖纖、梅卿（王倩）二女士，信哉！」〔註119〕陳文述「還是龍華會上人」一句，實際上不僅指梅卿，也指金逸，金逸與其丈夫陳竹士同爲袁枚弟子。而何爲「龍華會」呢？《荊楚歲時記》：「荊楚以四月八日諸寺各設會，香湯浴佛，共作龍華會，以爲彌勒下生之征也。」〔註120〕，《彌勒下生經》：「坐龍華菩提樹下，得阿耨多羅三藐三菩提，在華林園。其園縱廣一百由旬，大眾滿中。初會說法，九十六億人得阿羅漢；第二大會說法，九十四億人得阿羅漢。第三大會說法，九十二億人得阿羅漢。彌勒佛既轉法輪，度天人已，將諸弟子入城乞食。」〔註121〕「龍華會」是古時的一種風俗，在農曆四月八日舉行的佛教法會，因爲那天是彌勒佛出世，即得道成佛的日子，故名。陳竹士、金逸、梅卿等很有可能是在佛教法會時進行社結的詩文唱和活動。那麼由此看來，隨園詩社中閨秀金逸至少參與了三個詩群，形成自己相對獨立而後不可分立的詩友網絡關係。此外，還有一個值得注意的現象，即在以隨園爲中心的結社平臺下，隨園弟子與其親屬所保持的唱和關係，也應納入隨園詩社影響的範疇。比如常熟屈秉筠的外甥女季蘭韻，就極少被研究者關注，她有《楚畹閣集》傳世，其中包括詩餘一卷，詩十一卷，皆以年編次。在《楚畹閣集》中保存了較多季蘭韻與隨園女弟子屈秉筠（其外姑母）、歸懋儀（佩珊）的酬唱之作，此部份內容將在第七章第一節詳細說明，此不贅述。

通過雅集吟詩的方式，袁枚性靈說的詩學思想也著實影響著這群圍繞著他的閨秀。當時一位文士韓廷秀曾作詩稱讚袁枚性靈說詩論：「隨園弟子半天

〔註117〕（清）王蘊章《燃脂餘韻》卷一，南京：鳳凰出版社 2010 年，第 671 頁。

〔註118〕（清）王蘊章《燃脂餘韻》卷一，南京：鳳凰出版社 2010 年，第 672 頁。

〔註119〕（清）王蘊章《燃脂餘韻》卷一，南京：鳳凰出版社 2010 年，第 672 頁。

〔註120〕南朝梁・宗懍撰，宋金龍校注《荊楚歲時記》太原：山西人民出版社 1987 年，第 102 頁。

〔註121〕星雲大師監修《彌勒下生經》，高雄：佛光出版社 1999 年，第 375 頁。

下，提筆人人講性情，讀到君詩忽驚覺，每逢佳處見先生。經年共領江山趣，
一點眞傳法乳清。努力更成三百首，小倉集定不單行。」〔註122〕袁枚弟子詩
學觀念深受其性靈說影響，以金逸爲代表的女弟子就深悟其意：「余讀袁公
詩，取《左傳》三字以蔽之，曰：『必以情』」〔註123〕，而雅集正是他們彼此
影響，切磋詩藝的重要方式之一。與此同時，在閨秀與文士的結社活動中，
論詩，也是一個重要的命題。以袁枚女弟子蘇州元和閨秀嚴蕊珠爲例，就曾
與袁枚展開過詩論。在師徒之間有過一段著名的論詩對話。據施淑儀《清代
閨閣詩人徵略》卷六就曾記載嚴蕊珠與隨園之間的一段詩論：「《隨園詩話》
云：吳江嚴蕊珠女子，年才十八，而聰明絕世，典環簪爲束脩，受業門下。
余問：『曾讀倉山詩否？』曰：『不讀不來受業也。他人十，或有句無篇，或
有篇無句。惟先生能兼之。尤愛先生駢體文字。』因朗背《于忠肅廟碑》千
餘言。余問：『此中典故頗多，汝能知所出處乎？』曰：『能知十之四五。』
隨即引據某書某史，歷歷如指掌。且曰：『人但知先生之四六用典，而不知先
生之詩用典乎？先生之詩，專主性靈，用運化成語，驅使百家，人習而不察。
譬如鹽在水中，食者但知鹽味，不見有鹽也。然非讀破萬卷，且細心者，不
能指其出處。』因又歷指數聯爲證。余爲駭然。其博聞強識如此。論詩數語，
尤得此中三昧。」〔註124〕實際上，袁枚在其隨園詩社中始終扮演的亦師亦友
的角色，是其弟子詩藝不斷提升的重要原因。女弟子戴蘭因曾在《題湖樓請
業圖》中對袁枚之細心指教作了這樣的記述：「卷中淑媛均作手，況後先生試
善誘。心香一瓣奉南豐，事業名山永不朽。湖面朝朝鏡影清，湖樓夜夜哦詩
聲。尙書口授今文經，九十不倦老伏生。賤質年來飽霜雪，蒙公一片婆心切。
同坐春風儂獨視，平生佳話逢人說。」〔註125〕在弟子看來，這是一位口授心
傳，九十伏生，飽經霜雪的尊師。另據民國初年的一份刊物《香豔雜誌》上
《廢物贅言》中記載：「隨園女弟子詩，大半經老人潤飾而成，頗有不知詩爲
何物，而亦謬附詩人之列者，然其中未嘗無一二人才，佩蘭以學力勝，纖纖

〔註122〕（清）袁枚著；顧學頡校點《隨園詩話補遺》卷八，北京：人民文學出版社
　　　　1982年，第772頁。
〔註123〕（清）袁枚著；顧學頡校點《隨園詩話補遺》卷十，北京：人民文學出版社
　　　　1982年，第821頁。
〔註124〕（清）施淑儀《清代閨閣詩人徵略》卷六，南京：鳳凰出版社2010年，第
　　　　1954頁。
〔註125〕匡來明《隨園女弟子詩詞》，上海：光華書局1931年，第144頁。

以天才勝，廁諸鬚眉，亦自傳人。」〔註126〕袁枚與弟子的實際雅集是有限的，對其弟子的品評與激賞是細膩而有心。

二、「不信紅閨有此木，淋浪墨瀋化瓊魂」：頤道居士及其蘇州女弟子

1. 陳文述婦學觀及「碧城」女弟子述略

陳文述（公元 1771～1843）原名文杰，字雋甫、退庵，號雲伯，退庵，別署玉清散吏，室名頤道堂，碧城仙館，題襟館，浙江錢塘（今杭州）人，嘉慶五年（公元 1800）舉人，著有《西泠懷古集》、《碧城仙館詩鈔》等〔註127〕。陳文述是繼袁枚之後大力提倡女性文學創作的文士之一，梁乙眞在其《清代婦女文學史》記載「有清一代，提倡婦女文學最力者，有二人，袁隨園倡於前，陳碧城繼於後。碧城，名文述，字芸伯，錢塘人，碧城女弟子，其紅粉桃李，雖不及隨園門墻之盛，而執經問字之姝，要皆一時之彥也」〔註128〕。在清代，對閨秀詩學活動大力支持者，袁枚算第一，那麼陳文述則爲第二，陳文述對閨秀的認同，對文學創作活動的支持，以及對閨秀文學作品的極度欣賞與招收閨秀爲女弟子的行爲在當世人看來都是極風流雅致之事，稱陳氏爲「頤道夫子」，並自列門墻稱「碧城私淑弟子」的閨秀不在少數，而眞正得到陳文述承認的女弟子則有三十人左右。

陳文述對閨秀及其文學創作的痴迷是一個極有意思的現象，但這一點也正是清代支持閨秀文學活動的文士普遍的共性。「痴」，既可視作才情雅趣的自我體認，又可視作眞誠執迷的心靈溝通，還可視爲將某種情志發揮到極致的藝術品格，在清代文士身上，三者相通，並在與閨秀的文學交往中體現出來。清代江浙閨秀多拜文壇名士爲師，以袁枚爲中心的隨園女弟子群已爲世人矚目。碧城弟子續承餘韻，屢造雅事，成就了另一番美名。文士招收女弟子呈如此盛況，一方面因明清兩朝，文人喜以「才子」相標榜，他們尚「才」、崇「情」、尊「趣」，將科舉八股取士中尚未發揮的聰慧充分賦予吟詩弄文，借一切可能的契機加以點染，正如張潮所言「才之一字，所以粉飾乾坤」、「情

〔註126〕《香豔雜誌》北京：線裝書局 2007 年。

〔註127〕朱金坤總主編：王麗梅編著《西溪雅士》杭州：西泠印社 2010 年，第 182 頁。

〔註128〕梁乙眞《清代婦女文學史》，北京：中華書局 1932 年，第 165 頁。

之一字，所以維持世界」〔註129〕這正是「癡才」彰顯自我的標誌；另一方面，
此期德、才、色兼備的女性更受到士人的青睞，世家大族更加重視對女子教
育的培養，女性不僅在相夫教子中繼續發揮著重要的傳統作用，更成爲家族
文化間交往的紐帶。因此，她們對自我文化品格的提升也有了更爲獨立的要
求，俞樾言「明清兩朝，小家碧玉多傾向於『爭拜先生』」。拜名士爲師，也
就在這樣的背景下發展起來。對閨秀才情表示出癡意的文士，在清代並不少
見，陳文述稱得上一等的「癡人」，這種「癡」一方面來自於對自我才華的絕
對認同，一方面源自於對風韻雅事的品賞定位。但無論哪方面，都是其風流
自賞、癡心自娛的心理表現。同時，也許正是因爲清代這一部份特殊的風雅
與別致的視角，對閨秀文學交遊活動的支持與肯定，根本性地成就了閨秀詩
文結社活動的進一步發展，且在文士與閨秀的交遊中間建立起一座必要的心
理橋梁。我們不妨以陳文述爲例，對其「癡」態進行一番說明。陳文述「內
兄仁和」龔凝祚在爲《西泠閨詠》所作序中記載了一則頗有意味的事情：

> 雲間人爲扶鸞之戲言：「君前生是玉局修書使者，所至有玉女侍側。」
> 君頗自喜。嘗夢中聞美人玉天之歌，落花四起，隨風壁立。又嘗夢遊羅
> 浮，夢入天台觀瀑，夢遊淮神廟觀梅，夢遇西溪水仙。暗香疏影中，作
> 爲歌詩，飄飄有淩虛之意。嘗遊白下，假館停雲水榭，遍覽棲霞、牛首
> 之勝；青溪桃葉間，尤三致意。爲《秣陵集》五百篇。《莫愁湖》句云：
> 「開國君王能將將，傾城佳麗說卿卿。」爲世傳誦。〔註130〕

蘇軾曾作《提舉玉局觀謝表》，中有「今行至英州，又奉教授臣朝奉郎提舉成
都府玉局觀」句，因其曾被授予提舉玉局觀，故後人常以玉局稱蘇軾〔註131〕。
此處雲間人爲陳文述扶鸞時，竟然說陳前生是玉局修書使者，顯然陳文述不
厭其煩地突出他這個夙緣，其目的就在於爲其詩文活動增添幻美的色彩。而
雲間人說其「所至有玉女侍側」，更似一種暗示，言下之意，他在現實中要與
才女佳人有所週旋。種種言論，都是其爲「癡心」造韻事的最好說明。而與

〔註129〕（清）張潮《幽夢影》北京：中華書局2008年，第27頁。
〔註130〕王國平《西湖文獻集成》第27冊，西湖詩詞曲賦楹聯專輯。杭州出版社2004
　　　　版，第292頁。
〔註131〕〔宋〕劉克莊　《摸魚兒・賞海棠》詞：「悵玉局飛仙，　石湖絕筆，孤負這風
　　　　韻。」（明）文徵明《先君行略》：「一日見公書，稍涉 玉局 筆意。」（清）
　　　　趙翼《再題焦山寺贈巨超練塘兩詩僧》詩：「我本才非蘇玉局 ，敢嗔佛印不
　　　　燒豬。」清・程文正《錢王廟》詩：「殘碑有字還堪讀，玉局鴻文筆力遒。」

閨秀詩人交往中的風雅往事，陳文述仿似時刻銘記於心，他多次援引風雅舊事，賞識把玩，甚是自負。

陳文述的「痴」不僅表現在引風雅「韻事」以示其自負之仙才上，還表現在「造」韻事以點染盛名的行跡中。所謂「造」，即子虛烏有的情節設置。滿清女詩人顧太清《天游閣詩集》中記載了一則關於陳文述所「造」之韻事。顧太清在《含沙小技太玲瓏》詩前，以一很長的詩題對此事的原委作了細述：

> 錢塘陳叟字雲伯者，以仙人自居著有〈碧城仙館詞鈔〉，中多綺語，更有碧城女弟子十餘人代爲吹噓。去秋曾託雲林以《蓮花筏》一卷、墨二錠見贈，予因鄙其爲人，避而不受。今見彼寄雲林信中有西林太清題其《春明新詠》一律，並自和原韻一律，此事殊屬荒唐，尤覺可笑，不知彼太清此太清是一是二？遂用其韻，以記其事。〔註132〕

據顧太清詩題所言，陳文述曾託人贈送〈蓮花筏〉一卷、墨二錠給她，但顧氏因爲鄙薄陳的爲人，沒有接受。日後，竟在陳文述寄予雲林的信中見到冒充自己所題的律詩一首，覺得荒唐可笑，不知所言太清是同名同姓者呢還是冒充之名，於是作詩記載了這件事。顧氏遂在其《天游閣集》卷四《含沙小技太玲瓏》詩中，將陳文述的這一「痴心妄想」的舉動，再次表示了深刻的鄙薄之意：「含沙小技太玲瓏，野鶩安知澡雪鴻。綺語永沉黑暗獄，庸夫空望上清宮。碧城行列休添我，人海從來鄙此公。任爾亂言成一笑。浮雲不凝日光紅。」〔註133〕詩下又有「鈍宦小語」說明顧太清所言爲是，陳文述的確有僞造嫌疑：

> 太清曾託許雲林索汪允莊夫人題其聽雪小像，允莊效花蕊宮詞體，爲八絕句報之。見自然好學齋詩鈔。允莊，雲林表姊，而雲伯之子婦也。此詩乃痛詆雲伯何耶？余藏雲伯頤道堂詩僅十九卷，非足本也。十九卷中，無春明新詠一首，俟續考。……雲伯處處摹倣隨園，裝腔作調，到老不脫脂粉之氣，實實可詆。〔註134〕

顧太清表示，陳文述這種借名媛之口拓自己之志的作爲只能視作「含沙小技」，陳文述也只能算作「野鶩」、「庸夫」之屬。鄙薄如此，從一個側面看到當時仍有部份才媛對收女弟子之文士並不讚賞。又從「鈍宦」所言看到

〔註132〕李澍田《顧太清詩詞天游閣集》長春：吉林文史出版社1989年，第142頁。
〔註133〕李澍田《顧太清詩詞天游閣集》長春：吉林文史出版社1989年，第142頁。
〔註134〕李澍田《顧太清詩詞天游閣集》長春：吉林文史出版社1989年，第142頁。

陳文述「造」韻事有摹仿隨園之嫌，爲世人所不喜，竟已接近痴狂的地步。
顧太清所言或許屬實，這的確也反映出當時閨秀的兩個心態，一方面她們
自身的詩名已經很高，不必拜文士爲師，更不屑一顧於名士們子虛烏有的
邀請。另一方面，她們對閨秀與男性文士的交遊仍然持保守態度，因而拒
絕之舉也就在所難免了。但是不論如何，正是因爲清代這一部份特殊的風
雅與別致的視角，對閨秀文學交遊活動的支持與肯定，根本性地成就了閨
秀詩文結社活動的進一步發展，且在文士與閨秀的交遊中間建立起一座必
要的心理橋梁。

2. 碧城女弟子結社盛況及其五大特徵

關於碧城女弟子的具體人數，陳文述曾自言「余女弟子三十餘人」〔註135〕
其女弟子於月卿也曾言「頤道夫子碧城女弟子三十餘人」〔註136〕。《頤道堂詩
選》、《西泠閨詠》等文獻中多處記載了陳氏自述其女弟子的相關信息。陳氏
曾云：「余中年以後閨媛中亦多問字者。」〔註137〕可以判斷大約在中年以後，
碧城女弟子開始興盛，並且最多的時候約有三十餘人。那麼陳氏最早招收女
弟子的情況如何呢？又據龔凝祚《西泠閨詠序》記載：「自瑟嬋，仲蘭先後授
業，而江左女士皈依者眾。」〔註138〕可知瑟嬋與仲蘭乃是陳氏最早招收的兩
位女弟子，瑟嬋即辛絲，仲蘭即閨秀王蘭修。而在文獻中比較集中地提及碧
城女弟子，則是在爲西湖三女士修墓，廣徵題詠所成《蘭因集》〔註139〕中。
此集中稱陳文述爲「頤道夫子」的閨秀就有十人，分別爲：辛絲、張襄、陳
滋增、黃之叔、黃曼仙、錢守璞、吳規臣、張儀昭、曹佩英、華玉仙等。而
次年完成的《西泠閨詠》一書中，陳文述表明具有師生關係的女作家又增加
了如下數人，分別是：王蘭修、吳藻、呂靜仙、黃鬢仙、顧韶等。陳文述友
人齊彥槐即對其桃李門墻金釵問字之盛況表示了一番艷羨之意，據《頤道堂

〔註135〕（清）陳文述《頤道堂全集・頤道堂戒後詩存》清道光年間刊本。
〔註136〕（清）陳文述《碧城仙館女弟子詩・於蕊生纖素軒詩》，民國四年西泠印社聚
　　　　珍版刊本，第8頁。
〔註137〕（清）陳文述撰《碧城題跋》卷二，道光二十二年頤道堂刻本，第8頁。
〔註138〕（清）陳文述《西泠閨詠》，王國平《西湖文獻集成》第27冊《西湖詩詞曲
　　　　賦楹聯專輯》杭州：杭州出版2004年，第287頁。
〔註139〕（清）陳文述《蘭因集》，《叢書集成續編》第38冊《史部》上海：上海書店
　　　　出版社,1994年，第841頁。另據清人王蘊章《燃脂餘韻》卷一記載：「陳雲
　　　　伯爲小青、菊香、雲友修墓於西泠，徵諸題詠，彙而刻之，顏曰《蘭因集》」。
　　　　在卷三中，王蘊章又詳細記載了此三女士的情況。

詩選》卷二十一記載：

> 君女弟子極盛，如太原辛瑟嬋、金壇吳飛卿、於蕊生、史琴仙、祁門張鳳卿、蒙城張雲裳、白門孫芙裳、陳友菊、吳門曹小琴、吳飛容、錢蓮緣、黃蘭卿、蕙卿、梁溪華雲卿、粵東黃耕畹、錢塘汪逸珠、顧螺峰、吳蘋香、陳妙雲、皆執摯門下，稱碧城弟子。〔註140〕

可知碧城女弟子分佈在不同的地域，太原、金壇、祁門、蒙城、白門、吳門、梁溪、粵東、錢塘等等，五湖四海，交遊之廣是可想而知的。不僅如此，碧城女弟子的身份也各異，幾乎涵蓋各個階層。臺灣學者鍾慧玲《〈西泠閨詠〉中的女性群像》一文，將碧城女弟子分爲六類：宮闈妃嬪、節婦烈女、閨閣才媛、姬妾侍婢、妓女歌兒、方外庶民。〔註141〕可見其遴選標準的寬鬆與對女子才學的器重不以身份出處爲唯一評判依據的包容、開放思想。而這群女弟子正是以才學見長。陳文述「內兄」龔凝祚在爲《西泠閨詠》作序時便極稱碧城女弟子的才華：「自瑟嬋，仲蘭先後授業，而江左女士皈依者眾。詞章之外，皆擅丹青。若吳飛卿之精醫理；張雲裳之善騎射，陳妙雲能漢人隸書，作徑尺大字；吳蘋香精音律，能撫琴擘阮」，「若張鳳卿、史琴仙、華雲卿、黃蘭卿、蕙卿、春蘭秋菊，各擅其勝，咸以書畫爲贄。」〔註142〕碧城女子的多才，在詞章、丹青、音律甚至騎射、醫理中表現出來，令人稱奇。其文學活動，以吟詠爲主，多涉及繪畫、出版等，形式極爲豐富。可以說，碧城女弟子是繼隨園女弟子之後的又一個規模較大的女性吟詠群體。雖然陳文述與袁枚一樣，同爲浙江人，但在他們所招收的女弟子，卻有一個共同的特徵，即大部份都爲江蘇蘇州籍閨秀。這一方面與陳氏的仕宦經歷有關，陳文述爲嘉慶五年舉人，六年至京師師事阮元，又於嘉慶十一年改官江南，遷居至吳門，歷任常熟、虞山等地；而另一方面，則與圍繞袁枚形成的隨園弟子興盛不無聯繫，在與陳氏詩文交遊的女作家中，席佩蘭、屈秉筠、歸懋儀、駱綺蘭、孫雲鳳等都爲隨園女弟子。綜上所述，以文士陳文述爲中心所形成的碧

〔註140〕（清）陳文述《答齊梅麓見題拙集之作即用原韻》，附齊彥槐原作，其四，《頤道堂詩選》卷二十一，《清代詩文集彙編》504《頤道堂詩選 頤道堂詩外集》上海：上海古籍出版社 2010 年，第 16 頁。

〔註141〕鍾慧玲《〈西泠閨詠〉中的女性群像》，東海中文學報，2005 年第 17 期，第 61～91 頁。

〔註142〕（清）陳文述《西泠閨詠》，龔凝祚序，王國平主編《西湖文獻集成》第 27 冊《西湖詩詞曲賦楹聯專輯》杭州：杭州出版 2004 年，第 290 頁。

城仙館女詩人群，具有人數眾多、覆蓋面廣、層次複雜、才藝突出、以蘇州籍閨秀爲主的五大特徵。

3. 蘇州籍閨秀與陳文述文學交遊活動考

陳文述碧城女弟子雖然數量眾多，分佈較廣，但在陳文述自己看來，可以歸爲兩類，即武林女弟子與吳門女弟子。其中，「武林」是杭州的舊稱，因武林山而得名。而「吳門」則是指蘇州一帶，歷史上作爲蘇州的別稱之一，爲春秋吳國故地。陳文述於道光六年離別吳門謁選北行，二十年來江南宦海沉浮讓他倍覺悵惘，但「諸公交宴勞相憶」、「贈行不少女郎詩」又他頗感慰藉與留戀。在其所作《留別吳門》詩「春風桃李群芳譜，爭乞羊欣白裙」句下注裏，陳氏便清楚地將其女弟子分爲了此兩類：

> 武林女弟子汪逸珠、許雲林、吳蘋香、顧螺峰、陸湘鬟、李蘋仙、華雲卿、黃蘭卿、蕙卿、陳妙雲；吳門女弟子王仲蘭、辛瑟嬋、吳飛卿、孫芙裳、張雲裳、呂靜仙、錢蓮緣、陳友菊、黃蘭娖、張鳳娖、曹小琴、范湘罄、吳飛容、於蕊生、史琴仙、張蘭香、書畫並擅，一時之秀。〔註143〕

陳文述與蘇州籍閨秀的文學交遊與結社活動表現在兩個層面上，一是詩友關係，一是師徒關係。首先說詩友關係，與陳氏文學交遊活動較爲頻繁的，以長洲閨秀李晨蘭佩金爲典型。據清代閨秀沈善寶所撰《名媛詩話》卷四記載：「長洲李晨蘭佩金，滄雲府丞女孫，諸生何仙帆室。晨蘭有《生香館詩詞集》。《詠秋雁》有『千里歸心隨月還，一年愁思入秋多。入世豈容矰繳避，就人終覺羽毛輕。』之句，爲人傳誦，稱『秋雁詩人』。《生香館》詞律最細，深情雅韻，足可與漱玉抗手。」〔註144〕「秋雁詩人」正是陳文述爲李晨蘭刻。據清人王蘊章《燃脂餘韻》卷二記載：「琴河女史李晨蘭佩金，有《秋雁》詩四首。陳雲伯爲刻『秋雁詩人』小印貽之。」〔註145〕李佩金在與陳文述相識之前已經詩名滿天下，其《秋雁》詩，不僅以歸思雁秋爲素材寫出了閒愁哀怨，且將雁之生與人之命相連，融入其蕭瑟孤獨的無限感慨，佩金寫秋雁，寫形傳神，充滿靈氣，其對愁意的解悟、生命的得失、世事的沉浮具有入木

〔註143〕《頤道堂詩選　頤道堂詩外集》，《清代詩文集彙編》，上海：上海古籍出版社2010年。
〔註144〕（清）沈善寶《名媛詩話》，臺北：新文豐出版公司1987年，第405頁。
〔註145〕（清）王蘊章《燃脂餘韻》卷二，南京：鳳凰出版社2010年，第696頁。

三分的敏銳洞察，其對詞體創作的諳熟更是使作品獲得了超越性的審美享受。在與同時齊名於京師的詩友楊蕊淵芸酬唱後所作《金縷曲·寒夜同楊蕊淵話舊》詞中，體現出其高超的詞學技藝：

> 蕭瑟閒庭院。掩文窗、薄寒料峭，暗燈剪。縱道宵長蓮漏永，比似閒愁還短。化萬縷、縈纏如繭。款約輕魂隨夢去，繞天涯、不怕風吹斷。詹鐸語，又驚轉。
>
> 一丸冷魂霜華滿。算年年，照人如鏡。幾般淒怨。惆悵家園心縹緲，多少海思霞念。恐此日、遂成虛願。可惜江南花月好到春來、空付鶯和燕。歸路杳，碧雲遠。〔註146〕

陳文述到京師後，便與長洲閨秀李佩金相識，並曾跟從李佩金、楊芸等學習填詞，爲李楊二人擔任出版校錄工作，更多次爲三位女士題集作序。三人中，陳文述與李佩金的文字交往較多，如給李佩金《簪花閣貼》題序，又曾作《和簪花閣內史李晨蘭秋雁詩》四首寄贈。在《題長洲女士李紉蘭佩金生香館集》中，陳文述對佩金讚賞有加：

> 不信紅閨有此木，淋浪墨瀋化瓊瑰。瀟湘竹許裁斑管，璘瑉簾應予玉壺。
>
> 麗句不嫌花綽約，苦吟常共月徘徊。早知詩思清於雪，曾見驚鴻小影來。
>
> 如此聰明便合愁，無聊心事託悲秋。紅鸚未許知前世，白鳳空勞慕遠遊。
>
> 二月落花如夢短，一江春水向東流。瑤清女伴如相憶，花葉緘題寄十洲。
>
> 碧海青天寫性靈，裁花作骨亦瓏玲。早梅春淺憑妝檻，暮竹寒多倚翠屏。
>
> 應與素娥居璧月，須知玉女是明星。賞音省識人間少，一曲冰弦愛獨聽。〔註147〕

對其聰穎良質、清思詩才、玲瓏氣骨、眞淨性靈給予了高度評價，並謂之「明星」。不僅題集誇讚，而且贈物寄情。據鍾慧玲《陳文述年譜》記載，嘉慶六年

〔註146〕《叢書集成續編》176 文學類，新文豐出版公司，第 768 頁。
〔註147〕（清）陳文述《碧城仙館詩鈔》卷五，北京：中華書局 1985 年，第 77 頁。

辛酉（公元 1801）陳文述時年三十一歲，為閨秀李佩金題集，並刻贈小印。李佩金遂聽從陳文述建議改字晨蘭。《李晨蘭女士生香館遺集序》中記載了此事：

> 某烏帽遊梁，青衫入洛，偶遇銅龍之第，得窺朱鳥之窗。呼來一妹，本是天人；謂我諸兄，居然同氣。聽清談於玉屑，寄逸思於瑤華。許讀香奩之集，卷裏香濃；屬書玉版之箋，行間玉潤。商略簪花之貼，沉吟煮夢之圖；署秋雁之詩人，貽小鸞之名印。可謂人間絕世，仙處無雙者歟！〔註148〕

給閨秀更名，賦予其絕世仙處的風韻，本已屬人間雅致，再加上以垂世之名，刻印相贈，就更加醉人心扉。後在《西泠閨詠》中，陳文述再次以詩風流吟賞自己在這段「韻事」中所扮演的角色：「我是嬋娟舊書記，遺編珍重獲靈芸」〔註149〕此等「痴」態，已將對閨秀詩人的激賞發揮到極致，更將自己參與其中的「痴」情表現得淋漓盡致。此後，陳文述又將自己「為兩女士傭書」（為楊芸、李佩金擔任出版校錄工作）之事作了同樣的渲染，為紀念此一「韻事」，陳文述這次為自己刻了一枚小印，曰「蕊蘭書記」〔註150〕，意思是他是蕊淵和晨蘭的私人秘書。施淑儀在其《清代閨閣詩人徵略》中對此事深表讚賞並詳細記載：

> 錢塘陳雲伯大令以傭人自命，繪有《碧城仙夢圖》，其客京師日，曾為晨蘭及楊蕊淵女士傭書助之。著書之後鐫「蕊蘭書記」小印，以為紀念，《西泠閨詠》所云「我是嬋娟舊書記，遺編珍重獲靈芸」即謂是也。大令平生韻事甚多，當以此為第一佳話。〔註151〕

施淑儀將陳文述所作之事目之為平生第一，實在可見其「癡」之程度的一般。另外，據清代施淑儀《清代閨閣詩人徵略》卷六文獻記載，同在京城隨宦的長洲閨秀李佩金與金匱閨秀楊芸有結詩社的活動，卷六「楊芸」條云：「蕊淵女士，中郎愛女。與生香女士俱從宦京師，結社分題，裁紅刻翠，青鳥傳箋，烏絲界紙，都中仕女傳為美談。（《靈芬館詩話》）」〔註152〕這「生香」者，正

〔註148〕《清代詩文集彙編·頤道堂文鈔》卷十，上海古籍出版社 2012 年，第 17 頁。
〔註149〕王國平主編《西湖文獻集成》第 27 冊，《生香館懷李晨蘭》詩，西湖詩詞曲賦楹聯專輯。杭州出版社，2004，第 522 頁。
〔註150〕（清）陳文述《西泠閨詠》，王國平主編《西湖文獻集成》，杭州：杭州出版社 2004 年，第 287 頁。
〔註151〕（清）施淑儀《清代閨閣詩人徵略》卷六，南京：鳳凰出版社 2010 年，第 1963 頁。
〔註152〕（清）施淑儀《清代閨閣詩人徵略》卷六，南京：鳳凰出版社 2010 年，第

是李佩金,「李佩金」條云:「佩金,在都門與梁溪楊蕊淵女史齊名。蕊淵若上元夫人,晨蘭澤九華玉眞安靈簫也。(《西泠閨詠》)」〔註153〕「結社分題」,力證了二人的酬唱關係,且陳文述極有可能也在此詩社之中。值得注意的是,施淑儀的兩處文獻分別引自文士郭麐《靈芬館詩話》與文士陳文述《西泠閨詠》,也說明閨秀結社得到清代名士的普遍關注與重視。

其次,陳文述與蘇州籍才媛的結社關係還表現爲師徒之誼。從《頤道堂詩選》、《西泠閨詠》、《蘭因集》等文獻記載可知,陳文述女弟子約有四十餘人,分佈在江蘇、浙江、安徽、河北等地,不乏寓居江蘇的山西、陝西、廣東籍女弟子。其中,江蘇蘇州籍女弟子包括以下數人:陳筠湘(蘇州人)、錢守璞(常熟人)、黃鬘仙(長洲人)、曹佩英(長洲人)、戴文璣(長洲人)、吳仙銖(吳門人)、呂靜仙(吳門人)、徐緗桃(吳門人)、歡歡(吳門人)等。而這群蘇州籍女弟子的詩學活動還要分爲以下三個層面,一是女弟子與陳文述之間的師徒唱和。沈善寶《名媛詩話》卷十記載「海內知名閨秀數十人,問字碧城,時相酬倡」〔註154〕;二是女弟子與陳文述詩友李晨蘭之間的唱和,比如長洲閨秀陳靈簫(筠湘)有《和李晨蘭〈秋雁〉》詩,同里管靜初(湘玉)亦有《贈李晨蘭》詩等。三是陳文述妾,亦常有與陳氏的伉儷酬唱之什,實際上在詩文交遊關係中,也在一定程度上充當了女弟子的角色。沈善寶《名媛詩話》卷十記載,管靜初(湘玉),即爲陳雲伯大令簉室,汪小韞庶姑,有《小鷗波館詩鈔》,集中有詩《弔小青》、《月夜坐梅花下同碧城主人作》、《題碧城主人〈秣陵集〉》、《過吳江弔葉小鸞》、《碧城主人修河東君墓》等〔註155〕,足見管靜初不僅參與了陳文述召集才媛進行的唱和、爲西湖三女士修穆的徵題等社集活動,更是與陳文述有著密切的聯吟關係。這既說明閨秀才學的普遍化,也說明結社唱和的日常化,是清代閨秀詩文結社活動廣泛深入展開的隱微一角。

4. 碧城仙館詩社活動成果與影響

陳文述與碧城仙館女弟子結詩文社的活動,其成果與影響都是顯著的。

1964 頁。

〔註153〕 (清) 施淑儀《清代閨閣詩人徵略》卷六,南京:鳳凰出版社 2010 年,第1962 頁。

〔註154〕 (清) 沈善寶《名媛詩話》卷十,臺北:新文豐出版公司,1987 年,第 198頁。

〔註155〕 (清) 沈善寶《名媛詩話》卷十,臺北:新文豐出版公司,1987 年,第 205頁。

首先，其活動使得江浙一帶在袁枚之後繼續掀起閨秀賦詩聯吟、詩文交遊的
高潮，拓展了一大批閨秀詩人，使之積極而有效地參與到社集活動中去，釋
自己所慮、盡自己所能，為文學創作開闢新路，透出一道明麗的藝術與智慧
的光芒。其次，出版了一大批閨秀的作品，唱和之作、獨立之作以及選本等
集中湧現出來，並得到陳文述等人的大力支持得以傳播，有力推動了女性文
學的發展，甚至也為女性文學文論開闢了新的道路。比如《碧城女弟子合刻》
的刊行，沈善寶評曰：「清新華麗，不下隨園」〔註156〕。再次，碧城女弟子的
出現，是中國古典文化史上又一次盛會，相對而言，有利於突破文學話語中
男性的唯一性，從而融彙女性的聲音，正因為此，在打破「內言不出於閫」、
「女子無才便是德」的俗言上亦有著不可磨滅的貢獻。與此同時，以「碧城
仙館」為平臺，女弟子實已突破此交遊範圍而拓展到跨地區的文學空間。試
舉例說明。《秋紅丈室遺詩》總共二十四首，為秀水王仲瞿繼室山陰女子金雲
門所著，金雲門耽禪誦，其詩作頗有禪意，比如其《盦中遺詩》云：「梅子酸
心樹，桃花短命枝。可憐馬勝月，孤負我來時。」「門外桃花開未開，童奴來
報滿田栽。自然有個該開處，拍手崖邊看去來。」金雲門與頤道夫子陳文述
有詩往來，且在其丈夫王仲瞿去世之後嫁予陳文述，王蘊章《燃脂餘韻》卷
一記錄了此事：

> 丈室在錢塘武林門外西馬勝南，宋姜白石故居也。曰：「丈室」，
> 夫人中年筆墨之暇，耽禪誦也。今來春穀，適頤道為刻孝廉詩，因
> 並付梓〔註157〕。

實際上，此事是由陳文述姬人吳門文靜玉湘霞記錄下來的。因當時陳氏囑其
校錄金雲門所著《秋紅丈室遺詩》，且附於仲瞿《烟霞萬古樓詩選》之後。文
靜玉才有機會瞭解這位閨秀詩人，瞭解陳文述與王、金夫婦二人的文學過從。
即是說，靜玉詩文視野的拓展得益於陳文述的引導。在為《秋紅丈室遺詩》
所作「序言」中，文靜玉記載了陳氏與王、金夫婦的交遊：「頤道居士《畫林
新詠‧閨閣》一門，詠王仲瞿室金雲門夫人云：『山繞紅樓水繞門，玉壺斑管
寫黃昏。建安七子圖還在，此是金釵畫狀元。』因孝廉臨終，以此圖贈公子
小雲也。（小雲，雲伯子裴之小字）圖高六尺，寬四尺，宮殿、樓閣、樹石、

〔註156〕（清）沈善寶《名媛詩話》卷十，臺北：新文豐出版公司 1987 年，第 219
頁。

〔註157〕（清）王蘊章《燃脂餘韻》卷一，南京：鳳凰出版社 2010 年，第 650～651
頁。

人物，均極飛動之致。余歸碧城，恒得觀之。」〔註158〕作為碧城詩社中的成
員，文靜玉自然意識到，倘若自己不是陳氏之妻，又怎能有幸見到這樣的題
贈與畫工。有意思的是，此畫恰巧所描又是「建安七子」，建安七子向以慷慨
悲涼著稱，以其對功業殫精竭慮的期待、對命運無可奈何的傷懷贏得文人的
欽佩，被譽為「建安風骨」的典型代表。顯然，陳文述與王仲瞿、金雲門的
文學交遊關係，不止停留在詩藝切磋的簡單層面，而已經滲透到人格精神的
彼此認同。在孝廉王仲瞿去世後，陳文述為其付梓，且又命姬人文靜玉為金
雲門《秋紅丈室遺詩》校錄，亦見其情意之重。而作為靜玉，不僅目睹了這
一切，有幸接觸到秀水才媛金雲門，且「又嘗從孝慧宜人（裴之室汪端）問
字」〔註159〕，這也是其詩學視野得到拓展的一個事實。

　　不得不言及的是，在「碧城詩社」中，以此為平臺使文學交遊得到更大
範圍拓展的，應屬汪端，雖然汪端為錢塘人，但因其於詩社中的傳播地位較
為突出，且與常熟才媛歸懋儀唱和頻繁，這裡一併言及。汪端為陳文述子裴
之之室，據清人王蘊章《燃脂餘韻》卷一記載：

> 　　雲伯子裴之，有才婦曰汪端，當選定《明三十家詩選》，遠出牧
> 齋、竹垞、歸愚諸選本上。裴之早卒，為重刊《澄懷堂遺詩》。於雲
> 伯《頤道堂詩》，亦多所刪訂規正。又為雲伯戚邵夢玉刻《鏡西閣遺
> 詩》，生平最愛王仲瞿與王井叔二人詩。井叔名嘉祿，長洲人。詩人
> 鐵夫子也。為吳門七子翹楚。著《嗣雅堂》初、二集若干卷，《桐月
> 修簫譜詞》若干卷。雲伯嘗宴客揚州玉樹堂，井叔於座間為雲伯撰
> 《秣陵集》駢體序，援筆立就，灑灑千言，坐客環視歎羨。〔註160〕

汪端的成就是突出的，她不僅選定《明三十家詩選》，在錢謙益、朱彝尊、沈
德潛選本之上。且為陳文述、陳裴之、邵夢餘等人的詩文集進行刪訂規正或
刻詩，從某種意義上講，汪端與這群文士之間是亦師亦友的關係，汪氏最欣
賞王仲瞿、王井叔二人詩作，上文已提及，王仲瞿為秀水人，而井叔為長洲
人，井叔乃吳門七子翹楚。從文獻中可知，汪端與井叔的交遊，得益於陳文
述的多次宴請，而與仲瞿的詩友關係則得益於其丈夫陳裴之（雲伯之子）。據
王蘊章《燃脂餘韻》記載，「仲瞿彌留時，以詩稿付裴之，為敬禮定維恩之託」，

〔註158〕（清）王蘊章《燃脂餘韻》卷一，南京：鳳凰出版社 2010 年，第 650 頁。
〔註159〕（清）王蘊章《燃脂餘韻》卷一，南京：鳳凰出版社 2010 年，第 651 頁。
〔註160〕（清）王蘊章《燃脂餘韻》卷一，南京：鳳凰出版社 2010 年，第 653 頁。

但不幸的時，裴之亦早卒，未及將仲瞿之詩文付梓。汪端欲替丈夫完成夙願，於病中「請於雲伯，必付梓以完裴之人世文字之債」，其內心對仲瞿詩歌的激賞與對丈夫裴之的忠貞都是令人感動的。但可惜是，汪端仍未等到仲瞿詩稿付梓，亦「不數日而卒矣。」汪端去世後，陳文述爲之作傳，謂「孝慧宜人」，汪氏亦有《自然好學齋詩》傳世。從這段文獻材料中不能看出，作爲陳文述子裴之之室的汪端，在碧城詩社的基礎上，文學交遊的範圍得到了進一步的拓展，尤其是與當代文士較爲頻繁的交遊成爲日常生活的可能，試看其詩題：《題沈彩石夫人〈畫理齋詩集〉》、《題陳妙雲女史所臨唐碑後》、《題歸佩珊〈繡餘續草〉》、《新秋書寄佩珊》、《郭文舉書臺》、《題琴川席道華夫人〈偕隱圖〉》、《南湖弔張公甫》、《題袁疏筠女史〈剪湘樓遺稿〉》、《題表外祖張仲雅先生〈簡松堂詩集〉後》〔註161〕等等。盡快碧城女弟子一時輝煌，曇花一現，但其意識、藝術、心靈、模式的價值將在女性文學的創造史上傳承。另一方面，在清代，像陳文述似的文士，絕不僅僅是將對閨秀詩歌的讚美、對閨秀才華的欽慕當成閑暇之餘的玩賞，過眼雲烟的推崇，輕描淡寫地支持。而是實實在在、眞眞切切地爲之作著一次又一次的嘗試，唱和、徵題、修墓、作序跋、刊刻，甚至直接的授徒，他的「痴」，是尚「才」、崇「情」、尊「趣」的清人旨趣的典型體現，在《頤道堂文集》中，陳文述在寫給姬人采鸞的書信《與姬人采鸞書》裏提及自己的閨中之趣與閨中之旨：「十年以前，慕君之色；十年以後，愛君之才。經歲以來，感君之情；一夕之談，重君之德。」〔註162〕女子的美貌、才學、眞情、淑德，是頤道夫子所逐漸勾勒出來的一幅極善美的畫。他的這種「痴」，是將科舉八股取士中尚未發揮的聰慧充分賦予吟詩弄文，借一切可能的契機加以點染的人格與情志的彰顯，就如同其偶於書肆得《玉臺新詠》，「中有烏絲闌小箋楷書一絕，末署『翠卿』二字，小印曰：『鈿』，見其「字畫婉麗，墨跡尚新，蓋名家閨秀」，竟以詩和之，云：「矮箋小字合名家，簫局香溫韻字紗。惆悵無因問芳姓，明河絡角女星斜。」〔註163〕一次看似無稽的和詩卻肆無忌憚地透露出陳雲伯大令豐沛的才學與激賞的用意。而在清代，比陳文述有過之而無不及的文士大有人在，有人乾脆直接表明自己的「痴」態。比如清人雷瑨、雷瑊所輯《閨秀詩話》卷十六便記載了如此一痴才：

〔註161〕（清）雷瑨、雷瑊《閨秀詩話》卷十，上海：掃葉山房1928年，第312頁。
〔註162〕（清）王蘊章《燃脂餘韻》卷一，南京：鳳凰出版社2010年，第651頁。
〔註163〕（清）王蘊章《燃脂餘韻》卷一，南京：鳳凰出版社2010年，

> 常熟蘇幕亞女士《婦人詩歌話》云：外子愛初限「癡」、「知」
> 韻之無題絕句見示，且曰：「能爲我代和數絕乎？」外子和詩，有「不
> 愛溪山只愛癡」、「吾有千金難買癡」及「聽得簾前鸚鵡語，郎來儂
> 自暗中知」等句，俱清晰可誦。〔註164〕

倘若從一個表象判斷，陳文述與蘇氏外子皆一幅「痴呆」、「痴狂」之態，似
乎超過了文人雅士應有的度，但究其根源，正如清人張潮所言「才之一字，
所以粉飾乾坤」、「情之一字，所以維持世界」這正是「痴才」的真正標誌。

三、「俠骨仙姿尤絕世，不敢翰墨擅瓊章」：任兆麟及其蘇州「清溪」女弟子

　　清代乾隆年間江蘇吳縣著名的「清溪吟社」的主要組織者爲吳縣閨秀張允
滋（子滋蘭，號清溪，別號桃花仙子，諸生任兆麟室，有《潮生閣集》），據清
人惲珠《國朝閨秀正始集》記載，張滋蘭在偕隱林屋山中之後，與丈夫任兆麟
琴瑟唱和，詩學益進，與同里另九名閨秀結「清溪吟社」，號「吳中十子」，媲
美西泠嗣，並選定閨秀之作刊爲《吳中女士詩鈔》，附以詞賦及駢體文，藝林傳
誦，與「蕉園七子」並稱。〔註165〕之所以以「十子之目」，也是出於「惟昔西
泠閨詠有十子之目，清溪欲步其風，乃以先後酬贈篇什，採集一編，爲《十子
詩鈔》」〔註166〕。吳縣閨秀張允滋在此詩社的整個社集活動唱和聯吟、結集傳
播的過程中，扮演著參與者與組織者的雙重角色。因此，我們也將此詩社歸入
女性詩社之列。但這只是其中一個審視視角。任兆麟與此詩社究竟是何種關係？
他不僅與妻子有著琴瑟唱和之吟，且與十子中的閨秀成員之間也有著較爲密切
的酬唱關聯，似乎只是詩友。然而在《吳中十子詩鈔》書稿的首頁赫然寫著如
下字樣「清溪女士選錄」、「心齋居士任文田閱定」〔註167〕。而時間爲「己酉夏」，
己酉，正是公元1789年，乾隆五十四年，由此可知，此書是經張滋蘭編選，而
由任兆麟審定而刊行。那麼，任兆麟是否才是此群閨秀文學創作的指導者與授
業者？清代著名經學家、音韻訓詁家段玉裁曾爲任兆麟《有竹居集》題序，對
其詩才、文才甚至經學之才頗爲讚賞，其文曰：

〔註164〕（清）雷瑨、雷瑊《閨秀詩話》卷十六，上海：掃葉山房1928年，第498
　　　　頁。
〔註165〕（清）惲珠《國朝閨秀正始集》，南京：鳳凰出版社2010年，第1963頁。
〔註166〕（清）江珠《青藜閣集》，合肥：黃山書社2008年，第854頁。
〔註167〕（清）張滋蘭《吳中女士詩鈔》，哈佛燕京圖書館藏本。

余自蜀中歸，訪友吳中，若望明之元亮，江雨來藩，皆博雅士
也，而文田任君，自經傳子史，音韻古籀篆、詩文古近體、古文制
義，皆穎悟解脫，心契其妙，見重於王西莊、錢竹汀諸公。余僑居
蘇之下津橋，與文田族諸昆領從基振，子田大樁兩君遊，子田深於
《周禮》，輯著《弁服》、《深衣》等書，所作詩、古文，直追漢晉，
領從於《爾雅》哀然成書，今又得文田，可稱「三任」。領從、子田
已歸道山，而文田年甚富，所造方未有艾，著述不券，繼此當益多，
余不死，當爲君一一序之也。乾隆癸丑秋七月，金壇同學弟段玉裁
書於閶門外之枝園。〔註168〕

對「三任」：基振、大樁、文田在經子史集上的才學，段玉裁是肯定有加的。
對任兆麟之作更是寄予厚望，似將平生有幸爲其詩文集作序作爲一種榮耀。
段玉裁爲經學大師，乍看之下似乎任兆麟亦應爲經學聖手，否則怎能得段氏
青睞？然而學者張舜徽卻給出了不同的評價。在《清人文集別錄》中，張舜
徽指出任兆麟的平生的主要功力用在了治時文，治八股上，所以其《有竹居
集》亦沾染了八股氣，其學問於其它兩位族兄是不可並提的，張氏論：「震澤
任兆麟撰。兆麟字文田，一字心齋。諸生，嘉慶元年，薦舉孝廉方正不就。
江藩稱其嘗注《夏小正》，王鳴盛以爲確當絕倫（見《漢學師承記》卷六），
余則以爲此特兆麟讀書之一得耳。未足以概其學問之全也。兆麟功力浮淺，
實未足以語乎此，且其平生專精緻力之事，蓋猶在時文。」〔註169〕這兩則文
獻皆在判定任兆麟之經學才華，段玉裁、王鳴盛肯定有加而張舜徽則獨視其
爲「功力浮淺」，專精之事「猶在時文」，於文學上並無顯見成就，故「是集
文字，終亦不免八股氣，文無長篇，少者才百餘字，益有以見其短於才也」
〔註170〕。而縱觀任兆麟在文學上的功績，實應推其閱定《吳中十子詩鈔》一
事。既爲「閱定」，那麼，任氏是否有意爲此閨秀之師呢？任氏在序《吳中女
士詩歌鈔》時詳述其原委：

戊申（乾隆五十三年）冬，選錄清溪詩稿竟，攜質吾師竹汀錢
先生，先生許其詩格清拔，爲正一二字，亟寓書仁和汪訒菴兵部，

〔註168〕（清）段玉裁撰；鍾敬華校點《經韻樓集》上海：上海古籍出版社 2008 年，
　　　　第 371 頁。
〔註169〕張舜徽《清人文集別錄》卷十一，北京：中華書局 1963 年，第 311 頁。
〔註170〕張舜徽《清人文集別錄》卷十一，北京：中華書局 1963 年，第 311 頁。

編入《擷芳集》矣。清溪曰：「滋素不善詩，實藉同學諸女士之教，其可弗薈萃一編以行世乎？且誌一時盛事矣。因檢篋衍中先後惠示並酬贈之什，於吳中得九媛，各錄一卷，請余閱定焉。」〔註171〕

原來，任兆麟與張允滋夫婦偕隱林屋山中之後伉儷唱和，任兆麟亦最先將張允滋《潮生閣集》刊刻，並將選定之詩稿呈遞予尊師錢竹汀先生評定。這錢竹汀，正是清代著名漢學家錢大昕，其字曉徵，一字辛楣，號竹汀。錢氏在審閱張允滋詩稿後，以「詩格清拔」四字對允滋詩極高的評價，並欲將其稿薦入清人汪啓淑所編詩歌總集《擷芳集》，卻遭到允滋的婉拒。允滋指出，自己並無詩才，只因諸閨秀之教而得以成篇，因此欲將諸閨媛之作「彙萃一編以行世」。在徵得錢大昕允可之後，方「檢篋衍中先後惠示並酬贈之什，於吳中得九媛，各錄一卷」，並請丈夫任心齋閱定，最終成就《吳中十子詩鈔》的巨著。在這一過程中，任兆麟毫無疑問地成爲諸才媛之師，試看弟子江珠爲席蕙文《採香樓詩集》所作序言：「吳中女史以詩鳴者，代不乏人。近得林屋先生提唱風雅，尊閫清溪居士爲金閨領袖，以故遠近名媛詩筒絡繹，咸請質焉。」〔註172〕林屋先生之提倡與遠近閨秀之「請質」以及大量的唱和與詩集的刊刻，實已構成詩社的基本要素，而任氏在其中所擔任的職能，即是號召、指導與助力。那麼，任氏是以何種心態閱定諸閨秀之作的？他是站在官學的立場爲此事還是站在文人心性以才媛爲寄立場呢？試看其《吳中十子詩鈔敘》：「聞諸禮，女有四德，言居其一。是以《三百篇》不少女子之作，聖人刪之以列於經傳，曰溫柔敦厚詩教也。又曰發乎情止乎禮義。《詩》也言乎持也。茲所採集清藻若《選》，古腴若陶，近體則不減唐賢，玉臺香奩之頹波掃滌殆盡。或以女子之眞面目當不若是。宋元以後詩格調卑下，何獨女子結音摛藻剪截浮靡始見詩之眞面目耳，烏得以女子爲宜有異也。乾隆五十四年歲在己酉閏五月朔日桐裏草堂書。」〔註173〕東漢班昭《女誡》有云：「女有四行，一曰婦德，二曰婦言，三曰婦容，四曰婦功。此四者，女人之大德，而不可乏之者也。」〔註174〕若以詩《三百篇》而言，婦言的價值首當其衝，因其可

〔註171〕（清）任兆麟《吳中女士詩鈔》，清溪女史選錄，心齋居士任文田閱定《吳中女士詩鈔》，己酉夏鐫。
〔註172〕（清）江珠《青藜閣集》，合肥：黃山書社2008年，第854頁。
〔註173〕（清）清溪女史選錄，心齋居士任文田閱定《吳中女士詩鈔》，己酉夏鐫，哈佛燕京圖書館本。
〔註174〕（南朝宋）范曄著；〔唐〕李賢注《後漢書》，北京：中華書局1997年，第

以發詩教之功，將「溫柔敦厚、止乎禮義」貫穿於人倫日用。然任氏明確指出，其所選《詩鈔》是基於《文選》之清辭麗藻、陶詩之古雅豐腴的標準，同時亦將「玉臺香奩之頹波掃滌殆盡」。然而儘管如此，仍有人指其「非女子之真面目」。對此，任兆麟的觀點很鮮明，宋元之後詩格卑下，詩之真面目已不復存，不應將詩之過都歸結於玉臺香奩之作華靡浮麗之上。因而，其所選閨秀之詩實是從閨秀詩才的角度遴選而非出於詩教的目的。而這一結論恰又在江碧岑《清溪詩集題詞》中得到印證，江珠云：

> 《書》云詩言志歌永言，作詩者言其志之所向而已，余嘗與心齋先生論詩，言今之作者必曰學李杜效王孟，拘牽心力刻畫古人，反不能自道性情，此未知詩耳。惟清溪深悟詩旨，故言之溫厚有風有雅，出入三唐而不名一家，其清超之致能以無為為工，得詩之三昧矣。集成屬題印書，此以應歲在己酉孟春既望，碧岑世女弟江珠拜題。〔註175〕

這則文獻對於理解「清溪吟社」的詩學旨趣以及任兆麟與諸才媛之間的關係都十分重要。一是從詩旨上講，「道性情、以無為為工、得詩家三昧」是此詩社成員一致的藝術好尚。所謂「道性情」，即指在創作中不模仿、不拘執而以詩人之心為心，以詩人之情為性，發其天然，去乎造作。這與袁枚性靈說相通。而強調「無為」即是指在藝術表現形式的領域不刻意求工、不以學識為宗講求巧妙與天工的品格。二是，任兆麟之於吳中十子，始終保持著亦師亦友的關係。以此為基礎，這師友關係還包括了以下四個方面：一則課詩於諸才媛；吳縣閨秀張芬《晚春小飲懷碧岑江姊》詩其二注云：「己酉（公元1789）閏五，林屋吟榭會課《百蓮花賦》，」「會課」實表明了任氏為眾閨秀集體課詩的場面，《翡翠林閨秀雅集》中記載了此次課詩及賦《百蓮花賦》的盛況，任氏將張允滋、江碧岑、尤淡仙、沈纕等四人定為「超取」，而將張芬、沈持玉、劉芝、朱宗淑等四人定為「優取」。二則細心為其修改評定；吳縣閨秀李嫩就在其《晴窗偶書呈心齋先生》一詩下自注道：「是日心齋先生至，閱拙稿，為竄正幾字」，即為「竄正幾字」而專門前往，任兆麟對十子的詩課應是十分嚴謹細心的了。也正因於此，十子對任兆麟的詩才與師恩是感懷備至。

---

553 頁。

〔註175〕 （清）清溪女史選錄，心齋居士任文田閱定《吳中女士詩鈔》，己酉夏鐫，哈佛燕京圖書館本。

江碧岑有詩《題江碧岑龍女抱經圖照印和見贈原韻同心齋作》詩中這樣寫道：
「愛君才格壓群芳，倚閣吟來字字香。俠骨仙姿尤絕世，不教翰墨擅瓊章。」
〔註176〕對任氏之才又愛又敬。三則與諸閨秀之間賦詩聯吟；四則與閨秀切磋
論詩。在前述文獻裏，弟子江碧岑明確提到「余嘗與心齋先生論詩」，而所論
之內容，在於詩是否應出於性靈，而這一詩題正是乾嘉朝清詩的核心命題。
以江珠所撰《青藜閣集》爲例，集中首先有江珠作於乾隆戊申臘月的《自敘
詩稿簡呈心齋先生》，心齋，即文士任兆麟。江珠在此文中不僅對清溪、素窗、
蕙孫三女史推崇有加，更是對任心齋「將續《玉臺新詠》，傳藝苑美談，聚諸
媛佳章，鐫成一集」的感慨良深，「存心郁郁，何能容萬斛之愁；弱骨蕭蕭，
焉可罹百千之病」〔註177〕，以江珠之意而言，已無心於詩，「人非木石，壽豈
泥沙。驚歲月之如馳，恐年華之不永。且復藥物屏除，固已無心乞活；生涯
若是，豈眞有意敲詩」，對於窮年固疾，終日愁坐而藏身針孔的江珠來說，作
詩固然可以一抒內心鬱結，但人生苦短，不若山石堅固，命已如此，又怎會
有心於推敲詩藝呢？然而出於對任心齋的詩學勉勵，以及數次造訪的情意，
江珠仍勉力將詩思撰錄成文，其云：「敢勞玉趾，數過敝廬，珠也深愧斯情，
懼違所命。因思舊句，半屬遺忘；追所憶者，僅錄若干。」可見任兆麟對江
珠創作的提攜與所作的努力。而心齋之《題青藜閣詩稿二截句》中「讀來萬
卷都何有，禪境詩情不著塵」下有注云：「碧岑通禪理，嘗偕余參『無我相』
一句，蕭齋晤對，便覺超然忘世，不圖復得此境於吾尺木師入山後也」〔註178〕。
江珠以其禪宗哲理主動與心齋切磋，反使其頓生超然忘世之感。江、任的師
友關係此處可見一斑。另外，不僅江珠詩稿前有任氏「林屋山人任兆麟閱定」
字樣，任兆麟《林屋吟稿》亦有江珠的題贈：「性眞浩浩了無邊，水鏡交光觸
處圓。閉戶著書揚子業，澄心靜坐孔門禪。新詩似錦層層豔，好語如珠一一
穿。久病沈愁銷不盡，賴君奇句滌煩煎」〔註179〕，且《青藜閣集》的詞作部
份，收錄了大量二人的唱和之什，如心齋居士詞原作「蓬萊謫下瓊英，殿殘
春」一首，有江珠《百字令代柬奉酬心齋》的和作，後亦有任氏《前調偶書
代柬寄碧岑》的酬贈。甚至在更多的場合，江珠竟直稱心齋爲「大兄」，如《鳳

〔註176〕 （清）清溪女史選錄，心齋居士任文田閱定《吳中女士詩鈔》，己酉夏鐫，哈
　　　　 佛燕京圖書館本。
〔註177〕 （清）江珠《青藜閣集》，合肥：黃山書社 2008 年，第 837～838 頁。
〔註178〕 （清）江珠《青藜閣集》，合肥：黃山書社 2008 年，第 839 頁。
〔註179〕 （清）江珠《青藜閣集》，合肥：黃山書社 2008 年，第 845 頁。

凰臺上憶吹簫》一首，有「和心齋大兄題蕙孫妹浣紗詞卷作」〔註180〕如此種
種，確也可以說明任心齋與江珠互爲精神導師、心靈摯友的文學交遊關係。

　　這裡須補充的一點是，清代乾嘉時期的文士招收女弟子，其女弟子自身
在此結社平臺下，又不斷地構建自己的社集群體，從而形成交叉的結社關係，
也更鮮明直接地反映出蘇州閨秀的社交獨立性與文學思想獨異性。上文所言
隨園弟子席佩蘭的交遊拓展已是典例，「清溪詩社」中僑居吳縣的閨秀江珠又
是典型之一。考察其《小維摩詩稿》發現，其社集交遊在「清溪詩社」之下
又可分爲以下幾個部份。第一，再度拜師，治考據之學。江珠不僅拜任兆麟
爲師，在清溪詩社中同時以張滋蘭爲畏友，更拜長洲著名的藏書家、經學家
余蕭客爲師，其兄江藩云：「課讀之餘，間談聲律；治經之暇，偶有詩歌」指
的即是江珠之治經學一事，江珠亦有詩《贈姚雲湄》云：「考據紛朱墨，精嚴
費校讎。一瓢安樂水，此外更何求」〔註181〕言及治考據之學。第二，招收弟
子，自爲詩師。江氏自己亦曾招收弟子，《青藜閣集》中有《夜臥聽弟子讀離
騷》之作，而《小維摩詩稿》中亦有《女弟子楊德芬饋蟹問病余時持齋作此
以示》、《女弟子徐芬南過宿》〔註182〕篇什，另外，歸懋儀所作序中亦提及「吳
中名媛受經執贄者不一而足」〔註183〕都足見其招收女弟子的盛況。第三，與
兄江藩（號鄭堂）、夫半客及吳中耆舊密切的唱和關係，形成小範圍的社集群體。
江氏爲清代著名經學家江藩之妹，據嘉慶十六年江藩爲《小維摩詩稿》所作序
言：「碧岑遺稿者，吳縣江珠之詩，吾君半客之婦，予之三妹也」可知三人的關
係，江藩對其三妹的評價很高：「定省寢門，夙嫻四德，出就家塾，日誦千言，
邃於七經，兼通三史。乃不櫛之通儒，掃眉之畸士也」〔註184〕。在《小維摩詩
稿》中多處可見三人的酬唱聯吟，比如《與鄭堂半客同詠臘梅次鄭堂韻》、《述
病況簡呈鄭堂並索近作》、《半客將謝俗事而修學業予心甚喜因贈二律以堅其志》
等。此外，江珠與吳中耆舊潘榕皋的唱和往來也非常頻繁，集中有載《潘榕皋
先生寄示詠臘梅新作索和》、《潘榕皋先生寄示虎阜玉蘭詩索和》等作。第四，
與隨園及其女弟子有詩文交遊。《小維摩詩歌稿》有載《題隨園先生給假歸娶
圖》、《題隨園先生湖樓女士送別圖》等，在《擬繡谷園雅集寄呈隨園立崖兩先

〔註180〕（清）江珠《青藜閣集》，合肥：黃山書社2008年，第851頁。
〔註181〕（清）江珠《小維摩詩稿》，合肥：黃山書社2008年，第895頁。
〔註182〕（清）江珠《小維摩詩稿》，合肥：黃山書社2008年，第873頁。
〔註183〕（清）江珠《小維摩詩稿》，合肥：黃山書社2008年，第866頁。
〔註184〕（清）江珠《小維摩詩稿》，合肥：黃山書社2008年，第861頁。

生》中，江珠自注云：「屢蒙先生傳諭，許廁弟子之列，俱以病甚，未遑修禮。先生詩集承立崖先生見借得讀。是集命珠裁啟，因病略血，未獲侍宴」。從自注來看，江珠並未入隨園弟子之列，在袁枚多次邀請之下，江珠皆以稱病而推辭，一方面江氏的確常年爲病痛所困擾，另一方面，不入袁枚門下，實也是無須詩名的一種訴求吧，江氏參禪，時時流露出對塵世超脫的心意，這樣的選擇自也在情理之中。在《小維摩詩稿》中雖有江氏與隨園弟子互題之作，如《題駱佩香女史秋燈課女圖》以及歸懋儀的題序等，但江氏與之始終保持的是「神交」的關係，未曾謀面卻又彼此欽佩。在歸懋儀的題序中，就曾表達了欲見而未見的遺憾「憶前者屢欲買舟相訪未果，及余來吳下，而夫人已先我而去矣！嗚呼！天何吝我兩人一見乎。」〔註185〕由此觀之，若從文士與閨秀結社的角度看，清溪吟社又實是一群閨閣女子與文士任兆麟之間的師友互動關係，其詩學益進、結社聯吟、詩文評定乃至詩論商榷都得益於任兆麟的獎掖，在此層面上講，因此，亦此詩社實應納入社交聯吟之列。

四、「深閨未識詩人宅，昨夜分明夢水村」：郭麐及其蘇州「靈芬館」女弟子

1. 郭麐文學觀及「靈芬館」女弟子述略

據《清史列傳》卷七十一記載〔註186〕，郭麐（公元 1767～1831），字祥伯，號頻伽，晚號復翁，別署浮眉樓主人，江蘇吳江人，後僑居浙江嘉善魏塘鎮。負才不遇，長期客遊江淮間，曾從姚鼐學古文，又曾於「一代文宗」阮元受學，並參與其《兩浙輶軒錄》及《筆諧》諸書的編撰工作。又據《清史稿》卷四百八十五，列傳二百七十二「郭麟」條記載，郭麟神采超俊，詩詞尤勝：「一眉瑩白如雪，風采超俊。家貧客遊，人爭倒屣，詩學李長吉、沈下賢，詞尤清婉，著《靈芬館集》，……又撰《詞品》十二則，以繼司空表聖之《詩品》。」〔註187〕其醉心詩學，詩論宗袁枚性靈說，而文風同時又受到姚鼐等人的影響，於歸後曾築靈芬館，以吟詠爲佳事。郭麟亦是後期浙派詞的主要代表，蔣敦復在其《芬陀利室詞話》中對其詞學地位這樣描述道：「浙派

〔註185〕（清）江珠《小維摩詩稿》，合肥：黃山書社 2008 年，第 866 頁。
〔註186〕王鍾翰《清史列傳》卷七十三，北京：中華書局 1987 年，第 6023 頁。
〔註187〕耿相新，康華標點《清史稿》卷四百八十五，鄭州：中州古籍出版社 1996 年，第 2094 頁。

詞，竹垞開其端，樊榭振其緒，頻伽暢其風」〔註188〕。頻伽暢其風，實際上
更多地是對浙派詞舊有藩籬的突破，以變通的精神而主張抒寫性靈。在詩學
見解上，郭麐仍主張對個人性情的獨立抒寫，在《雜著續補》卷四中他曾多
次表達了辭意相通，以眞爲貴的觀點，比如《江聽香詩引》云：「人心不同，
所遭亦異。託物造端，唯其所適。但論眞贗，不問畛畦」，遭逢的差異，人心
所趨亦有所不同，所言說者但求適己，所論說者惟取眞實。《與汪楣庵論文書》
一文更明確指出「獨至」的重要性：「一代有一代之作者，一人有一人之獨至。
氣盛則沛，辭達則偉，簡而不枯，腴而不華，無背於六經之旨」〔註189〕在與
袁枚的交遊中，郭麐的文學思想與生活情趣也頗多受袁氏的影響，屬於性靈
派的作家。值得一提的是郭麐也是清代女性詩學的積極支持者之一，他與多
位閨秀常有詩文來往，且爲閨秀詩集題贈序跋或詞，以支持其傳播，例如吳
江閨秀姚棲霞（震澤姚魯望岱女，姚魯望工詩，以教授老〔註190〕）女史有《剪
愁吟》詩集，爲文士蔣孟絜手錄，有常熟蔣再山刊本，郭頻伽與文士鄭瘦山
等多人曾爲其題詞〔註191〕。另一方面，閨秀們通過書信寄去詩作請郭麐評點，
實際上無師徒之名而有師徒之實，更有甚者，在閨秀去世之後，其丈夫還將
詩作稿件寄給郭麐，請他刪訂整理。在清代士林眼裏，郭麐也是一位不折不
扣的風韻才子。張維屏《聽松廬詩話》評價道：「國朝詩人善言情者不少，以
黃仲則、樂蓮裳、郭頻伽三家爲最。頻伽含情若柳，吹氣如蘭，於憔悴婉篤
之中，有悱惻芬芳之致。」〔註192〕言情，是其詩歌的靈魂，這與性靈說的旨
趣是十分一致的。沈其光《瓶粟齋詩話》對其詩風作了如下評價：「頻伽詩不
拘流派，蓋熔冶香山、誠齋諸家詩而自成一體，能曲折道人胸臆間意，使人
動魄悅魂，詠歎淫佚，不能自己。」〔註193〕足見其融彙各家而自成一體的詩
學風貌，而其酬贈感懷、寄情粉黛之作更爲世人所稱讚，何日愈《退庵詩話》
曾歷數其言情佳句云：「若郭頻伽之『詩思逢秋容易瘦，美人如月本來孤』，『遠

〔註188〕《詞話叢鈔·芬陀利室詞話卷》，中華書局 1925 年。
〔註189〕（清）郭麐《靈芬館雜著續編》，《清代詩文集彙編》，上海：上海古籍出版社
　　　　2010 年，第 449 頁。
〔註190〕（清）雷瑨、雷瑊《閨秀詩話》卷一，南京：鳳凰出版社 2010 年，第 925
　　　　頁。
〔註191〕（清）王蘊章《燃脂餘韻》，南京：鳳凰出版社 2010 年，第 723 頁。
〔註192〕譚新紅《清詞話考述》，武漢：武漢大學出版社 2009 年，第 80 頁。
〔註193〕（清）沈濤《鉋廬詩話》，錢仲聯主編《清詩紀事》，南京：江蘇古籍出版社
　　　　1989 年，第 9073 頁。

道人來煙雨外，傷心事在別離前』，『明知相見難爲別，便恐重來不是春』，『容易相逢如夢寐，不多時節又黃昏』，『粉黛獨饒名士氣，畫圖原是女兒身』，則香沁心脾，感均頑豔矣。」〔註194〕眞可見其富有靈氣而抒寫眞情的思致。對此，阮元也曾給予了極高的贊譽：「其爲詩也，自抒其情與事，而靈氣入骨，奇香悅魂，不屑屑求肖於流派。」〔註195〕這些評價都是較爲切合郭麟創作實際的，其在《靈芬館雜著序》中曾自言其文學宗旨：

> 天下有文而無所謂古文，凡言之屬出於心而書於手者，皆文也。
>
> 出於心而書於手者，自古及今莫可以悉數，然而有可以言文，有不
> 可以言文者，則無古今之異也。僕少好語言，凡言之屬有可以書於
> 手者，皆慕爲之。然不能守一先生之說以自附於作者，何也？亦曰
> 染而已矣。然亦自其心出而書之於手，則不可謂非其自著也。〔註196〕

對於「文」的闡釋，郭麟有自己的立場，其爲文出於己之「心」與「手」的論調總易讓人聯想到公安派之言「獨抒性靈，不拘格套，非從自己胸臆流出不肯下筆」的鮮明主張。顯然，「性靈」論是郭麐詩詞闡釋的中心，拋棄成見，抒寫眞性情是其作文的關要。而郭氏分別在《桃花潭水詞序》中提出「自抒其襟靈」〔註197〕與在《無聲詩館詞序》中所言：「取其性之所近，寫其心之所欲出」〔註198〕的理論主張與袁枚「性靈論」的內涵十分一致，皆十分強調作家自身的獨立創新精神，如其在《夢錄庵詞序》中所言：「古與今非有二也，在我精神問學之與爲淺深而已」。而在《桃花潭水詞序》中，郭麟又十分鮮明地將批駁的矛頭指向了格調論者，「其有謂當以忠孝立意，而流連光景者不足與；或又謂必其聲調合乎大晟之諧，皆謬論也」〔註199〕而舉起其「詞家者流其源出於《國風》，其本沿於齊梁，自太白以至五季，非兒女之情不道也」〔註200〕的文學旗幟，無怪其不僅成爲袁枚「性靈說」的繼承者，更是其招收女弟子之實踐活動的發展者。

〔註194〕（清）何日愈《退庵詩話》，錢仲聯主編《清詩紀事》，南京：江蘇古籍出版社1989年，第9072頁。

〔註195〕（清）阮元《靈芬館詩二集》，上海：上海古籍出版社2010年，第193頁。

〔註196〕（清）郭麐《靈芬館雜著序》，陳良運主編《中國歷代詞學論著選》南昌：百花洲文藝出版社1998年，第488頁。

〔註197〕葛渭君《詞話叢編補編》第2冊，北京：中華書局2013年，第925頁。

〔註198〕《叢書集成續編》一九三，臺北：新文豐出版公司，第308頁。

〔註199〕葛渭君《詞話叢編補編》第2冊，北京：中華書局2013年，第924頁。

〔註200〕《叢書集成續編》一九三，臺北：新文豐出版公司，第308頁。

2.「靈芬館」結社活動過程與特徵綜述

在以吳江文人郭麟爲中心構成的閨秀社群裏，除了大家閨秀之外，貧民女子也不在少數，比如吳江閨秀汪玉軫即是。據施淑儀《清代閨閣詩人徵略》記載：「玉軫，字宜秋，號小院主人，江蘇吳江人。」〔註201〕汪玉軫並非身出名門，其家庭之困窘而詩才之顯，在《蘇州府志》中即有記載：「家貧，夫外出五年，操持家務，撫養五兒，俱以針指供給。而詩才迴異庸流，爲時歎服。」〔註202〕丈夫長年外出，汪宜秋竟以「針指供給」，操持家務撫養五個兒子，在困厄生存環境中，宜秋竟錘磨出迴異的詩才，爲時人所歎服。汪宜秋的貧者才媛身份已讓人稱奇，更奇的是，汪宜秋與清代多名文士有詩學上的交遊關係，比如宜秋與東鄉文士吳蘭雪交遊就較廣。吳蘭雪（吳嵩梁），清代嘉慶五年舉人，字子山，號蘭雪，清江西東鄉人，乾隆三十一年生，道光十四年卒。由內閣中書官貴州黔西州知州。著有《香蘇山館詩鈔》。吳蘭雪曾有《新田十憶圖》，遍徵題詠，汪宜秋便是題贈者中的佼佼者。清人王蘊章所撰《燃脂餘韻》卷一記載了此事：

> 吳蘭雪《新田十憶圖》，題詩者數十人，或分題十截，或合賦一章。然畫寫十冊，序異四時。各係短篇，既傷金碎；同歸長句，又慮沙摶。鳴筆雖多，匠心殊少。惟吳江汪夫人宜秋三絕，獨擅勝場，兼有眾妙。詩云：「一幅生綃一段春，鄉心眞似轉車輪。宵深便有夢歸去，也恐難分十處身。」「晴窗閒展玉丫叉，畫裏春風各一家。生性清寒儂自笑，就中畢竟愛梅花。」「兒家舊宅頻遷徙，也要良工畫幾方。只是不堪追憶了，門庭冷落故園荒。」〔註203〕

果眞「碧雲獨往，素春無痕」者，在眾人題吳蘭雪《新田十憶圖》詩中，惟宜秋頗出新意，獨擅勝場，兼有眾妙。汪宜秋將一把辛酸淚化作清淨身，自笑自憐卻又自潔自傲，雖貧寒而尤有傲骨的「梅」之氣息躍然紙尖。題贈唱和，即是汪宜秋與文士交遊的方式之一。不僅如此，文士吳蘭雪亦一門風雅，與其姊妹及妻妾皆有頗密切的唱和關係。清人王蘊章《燃脂餘韻》卷二便記載了吳氏家庭社集聯吟的盛況：

〔註201〕（清）施淑儀《清代閨閣詩人徵略》卷六，南京：鳳凰出版社 2010 年，第1953 頁。
〔註202〕《蘇州府志》，臺灣：成文出版社 1983 年。
〔註203〕（清）王蘊章《燃脂餘韻》卷一，南京：鳳凰出版社 2010 年，第 632 頁。

> 東鄉吳蘭雪，一門風雅。元室蕙風閣主人劉淑《石溪看桃花》
> 有贈。蘭雪應禮部試北上，女弟素雲畫《杏花雙燕圖》贈行。蘭雪
> 作絕句四首，蕙風和云：「阿妹拈豪落彩霞，阿兄新句稱籠紗。去時
> 恰似辭巢燕，歸日應簪及第花。」蘭雪《題王蘭泉〈三泖漁莊圖〉》
> 等詩，亦皆清麗芊綿。繼配蔣夫人琴香，侍姬岳筠綠春、范閒閒、
> 王素素，亦皆馳聲藝苑。〔註204〕

吳蘭雪一門風雅，姊素雲、蕙風，夫人琴香、侍姬綠春、閒閒、素素皆有詩才，
蘭雪亦風流才子。在與風雅文士的交遊中，汪宜秋與他們所建立起的不僅是詩
友關係，且是患難至交。君子相惜，在其最困頓的時候，得到了四方文士的支
持，也是此女子的又一傳奇故事。清人王蘊章《燃脂餘韻》卷一記載：

> 宜秋豐才奇遇，貧至絕食。竹溪諸子，斂金周之，風義甚高。
> 宜秋以二律爲謝，讀之凄人心脾。詞云：「惠比指困贈，情同挾：纊
> 溫。感深惟有淚，欲報恐無門。得食諸舅長，衰宗一線存。應知姑
> 與舅，泉下亦銜恩。」……劉景叔云：「賢人君子，得志可以養天下，
> 不得志天下當共養之。」其言甚大。詩人閨秀，亦天地間所當珍重
> 愛惜之物，其有坎坷，亦宜相共存之，無所於讓。〔註205〕

在竹溪諸子看來，汪宜秋雖身爲女子，但其志節乃君子賢人之士，因而「不
得志天下當共養之」，宜秋也因此得到諸文士的支持渡過難關。據《方輿紀
要》卷九十四「松陽縣」條記載，竹溪在縣南七里，源出竹岫嶺，南流經
橫山下，東南注入松溪。其地理位置在今天浙江松陽縣西南。汪宜秋爲吳
江人，但對其給予支持的文士卻多爲浙江人，這其中反映出三個突出的問
題，一是跨地域的文學交遊通過題贈、書信等方式得以實現；二是汪氏在
當代的文學唱和極爲廣泛，諸多文士的欽賞與支持是其文學創作得以傳播
的重要因素。三是文士與閨秀的文學交往背後，滲透著其儒家思想的根本
寄託，「賢人君子」的指認，乃知音互賞的關鍵與紐帶，而這一點，在清代
文士對閨秀的品評中亦較爲常見，比如閩縣人陳變在爲僑居吳縣的閨秀江
珠所作《小維摩詩稿》作序時也曾這樣評價其人與其學：「夫人固以德勝，
又耽於經史之學，而詩其餘事也」〔註206〕，在德才兼備的情形下，以德統

〔註204〕（清）王蘊章《燃脂餘韻》卷一，南京：鳳凰出版社2010年，第689頁。
〔註205〕（清）王蘊章《燃脂餘韻》卷一，南京：鳳凰出版社2010年，第649頁。
〔註206〕（清）江珠《小維摩詩稿》，合肥：黃山書社2008年，第863頁。

才、以德勝才，在文士看來，都是至關重要的，這無疑也是其接受並支持
閨秀創作的首要條件之一。在諸名士中，與汪宜秋詩文交往最爲密切的，
正是江蘇吳江文士郭麐。郭麐與汪宜秋的交往也十分傳奇。王蘊章在《燃
脂餘韻》卷一中記載：

> 宜秋又有《頻伽水村圖》云：「深閨未識詩人宅，昨夜分明夢水
> 村。卻與圖中渾不似，萬梅花擁一柴門。」頻伽因復作《萬梅花擁
> 一柴門》，遍徵題詠，虞山孫子瀟室人席佩蘭，題詩三截，其一云：
> 美人翻作羅浮夢，幻出孤村處士家。一片水雲渾不辨，是人家與是
> 梅花。〔註207〕

汪宜秋作《頻伽水村圖》，此圖的寫照極有意思，深閨中的女子雖然未與郭頻
伽有一面之緣，但得其指點，慕其才學，欽其爲人，夢中竟然呈現出詩人所
居住的深宅，「萬梅花擁一柴梅」，正是詩人幽居隱世、孤芳自賞的人格寫照，
萬梅花擁又未嘗不是人格凝聚之清芬之芳的象徵。這梅花正是閨秀的自寫，
汪宜秋曾在題贈吳蘭雪《新田十憶圖》中以「生性清寒儂自笑，就中畢竟愛
梅花」自喻，而這萬梅花之擁，也未嘗不是以郭麐爲中心而形成的閨秀酬唱
群體的鮮明寫照。而關於宜秋爲何要作《頻伽水村圖》，閨秀施淑儀在《清代
閨閣詩人徵略》中作了說明：「吳江詩人郭頻伽，以《水村圖》介閨友，請宜
秋題，得『萬梅花擁一柴門』句」，原來，是郭麐徵題所得；得句後喜極的郭
麐又「倩畫師奚鐵生補圖。一時名士題詠甚多」。清人雷瑨、雷瑊《閨秀詩話》
又記：「頻伽因作《萬梅花擁一柴門圖》，遍徵題詠」〔註208〕，且在這次興致
勃勃的徵題中，席佩蘭亦有題贈三首，題曰《汪宜秋女史題郭頻伽秀才水村
圖云深閨未識詩人宅昨夜分明夢水村卻與圖中渾不似萬梅花擁一柴門秀才因
復作萬梅花擁一柴門圖》〔註209〕，其二云：「美人翻作羅浮夢，幻出孤村處士
家。一片水雲渾不辨，是人家與是梅花」〔註210〕。這席佩蘭正是「虞山孫子
瀟太史室人，與子瀟太史詩才相敵，稱爲一時佳偶。嘗請業於袁簡齋先生，

〔註207〕（清）王蘊章《燃脂餘韻》卷一，南京：鳳凰出版社2010年，第633頁。
〔註208〕（清）雷瑨、雷瑊《閨秀詩話》卷十二，南京：鳳凰出版社2010年，第1215
頁。
〔註209〕（清）席佩蘭《長眞閣集》卷四，上海：上海古籍出版社2010年，第537
頁。
〔註210〕（清）雷瑨、雷瑊《閨秀詩話》卷六，南京：鳳凰出版社2010年，第1054
頁。

曾有『詩冠本朝』」的隨園閨中三大知己之一。這番考究，我們才知，從主動徵題到請畫師補圖再到眾名士題詠，原本簡單的唱和變成了世人參與的社集聯吟，將單一的詩藝切磋變成引人注目的酬唱佳話，將多個詩社成員集結並和從而形成一時聯吟盛況。郭麟爲隨園性靈說的支持者，這結社聯吟或也是其文學思想宣揚的一種有效途徑。然而我們必須看到，在與郭麟亦師亦友的唱和關係下，汪宜秋自身仍保持著較爲獨立的交遊社群，試看吳江閨秀吳希謝所作《讀宜秋詩鈔漫題四絕即用集中答金纖纖題稿韻》詩：「雛燕春深爭學語，宜秋院裏盼誰來？千盤愁緒渾難說，恐爾纖纖也未知。清宵漏永月遲到遲，想是拈毫覓句時」〔註211〕汪宜秋對金纖纖的詩友之誼，與吳希謝對汪宜秋的深摯之情眞可同日而語。這位與宜秋有著相似際遇的吳江閨秀袁希謝，在嫁給文士王元煒後不久，丈夫便病亡，希謝一生寫下許多凄苦哀傷的詩篇。同病相憐似乎增加了二人頗多共同的話題，在薄命之歎、生命感懷的抒寫上，她們找到了彼此心靈的摯友，從而也建立起密切的酬唱關係。

另外，我們再以郭麟與長洲閨秀金逸的風雅逸事爲例，看看其對閨秀佳作的欽賞與特殊的文人心跡。此則故事記載於清人王蘊章《燃脂餘韻》卷一里：「『江東獨步推君在，天遣飄零郭十三。』金逸纖纖題袁湘湄詩稿句也。頻伽見之。囑武林蔣山堂以落句作一私印，佩之終身，以誌知己之感。」郭麟之所以對金逸題袁湘湄詩稿句示以極喜之意，正在其「江東獨步郭十三」之句，對郭麟雖「天遣飄零」，負才不遇，卻獨步江東的才學的認可，對其負才不遇的理解與慰藉。郭麟視金逸爲知己，特命意武林蔣山堂以落句作私印，這一舉措實風雅之人爲之，且佩之終身，其「痴」意可想而知了，其高才雅韻可見一斑。正如北宋大文豪蘇軾視其侍妾王朝雲爲知音。在毛晉所輯的《東坡筆記》中就記載：東坡一日退朝，食罷，捫腹徐行，顧謂侍兒曰：「汝輩且道是中何物？」一婢遽曰：「都是文章」。東坡不以爲然。又一人曰：「滿腹都是機械。」坡亦未以爲當。至朝雲曰：「學士一肚皮不合入時宜。」坡捧腹大笑。贊道：「知我者，唯有朝雲也。」從此對王朝雲憐愛有加。文士以閨秀爲知者，必唯其性情也。清代乾嘉時期是女性文學發展的極盛階段，此起不論結社活動或普通的酬唱聯吟皆十分普遍，閨秀拜文士爲師也成爲一種新的時尚與文化的新風潮，除了上述幾位著名文士外，與女性文學交遊較爲密切的文人還有常熟文人錢謙益、崑山文人徐乾學、長洲文人沈德潛、太倉文人畢

〔註211〕（清）袁希謝《繡餘吟草》，合肥：黃山書社 2008 年，第 986 頁。

沅、太倉文人吳偉業，以及吳蘭雪、王芑孫、杭世駿等等。文士的支持是清代女性文學繁盛的重要原因之一。

五、「試吟明月空枝句，半是天才半是師」：馮班及其「鈍吟」女弟子交遊考

　　清代蘇州地區，閨秀以拜師方式與文士結詩文社的例子並不鮮見，一方面，拜師之閨秀多來自於名門世家或諸生之妻，與清代文化中心有著或疏或密的聯繫。另一方面，閨秀所拜之師亦多為名士，在文學觀念上與其師皆或多或少有相似相通之處。若從明末清初蘇州一地的文學史實而言，其「遺民」文學的內涵就十分醒目。在順康年間長洲地區，即有一位特殊的閨秀，她不僅與東林眉目有著密切的家庭關係，且與詩壇巨擘常熟人馮班亦有著不解之緣，並與馮班的兩位侍姬，受學於馮氏，從而形成一個小型的詩社群體。這位閨秀便是長洲人吳綃。據鄧之誠《清詩紀事初編》上卷三「吳綃」條記載：「吳綃，字冰仙，長洲人。適常熟許瑤。瑤字文玉。順治九年進士。官至關內參議道。為東林眉目國子監祭酒士柔之子。」〔註212〕吳綃不僅為東林士人之媳，進士之妻，且出身名門望族，其父為通判吳水蒼（與太倉名士吳偉業聯宗），吳綃詩集《嘯雪庵詩餘》中也多有與吳偉業唱和之什，並稱梅村為兄。據曾乃敦著《中國女詞人》「吳綃」條記載：「吳綃，字冰仙，一字片霞，又字素公，長洲人，吳水蒼女，許瑤妻也。徐乃昌謂：『其詩清麗婉約，集中有與梅村祭酒，相唱和者，稱梅村為兄。』」〔註213〕其才學在當時即為人所稱道，葉襄在《嘯雪庵詩序》中曾對吳綃之才作如此評價：「吳中閨秀徐小淑能詩文，趙瑞容善畫，有盛譽，惟夫人兼此二長。」〔註214〕在清初，吳氏是與吳江葉紹袁之妻沈宜修（宛君）齊名。吳綃工詩畫，其《嘯雪菴詩集》、《新集》，二集均為康熙初年之詩，且「有順治十七年庚子錢謙益序」，且「頗稱異之」。在這段文獻中，有兩個細節值得重視，一是東林黨，東林黨是以明末江南士大夫為主要成員的官僚政治集團，其東林講學針砭時弊，在明末社會具有積極的意義；二是這裡提及的清初文壇領袖錢謙益，亦正是清初常熟虞山詩派的眉目，其論詩以反對前後七子復古，主張轉益多師，並在清初開學宋一路。

〔註212〕鄧之誠《清詩紀事初編》卷三，上海：上海古籍出版社 2013 年，第 339 頁。
〔註213〕曾乃敦《中國女詞人》，北京：女子書店 1935 年，第 167 頁。
〔註214〕汪超宏《宋琬年譜》，北京：人民文學出版社 2010 年，第 207 頁。

那麼，吳綃的創作態度及詩學傾向是否與此有關，《清詩紀事初編》卷三記載了《嘯雪庵詩集》吳綃的自序，其云：「余自稚歲，癖於吟事，學蔡女之琴書，借甄家之筆研。緗素經心，丹黃在手，二十餘年，驥虞愁病，無不於此發之。竊以韓英之才，不如左嬪，徐淑之句，亞於班姬。假使菲薄生於上葉，傳禮經，續漢史，則余病未能。一吟一詠，亦庶幾於昔人也。」〔註215〕由於自幼研習詩書，耽於沉吟，且成年後又有「徐淑秦嘉」之歷，吳綃自負甚高，她的才華不僅僅表現在獨事吟詠之上，且在廣泛的社交網絡、拜師結社活動中更爲鮮明地體現出來。《初編》卷三記載了虞山詩派後學常熟文人馮班爲其所作挽詞：「記曲旗亭更讓誰，金閨往往誦新詩。試吟明月空枝句，半是天才半是師。」這「半是天才半是師」不可小覷，實道出二人爲畏友的事實與吳綃突出的才學，以馮班之才視吳綃爲師，也從另一角度說明，吳綃在清初詩學中甚爲重要的地位，這自然與其出身、詩學觀及交遊群有關。挽詞之下有馮班的自注，記載了二人的師徒之誼及交遊過程：

> 吳夫人冰仙學詩於定翁，曾賦梨花詩云：露下有光翻見影，月明無色但空枝。眞名句也。宋玉微詞得噬臍，詩窮老去託金閨。董唐遠嫁冰仙死，懷抱今年倍慘淒。定翁晚年，吳夫人待之獨厚，董唐夫人二侍姬也。〔註216〕

定翁，即常熟文人馮班，其字定遠，號鈍吟老人，爲錢謙益登堂入室的弟子，且爲錢氏「友嗣宗之子」〔註217〕，虞山詩派的重要中堅。吳綃確曾學詩於馮班，且其詩亦得馮班之傳。其所作梨花詩爲馮班極力推崇，露下光影的單薄、月明無色的慘淡與空枝零落的孤獨已勾勒出一幅幽渺低沉的心境圖。隱晦地表達出或遺世傲立，或壯志難酬或浮生若夢的傷感，這似乎正符合了馮定遠「沉酣六代，出入義山、牧之、庭筠之間」〔註218〕崇晚唐與漢魏六朝的詩學志趣，更是其「宋玉微詞得噬臍，詩窮老去託金閨」爲避文字之禍的用意與寄託所在。而對於入清之後屢試不第棄舉歸鄉授弟子以終老的馮班來說，這樣的詩學宗尚更是他人生志趣的特殊呈現。「詩以道性情」而發「隱秀之詞」

〔註215〕鄧之誠《清詩紀事初編》卷三，上海：上海古籍出版社2013年，第339頁。
〔註216〕鄧之誠《清詩紀事初編》卷三，上海：上海古籍出版社2013年，第339頁。
〔註217〕（清）錢謙益著；錢曾箋注；錢仲聯校《牧齋初學集》卷三十二，上海：上海古籍出版社1985年，第938頁。
〔註218〕（清）錢謙益著；錢曾箋注；錢仲聯校《牧齋初學集》卷三十二，上海：上海古籍出版社1985年，

（《鈍吟雜錄》釋之爲「隱者，興在象外，言盡而意不盡者也；秀者，章中迫
出之詞，意象生動者也」〔註219〕），傲然不群思苦冥想，又常以似鈍時暢的音
調吟誦詩篇，常嚎啕大哭舉杯痛飲，眞胸有鬱結者之語〔註220〕。錢謙益在《馮
定遠詩序》中曾這樣評價道：「其情深，其調苦，樂而哀，怨而思，信所謂窮
而能工者也」〔註221〕，雖「里中以爲狂生，爲專愚，聞之愈以自喜」〔註222〕。
那麼，與馮班謂爲畏友，「半是天才半是師」的吳綃在詩學志趣上亦不能不深
受其「隱秀以道性情」影響，據「乙亥新秋晉陵黃中瑄」爲《嘯雪庵詩集》
所題小引云：「余不善吟詩，而善讀詩，然於名媛諸什多不涉筆，余以爲詩之
道本於性情，而閨閣詠歌，多綠衣繫塞孤雁征鴻之感，而未得性情之中心也。
若冰仙吳夫人則大有異，夫人望族，而慕縞自如，于歸而靜好無斁。有鵲巢
逑下之德，誠得性情之正者也。」〔註223〕而像吳綃一樣拜師於馮班的，另有
董唐二人，即董雙成與唐靈華二侍姬，此二人亦能詩，「與冰仙同受定遠指證
者」。此三人皆爲馮班女弟子。另外，又據《初編》記載「冰仙詩得定遠之傳，
與定遠同沒於康熙十年」，不能不說是一種機緣。尤其值得一提的是，在以馮
班爲中心形成的社集群體裏，吳綃的交遊範圍實遠非局限於此。《嘯雪庵詩集》
中即有大量酬唱贈答之什，或與姊妹或與詩友，試看其詩題《春日同諸妹飲
梅花下》、《秋日客有賞桂者聊次其韻》、《以菱實寄蘭陵有贈賦答》、《和袁海
叟八新詩》等〔註224〕，又據曾乃敦著《中國女詞人》「吳琪」條記載：「吳琪，
字蕊仙，長洲人，冰仙妹，管勛妻，《林下詞選》謂：『蕊仙與冰仙爲兄弟』」
〔註225〕，可知吳綃曾與諸妹以詩爲友彼此唱和。在對生活的記錄上，她多呈
現出婉麗清約之什，而在精神世界的皈依中，卻可與明初「白燕詩人」袁凱

〔註219〕（清）何焯評；馮班著《鈍吟雜錄》北京：中華書局 1985 年，第 1～2 頁。
〔註220〕（清）何焯評；馮班著《鈍吟雜錄》北京：中華書局 1985 年，第 1～2 頁。
〔註221〕（清）錢謙益著；錢曾箋注；錢仲聯校《牧齋初學集》卷三十二，上海：上
　　　　海古籍出版社 1985 年，第 939 頁。
〔註222〕（清）錢謙益著；錢曾箋注；錢仲聯校《牧齋初學集》卷三十二，上海：上
　　　　海古籍出版社 1985 年，第 940 頁。
〔註223〕（清）吳綃撰《嘯雪庵詩集一卷題詠一卷 新集一卷題詠二集一卷》，四庫未
　　　　收書輯刊編纂委員會編《四庫未收書輯刊》柒輯，貳拾三冊，北京：北京出
　　　　版社，第 64 頁。
〔註224〕（清）吳綃撰《嘯雪庵詩集一卷題詠一卷 新集一卷題詠二集一卷》，四庫未
　　　　收書輯刊編纂委員會編《四庫未收書輯刊》柒輯，貳拾三冊，北京：北京出
　　　　版社，第 64 頁。
〔註225〕曾乃敦《中國女詞人》女子書店 1935 年，第 168 頁。

尋求心靈契合，其「江村倡和」原韻四首《和曹顧庵年伯》、《讀曹太史原詞，再和端陽之作》卻又能為康熙四年曹爾堪、王士禛、宋琬的出獄而直抒憤慨，這皆見其詩文唱和交遊的廣泛與深入。《清詩紀事初編》中還記載了吳綃與太守宰府等官員的酬唱交遊，且略有微詞：

> 而把持官府，則實有之。二集中多投贈當道之作。有贈漱岩李邑侯詩云：「憶昔縈縶蒙覆盆，霜飛九夏控無門」，蓋於康熙六七年以訟事客金陵時所作。善夤緣，月露風雲，巧入黃堂之幕，侯鯖郇饌，偏邀紫綬之歡。蘭筍絮詠，唱酬贈答，靡所不至。〔註226〕

若據吳綃詩云，乃因「縈縶蒙覆盆」謀以訟事而「巧入黃堂之幕」的話，實乃情非得已。因其遇人不淑，出嫁之後丈夫許瑤高中進士，便捨之而去，使其在孤獨悲傷中獨度餘生。那麼，在士林中求得幫助自在情理之中。然據《初編》記載，當時人戴兆祚卻以其「善夤緣」攀附權貴，「倚官為利」而「敗壞風俗」。清初人對閨秀結社交遊的反對態度可見一斑。

以上論述可知，與吳綃有著密切唱和關係者，至少以下幾個部份：父吳水蒼，兄吳偉業、姊妹、師馮班、夫許瑤，以及部份「黃堂」、「紫綬」的官宦，並有《嘯雪庵詩集》一卷、《新集》二卷傳世，並在馮班詩學觀念基礎上形成其「隱秀以道性情」的詩學宗尚。

六、「人生最苦是情牽，一著思量盡可憐」：孫原湘與蘇州閨秀的社集交遊

鮑之蕙在《祝隨園先生八十壽同舸齋聯句》對當世文士招收女弟子的盛況作了這樣的描述：「三吳名媛爭趨謁，一代才人企選掄」，而如果說袁枚、陳文述開啓招收女弟子先聲，那麼袁枚大弟子孫原湘則應算是收徒受學，酬唱聯吟，風雅一時的後繼。在清代乾嘉詩壇上，性靈說的又一重要陣營，乾隆後三家：王曇、舒位、孫原湘，在繼續闡發袁枚詩說的道路上作出不同程度的努力，而作為袁枚大弟子的蘇州文士孫原湘，從現今留存的詩集來看，其與當代蘇州才媛也有著十分密切的交遊關係，並在袁枚之後形成一個新的以性靈說為創作核心的社集群體，其所組織的閨秀社集活動無疑在繼續打破「生長閨閫內言不出，無登臨遊觀唱酬嘯詠之樂，以發抒其才藻」閨閣傳統

〔註226〕鄧之誠《清詩紀事初編》卷三，上海：上海古籍出版社 2013 年，第 340 頁。

的道路上更推進了一步，而得到性靈詩說支持的閨秀結社活動，在社團與師
徒關係的文學交流中更加牢固地建立起創作的信念與心理上的社會認同，這
種心理認同，正如袁枚女弟子，孫原湘妻子席佩蘭所言：「佩蘭分阻深閨，心
殷絳帳；高山仰止，不能奮飛。惟有效張籍之飲杜詩，誠傾肝膈；如李洞之
慕賈島，佛在心頭」〔註227〕（《又上隨園夫子書》）當心智得到開啓，人生變
得明朗暢快時，人才能獲得充滿自信不斷前行的堅實根基。而圍繞孫原湘所
形成的閨秀社群活動及其文學創作更加自覺，在對「內言不出於閫」的閨閣
戒律的衝擊上也顯示出更大的力度。

　　《清史稿》卷四八五，列傳二七二「孫原湘」條記載：「原湘，字子瀟，
昭文人，嘉慶十年進士，選庶吉士，未仕。」〔註228〕另外《清史列傳》七十
二及趙允懷《武英殿協修孫先生行狀》、《國朝先正事略》卷四十三等亦都關於
孫原湘事跡的記錄，又知其曾歷主毓文、紫琅、游文、婁東諸書院講習，於道
光九年卒。另外，又據李兆洛所作《清故翰林院庶吉士孫君墓誌銘》〔註229〕
記載，孫原湘選庶吉士後曾充編修官，而後乃因得「怔忡疾」而告歸，所謂
「怔忡疾」乃是常感驚悸而不能自己的一種急性病症。在歸居後，孫氏曾主
持崑山玉峰書院、旌德毓文書院及昭文游文書院等。在詩學思想與文學創作
上，孫氏頗受其妻常熟閨秀席佩蘭與其父孫鎬的啓發與影響。在《天眞閣集》
自序中，孫原湘記述了自己的詩學經歷：「自丙申冬佩蘭歸予始學爲詩，積兩
年得五百餘首，己亥歲省先大夫於奉天治中任，盡呈所作。先大夫訓曰：『汝
之詩皆襲前人面目，無一性靈語，今後作詩須自抒情性，一以忠孝爲本。退
而敬識之。』」〔註230〕在與常熟閨秀席佩蘭結婚後，孫原湘詩學益進，創作愈
富。而當其將詩稿給父親審閱時，其父孫鎬便已爲其指出了爲詩的方向，即
不應「襲前人面目」，而應以「自抒情性」爲宗，而孫原湘對父親指出的作詩
之路更是「退而敬識之」，從心底表示了認同，並「於先大夫訓未嘗一日忘矣」
〔註231〕。孫鎬對「情性」的看中與袁枚對「性靈」的推崇實在於詩學精神上
十分契合，對孫原湘的創作啓發與詩學主張的影響也是極明顯的，在《天眞

〔註227〕　（清）袁枚著，王英志主編《袁枚全集》第七集，南京：江蘇古籍出版社1993
　　　　　年，第567頁。
〔註228〕　（清末民初）趙巽等撰《清史稿》，北京：中華書局1977年，第13402頁。
〔註229〕　（清）孫原湘《天眞閣集》，上海：上海古籍出版社2010年，第800頁。
〔註230〕　（清）孫原湘《天眞閣集》，上海：上海古籍出版社2010年，第1頁。
〔註231〕　（清）孫原湘《天眞閣集》，上海：上海古籍出版社2010年，第1頁。

閣集》卷四十一《趙舍人詩集序》中，原湘曾這樣闡釋自己的詩學觀念：「詩之作，其發於情之不容己乎？鳥之鳴春，蟲之鳴秋，非有以強之鳴也，感於氣之自然而鼓撲之，不得不然，是故其音婉以和者，感人喜；其音淒以厲者，感人悲，惟其發於不容己，故爲所感者亦不自己也」〔註232〕。基於抒寫自然之情、吐露眞實之音的立場，孫原湘亦主張爲詩以「性靈」爲宗，不惟人其如此，竹亦如此，「發其不容己」之聲方能感人。在《天眞閣集》卷十六《蔣文肅墨梅卷子》一章中，他這樣寫道：「梅有眞性情，宜放不宜束；梅有眞骨幹，宜直不宜曲，宜野不宜城，宜山不宜宣」〔註233〕鮮明地闡釋了梅之骨與詩之骨的相似性與取徑「眞性情」的詩學內裏！

關於孫原湘與袁枚的交遊關係，我們稍作梳理，從而考察孫氏收袁枚思想的影響。乾隆五十一年（公元1786）孫原湘曾作《呈袁隨園太史枚》四首，對袁枚的歸隱及其詩作表示了高度的評價與由衷的欽慕。如其一云：「歲歲梅花夜夜簫，詩仙奇福始能消。文章倉卒皆千古，人物依稀似六朝。坐有春風常自暖，客如明月不須邀。誰知陶令歸來日，反使公卿爲折腰。」〔註234〕原湘將隨園比詩仙，對其詩文創作不經意的隨意潑灑自然成文十分欣賞，並對其似六朝人瀟灑風流任隨自然的人生態度欽佩不已，更爲袁枚歸隱隨園後仍得眾公卿仰慕而讚歎傾倒。在這一組詩中，孫原湘對隨園的崇敬之意已鮮明流露。而乾隆丙午年孫原湘因鄉試之便造訪隨園，同往者正是常熟文人吳蔚光。《呈袁隨園太史枚》其二有載：「海內詞壇幾個賢，風流文采讓公先。中年宦與陶彭澤，外國詩名白樂天。屈指無多前輩在，及身早似古人傳。商量循吏還文苑，青史應分傳兩篇。」〔註235〕是卷繫年丙午（公元1786），而吳蔚光《素修堂遺文》卷四《白門唱和吟序》所記「丙午之秋，子和赴江寧鄉試，余擬與偕一訪前輩袁簡齋先生」〔註236〕又證明了此年秋孫氏曾與之共同造訪袁枚的事實。這似爲後來袁枚招收孫爲弟子奠定了些許基礎。而袁枚造訪虞山，並招孫氏入門下，應在乾隆五十三年。據《袁枚年譜》記載，乾隆

〔註232〕（清）孫原湘《天眞閣集》卷四十一，上海：上海古籍出版社2010年，第439頁。

〔註233〕（清）孫原湘《天眞閣集》卷十六，上海：上海古籍出版社2010年，第185頁。

〔註234〕（清）孫原湘《天眞閣集》卷七，上海：上海古籍出版社2010年，第47頁。

〔註235〕（清）孫原湘《天眞閣集》卷三，上海：上海古籍出版社2010年，第47頁。

〔註236〕鄭幸《袁枚年譜新編》，上海：上海古籍出版社2011年，第521頁。

五十三年戊申（公元 1788）袁枚七十三歲這一年三月，經寄居常熟的安徽文人吳竹橋（蔚光）引薦，孫原湘等六人方入隨園門下：「三月，過常熟，吳蔚光薦孫原湘、陳聲和等六人，後俱入隨園門下」〔註237〕，吳竹橋其時作有《戊申三月簡齋先生枉道琴川，遊宴之餘奉呈一首》對袁枚的超然風姿與「著作等身」抱以激賞態度，其詩云：「先生海內地行仙，忽係仙舟琴水弦。文酒正宜三月裏，湖山可勝十年前。姓名貫耳疑已古，著作等身知必傳。放出看花雙老眼，莫雲鬢髮盡皤然。」〔註238〕也就在這一年，袁枚與孫原湘於虞山見面後，二人的師生交往由此開始。乾隆五十七年，孫氏曾造訪隨園，有詩作《隨園先生招集上下江名士張燈設宴即事四首》云「五湖鷗鷺盡來遊」〔註239〕《袁枚年譜》「乾隆五十九年甲寅（公元 1794）」條記載，袁枚七十九歲這年，「二月二十八日在虞山，與吳蔚光等過從」，「二月二十九日，與吳蔚光、孫原湘過從，席佩蘭出見，以小照索題」〔註240〕這是孫原湘妻子席佩蘭第一見到袁枚，但由「三月十一日，劉大觀邀眾閨秀作詩會」一事未見席佩蘭詩可知，這一年席佩蘭未入隨園門下，而在袁枚這次再訪虞山時，孫原湘有《喜隨園先生至》詩對袁枚的到來表示由衷的欣喜。乾隆六十年乙卯（公元 1795），袁枚時年八十歲，孫原湘於此年九月中江南鄉試，且名列第二，《隨園詩話補遺》卷九第四三則袁枚云：「乾隆乙卯，秋闈發榜，主試劉雲房、錢雲岩兩先生入山見訪，余告之曰：『今科第二名孫原湘，余之詩弟子也。』」〔註241〕在隨園門下以詩弟子身份相稱的孫原湘受到隨園的詩學影響是頗為深刻的，在乾隆朝詩壇頗具變數的情況下，孫氏明確選擇以「性靈」為宗，在《籟鳴詩草序》中他這樣論述乾隆朝詩壇的變化：「吳中詩教五十年來凡三變：乾隆三十年以前，歸愚宗伯主盟壇坫，其詩專沿格律，取清麗溫雅，近大曆十子為多。自小倉山房出而專主性靈，以能道俗情，善言名理為勝，而風格一變矣。至蘭泉司寇，以冠冕堂皇之作倡率後進而風格又一變矣。近則或宗袁，或宗王，或且以奇字僻典攬入風雅而性靈、格律又變而為考古博識之學矣。」〔註242〕然對於

〔註237〕鄭幸《袁枚年譜新編》，上海：上海古籍出版社 2011 年，第 540 頁。

〔註238〕（清）袁枚著，王英志主編《袁枚全集》第六集《續同人集》南京：江蘇古籍出版社 1993 年，第 42 頁。

〔註239〕（清）孫原湘《天真閣集》卷七，上海：上海古籍出版社 2010 年，第 87 頁。

〔註240〕鄭幸《袁枚年譜新編》，上海：上海古籍出版社 2011 年，第 593 頁。

〔註241〕（清）袁枚著；顧學頡校點《隨園詩話補遺》卷九，北京：人民文學出版社 1982 年，第 801 頁。

〔註242〕（清）孫原湘《天真閣集》卷四十一，上海：上海古籍出版社 2010 年，第

袁氏「性靈」一說，孫原湘是始終不曾相忘。張維屏《國朝詩人徵略》二編
《聽松廬詩話》對孫原湘之詩學觀念作了精要的闡釋與概括，其云：

> 子瀟太史平生最重情字，其詩有云：「情者萬物祖，萬古情相
> 傳」。又云：「此生如春蠶，苦受情束縛。」又云：「在我則爲情，及
> 人則爲仁。」數語發揮情字，可謂簡括透闢。余嘗謂性未發不可知，
> 情既發乃可見。古來忠臣孝子義夫節婦，雖是性生，總由情發，只
> 此不忍忘，不忍負之一念，便是情所固結，情所彌綸，讀子瀟詩，
> 可謂先得我心。〔註243〕

在張維屏看來，孫氏正是得袁枚詩學精神的衣缽，以情爲宗，以情爲本，終
身不曾相忘。而對於孫氏詩歌的特色，張維屏作了二分：「子瀟詩有兩種，一
種以空靈勝，運思清而能入，用筆活而能出，妙處在人意中，又往往出人意
外；一種以精切勝，詠古必切眞人，論事必得其要，固是應有者有，卻不肯
人云亦云」〔註244〕要歸在一個「眞」字上。孫氏詩學淵源一則宗袁枚一則宗
同鄉吳竹橋，據單學傅《海虞詩話》記載：「孫庶常原湘，才品清逸，詩宗太
白，而小倉山房、素修堂則則其所發源也。」〔註245〕概括得也及其精鍊。

在孫原湘《天眞閣集》中有大量題贈閨秀詩社的詩作，亦見孫氏與眾才
媛的詩友關係。《清詩紀事》中亦有記載。孫氏《題蕊宮花史圖》云：「非非
妄想入諸天，管領群芳合眾仙。按月不關分甲乙，愛花原各種因緣。九霄或
有眞靈在，萬事都從傅會傳。比似詩家操選例，六朝唐宋一齊編。」此詩中
的「傅會」實指閨秀社集（「十二蕊宮花史社」），此次結社活動的參與者多爲
隨園女弟子，其中也包括孫原湘妻子席佩蘭。詩下有郭則沄《十朝詩乘》注，
對屈宛仙召集眾閨媛社集於其居所，命畫工作雅集圖一事記載得很清楚：「屈
宛仙爲隨園女弟子，饒才思，嘗以百花生日邀閨秀十二人集於所居蘊玉樓，
謀作雅集圖，選古名姬，按月爲花史，拈鬮分得之，命畫工以古裝爲今貌，
號《蕊宮花史圖》，歷兩載乃成，重集畫中人置酒相祝。孫子瀟題詩云云，蘭

---

440 頁。

〔註243〕錢仲聯《清詩紀事‧嘉慶朝卷》，南京：江蘇古籍出版社 1989 年，第 8436
頁。

〔註244〕錢仲聯《清詩紀事‧嘉慶朝卷》，南京：江蘇古籍出版社 1989 年，第 8436
頁。

〔註245〕錢仲聯《清詩紀事‧嘉慶朝卷》，南京：江蘇古籍出版社 1989 年，第 8438
頁。

閨勝事，留芳簡牒」〔註246〕。「蘭閨勝事，留芳簡牒」的評價，是對閨秀社集聯吟的頌揚，更是對其酬唱聯吟、社集傳會、比附名姬、傳遞詩篇之作為的讚美，「留芳簡牒」之稱甚為高矣。

孫原湘與乾嘉時期閨秀的唱和聯吟關係，首先要從其妻席佩蘭談起。《清詩紀事》中記錄了孫氏《病中贈內》詩作，描述了原湘病中的無奈與煎熬，以及妻子情真意切的陪伴與照料，詩下有倪鴻《桐陰清話》注云：「昭文孫子瀟太史原湘，與德佩席浣雲佩蘭俱能詩，唱和甚多，其《示內》句云：『賴有閨房如學舍，一編橫放兩人看。』又，《贈內》句云：『五鼓一家都熟睡，憐卿尤在病床前。』上聯想見閨房之樂，下聯想見伉儷之篤。」〔註247〕孫、席二人不僅在詩歌唱和上志同道合，且伉儷情深相依相守。在原湘心中，如此神仙眷侶的生活，是人生心嚮往之的境界。試看孫氏《內子就醫吳門，泊舟虎丘山塘，得『遊能起疾勝求醫』七字，屬為足成之》一詩有句：「眠能對山如讀畫，遊能起疾勝求醫」、「我自吹簫卿寫韻，尋常家事道旁疑」，這「我自吹簫卿寫韻」誠然是孫氏自足心態的寫寓，但更是其追求風雅愛情生活的象徵。在孫原湘《天真閣集》中與席佩蘭唱和的詩篇如《內子思結一廛於湖上屬餘賦其意》、《梨花下書寄情人》、《閏七夕同內人》、《內子就醫吳門泊舟虎丘山塘得遊能起疾勝求醫字屬為足成之》，而兩人更多的酬唱篇章則保存於席佩蘭《長真閣集》之中，如《得外書次韻》、《夫子報罷歸詩以慰之》、《長夏同外》、《送外入都》、《賀外省試報捷》等等〔註248〕。席佩蘭亦為袁枚弟子，夫婦二人皆入隨園門下，一時竟為佳話。而縱觀乾嘉時期的吳中詩壇，似孫、席伉儷之和的例子實在不勝枚舉，孫星衍之與王采薇，任兆麟之與張滋蘭、王芑孫之與曹貞秀、徐達源之與吳瓊仙皆是如此。「我自吹簫卿寫韻」是清代名士佳人愛情生活所共嚮往之得佳境。

其次，再論孫氏與常熟閨秀王韻梅的交遊。孫原湘曾為常熟閨秀王韻梅《問月樓遺集》作序，在此序中，孫氏不僅言及其妻席佩蘭曾為韻梅作序之實，且指明此序乃王韻梅臨終囑其母所祈於己，序云：「閨秀王素卿《問月樓詞》，予婦嘗為序而行之矣。病將死，屬其母曰：『必丐孫太史一言，以庶幾

〔註246〕錢仲聯《清詩紀事·嘉慶朝卷》，南京：江蘇古籍出版社1989年，第8448頁。

〔註247〕錢仲聯《清詩紀事·嘉慶朝卷》，南京：江蘇古籍出版社1989年，第8445頁。

〔註248〕（清）席佩蘭《長真閣集體》，上海：上海古籍出版社2010年。

傳信於後，介則某君可』」〔註249〕王韻梅，字素卿，爲常熟昭文人，《問月樓遺集》乃其詩詞合編，孫原湘爲之所作序言的時間是在道光丁亥年，集中頗多王韻梅的絕筆之什。那麼，王韻梅在臨終時一定要其母「丐序」孫氏的現象究竟反映出什麼問題？究其自語「以庶幾傳信於後」可以推測，該集在其在世時或許並未得到世人的眞正認同，甚或曾被世人質疑非其親筆所爲，這讓作者王韻梅深感不安與委屈，而更多的則是遺憾。那麼，在其身後借助孫原湘之手以確認其眞實性，對於創作者內心而言是十分殷切，況且也是其最後的遺願，想來實在令人寒心。但與此同時，蘇州閨秀王韻梅的這一舉動似乎又反映出另外一個更爲重要的信息，即孫原湘不僅在袁枚之後詩壇上擁有實在的話語權，且於閨秀詩文頗爲熟悉。試看孫原湘在爲韻梅所作序中對其作品的評價便知，其云：「予取而讀之，其情怨，怨而不戾於雅；其音哀，哀而不悖於義，可謂善言哀怨者已。予觀婦人集，詩詞兼擅者，李清照、朱淑眞外，不多見。茲集吐屬必莊，詞必己出」〔註250〕，王氏在創作上求眞、求義、求雅的追求得到了孫原湘的高度認可。然而這畢竟是較爲片面的影像。孫原湘與蘇州閨秀的交遊關係網又是怎樣的呢？

再次，孫原湘還曾與常熟閨秀季蘭韻有詩詞交遊。蘭韻有《讀子瀟太史天眞閣集奉題二律》、《子瀟太史屬題隱湖偕隱圖》，以及詞作《壺中天》（子瀟太史復以叔美錢君所畫《隱湖偕隱圖》屬題），題中均有「屬題」、「奉題」字樣，受請於孫氏屬題的季蘭韻以「拋卻軟紅塵十丈，料理天隨漁具，寫韻樓臺，鷗波亭館，一樣同圓聚。菱歌四面，紫簫還按新譜」暗寫原湘偕隱歸里書院講學，酬唱聯吟的情景。季蘭韻並未入孫原湘門下，其唱和關係的建立主要得益於季蘭韻外姑母屈秉筠（蘭韻丈夫屈頌滿之姑，隨園女弟子之一）與另一位隨園女弟子席佩蘭之間的關係（孫原湘爲席佩蘭丈夫）。從詩詞創作上看，蘭韻與孫原湘多借助同題唱和的方式來傳遞彼此的文學旨趣，從而建立起較爲穩定的詩文社集關係。另外，從《天眞閣集》的收錄來看，孫原湘與屈頌滿仍有較密的過從，例如卷三十六《屈子謙遺墨有桃花飛燕自署宋人春風圖子載屬題》等。縱觀諸人詩文集，實際上這是一個以隨園弟子席佩蘭與屈秉筠爲中心發散的詩文結社群體，包括席氏丈夫孫原湘、屈氏侄兒屈頌

〔註249〕（清）孫原湘《天眞閣集》卷四十二，上海：上海古籍出版社2010年，第449頁。
〔註250〕（清）王韻梅《問月樓遺集》，合肥：黃山書社2010年，第1109頁。

滿以及侄媳季蘭韻在內的五人唱和詩群。

　　孫原湘之與閨秀的文學結社交遊，其主要特點集中體現在圍繞袁枚「性靈論」的詩學實踐上，值得注意的是，其對「性靈」的闡發相較於袁枚而言更爲徹底，他大膽地將人心人情置於儒家之理的對立面予以充分正面肯定，反覆強調詩人寫作的中心乃在「情」與「眞」，反對「理」對人心的阻礙。在《天眞閣集》卷三十九《釋情》篇中，他甚至直呼「人心道心，實則一心」〔註251〕，從而消解宋明理學家從《尙書‧大禹謨》中釋出「十六字心傳」（「人心惟危，道心惟微；惟精爲一，允執厥中」）對「人心」與「道心」，對人欲與天理的隔膜，當然更進一步破除二程「人心私欲，故危殆；道心天理，故精微。滅私欲，則天理明矣」的偏見，始終將「情」置於「理」之先，置於世之先，這一點與龔自珍「孔孟之道，尊德性、道問學二大端而已。二端之初，不相非而相同，祈同所歸」〔註252〕的觀點實相同矣。在孫氏《情籤》篇中對「情」的推崇備至顯而易見：「理以情爲輔，情實居理先。才以情爲使，情至才乃全。情者萬物祖，萬古情相傳。」「情」爲萬古之祖且又萬古相傳，可以說在孫氏看來只有「情」才是統攝一切，成就一切的關要，甚至「禮」亦以「情」所託：「聖人之循禮，順其情也；順情即以率性，率性即以復禮」（《情籤》）。因此，孫原湘在繼袁枚之後大力支持與倡導閨秀文學創作，甚至支持閨秀文學結社，實際上是將才媛之「情」、「才」、「性」的發揮置於宋明理學與乾嘉考據學的對立面，置於模擬復古的對立面予以觀照的。在《天眞閣集》中他曾自述個中的原由：「有眞性情，斯有眞詩。雖流連山水，嘲弄風月，下至閨房兒女之詞，其蕩然從肺腑流出者，必有惻惻動人之致，反是則剿擬北山，追慕陟岵，徒見陳言滿紙而已」〔註253〕。正是因爲閨中女子之詩「蕩然從肺腑流出，有惻惻動人之致」又恰當地避免了剿擬與追摹，規避了由積學所至的對詩情的阻礙，成爲「性靈」論詩派的首選。

〔註251〕（清）孫原湘《天眞閣集》卷三十九《釋情》，上海：上海古籍出版社2010年，第425頁。

〔註252〕（清）龔自珍《龔自珍全集》第三輯《江子屛所著書序》，上海：上海人民出版社1975年，第193頁。

〔註253〕（清）孫原湘《天眞閣集》卷四十二《屈子謙遺詩序》，上海：上海古籍出版社2010年，第450

第三節　閨秀結社的詩學造詣及文士品評的獨特視角

一、女子宜詩與脫出閨閫：性情至上　格老氣蒼

　　清代性靈派文士對女性詩歌創作的支持及對其詩學觀念的界定，基於兩個標準，一是《詩經》三百篇多爲女子之作，古已有之，以論爭女性創作的合理性；二是，詩由情生，因而女性亦宜詩。比如袁枚所謂之情，是泛指人的各種情，在《答蕺園論詩書》中他曾言「詩由情生」、「有必不可解之情，而後有必不可朽之詩」，而什麼樣的情最易動人？「情所最先，莫如男女」。袁枚對女性詩歌創作的認同，首先站在「人皆有性靈，而人皆可有詩」的立場。「俗稱女子不宜爲詩，陋哉言乎！聖人以《關雎》、《葛覃》、《卷耳》，冠《三百篇》之首，皆女子之詩。第恐針黹之餘，不暇弄筆墨，而又無人唱和而表章之，則淹沒而不宣者多矣。」〔註254〕其對「女子不宜爲詩」的陳俗觀念予以批駁，一則以《三百篇》多女子之詩爲例確立女性文學的經學依據；二則對女性詩作湮沒無聞者甚多的情形表示遺憾：

> 　　目論者動謂詩文非閨秀所宜，不知《葛覃》、《卷耳》首冠《三百篇》，誰非女子所作？《兌》爲少女，而聖人繫之以朋友講習；《離》爲中女，而聖人繫之以文，日月麗乎天，詩之有功於陰教也久矣。
>
> 　　然而言者心之聲也，天機戾則律呂不調，六情和則音節自協。〔註255〕

此爲乾隆六十年六月望日，袁枚在八十歲高齡，爲其女弟子駱綺蘭詩集《聽秋軒詩集》所作序言，仍表示對女子爲詩的大力認可與讚美。並以《詩經》、《周易》爲例，指出了女子作詩，言由心生，是性情的傳遞，而詩歌的價值還有助於女學。對於招收女弟子一事，就其實質而言，一非風花雪月之酬唱，二非借女性之筆以實現風教之旨，在袁枚看來，女性能詩自古有之，對女子的教育也應「有教無類」〔註256〕，這與主張作詩有助於教化的持論者不同，袁枚不是站在儒教詩教的一般立場上對女性詩作表示贊同。袁枚對女性詩歌創作頗多溢美之詞，並不有優劣高下之分，他認爲對於作家而言，既有因一詩而爲人所贊之例，也有時代作家的眞典型。然而這些都不能作爲評判詩人

〔註254〕（清）袁枚著；顧學頡校點《隨園詩話補遺》卷二，北京：人民文學出版社
　　　　1982年，第596頁。
〔註255〕（清）駱綺蘭《聽秋軒詩集》，合肥：黃山書社2010年，第580頁。
〔註256〕《隨園女弟子詩》六卷，汪穀序，鳳凰出版社2010年，第2576頁。

高下的唯一依據，「動人心目」才是詩歌評價更爲重要的標準。作爲性靈派代表的袁隨園，其論閨秀詩，乃緊扣詩情而發，同時也極重視讀者在情感上的共鳴：

> 人或問余以本朝詩誰爲第一，余轉問其人，《三百篇》以何首爲第一？其人不能答。余曉之曰：詩如天生花卉，春蘭秋菊，各有一時之秀，不容人爲軒輊。音律風趣，能動人心目者，即爲佳詩；無所爲第一、第二也。有因其一時偶至而論者，如「不愁明月盡，自有夜珠來」一首，宋居沈上；「文章舊價留鸞掖，桃李新陰在鯉庭」一首，楊汝士壓倒元、白是也。有總其全局而論者，如唐以李、杜、韓、白爲大家，宋以歐、蘇、陸、范爲大家是也。若必專舉一人，以覆蓋一朝，則牡丹爲花主，蘭亦爲王者之香。人於草木，不能評誰爲第一，而況詩乎？〔註257〕

> 詩分唐、宋，至今人猶恪守。不知詩者，人之性情；唐、宋者，帝王之國號。人之性情，豈因國號而轉移哉？亦猶道者，人人共由之路，而宋儒必以道統自居，謂宋以前直至孟子，此外無一人知道者。吾誰欺？欺天乎？〔註258〕

袁枚充分肯定作詩之性情人皆有之，然人之性情各異，自然詩之景況不同，誠如天生花卉，春蘭秋菊，各有其芳，只要「動人心目」，即爲佳作。詩作只因人之性情而異，不以朝代更迭、道統有無爲轉移。袁枚對女性詩歌的支持，無疑是出於性靈說的立場。清代文士對女子宜詩的支持也多基於其女性觀念的轉變，「女子無才便是德」的陳言俗念正逐步被「才德兼備」的思想代替。文士的女性觀由「色」向「才」轉變，繼而倚重「情」、「德」。如錢塘詩人陳文述（尤其敬重袁枚，並學袁氏招收女弟子，早年也曾受學於支持女學的阮元）在《頤道堂文集‧與姬人采鸞書》中曾這樣說道：「十年以前，慕君之色；十年以後，愛君之才。經歲以來，感君之情，一夕之談，重君之德。湖山之友，閨房之侶，向惟歐波，今則停雲。」〔註259〕無獨有偶，清代文士雷瑨、雷瑊所輯《閨秀詩話》卷九在同樣的女性觀念上，不約而同地與陳文述提出相似的見解：「俗以女

〔註257〕《隨園女弟子詩》卷一，汪穀序，鳳凰出版社 2010 年，第 64 頁。

〔註258〕（清）袁枚著；顧學頡校點《隨園詩話》卷一，北京：人民文學出版社 1982年，第 16 頁。

〔註259〕（清）王蘊章《燃脂餘韻》卷一，南京：鳳凰出版社 2010 年，第 651 頁。

子無才爲德，然則有才者豈盡無德也？苟有才而善用其才，則畫荻教書，熊丸課讀，人稱重之；若有才而誤用其才，則簾間密箚，月下琴心，人非笑之。蓋女子在賢不賢，不在才不才也。」〔註260〕雷氏兄弟認爲，女子之才與德並不矛盾，他們更欣賞才德兼備者。其視野的落腳點皆在女性本身才、情、德的內涵，而非借女性之作以言他事。這與格調派的女性創作支持論是截然有別的。

袁枚認爲作詩要推陳出新，獲得味外之味的審美，其言：「司空表聖論詩，貴得味外味。余謂今之作詩者，味內味尚不能得，況味外味乎？要之，以出新意、去陳言，爲第一著。《鄉黨》云：『祭肉不出三日；出三日，則不食之矣。』能詩者，其勿爲三日後之祭肉。」〔註261〕餘音繞梁三日未絕，是詩味悠長而空靈的藝術風格。王蘊章在《燃脂餘韻》中，也十分注重對女性「詩境」、「詩味」的評價，卷三有言：

> 女士不專於爲詩，而集中所作，取境特高。介弟晴佳評爲：「無一字涉纖，不虛也」《清暇歌》云：「婢子厭肥肉，僕人製新裘。一門喜氣集，四序春風收。居官之樂樂於此，只有吾父深更研獄忙無已。幕客愁無依，閽人意蕭索。寂寂若無人，呼之遲遲諾。去官之日仍如斯，只有吾父嘯歌清暇示兒詩。」集中《嘲菊》一首，有爲而發，尤得味外味。〔註262〕

在清代文士看來，女性詩歌藝術所追求的「味外之味」是豐沛和有神的，可以用「清俊」、「秀骨」、「脫俗」、「蒼勁」等詞來形容。

> 余今歲約女弟子駱綺蘭，同遊西湖。余須看過梅花方出行，而綺蘭約女伴先往；及余到湖樓，則已先一日歸矣。見壁上題詩，詠《秋燈》云：「獨坐影爲伴，閒窗對短影。照人雖冷淡，觀我自分明。焰小知風急，光寒避月盈。欲挑還在手，無語聽殘更。」《秋扇》云：暑消新雨後，人困晚涼天。余愛其清妙，即手錄以歸。〔註263〕

駱綺蘭詩歌創作的突出風格是「清妙」，這既是清代女性詩歌的審美傾向，也

〔註260〕（清）雷瑨、雷瑊《閨秀詩話》卷十五，南京：鳳凰出版社2010年，第1127頁。

〔註261〕《隨園女弟子詩》卷一，汪穀序，鳳凰出版社2010年，第30頁。

〔註262〕（清）袁枚著；顧學頡校點《隨園詩話》卷一，北京：人民文學出版社1982年，第29頁。

〔註263〕（清）沈善寶《名媛詩話補遺》卷二，南京：鳳凰出版社2010年，第121頁。

是袁枚所欣賞的女性詩歌典型特色。值得注意的是，使用「清」這一概念，是
清代文士著力於提升閨秀詩歌品質的一個重要的方式，他們將對文士的評價用
語轉而挪用至對閨秀詩歌的評價，顯然有提升其品質的意圖。以此處「清」之
概念為例，以往只是用於對文士的評價，比如對其高雅的風度、自然的天性、
人格與形象的魅力、道德與審美的形象等等的品評等。而至明清時期，這一概
念則悄然轉向對閨秀的品評，比如鍾惺在其《名媛詩歸》中就曾經將「清」與
「真」聯繫起來探討女性缺乏文學訓練以及社會交際因而保存較好的率真、淡
泊、樸質等典型氣質。而清代雍正年間著力於收集女性作品的學者范端昂則更
是對女性在詩歌創作中所表現出來的「清」雅之氣給予了很高的評價：

> 夫詩抒寫性情者也，必然清麗之筆，而清莫清莫清於香奩，麗
> 莫麗於美女，其心虛靈，名利牽引，聲勢依附之，汩沒其性聰慧。
> 舉凡天地間之一草一木，古今人之一言一行，國風漢魏以來之一字
> 一句，皆會於胸中，充然行之筆下……因思夫奩制之不易得也。諸
> 香奩豈偏靳餘景仰哉！高山則可仰，景行則可行，景仰奚損於諸香
> 奩哉！然竟不易得也。乃雖得之不易也。而余終不能忘於景之仰之
> 者也。〔註264〕

陳文述《蘭因集》中閨秀詩居多，王蘊章曾指出「芳馨悱惻，其秀在骨」是
《蘭因集》的本色：

> 《蘭因集》中，閨秀詩最多。其工麗雅切者，如汪逸珠之「翠
> 冷香消二百年，梅亭明月鶴亭煙。羅裙久化飛莊蝶，彩筆重題感杜
> 鵑。一徑落花紅灼灼，兩堤芳草綠芊芊。春泥都化媧皇石，補滿情
> 天不恨天。」桐城方若徽之「情天恨海兩茫茫，如此娥眉合斷腸。
> 春水尚留仙子影，桃花猶學美人妝。魂依素柰心無累，死旁寒梅骨
> 猶香。吟遍西泠芳草路，一杯梨汁酹斜陽。」段句如張雲裳之「詞
> 客定能參慧業，美人才合葬名山。」芳馨悱惻，其秀在骨。每讀一
> 過，使人心魂俱逸。〔註265〕

此外，王蘊章還借助對隨園女弟子金逸詩集風格的評價，從一個側面折射出
文士視野下的閨秀詩學思想：「《瘦吟樓詩草》中，佳句如林，摘錄數首以見
一斑。《閨中雜詠》云：『坐愁燒燭到深更，雨點疏疏風又生。不信鴛鴦禁得

〔註264〕　（明）鍾惺《名媛詩歸》，南京：鳳凰出版社 2010 年，第 2556 頁。
〔註265〕　（清）王蘊章《燃脂餘韻》卷二，南京：鳳凰出版社，2010 年，第 662 頁。

慣，一池荷葉變秋聲。』等皆清俊邁俗，洗盡人間煙火氣。」〔註266〕在清代
文士眼中，「清俊邁俗」、「洗盡人間烟火」的不凡與脫俗，是閨秀詩歌創作中
的佼佼者，而這樣的評價多次出現在王蘊章的《燃脂餘韻》詩話之中，比如
其評價丹徒寶佩芬女史詩，「詩意清淡，是能以性靈爲主者」，對其《秋日病
中》詩尤其喜愛：「蕭瑟重陽信，寒生薄暮中。病多嘗試藥，體弱不禁風。人
意和詩瘦，鄉書遺雁通。倦看秋色老，楓葉飽霜紅。」〔註267〕又評常州畢幽
蘭女史詩「雄放，不似尋常閨閣中語」，尤喜其《春日遊敬亭》詩句：「月湧
南湖開鏡匣，山橫北郭起風煙。」〔註268〕不能不說明，至少的當時文士看來，
閨秀詩歌創作的宗旨或詩學旨趣與風格正在於超越世俗與追求清俊之風骨。
這是文士所定位的女性詩學觀。此其一。其二，王蘊章在《燃脂餘韻》卷三，
評價毗陵張氏孟緹詩風時，這樣評價其淵源與體裁風格，同時引用其弟仲遠
之序，從另一個側面指出了清人眼中女詩人的完美形象：

> 詩亦探源選樓，宗阮、陶而參顏、謝。五七言近體，尤清老簡
> 質，不爲綺麗。仲遠先生序云：「余婦婉而弱，家之事悉倚姊。祭祀
> 賓客，庖廚酒漿，米鹽瑣瑣，雜然前陳。姊之居簡冊筆墨，與刀尺、
> 升斗、籌算、簿籍同列，姊理之秩然，終日無廢事，亦終歲無廢學。」
> 固知其致力者深矣。〔註269〕

「清老簡質，不爲綺麗」，是文士所欣賞具有異質的閨秀佳作。另外，《燃脂
餘韻》卷三還記載：「清初才媛，首推禾中黃媛介。其詩初從《選》體入，後
師杜少陵，清雋高潔，絕去閨閣畦徑。乙酉鼎革，家被蹂躪，乃跋涉於吳、
越間。困於攜李，躓於雲間，栖於寒山，羈旅建康，轉徒金沙，留滯雲陽。
其所記，多流離悲戚之辭，而溫柔敦厚，怨而不怒。既足觀其性情，且可以
考事實，蓋閨秀而又林下風者。」〔註270〕黃媛介詩風可以用「溫柔敦厚、怨
而不怒」來定位，一方面，與其從《選》體入門而宗杜甫的詩學旨趣有關。
另一方面，與其經歷乙酉鼎革之亂，身歷險境，以詩記史有關，因而形成「格
老氣蒼」的詩風，有似杜甫「沉鬱頓挫」之風。閨秀詩以親身經歷爲線索，
融入當時重大政治事件，從而成其渾厚蒼勁詩風者，清代文士尤爲稱賞。這

〔註266〕 （清）王蘊章《燃脂餘韻》卷二，南京：鳳凰出版社，2010年，第672頁。
〔註267〕 （清）王蘊章《燃脂餘韻》卷二，南京：鳳凰出版社，2010年，第688頁。
〔註268〕 （清）王蘊章《燃脂餘韻》卷二，南京：鳳凰出版社，2010年，第688頁。
〔註269〕 （清）王蘊章《燃脂餘韻》卷三，南京：鳳凰出版社2010年，第711頁。
〔註270〕 （清）王蘊章《燃脂餘韻》卷三，南京：鳳凰出版社2010年，第713頁。

樣的例子不甚枚舉，再如旌德閨秀呂清揚（眉生），在奉天女子師範學校任教時，曾經刊刻其詩爲《遼東小草》集，據王蘊章言：

> 《遼東小草》，起丁未四月，迄己酉六月。中多感懷時事之作，
> 感慨蒼涼，不屑作庸脂俗粉語，故是此中健者。《過榆關遊角山》云：
> 「南山海涌搖晴游，北山雲暖藥苗肥。我來登臨覽東跡。長城萬里
> 空斜暉。古今興廢原天演，憑弔何足生悲唏？悠然遐想望高吟，振
> 衣千仞獨立時。俯視塵寰何擾擾，奔騰入海紅塵飛。君看足下煙雲
> 起，繚繞何曾縈我衣。」氣體殊勝。以及擬古之作，皆格老氣蒼，
> 無慚作者。〔註271〕

呂清揚詩風的格調老練，氣格蒼勁也與作者經歷丁未之後的政事密切相關，正如清揚在《小院》詩序中所吐露的心聲：「感吾國法律之苛刻，而領事裁判權之難收回也。」總之，相對於柔婉的女性詩作而言，文士更欣賞這氣韻沉雄的非凡之作：

> 清道光中金陵某甲，於鍾山下掘得石匣一。啓之，中有玉版，
> 長約七寸，鍥女子像，帶劍行崖樹間。背刻七律一首，尾署「俠仙
> 自題」，詩云：「輕身萬里歷征途，匹馬秋風入帝都。王氣已隨流水
> 去，客情爭似暮雲孤。中天日月新光彩，大地山河舊版圖。獨有臺
> 空烟草境，更無人問鳳凰雛。」詩意或指明建文遜國時事。魄力沉
> 雄，氣韻深厚，向非尋常女子所能。〔註272〕

所謂氣韻沉雄之詩，其實是暗指時政之作，以詩寓史，胸襟所至，乃使其詩境界開闊，形成魄力沉雄的風格。對於這一點，茗溪生在其《閨秀詩話》中多次提及，卷四亦有言論：「大凡閨秀詩，清麗者多，雄壯者少；藻思芊綿者多，襟懷曠達者少。至詩體亦多五七言絕句及律詩，能古風者絕少。」〔註273〕茗溪生認爲，襟懷是否曠達直接決定了詩思的沉雄與否與詩歌體裁的選擇。襟懷的不同，也就決定了詩歌風格的差異。這一點，與袁枚論詩不約而同，在《隨園詩話》中，袁枚這樣論道：

> 凡作詩者，各有身份，亦各有心胸。畢秋帆中丞家漪香夫人，
> 有《青門柳枝詞》云：「留得六宮眉黛好，高樓付與小妝人。」是閨

〔註271〕（清）王蘊章《燃脂餘韻》卷三，南京：鳳凰出版社2010年，第719頁。
〔註272〕（清）茗溪生輯《閨秀詩話》卷四，南京：鳳凰出版社2010年，第1678頁。
〔註273〕（清）茗溪生輯《閨秀詩話》卷四，南京：鳳凰出版社2010年，第1681頁。

閣語。中丞和云:「莫向離亭爭折取,濃陰留覆往來人。」是大臣語。
嚴冬友侍讀和云:「五里東風三里雪,一齊排著等離人。」是詞客語。
夫人又有句云:「天涯半是傷春客,漂泊煩他青眼看。」亦有慈雲護
物之意。張少儀觀察和云:「不須看到婆娑日,已覺傷心似漢南。」
則的是名場耆舊語矣。〔註274〕

　　閨閣、大臣、詞客、名場耆舊各因身份之異而言論格調相去甚遠,這不僅是
身份,更是襟懷。茗溪生在其《閨秀詩話》裏雖然肯定了格老氣蒼、襟懷曠
達、氣韻沉雄之作,但又並不拘執於對女性詩作如此苛刻的要求,又作了如
下的補充:

世之論詩者必曰:「詩之爲道,宜遠規風雅,近寢饋於漢、唐以
來諸名作,然後潤之以山川之氣,乃成超然成一家言。」然若是者,
求之白首窮經之士,尤難多得,況乎深閨弱質者哉?故我之取閨秀
詩,只求性情,不尚格調魄力,亦以其難得也。清季劉景韓觀察之
夫人孔氏所著《韻香閣詩草》中,近、古體近千首,均蒼遒高華,
洗盡脂粉之氣,眞閨閣中僅見之才。〔註275〕

　　就當時文士對閨秀詩學風格的定位來看,涵蓋了以下幾個方面,一是以《風》、
《雅》爲宗;二是在創作理論實踐上應以漢、唐以來名作爲學習對象;三是
從內修的角度,認爲作者應養其浩然天地之氣,相應地也就要求閨秀詩風具
備骨力、氣韻沉雄。這一點集中地體現在特殊題材的寫作中,比如身世凄厲、
暗指時政之作。

　　總此三者,方能成超然一家。漢代文人五言詩表現得溫柔敦厚、怨而不
怨;唐詩氣象萬千充滿盛世氣度,格調超逸曠達,清代閨秀詩學追求正兼此
二者,這是清代文士對閨秀詩學觀的定位,更是期待。茗溪生雖然也認可女
性此類詩作,但同時也指出,如此嚴苛的要求,即使白首窮經之人,亦難以
達至,更何況深處閨中的女子,又哪來如此深厚的詩學工夫,更何談所謂山
川之氣。因此,茗溪生認爲,閨秀詩作,只需要具備「性情」即是佳作,而
無須強求「格調魄力」。但值得注意的是,清代文士對女性詩學思想的認識與
定位是複雜而矛盾的,即使是「性靈」論者,也難以免俗,因爲他們始終無

〔註274〕（清）袁枚《隨園詩話》卷一,北京:人民文學出版社1982年,第12頁。
〔註275〕（清）王蘊章《燃脂餘韻》卷三,南京:鳳凰出版社2010年,第1657～1658
頁。

法超越的，是男性的身份與清朝的時代文化風氣。因而，得風人之旨，作「怨
而不怒」之詩，始終是文士對閨秀詩風的共識與要求。茗溪生《閨秀詩話》
卷三即有：

> 莊靜香女史，嗜書能詩。適陸基某氏子，悒鬱多感，二十三歲
> 而卒。嘗作《宮詞》云：「玉澀苔身繡翠茵，花愁月怨郭芳春。欲題
> 幽恨傳紅葉，忽遇君王舊日恩。」又：「一搦腰肢減帶圍，病容常倩
> 鏡鸞窺。自知命薄難承寵，不敢窗前蹙恨眉。」怨而不怒，深得風
> 人之旨。〔註276〕

這樣的評價隨處可見，試再舉一例：

> 予所聞如洪女事，不一而足，就中能詩者僅一徐氏女，而徐之
> 境更難於洪。女幼有殊色，初適某，甚歡好。未一年，某厭於意，
> 更置側室，寵之專房，見女輒怒。女不敢忤，轉以笑語慰藉，某以
> 為無恥，訕笑之。他日妾寵少衰，忽與女親。女恐又輕訥見誚，略
> 示拒意，則又怒謂有外心，必如其意承順之，始少安。逾時而厭棄
> 如故，朝暮反覆，近距皆非。女舉止婉約，待人亦最和間，一言笑
> 為某所見，則聒絮不休，辱之以所難受，閨房之內，如桎梏然。女
> 以是常隱泣，其《自感》云：「記得綠窗畔，曾調琴瑟音。自從雲影
> 去，終望月華臨。薄命花憐影，雙飛鳥認林。空拋無益淚，何日悟
> 君心。」此則怨而不怒，忠厚之至也。〔註277〕

徐氏女子經歷婚後不幸，其內心自然是憂鬱悲戚的，但其《自感》詩中卻並
無幽怨之詞，雖然冷清寂寥，但最終，她將被冷落的原因歸結到自己身上，
是因為不得「悟君心」而得此遭遇，似乎不能有怨天尤人的理由。也正是因
此，茗溪生在引用這段材料並作評點時，才作出了「怨而不怒，忠厚之至」
的高度評價。然而，我們不得不考慮到的是，《自感》的心理姿態絕非純粹溫
柔敦厚，僅從「薄命」、「終望」、「空拋」等心酸的字眼上，我們就能見出其
內心的波瀾，而「悟君心」只能是一種無奈的強自寬慰，那麼茗溪生「怨而
不怒，忠厚之至」的美贊，就不能不說是「詩尚風雅」「敦厚溫柔」時代風氣
的浸染了。文人對女性詩學觀念「敦厚溫柔」的界定，受時代的深刻影響，
是顯而易見的，我們試再舉一例，王蘊章《燃脂餘韻》卷四記載了這樣一個

〔註276〕　（清）茗溪生輯《閨秀詩話》卷二，南京：鳳凰出版社 2010 年，第 1671 頁。
〔註277〕　（清）茗溪生輯《閨秀詩話》卷二，南京：鳳凰出版社 2010 年，第 1672 頁。

淒厲的故事：

> 湯卿謀嘗云：「人生不可不儲三副痛淚：一副哭天下大事不可
> 爲，一副哭文章不遇識者，一副哭從來淪落不遇佳人。」讀綃山女
> 子賀雙卿詩，正不能不爲淪落不遇佳人哭也。雙卿世業農。生有宿
> 慧，聞書聲即喜笑。雍正十年年十八，嫁周姓農家子，夫長雙卿十
> 餘歲。雙卿力操井臼，遂病瘧。醫者曰：「瘧有八，是惟食與暑。方
> 暑避烟火，汗大時出不止，其患甚受風」。雙卿體弱性柔，能忍事，
> 即甚悶，色常怡然。一日舂穀喘，抱杵而立，夫疑其惰，推之僕臼
> 旁，杵壓於腰，忍痛復舂。姑大詬，掣其耳環曰：「出！」耳裂環脱，
> 血流及肩，乃拭血畢炊。雙卿於是抒臼俯地而歎曰：「天乎！願雙卿
> 代天下絕世佳人受無量苦。千秋萬世後爲佳人者，無爲我雙卿爲也。」
> 作詩九章，以胭脂寫於帕上。詩曰：「今年膏雨斷秋雲，爲補新租又
> 典裙。留得穫郎輕絮暖，妾心如蜜敢嫌君？」殷霞村詩云：「一枝穠
> 豔逗新業，昨夜深紅又淺紅。零落芳心休自怨，蕩花原自養花風。」
> 史震林謂：「溫柔敦厚，誦之者逐臣可不怨君，放子可不怨親，棄婦
> 可不怨夫。」讀雙卿詩，亦當作如是觀。〔註278〕

這段文字有幾個非常值得重視的關節點，其一，湯卿謀所言「人生不可不儲
三副痛淚：一副哭天下大事不可爲，一副哭文章不遇識者，一副哭從來淪落
不遇佳人。」這三者之間看似不相干，卻在內裏有著千絲萬縷的聯繫，作爲
立志成才心繫天下的文士，卻不能科進成名，怎能不傷懷痛心。這一點易於
理解，而作爲淪落不遇之佳人，男尊女卑之社會不乏其例，如何又成其爲三
副痛淚之一了呢？這裡，我們試作這樣的闡釋：經歷了明清易代天崩地裂變
化懷才不遇的文士，將自己邊緣人的心態、人生科場際遇的不幸苦楚寄託於
薄命的女子，似乎從中尋找著趣味相投的情志，並將對薄命女子的精神慰藉
視作必不可少的生命良藥。其二，賀雙卿遭遇如此的家庭不幸，已發出「願
雙卿代天下絕世佳人受無量苦。千秋萬世後爲佳人者，無爲我雙卿爲也。」
的呼聲，卻能忍含眼淚忍辱負重，這是女性之德，但更是文士在選擇性讚美
中賦予女性的精神佳品。因而，史震林在評價賀雙卿詩時才作出了如此厚重
的讚許：「溫柔敦厚，誦之者逐臣可不怨君，放子可不怨親，棄婦可不怨夫。
讀雙卿詩，亦當作如是觀。」溫柔敦厚，顯然不是賀雙卿內心眞實的性情。

〔註278〕（清）王蘊章《燃脂餘韻》卷四，南京：鳳凰出版社2010年，第756頁。

　　這裡補充一點，閨秀詩歌創作的風格與「詩境」有關，那麼，又是什麼原因決定了閨秀「詩境」的不同呢，茗溪生在其《閨秀詩話》卷一里有一段這樣的評價：

> 詩有詠一題，而情韻間和平、哀愁異者，其境遇不同也；有同處一境，同詠一題，而字句間興會、衰颯異者，其福澤不同也。衢州陳氏女適孝廉王某，甚相得。《詠秋海棠》云：「瑤階輕影弄娟娟，露潤紅芳色愈妍。鳳子一雙棲不定，淡雲微月滿鞦韆。」自是和雅之音。平陽王氏婦不得於夫，亦有一絕云：「是誰紅淚灑妝樓，幻出嬌姿一段愁。不受東皇閒愛惜，夜深風雨自低頭。」此則幽鬱可憐也。仰陶上舍有兩女，長名珍姑，幼者曰小珍。十餘歲時，嘗同作《看花詩》。珍姑云：「韶光到處足清遊，春為名花特地留。消盡人間濃艷福，一生從不解傷秋。」小珍詩云：「新花一帶倚闌栽，韶景無多蝶不來。看到飄零誰惜取，得人憐處是初開。」後珍姑適周茂槐廣文，情好之極，終身如一；小珍嫁鄭氏，未三年而卒。〔註279〕

顯然，詩歌創作的意境，與詩人創作時的心境有關，但細究起來，更與作者的境遇、福澤密切聯繫。茗溪生在此提出了閨秀作詩規律中的一個重要命題，即境遇若好，則其詩作多情韻平和，境遇若艱，則其詩作多哀愁傷感；身受福澤之人，其詩作多和雅之音，而背棄福澤之人，則其詩作又多幽鬱可憐之調。這個中的聯繫自然是相輔相成的。

　　對於詩歌之中同一題材不同意境的創設，既是不同境遇與福澤的閨秀不能不有的差異，更是閨秀作詩時不斷探尋的命題。當然這還是閨秀對詩題的極致追求，更是文士們共同認可的詩學特色。茗溪生在其《閨秀詩話》卷二中借江文通語而發論：

> 江文通曰：「別雖一緒，事有萬端。」誠齋斯言。即以閨中而論，同一離別也，而有三境焉：少年科名得意，一笑出門，彼此生歡喜心，此境之樂者，一也；恩好方濃，飢寒遂至，謀生無計，迫於不得已而行，此境之苦者，二也；其下則嗜利之徒，貪痴無已，行裝一出，動輒數年，彼其閨中人，豈無雲鬟玉臂、顧影自憐者，而似水流年，徒傷栖獨，此境之尤苦者，三也。境殊情異，言即因之。〔註280〕

〔註279〕　（清）茗溪生《閨秀詩話》卷二，南京：鳳凰出版社2010年，第1647頁。
〔註280〕　（清）茗溪生《閨秀詩話》卷二，南京：鳳凰出版社2010年，第1656頁。

在這段文字裏，茗溪生講出了一個非常重要的詩學理念，它包括了如下幾個層面，一是，在同一詩歌題材之下，人事殊異則境亦不同；在這裡，茗溪生以「離別」爲題，分別列出了少年科場得意之惜別、迫於飢寒外出謀生之痛別、嗜利之徒與閨中人的永別三種情形作出了較爲細緻的說明。二是，境遇差異，所抒之的情不盡相同；三是，情之有別，詩之語言表達各異。此間，茗溪生邏輯嚴密地將詩題、人事、情感、語言四個方面構成一個完整的系統，指出這四者直接決定著詩歌的面貌。其中，關於「情」與「境」之關係，茗溪生又有詳細說明。卷三曰：「人情，暢聚時無乎不宜，雖冷雨淒風，亦有樂境；孤寂時無一而可，即良辰美景，只益愁懷。池州陳氏女《喜夫歸》云：『雲鬟重整照栖鸞，入眼閒花盡改觀。昨日秋風今日雨，一般天氣有悲歡。』」〔註281〕情與境並非順應的關係，境雖然可以影響情，但不能最終決定情，因爲，境，還包括了環境、心境之別，而與情直接關聯的，實際上是心境。

二、淵源有自與古雅宗尚：沉渾空靈，古樸雅拙

在清代文士眼裏閨秀詩作之宗旨，一方面可以「神韻」、「天趣」視之。王蘊章在評價臨川李茗香女史《對鏡》詩（清曉臨妝次，相將畫黛眉。看來如欲語，笑問汝爲誰）時，就曾言其「詩有無意爲之，轉有天趣者。著墨無多，而神韻自足」。另一方面，閨秀之所能詩，受到家庭詩學觀念的影響，據《燃脂餘韻》記載，楊芬若女史「清芬門第，母教濡染，宜其才華之俊妙也」就體現出母氏在家庭教育中的重要性。卷四記載的一則材料更可以說明女性詩學思想的家學淵源：

> 《芸香館遺詩》二卷，喀爾喀部落女史那蘭遜保蓮友著。伯希祭酒母也，七歲入家塾，十二能詩，十五通「五經」。嘗謂伯希及女狷曰：「吾於詩學幸窺門徑。少年所作，率多浮響，不足爲後世笑，苟天假以年，爾輩成立，不以家事累我，我當復舉所學陶熔而出之，庶幾可與古作者競。」太夫人卒，伯希錄付梓人。李愛伯爲之序，略云：「夫人蕙性夙成，茗華絕出，幼受詩歌於外祖母英太夫人。韓太君之《易》學，遍逮諸孫；劉令嫻之文辭，本於外氏。十三工篇詠，十五究經義。」伯希自謂：「詩學得之母教爲多」。〔註282〕

〔註281〕（清）茗溪生《閨秀詩話》卷二，南京：鳳凰出版社2010年，第1656頁。
〔註282〕（清）王蘊章《燃脂餘韻》卷四，南京：鳳凰出版社2010年，第761～762

那蘭遜保蓮友，爲伯希之母，其所受詩學皆出自本家，在與兒孫輩的交談中，
伯希母指出，希望兒孫輩能操持家事，讓她有閑暇之時可以將所學之識陶熔
而出得到新知新創。在其去世後，伯希將其所作付梓，李愛伯在爲文集作序
時，更是詳細敘述了那蘭遜保蓮女史家學的情況。而在文尾，伯希也明確指
出，其詩學從母親處受益頗多，這一條材料是較爲明確地闡釋了一個家族裏，
祖孫三代之間的詩學師承關係。另則與其丈夫的詩學思想和創作風格密切相
關。王蘊章曾言：「閨秀之能詩者頗少。伉儷能詩，每多相似。」〔註283〕已指
出女性詩學淵源之一端。再者，女性詩歌創作更受到歷代重要作家及當代文
壇領袖詩風影響。據王蘊章《燃脂餘韻》卷二記載：「《冷香閣詩草》，建業張
澹如女史著。女史詩學獨宗唐宋六家，清人集中酷嗜吳梅村、蔣苕生，於袁
簡齋則服其才而卑其品。嘗謂人曰：『使隨園先生在，屈我爲女弟子，其可得
乎？』」〔註284〕卷三記載：「孟緹《綠槐書屋詩稿》，詩亦探源選樓，宗阮、陶
而參顏、謝。五七言近體，尤清老簡質，不爲綺麗。」〔註285〕又云：「清初才
媛，首推禾中黃媛介。其詩初從《選》體入，後師杜少陵，清雋高潔，絕去
閨閣畦徑。」〔註286〕卷四又載：

> 會稽李蒓客之論詩曰：「爲詩非自朱明作家而上溯《三百篇》，
> 手摩而心追之，不能盡詩之變；又非自諸經諸史，旁及雜家百氏，
> 口誦而心維之，不足應詩之求」。其女弟子傅宛，字青儒，大興人也，
> 最服膺先生此語。所著《雙青梨白軒詩稿》，愴懷時局，慨言之，洵
> 閨閣中大手筆也。〔註287〕

可見當時閨秀詩學觀念受其師之影響，一方面，對《三百篇》至朱明朝作家
詩史的重視與追摩，這在部份程度上似可言閨秀對復古的認知；另一方面，
對經史百家之作也極爲重視，並以爲若非熟悉經史，則不能應詩之需。這也
在一定程度上說明以才學爲詩似乎是天經地義。但實質上，在研究中我們發
現，雖然根據王蘊章《燃脂餘韻》記載，會稽女子傅宛的確在詩歌創作觀念
上深受其師李蒓客等人的影響，將復古思想與才學技藝融入詩歌創作之中，

頁。
〔註283〕（清）王蘊章《燃脂餘韻》卷一，南京：鳳凰出版社 2010 年，第 646 頁。
〔註284〕（清）王蘊章《燃脂餘韻》卷二，南京：鳳凰出版社 2010 年，第 690 頁。
〔註285〕（清）王蘊章《燃脂餘韻》卷三，南京：鳳凰出版社，2010 年，第 711 頁。
〔註286〕（清）王蘊章《燃脂餘韻》卷三，南京：鳳凰出版社，2010 年，第 713 頁。
〔註287〕（清）王蘊章《燃脂餘韻》卷四，南京：鳳凰出版社，2010 年，第 751 頁。

似乎這就是清代閨秀詩學思想的一個非常重要的表現。但是，只要將文士筆下的女性詩學觀與閨秀筆下的女性詩學觀兩相對照即可知，這是截然不同的兩個類別，文士們常在議論女性詩學主張時，將自己的觀念賦予女性，或許這是眞實存在的師承關係，或許也是部份文士爲宣揚自己的詩學理念而誇大其詞。但宗旨，都表現出異樣的色彩讓人稱奇。

在性靈派文士看來，清代女性詩學宗尙表現出重漢魏盛唐的傾向，詩歌創作不以復古爲尙，唯以情感爲宗。比如《燃脂餘韻》卷六記載了王蘊章對毗陵趙氏三女詩淵源的評價：「道、咸間，毗陵趙氏有三女皆能詩。長粹媛、次慧媛、次英媛。英媛詩古體宗漢、魏，近體法少陵。古體如：『欲望天無涯，欲行地無角』、『心傷不能言，腸中車轆轆』等句，頗類建安七子。近體如：『繁花經亂萎，蔓草引愁長』等句，亦名雋可喜。」〔註288〕以毗陵趙氏爲代表的清代女性詩學追求，表現出古體以漢、魏古風爲宗，近體以杜甫爲尙的詩學風格，即重視音律辭藻與用典。同時，王蘊章指出，英媛詩古體頗類建安七子，即具備渾樸蒼勁，甚至慷慨悲涼的詩歌風貌。我們不難看出，清代文士對女性詩歌創作風格的評價與定位，都十分注重其詩歌創作的淵源關係，同時，他們所看重的與欣賞的，並非一般閨秀詩歌所謂唯美清新或簡單地表達傷愁與日常瑣碎之作，而是與時代相關，感情質樸眞摯雄渾而又詩藝精深之作。

再例如江蘇閨秀錢孟鈿（公元 1739～1806），字冠之，號浣青，其父錢維城是乾隆十年（公元 1745）的狀元，官至刑部尙書，與袁枚恰巧同年，錢孟鈿也與袁枚有交往。孟鈿受學詩、書，不僅與諸昆弟結浣青詩社，風雅酬唱，且多所遊歷，曾赴秦、蜀等地，因而她的詩歌創作不拘泥於閨闈，視野較爲開闊，有詠史懷古、思念親友及悼懷故人之作，頗得袁枚欣賞，稱其「也因氣得江山助，簪遍秦關蜀嶺花」，並在《隨園詩話》中選錄孟鈿詩作多首，在七十一歲時還爲其《浣青詩草》題詩贊譽「妙絕金閨詠絮才，一生詩骨是花栽」。在袁枚看來，孟鈿的詩學蘄尙在字號中即反映出來。據《隨園詩話》卷五言：「其號浣青者，欲兼浣花、青蓮而一之也」。喜青蓮詩，並非孟鈿的獨好，這實出於袁枚，《隨園詩話》卷九記載了袁氏的詩學旨趣曰：「詩有音節清脆，如雪竹冰絲，非人間凡響，皆有天性使然，非關學問。在唐則青蓮一人，而溫飛卿繼之。宋有楊誠齋，元有薩天錫，明有高青邱。本朝繼之者，

〔註288〕（清）王蘊章《燃脂餘韻》卷六，南京：鳳凰出版社，2010 年，第 829 頁。

其惟黃莘田乎？」袁枚似乎站在詩友的立場指出了孟鈿詩師法漢魏盛唐詩人
的事實。清代戲曲家，錢孟鈿的江蘇武進同鄉董達章也如此評價錢氏的詩學
傾向：「五言繼陶謝，樂府追青蓮。百體悉渾成，三昧多唐賢。」指出女性對
漢魏及唐詩的宗法。比如錢孟鈿有詩：

《不寐和竹初叔父韻》

　　秋心搖落敗荷中，一夜愁霖宿霧濛。幾處停砧催遠夢，有人橫
笛怨回風。

　　棲枝越鳥依難穩，抱葉寒蟬響未通。北望雲容澹無語，江鄉何
意問飄蓬。

《和外子途中寄懷三首》其一

　　嚦嚦歸鴻影，無端又遠征。亂山遲下日，寒柝並離聲。

　　天與嵐光合，風開雪磧平。關心千里外，有客夢還驚。

《楊太眞墓》其二

　　當年一笑動咸秦，花萼樓頭獨占春。今夜月明抔土在，雙星不
照下泉人。〔註289〕

以上是錢氏的兩首和詩及一首詠史詩。詩境沉渾空靈，言辭古樸雅拙，詩情
濃鬱眞切，很有漢魏氣格與唐人超逸風致。漢魏詩歌古樸，莊重渾雅、慷慨
沉雄，是詩骨的典型代表，而以李白爲翹首的唐詩，則展示出清麗超脫、揮
灑自如、疏朗的個性色彩，二的共性，一言以蔽之，曰情也。詩以情重，是
錢孟鈿詩學思想的一個重要部份，這既受到袁枚性靈說的感染〔註290〕，也與
清代另外一位學士有關，這即是江蘇常州文士洪亮吉。據洪亮吉爲錢孟鈿《浣
青詩草》所作敘可知，壬辰歲七月，洪氏曾受知於同里尙書錢文敏公（孟鈿
父親），並與錢氏子女有詩贈答。洪亮吉對孟鈿詩評價極高：「攬大河之勝，
思擊楫而壯遊；挹太華之奇，乃攀雲而欲上。故百篇之傑作，以三秦爲稱首
云」。他所讚譽的錢氏詩風，不是溫婉柔麗，而是宏大遼闊，似具備文士之氣。

〔註289〕　（清）袁枚《隨園詩話》卷五，北京：人民文學出版社1982年，第133頁。
〔註290〕　《隨園詩話》中尤其強調性情哉詩歌創作中的重要：「人必先有芬芳悱惻之
　　　　　懷，而後有沉鬱頓挫之作。人但知杜少陵每飯不忘君；而不知其於友朋、弟
　　　　　妹、夫妻、兒女間，何在不一往情深耶？觀其冒不違以救房公，感一宿而頌
　　　　　孫宰，要鄭虔於泉路，招李白於匡山：此種風義『可以新，可以觀』矣。後
　　　　　人無杜之性情，學杜之風格，抑末也！」

而我們注意到，洪氏在詩學觀念上即以「自成一家」、「吟詠以性情爲主」爲
主要論調，並認爲「性情」爲作詩的最高標準，與袁枚的詩歌性靈說內裏相
契。在《江北詩話》卷二第一條中，洪氏這樣說道：「詩文之可傳者有五：一
曰性，二曰情，三曰氣，四曰趣，五曰格。詩文之以至性流露者，自六經四
始而外，代殊不乏，然不數數覯也。其情之纏綿悱惻，令人可以生，可以死，
可以哀，可以樂，則《三百篇》及《離騷》等皆無不然。」因而，洪亮吉才
會指出，孟鈿之詩亦「情生於文」。

女性詩歌寫作的宗旨仍在「性情」，據茗溪生《閨秀詩話》卷二記載：「茗
溪生曰：自古佳人才子，賦命多薄，況才美兩擅，落跡風塵，蹈山涉水，飽
歷星霜，偶一念至，能不悲哉？余情奴也，情之所鍾，正在我輩。」〔註291〕
「情」乃詩歌創作的源泉，當然也是女性在詩歌創作中不變的主題與創作的
宗旨。爲何女子能以情爲尚呢？茗溪生認爲，「佳人才子，命多薄而才兼擅」
卻又「落跡風塵，蹈山涉水」，正是基於她們豐韻的才學與多舛的命途，因此，
吐露於詩時才能以濃烈的情感作底色而自然抒寫。而袁枚甚至將女性詩歌題
材的創新、閨閣生活視野的突破也視作「眞性靈」爲之。

> 古陶太尉、歐陽少師之母，俱以教子貴顯，名傳千古。然母子
> 著述不傳。即宣文夫人講解經義，幾與孔子並稱，而吟詠亦無聞焉。
> 近惟畢太夫人，兼而有之。夫人名藻，字於湘，印江令笠亭先生之
> 女，余同徵友少儀觀察之妹也。偶詠《梅》云：出身首荷東皇賜，
> 點頭親添帝女裝。首句本出無心，未幾秋帆尚書果殿試第一，繼王
> 沂公而起。吉人之詞，便成詩讖，事亦奇矣。太夫人雖在閨閣，而
> 通達政體。……上賜「經訓克家」四字。當世榮之。〔註292〕

這則材料中，袁枚提及宣文夫人講解經義、畢太夫人通達政體，是女性在詩
歌創作題材上的開掘，更是對傳統婦學思想「無才便是德」的突破。畢太夫
人在所作詩箋中提及：「古人樹聲名，根柢性情地。一一踐履眞，實心見實事。
千秋照汗青，今古合符契。不負平生學，不存溫飽志。」在袁枚看來，太夫
人雖把「經訓克家」視作家訓，表面上是訓條，但根柢裏卻是以性情、眞心
爲人爲事爲詩，據此條材料記載，太夫人就養官署，一路關心，訪察政聲。

〔註291〕（清）茗溪生《閨秀詩話》卷二，鳳凰出版社 2010 年，第 1655 頁。
〔註292〕（清）袁枚著：顧學頡校點《隨園詩話》卷一，北京：人民文學出版社 1982
年，第 13 頁。

聞長安父老俱稱尚書之賢，賦詩云：「驛騑乍解路三千，風物琴川慰眼前。到
處聽來人語好，頻年豐樂使君賢。」「連朝話舊到更深，不盡婁江望遠心。莫
怪老人添白髮，兒童幾輩換鄉音。」情深意切，寫盡好民善察之心；幽婉低
回，道出歲月流逝之傷。莫不出自性情。與袁枚持同一觀念的還有江蘇無錫
文士王蘊章，在其《燃脂餘韻》中所錄閨秀詩作，多涉及當時政事，卷四記
載：

> 善化何根雲桂清，咸豐丁巳，開府兩江。白面談兵，黑丸嘯野，
> 朝廷倚若長城，壁壘等於灞上。卒以狃於半壁之安，遂致符離之匱。
> 其女弟曰桂珍，著有《枸櫞軒詩詞鈔》，集中有《婢子小紅殉難得旌
> 紀恩》二首，序云：「小紅，楚產也。不詳其姓。五齡爲匪人誘賣，
> 余憐而收養，視同子女。孰意庚子之變，余舉家至此，無力援引，
> 自分必死，指院井爲殉所。婢時侍側，若有感焉。七月二十一日，
> 都城陷，余方臥病，報婢已就義於井矣。」《枸櫞軒詩》，格老氣蒼，
> 一洗近時脂粉惡習，獨多宏著。感事傷時，清空如拭。出自閨閫，
> 允稱難得。〔註293〕

在王蘊章看來，當時閨秀將自己身世遭遇寫進詩集之中，以詩記史，或許是
受到了杜甫詩學觀念的影響，是一種有意識的創作觀念，並在詩歌風格上追
求格調渾厚蒼勁，意境清空的風格。《燃脂餘韻》卷四又載：

> 浣青詩高抱群言，飛空結響，有太白搔首問青天之想。《送素溪
> 姊》云：「折柳復折柳，長枝更短枝。方追舊歡樂，又傷新別離。新
> 別離，長相思。相思淚滴金屈卮，明朝有酒難同持。回首紅顏能幾
> 日？可憐憔悴秦川客。敝車羸馬爲誰勞？紙閣蘆簾歸亦得。」《對月》
> 云：「何處高樓人盡望，誰家遙夜酒初醒」《聞笛》云：「江鄉莫便愁
> 腸斷，更有天涯獨倚樓。」大抵浣青詩愴懷今昔，託興風華，讀書
> 既富，命意尤超。讀書富，故言皆有物；命意超，故句必驚人。毗
> 陵閨秀不得不推爲獨冠一時。〔註294〕

王蘊章顯然是將浣青詩作爲毗陵詩歌的代表而進行評價的，贊許之詞溢於言
表。所謂「高抱群言，飛空結響」，一來是指浣青詩歌超塵脫俗並有別於一般

〔註293〕（清）王蘊章《燃脂餘韻》卷四，南京：鳳凰出版，2010年，第745頁。
〔註294〕（清）王蘊章《燃脂餘韻》卷四，南京：鳳凰出版社2010年，第776～777
　　　　頁。

閨秀之作，二來是指其詩歌風格宏放曠達，風骨朗朗。總之，題材的大膽開掘，是女性對傳統婦學思想「內言不出於閫」、「無才便是德」的突破，從詩風上講，她們又多受到漢魏盛唐詩歌的影響，使詩的顯現出重意境、喜蒼勁的風貌，而這些又都建立在「性情」眞率的基礎之上。

三、藝術造詣與詩學旨趣：自然天籟　意辭相兼

　　清代文士曾指出，女性以「性靈」爲基礎進行詩歌創作所獲得的藝術造詣，是自然天成而不造作的。棣華園主人所輯錄《閨秀詩歌評》即有如此論詞：「予素性最喜詩詞，閨秀詩尤愛若拱璧，以爲近代香奩體，如王次回、袁香亭等作，往往刻畫太露，女子自言其性情大都豐韻天然，自在流出，天地間亦少此種筆墨不得。石生好之，亦此意也。」〔註295〕在其看來，清代女詩人在創作藝術上大都持「自在流出、豐韻天然」的詩學觀念。這一詩學見解在某種意義上說，受到晚明公安性靈說詩學思想的影響。比如公安派重要成員之一的江盈科就主張詩文都應該抒發個人的眞實性情，而反對七子復古派「文必秦漢，詩必盛唐」的主張。江盈科撰有《閨秀詩評》，他指出女性詩學追求也是如此：「余生平喜讀閨秀詩，然苦易忘。近摘取佳者數首，各爲品題，以見女子自擄胸臆，尚能爲不休之論。」〔註296〕「質而不俚，眞率多思。」〔註297〕江盈科指出，女子唯有「自擄胸臆」所作之詩才能動人和爲人所認識。自抒胸臆、眞率多思，正是自然性情的眞誠表達，是女性詩學追求的一個部份。清代學者袁枚更是提出詩歌創作應有「天籟之音」的觀點：「無題之詩，天籟也；有題之詩，人籟也。天籟易工，人籟難工。」（《隨園詩話》卷七）「天籟」，既指不造作的眞實，也指不爲聲調格律等限制的自由創作境界，「天籟」的創作關鍵就是要「即景成趣、即情即景」，在《續詩品·即景》中有這樣的闡述：「詩如化工，即景成趣。逝者如斯，有新無故。因物賦形，隨影換步。」袁枚曾作詩描述此等詩歌創作的方式：「但肯尋詩便有詩，靈犀一點是吾師。夕陽芳草尋常物，解用都爲絕妙詞。」（《遣興》）隨園講究天籟的詩學思想也對其女弟子影響深刻，以駱綺蘭爲例，其「自擄胸臆」、「即景成趣」的自然

〔註295〕（清）淮山棣華園主人《閨秀詩評》，南京：鳳凰出版社2010年，第2286頁。

〔註296〕（明）江盈科《閨秀詩評》，南京：鳳凰出版社2010年，第2321頁。

〔註297〕（明）江盈科《閨秀詩評》，南京：鳳凰出版社2010年，第2324頁。

天成，正得益於袁隨園的「天籟」之思。丹徒舊史王文治在爲《聽秋軒詩集》
所作序言中多駱綺蘭詩學藝術這樣評價道：

> 綺蘭一女子耳，獨能虛懷受學如此，至於遊歷山川，流連景物，
> 意之所適，寢食輒忘，窮之中又有通者存焉，殆非有得於中者弗能
> 也！將心之所處與身之所歷，悉超然於窮通得喪之外，而詩之工與
> 不工又何足較耶？〔註298〕

在王文治看來，駱綺蘭詩也正是做到了隨物賦形、即景成趣、自攄胸臆才寫
出了自然天趣，比如《登木末樓》云：「載酒獨登樓，憑闌四望收。江光初過
雨，山意欲成秋。霸業隨流水，孤城起暮愁。微茫煙樹外，帆影落瓜州。」《吳
江夜泊》：「寒江潮落泊孤篷，點點漁燈隔岸紅。夜靜滿船明月影，吳歌疑在
夢魂中。」都是自抒胸臆，即景成趣的佳作。這裡需要補充一點的是，清人
認爲女性在詩歌中的「自抒胸臆」之情，多以「幽致、怊悵、巧思、超雋」
爲特點，雷瑨、雷瑊兄弟《閨秀詩話》卷三引用嘉興吳澹川先生《南野堂筆記》
的論詞：

> 嘉興吳澹川先生《南野堂筆記》云：閨閣詩之可傳誦者有三：
> 曰幽致、曰怊悵，曰巧思。幽致者，如桐城汪合山之婦《幽居》云：
> 「路曲多因竹，亭高喜就山。」吳縣女子吳貞閨《春暮》云：「楊華
> 三月暮，春水綠萍多。」燕南趙氏女《燕子來》云：「思君不如燕，
> 一歲一來歸。」山陰祁忠敏公長女豸英《送別》云：「繞徑黃花歸故
> 里，滿堤紅葉送秋聲。」太倉王相國之裔孫女公史《山居》云：「爲
> 愛好山聊駐足，偶依高樹便成家。」常熟瞿孝廉雲谷之婦陳寶月《秋
> 興》云：「老樹在門常掃葉，好山當戶故低牆。」〔註299〕

吳澹川先生指出，閨秀詩歌被傳誦者，自有其獨到之處，而幽致、怊悵、巧
思、超雋是突出的特點。就吳淡仙所舉詩句可知，其所言之「幽致」多指詩
風致含蓄溫婉曲折，「怊悵」則指詩風之多情凄婉悱惻，「巧思」則是指作詩
構思精巧細膩。女性自抒胸臆之作，怊悵也好，超雋也罷，之所以動人，關
鍵就在於易於引起讀者的共鳴。關於這一點，袁枚曾提出，什麼樣的「情意」
與「景色」最能打動人心？這便是「人人共有之意」：「人人共有之意，共見

〔註298〕（清）駱綺蘭《聽秋軒詩集》，合肥：黃山書社2010年，第580頁。
〔註299〕（清）雷瑨、雷瑊《閨秀詩話》卷三，南京：鳳凰出版社2010年，第966～
　　　　967頁。

之景，一經說出，便妙。女子張瑤英《偶成》云：『短垣延月早，病葉得秋先。』女子孫雲鳳《巫峽道中》云：『煙瘴寒雲起，灘聲驟雨來。』」〔註300〕秋月、寒烟、濃雲、驟雨是最常見的自然景象，人因之而生愁情孤意亦是常態，因而，這樣的詩最妙。然而，天籟畢竟還需人工，袁枚指出，女性在詩歌創作已經意識到必須將人工化入天籟，詩才清妙。「化工」，是女性詩學自覺地追求，《隨園詩話》中記載了這樣一則故事：

> 吳江嚴蕊珠女子，年才十八，而聰明絕世，受業門下。余問：「曾讀倉山詩否？」曰：「不讀不來受業也。他人詩，或有句無篇，或有篇無句。惟先生能兼之。尤愛先生駢體文字。」且曰：「人但知先生之四六用典，而不知先生之詩用典乎？先生之詩，專主性靈，故運化成語，驅使百家，人習而不察。譬如鹽在水中，食者但知鹽味，不見有鹽也。然非讀破萬卷、且細心者，不能指其出處。」〔註301〕

清代以吳江閨秀嚴蕊珠爲代表的女性，在詩歌藝術技巧上主張「化典」，即使用典故須與詩歌意境水乳交融而不可有堆垛刻意之嫌。如果將用典視作「人力」，那麼「化典」即爲「天籟」。嚴蕊珠亦爲袁枚隨園女弟子，其詩學思想不能不受到袁枚的直接影響，袁枚早已指出「天籟不來，人力亦無如何」、「人功未及，則天籟亦無因而至」（《隨園詩話》卷五）顯然，要做到化典的詩境，在講究自然天成的同時，還必須有典故學識的積纍，懂得正確的使用方法，「博士賣驢，書券三紙，不見「驢」字，此古人笑好用典者之語」，佳境應是「繪事後素」。因而袁枚在考察蕊珠對用典的熟悉程度後，大爲驚駭，甚而至思虞仲翔，云：「得一知己，死而無恨。」並以蕊珠爲「閨中知己」（袁氏以嚴蕊珠之博雅、金逸之領解、席佩蘭之推尊本朝第一，將此三人列爲閨中三大知己）

縱觀清代進步文士的女性詩學觀，不難發現，其對女性詩歌創作的關注能較多地以「詩以情本，人皆有之」立場進行客觀審視與品評，對女性詩學思想亦多以「性靈」論之。在以女性爲本位的同時，也將文士自身的詩學觀念投影於對女性詩學的觀照之中，個中包含著性靈論者「空諸一切，而後能以神氣孤行」的著我姿態與「不依傍半個古人，所以他頂天立地」的獨立風

〔註300〕（清）袁枚著：顧學頡校點《隨園詩話》卷一，北京：人民文學出版社1982年，第15頁。
〔註301〕（清）沈善寶《名媛詩話補遺》卷二，鳳凰出版社2010年，第145頁。

骨，因而，其詩論能見出主體的性情，並突破「無才爲德」「內言不出於閫」
的俗制，爲女性詩學正名，填補了清代女性詩學的歷史空白。

第五章 性別立場下的「破」與「立」：乾嘉蘇州閨秀社交型結社意涵探微

第一節 乾嘉蘇州閨秀間結社：文化新元素中的因襲與新立

一、婦教舊習滲透：守貞德與綱傳播的雙重禁錮

　　參與詩文結社的閨秀，也並非如此灑脫與超越，她們身上畢竟留存著婦教舊思想的因素。蘇州閨秀多有「女誡」之類的文字行世，比如吳江沈畹庭蕙玉，就曾作有《慎獨》、《謹言》、《勤勞》、《和敬》四箴，當時論文皆以其可以補班氏《女誡》。比如其《謹言箴》曰：「先民有言，言不出閫。牝雞之晨，厥家用損。節以應佩，琴以和神。詞苟或費，寧默而存。勿尚爾舌，寸心是馳。既悔而追，不脛千里。」如此誡書，以清規戒律對女性思想與言行的束縛不可謂不苛刻，相應的，女性對自己的要求也不可謂不嚴厲，這對女學的發展都有著阻礙的作用。再以為才媛作詩話的沈善寶而言，其十二卷《名媛詩話》巨著，對保存閨秀作品具有極其重要的意義，但沈善寶本人綴集諸作彙刻成編的初衷卻並非以闡揚女子詩篇、頌其才學為目的，恰恰相反，是傷離別，聊遣愁、揚貞德，《名媛詩話》卷十一記載了沈氏的這一內心獨白：

讀蘇州江銘玉《堂上視善詩》，有「明知溫清時時缺，隱懼春秋漸漸高」，不禁怦怦心動，淚爲之墮。余自壬寅春送李太夫人回裏，是夏溫潤清又隨宦出都，傷離惜別，抑鬱無聊，遂假閨秀詩文各集並諸閨友投贈之作，編爲《詩話》，於丙午冬落成十一卷，復輯題壁、方外、乩仙、朝鮮諸作爲末卷，共成十二卷。墨磨楮刻，聊遣羈愁；劍氣珠光，奉揚貞德：詎敢論文乎？〔註1〕

這是一篇幽微的內心獨白，沈氏對自己常年隨宦在外，不能侍奉雙親，在內心懷有極大的自責與遺憾，作《詩話》，一方面是爲了打發抑鬱無聊，一方面又載傷離惜別。但即便是她極盡所能將閨秀之作集結成編，連題壁、方外、乩仙、朝鮮諸作亦合爲一卷，且在《詩話》中論詩、論人，自己也曾結社酬唱，然而卻仍未將其定位爲「論文」之專作，反而是在文末明確將「論文」意圖刪除，而將「墨磨楮刻，聊遣羈愁；劍氣珠光，奉揚貞德」放在了首位。

此中有兩方面較爲明顯的體現，一則守貞德；二則鋼傳播。先說守貞德，蘇州閨秀也並非絕對地反傳統婦教思想，實際上，她們中的多數仍然以傳統婦德作爲自己精神的皈依，愚婦現象仍在蘇州閨秀中大量存在，這也是其社交結社有限性的重要原因。比如蘇州常熟閨秀高眞媛，曾拜錢塘閨秀沈善寶母親爲師，從其學習詩詞並琴畫而專心致志，本已經突破閨秀一地一家一門的社交模式，但在高眞媛身上三從思想仍然存在，殉節守貞意識仍然濃鬱，眞媛嫁給季氏後三日，季氏便從征遠去，但當得知其夫婿陣亡時，眞媛仍不顧一切地選擇了自縊殉節的方式結束自己的生命。沈善寶與之交好，沈氏對此亦表示了十分的欽佩之情，《名媛詩話》續集中有：

適蕊仙于歸季氏，結縭三日而新婿從征，與余相聚十日，朝夕聯吟，頗有不甚哀怨之意。壬寅四月，忽聞蕊仙自縊，因訛傳其夫婿陣亡，遂相從於地下耳。嗚呼痛哉！蕊仙洵巾幗之完人，標千秋之節義。讀其詩想其人，有不禁歎息而不能忘其生平之志也。爰爲之序。詩云：「凄涼一夜曉風鳴，似向妝臺訴不平。適自何來驚靈耗？宛然如昨憶相盟。結縭草草知情厚，蜚語紛紛到眼明。堅不能磨白不涅，眞堪成就玉人名。」〔註2〕

高眞媛的殉節得到沈善寶的贊同，當然也是當時人的共識。在選詩中，沈氏不

〔註1〕（清）沈善寶《名媛詩話》卷十一，南京：鳳凰出版社2010年，第547頁。
〔註2〕（清）沈善寶《名媛詩話》，續集中，南京：鳳凰出版社2010年，第600頁。

僅對待普通才媛的態度如此，對方外的態度亦是如此。比如常熟尼智圓，《名媛詩話》卷十二記載其字湛然，俗姓殷。《弔彭娥》詩云：「乍可飢寒死，彭娥苦節貞。將雛憐燕羽，遂婦怨鳩聲。智以窮愁短，身因激烈輕。寸膚如可鬻，涇渭不分明。」對此，沈氏評曰：「此事此詩，俱足千古」。此事，即原注所言：「娥，南通州人，夫貧甚，命彭鬻乳以活，彭不從，自經死」。智圓對彭娥寧可「飢寒死」而尤執其「貞節」的作為是欽佩的，沈氏更是盛譽有加。而類似於此的事件還可舉出數例，據清人雷瑨、雷瑊《閨秀詩話》卷十三記載，吳江閨秀還曾爲友貞潔操守的女子刊刻詩集：「吳江陳佩忍，爲其里中節婦袁希希刻《寄塵詩稿》，並誌其後云：『希謝故與里中顧、董二母齊名，號吳江三節婦。刊其詩詞，爲《素言集》行世。』」〔註3〕清人施淑儀《清代閨閣詩人徵略》卷四：「衛融香，字紺雪，江蘇長洲人。韋子甫側室。有《紺雪詩草》。與韋子甫有終身之約。韋索米他去，融香不負初心，身歷險阻訪得之。後子甫歿，融香雉經以殉。」〔註4〕卷五「奚音，字伯琴，江蘇太倉人。高聲振室。有《夢香詩草》。伯琴博涉經史，平居喜談風節，慷慨若古烈士。夫歿，引刃自裁，脖已殊，家人環救得蘇。後仍以哀痛死。（《正始續集》）」〔註5〕應該看到，在清代蘇州閨秀相較歷朝才媛更多地參與到詩文結社活動中的同時，仍有更多的閨秀內心徘徊在自我矛盾的邊緣，傳統婦教思想冰凍三尺，豈非一日之寒。此等思想對文學觀念的影響也是極明顯的，阻礙活躍的思維、甚至抹殺有意識的文學創造，將「理」與「文」對立。施淑儀《清代閨閣詩人徵略》卷十有一則太倉閨秀張婉的記載：

> 婉，字容甫，號霽筠，太倉人。庶吉士王祖佘母。有《三省樓剩稿》。年十三，題詩云：孤山三百樹，疏影淡人心。識得梅花性，方知祖澤深。積十年存詩二百首，曰《霽筠偶草》。朱右曾先生敘之，謂爲「天眞爛熳，有陶、謝、韋之音」。嘗謂祖佘曰：「女子無才便是德。吾同時三女皆少寡無子，且不永年，獨余徼天之福，敢自炫乎？」又謂：「吾少時亦曾學作時藝，只知明白曉暢，便是至

〔註3〕（清）雷瑨、雷瑊《閨秀詩話》卷十三，南京：鳳凰出版社2010年，第1247頁。

〔註4〕（清）施淑儀《清代閨閣詩人徵略》卷四，南京：鳳凰出版社2010年，第1903頁。

〔註5〕（清）施淑儀《清代閨閣詩人徵略》卷五，南京：鳳凰出版社2010年，第1918頁。

文。觀今日闈墨，實不解作何語。揣摩二字，今日壞文品，他日必
喪人品。」〔註6〕

這也許是閨秀所發言論中，最嚴厲最苛刻的批評。因「知祖德深」，方要遵循，張婉雖有創作，且「有陶、韋之音」，但在教育子女時，她卻仍以「女子無才便是德」爲祖訓，不敢「炫耀」自己的才學，且認爲「闈墨」之「揣摩」，「今日壞文品，他日必喪人品」，已是典型的「以文害道」之論，與宋初石介無兩樣。這等觀念對文學的發展是有害無益的。

其次，錮傳播。對於清代乾嘉時期的江浙閨秀而言，在詩文創作與傳播上的心理矛盾是存在的。一方面，她們渴望垂名，也渴望內心的精神世界爲世人所知，將性情感受以詩文的方式記錄下來，成爲生命的印記，意欲讓自己的作品以不同的途徑傳播出去；但另一方面，鑒於傳統的「婦言不出於閫」的困擾，她們小心翼翼地珍藏自己的詩作，或自焚毀，或湮沒無聞。因而，作爲閨秀而言，要眞正突破世俗觀念與生活的障礙走出閨閫，結社、聯吟、傳播，從根底上說，是極困難的事，而在她們內心深處也時而經受著自我思想鬥爭的煎熬。這裡我們先以仁和閨秀孫雲鶴爲例作一說明。在施淑儀《清代閨閣詩人徵略》卷六里記載，孫雲鶴與其姊孫雲鳳齊名，有《春草閒房》、《侶松軒》兩部詞集，而關於此兩部詞集的出版，雲鶴有自己的立場，雖然與「先嚴之言」相違背，但她基於某種考慮仍然堅持將之付梓，對此，雲鶴曾有一段自序之言：

上卷半屬兒時所爲，藏之篋中十餘稔矣。次卷庚申後作，多傷離憶遠、撫今追昔之言，錄爲自遣之什。去歲，吳石華先生著《女文選》一書於鐵峰，武妹處索去，既附名卷中，復抄是編，將並付梓，且徵鶴自序。昔先嚴有言：「閨中兒女子之言，不足爲外人道。」然而結習未忘，人情不免，多年心血，若聽其散失無存，亦覺可惜，令自錄而藏之。今之此舉，固非所望，然不敢古辭者，蓋因先嚴平日溺愛之心，且重違先生一時表彰之意，是以略加刪校，並誌數言。〔註7〕

〔註6〕（清）施淑儀《清代閨閣詩人徵略》卷五，南京：鳳凰出版社 2010 年，第 1918 頁。

〔註7〕（清）施淑儀《清代閨閣詩人徵略》卷六，南京：鳳凰出版社 2010 年，第 1957 頁。

雲鶴提到，「先嚴有言：閨中兒女子之言，不足爲外人道。」這裡很明確地將
當時世俗的觀念指出，由於內言不應出於閫，因而即使在寫作之後，也會出
現閨秀將作品付之一炬的現象，這應來自於其內心的考慮與對訓條的恪守。
比如上文所述蘇州崑山孫子香女兄弟三人，皆擅風雅，雲仙、藍仙、鶴仙皆
有詩文唱和傳世，但藍仙卻在詩稿已成時將之焚毀，在其年甫二十三染微疾
而卒之前，「自將畫稿詩箋及文房畫具書籍等物，付之一炬，傳世絕少」〔註8〕
又如，長洲閨秀韓韞玉亦有類似的行爲，據雷瑨、雷瑊《閨秀詩話》卷四記載：
「韓韞玉，長洲人，慕廬宗伯菼之女。少承家學，博極群書。適顧渭熊明府。
自錄其所爲詩曰《寸草軒詩稿》。及病歿前，取稿盡焚之，曰：『非婦人事也。』」
〔註9〕再如清人錢謙益所撰《列朝詩集・閨集》閨秀詩人小傳「於太夫人劉氏
不喜作冶麗語，曰『非婦人事也』，稿不多存」〔註10〕。這樣的例子不勝枚舉。
這也正是閨秀在恪守訓誡與自我突破之間思想矛盾的一個體現。

二、結社中心命題：詩教自覺與立論策略雙重考慮

　　清代蘇州閨秀詩學觀，呈現出獨立接受視野下的性靈傾向，這一方面得
益於清代文化大環境的變遷及女性觀念的重構，另一方面則是得益於進步文
士不同方式不同層面的支持以及新思潮的引進而帶來的女性自身覺醒意識的
不斷凸顯。雖然，在女性表達其詩學思想的過程中，仍或保持著以「溫柔敦
厚」、「風人之旨」爲論詩航標的心理，比如清代女詩人惲珠在《國朝閨秀正
始集》例言中就道明了其選詩的標準：

> 是集皆輯我朝閨秀所著，其前朝者概不刊入，溯自國初以來，
> 海內名媛，後先迭出，原不止集中所載，茲特就見聞所及，擇雅正
> 者付之梨棗，體制雖殊，要不失敦厚溫柔之旨。……排比次序，第
> 一首錄宗室紅蘭主人女縣君作，尊天潢也；次錄先高祖姑科德氏作，
> 述祖德也；次錄族姑惲青於作，重家學也；次錄畢韜文作，標奇孝
> 也；次錄尹夫人作，美賢淑也；次錄尹太夫人作，昭慈範也；次錄
> 林氏作，楊貞烈也；次錄希光作，彰苦節也；次錄沈蕙玉作，示女

〔註8〕　（清）王蘊章《燃脂餘韻》卷四，南京：鳳凰出版社2010年，第738頁。

〔註9〕　（清）雷瑨、雷瑊輯《閨秀詩話》卷四，南京：鳳凰出版社2010年，第988
　　　　頁。

〔註10〕（清）錢謙益撰《列朝詩集・閨集》閨秀詩人小傳，上海：上海三聯書店1989
　　　　年，第634頁。

箴也：次錄李氏作，敦詩品也。〔註11〕

從這段文字裏，我們不難看出，惲珠選詩的標準及意圖，從標準上來說，要符合尊天潢、述祖德、重家學、標奇孝、美賢淑、昭慈範、楊貞烈、彰苦節、示女箴、敦詩品等要求，這其實正是傳統儒家的女教思想。從意圖來講，是要借助選詩而達至詩歌「敦厚溫柔」旨意的實現。如果單從文字表面來看，似乎我們可以做出這樣的判斷，就是清代女性，尤其是特出的才女仍然拘執於封建女教思想的藩籬，甚至可以說具備將才學羈絆於「德性」之下的道德自律。但這並不能完全說明，清代女性詩人就一定有著道德的自覺以及對於傳統儒家詩教觀念的依從與尊奉，試從如下幾個方面進行闡釋。其一，這樣的「自覺」，或許來自於儒家詩教與女學思想的傳統延續，比如此前我們已提及的清代學者阮元之妻孔璐華，即爲孔子第七十三代孫女，早年於家族文化中所受到的薰陶即是「先君憐之曰：『願汝能學禮，不必定有才。吾家世傳詩禮，能知其大義即可矣』」，孔氏因多病之故，因而先君並未要求其在才學上下工夫，儘管如此，仍要求其至少要知禮，因家世傳詩禮，所以，其女亦應知其大義，這即是典型的家族文化傳統的延續，當然，並非孔氏自身自覺的選擇。即使在沈善寶《名媛詩話》中也大量記載著女性節義忠孝貞烈的事實，比如卷一所載：

> 歙縣畢韜文，隨父宦遊薊邱，父與流賊戰死，屍爲賊掠。眾議請兵復仇，韜文謂：「請兵則曠日，賊且知備。」即於是夜率精銳劫賊營。賊正飲酒，兵至，駭甚。韜文手刃其渠，眾遂潰。追之多自相踐踏死。乃與父屍而歸，葬於金陵。時韜文年只二十。後適崑山王聖開。……《紀事》詩云：「吾父矢報國，戰死於薊丘。父馬爲賊乘，父屍爲賊收。父仇不能報，有愧秦女休。」韜文此事與前明道州游擊將軍蕭山沈雲英事同。〔註12〕

畢韜文二十餘歲隨父宦遊薊丘時，其父與流賊作戰不幸身亡，屍體被賊寇掠走，畢韜文不等援兵到來，不顧生命危險冒死親自率領精銳將領劫殺賊營，手刃其渠，並帶父屍而歸葬於金陵。這些顯然受到儒家傳統女學思想的影響。

其二，我們或許更應該將之定位爲，以沈德潛爲首的格調論者作爲時代詩學代表的輻射性影響。沈氏尤其看重女性詩歌「詩教」的功能，在纂評《國

〔註11〕 （清）完顏惲珠《國朝閨秀正始集》，紅香館，清道光11年（1821）。
〔註12〕 （清）沈善寶《名媛詩話》卷一，南京：鳳凰出版社2010年，第350頁。

朝詩別裁集》時，他曾選評了七十五位閨秀的詩作，《凡例》中便言及「詩教」
的重要：「閨閣詩，前人諸選中多取風雲月露之詞，故青樓失行婦女，每津津
樂道之，非所以重教也。選本所錄，罔非賢媛，有貞靜博洽，可上追班大家、
韋逞母之遺風者，宜發言爲詩，均可維名教倫常之大。而風格之高，有其餘
事，以尊詩品，以端壼範，誰曰不宜。」〔註13〕沈德潛次女沈清涵正爲江蘇
吳江著名的世家計氏計嘉詒室，沈清涵詩歌學思想難免不受沈德潛影響，而
計氏一門聯吟，自然受其餘波。此外，我們在第二章裏曾提及的「蕉園七子
詩社」受到清初「西泠詩派」詩學觀影響也是一個典型。其三，選詩家的標
準也會對當代女性創作及其思想傾向產生引導，比如康熙年間選詩家劉雲份
編選《唐宮閨詩》中直言不諱的所謂選詩標準（以品行的「完」或「失」作
爲女性詩學成就的唯一評判）對女性詩歌創作及詩學觀念表達，所作的賦予
型被動選擇，但這畢竟只是外在因素。其四，就女性自身而言，或許其心理
與創作實踐已本質性地將這束縛不自覺地排解之時，爲了獲得更大的公眾認
可，仍不免要此爲旗號（在傳統經學中尋求女性創作的根本依據），爲女性創
作名正言順地走出閨閣開闢新路。這裡不得不提，以章學誠爲代表的清代學
者對女性創作抱以斥責的態度，《婦學篇》言：

> 不知婦人本自有學，學必以禮爲本，捨其本業，而妄託於詩，
> 而詩又非古人之所謂習辭命而善婦言也。是則即以學言，亦如農夫
> 之捨其田，而士失出疆之贄矣。何足征婦學乎？嗟乎，古之婦學必
> 由禮以通詩；今之婦學轉因詩而敗禮，禮防決而人心風俗不可復言，
> 倡邪說矣！夫因由無行之文人，以陷之。彼眞知婦學者，其視無行
> 文人，若糞土然，何至爲所惑哉？〔註14〕

對於女性的所謂詩歌創作，章學誠儼然從儒家傳統婦學與教化的立場出發進
行了頗似有理而又深刻的審判（《詩話篇》、《書坊刻詩話後》、《婦學篇》、《婦
學篇後書》、《論文辨僞》中皆有類似論調），認爲其既無足徵乎婦學，又有損
禮教之本，甚至敗壞風俗，而蠱惑婦女作詩之人皆爲「失行文人」，應視之若
糞土。章學誠的抨擊不可謂不嚴，而於引領女性詩文活動的袁枚，章學誠更
是口不擇言地表示鄙棄之意，在《章氏遺書》中，他這樣說道：「近有無恥妄

〔註13〕　（清）沈德潛《清詩別裁集》，北京：中華書局1975年，第4頁。
〔註14〕　（清）章學誠著；葉瑛校注《文史通義校注》北京：中華書局1985年，第531
　　　　頁。

人，以風流自命，蠱惑士女，大率以優伶雜劇所演才子佳人惑人，大江以南，名門大家閨閣，多爲所誘，徵詩刻稿，標榜聲名，無復男女之嫌，殆忘其身之雌矣！此等閨娃而爲邪人播弄，侵成風俗，人心世道大可憂也。」〔註15〕在章學誠筆下，以袁枚爲代表的一群支持女性創作的文士成了「風流無恥之徒」，其招收女弟子的行爲也成了「以優伶雜劇所演才子佳人惑人」，文士與大家閨秀之間的所謂文學交往也不顧男子之別，在章氏看來，這是有敗於風俗的。學者錢泳對袁枚詩學立場雖然褒貶皆有，似乎很中立，但在《履園譚詩》中，錢泳批評袁枚招收女弟子教其爲詩的做法也是很尖銳的：「隨園先生，著作如山，名滿天下，而於好色兩字，不免稍累其德，余有弔先生詩云：『英雄事業知難立，花月因緣有自來。』實爲先生補過也。」〔註16〕竟將袁枚謂爲「好色」之徒。此外，像洪亮吉、譚獻、凌廷堪、王昶、江藩等人也都不同程度地持有相同的態度。在清代復古風氣之下，文人抱殘守缺的思想也是不可迴避的事實，因此，女性要突破重重障礙獲得創作相對寬鬆的空間，就不得不選擇有效的策略。一則借文士之口爲詩集或詩話「正名」；比如清代女詩人兼詩論家沈善寶在公元 1842 至 1846 年間，將閨秀詩文集與閨友投贈之作合編爲《名媛詩話》十二卷及續集上中下三卷，雖然是集的編訂與詩評是基於她女性的立場與意識，更多地體現著傳揚女性才藝的目的。雖然詩話中仍難以避免雜有「節烈事實」，甚至清代學者張美翊稱其「庶於女學有萬一之助」，但也僅僅是「萬一」而已。然而，我們還是發現，《名媛詩話》「序」的主旨卻緊緊呼應著這「萬一」的主題，爲其正名開路：

> 《鴻雪樓詩集》，武母沈太淑人所著，吾鄉李世娘武恭人爲太淑
> 人女，雅擅文翰，慈教也。予因李而得識其兄悅堂，悅堂以優行貢
> 成均，觀政刑部。其爲人敦厚和平，口不談詩，而貌言舉動均合乎
> 詩之旨，得乎詩之味，殆深於詩學者也。今刊其慈闈所著《名媛詩
> 話》十二卷，予受而讀之。夫詩始「二南」，二十五章中，或后妃自
> 作，或作於宮人，或作於諸侯夫人，或作於大夫妻，或作於婦人女
> 子，詩固婦女事也。十二卷中所載，信乎「德必有言」：性情之章，

〔註15〕　（清）章學誠著；葉瑛校注《文史通義校注》北京：中華書局 1985 年，第 538
　　　　頁。

〔註16〕　（清）錢泳撰，孟斐校點《履園叢話》下，上海：上海古籍出版社 2012 年，
　　　　第 13 頁。

修齊之助也；學問之什，陶淑之原也；贈答之文，道義之範也；感
慨之語，名節之箴也。傳在古人，勸在今人，覺在後人，厥功偉哉！
悅堂以是編公之天下，孝子之事，其即仁人之心也夫！光緒丙子山
陽秦煥謹序。〔註17〕

秦煥謹之序言闡釋了以下幾個問題，一是充分肯定了女性作詩，並將源頭追
溯至《詩經》「二南」；二是《名媛詩話》編訂的目的，不是闡揚女性詩作，
而是「修齊之助」、「道義之範」、「名節之箴」、「勸在今人，覺在後人」，是詩
教的宗旨，這與序言開頭言及悅堂時所稱「爲人敦厚和平，口不談詩，而貌
言舉動均合乎詩之旨，得乎詩之味，殆深於詩學」一脈相承。顯然，秦煥謹
之序與沈善寶女性詩學觀的立場並不完全吻合，其實質乃在於爲《名媛詩話》
正名，從而說明「詩固婦女事也」的合理性。

　　清代蘇州閨秀爲獲得相對寬鬆的創作空間，另一策略則是在傳統經學中
尋求理論支持，從而在本質上確定其創作的有效性，這亦是清代才媛文學書
寫的共性之一。以選詩提倡「敦厚溫柔」的惲珠爲例，在其所輯《國朝閨秀
正始集》弁言中也將閨秀創作與《詩經》相提並論，從經學的角度，在「婦
言」和詩文之間找到一種必要的內在聯繫：「昔孔子刪《詩》，不廢閨秀之作。
不知《周禮》九嬪掌婦學之法，『婦德』之下，繼以『婦言』，言固非辭章謂，
要不離乎辭章者近是，則女子學詩，庸何傷乎？」將女性的詩歌創作納入「婦
言」的之列，名正言順地將女性的文學身份與儒家婦教的基本要求貫通起來，
在經學範疇內爲女性文學「立言」的一席之地找到了合理化的依據。貼切地
講，這是一種策略，在清代，藉此策略以論證女性創作合理性、提升女性創
作地位的言論較爲普遍，比如嘉慶年間的甘立媜在其《詠雪樓稿・自序》中
自言：「予幼從父受書，聞先大夫訓詞，以爲『婦德』首『德』次即『言』，『言』
非口舌出納之謂。人各有心，在心爲志，發言爲詩，則詩即『婦言』之見端
也。」〔註18〕甘立媜以《毛詩序》爲依據，指出，言即詩，都爲心聲，從而
也在經學源頭上找到了女性作詩的依據。甚至有女性作家直接從有補於世道
人心的角度出發，認爲不論男女，不尙文采，只要是對此有益，皆應採之，
比如上海閨秀趙棻《濾月軒集》即有如此論調：「夫徒尙文采，無益理道，雖
公卿達官之言，無足取也！苟有補於世道人心，雖田夫牧豎之言，不可廢也，

〔註17〕（清）沈善寶《名媛詩話》，南京：鳳凰出版社2010年，第345頁。
〔註18〕甘立媜《詠雪樓稿》，道光二十三年（1843）半偈齋刻本。

而況婦女之賢者乎！」雖然道出的是爲詩的宗旨與標準，但畢竟正面肯定了婦女之賢者立言的合理性與社會價值。在此話語前提下，清代閨秀立言的意願更爲明晰。趙棻在《濾月軒集》中進一步大膽斥責「內言不出於閫」的謬論，更是對文士隱匿其名，晦澀其意，借女性之口傳意達旨的作爲不甚認同，並直言不諱：「文章吟詠誠非女子事，予之詩不能工，亦不求工也。蓋疾夫世之諱匿而託於夫若子以傳者，故不避好名之謗，刊之於木」〔註19〕。與其讓文士藏匿其意隱晦表達，不如女性自己直抒其意來得痛快，激烈的言辭下，要爲女性創作爭得一席之地的態度是非常明確而堅定的。從以上的分析我們不難判斷，儘管清代女性進行文學創作的社會認可還很有限，儘管其詩學思想也稱不上清代詩壇的主流，但畢竟，這些有限的論調已經足以證明，女性在詩歌中尋求自身生命價值體現，甚至在身份與心理上追求與文士相等的詩學地位的嘗試已在悄然蔓延，成爲一股勢不可擋的潮流衝擊者單一的男權話語中心，充斥並豐富著清代的詩壇。而不論出自何種原因的思考，「溫柔敦厚」的儒教思想已經不足以成爲她們唯一的命題，更顯得像浮光掠影閃過清代詩空。

第二節　乾嘉蘇州閨秀—文士結社：詩學陣營的策略定位與雙向選擇

　　文士招收女弟子收徒授學的現象在清代乾嘉時期較爲常見，尤以江浙一帶爲盛。蘇州地區拜文氏爲師的現象更是不勝枚舉。在研究中發現，文士與女弟子之間的關係絕不僅僅停留在師徒之上，往往超越師生而具有詩友情誼，他們彼此唱和，相得益彰，形成相對集中與成熟的詩社。在這個過程中，文士不僅表現出對閨秀才華的高度認同，爲其作序跋、題詩，甚至助其付梓，更時有對才媛的引薦，拓展其詩文交遊的平臺，將閨秀文學活動推向一個更加廣闊的空間。另一方面，拜師學藝也成爲清代乾嘉時期才媛們的一種風尙，個中的心理因素不一而足，既有純粹的求藝考慮，也有爲生存而拜師揚名，更不乏附庸風雅者。然而綜合上述兩個方面而言，清代進步文士的推波助瀾實質上是女學發展的一個非常重要與必要的前提，而這實於明末清初即由此動向。試看王蘊章《燃脂餘韻》卷五中關於明末殉節官員王思任女王玉映的記載：

〔註19〕　（清）趙棻《濾月軒集》，上海：上海古籍出版 2010 年，第 397 頁。

> 王玉映，名端淑，號映然子。王思任季女，宛平丁肇聖室。著
> 有《吟紅》、《留篋》、《恒心》等集。季重先生有八子，獨女玉映能
> 讀父書，故尤愛憐之。嘗言：「身有八男，不易一女。」負才擧擧，
> 能對座客揮毫，而陳其年且稱其長於史學。初得徐文長青藤書屋居
> 之，後寓武林之吳山，與四方名流相唱和。〔註20〕

王思任乃明末著名的文人、殉節官員，王玉映爲其季女。季重先生有八子，
唯其女玉映能讀其書，這已讓人生疑，其餘數子是不能讀還是不願讀、不敢
讀？不得而知。因而季重先生對於此女極其重視，先是讓其居住於徐文長青
藤書屋，此徐文長，正是徐渭，其自署青藤老人、青藤道人、青藤居。後寓
武林吳山，又邀四方名流與其女相互倡和，陳其年、毛西河等皆在其中。王
思任將其一生未盡的志向寄託於玉映，借酬唱獲得某種心靈的慰藉。也因此
爲玉映與四方名流的倡和提供了可能。與此同時，我們也注意到，明末清初
的閨秀結社唱和對清代文士招收女弟子及詩群關係的聯繫。毛西河也是一位
招收女弟子的文人，據清雷瑨、雷瑊所輯《閨秀詩話》卷二記載：「《毛西河集》
附《徐都講詩》，其女弟子徐昭華所作也。初，昭華請業於西河。按，昭華，
字伊璧，爲女士商景徽女。幼承母教，詩名噪一時。」〔註21〕商景徽乃商景
蘭之妹，而商景蘭正是明末清初與王思任一樣殉節的官員祁彪佳的妻子，吏
部尚書之女。因此，在這個看似以閨秀王玉映爲中心的社集中，文士王思任、
毛西河都起到了至關重要的推動與連接作用，無怪清人雷瑨、雷瑊稱玉映爲「閨
閣詩中帶英氣者」〔註22〕。而若換一個視角，毛西河也可以稱爲另一個中心，
在他周圍形成的兩到三個閨秀唱和群體，是以友人玉映、弟子昭華、友人商
景蘭分別爲平臺建立起來。也因此，授徒型閨秀與文士結社的意涵也就變得
十分豐富而複雜，可以說這種交遊網絡模式爲有清一代江蘇世家文化與時代
文化縱深發展搭建了必要的舞臺。閨秀與文士的詩文結社反映的問題的多方
面的，一則文士在對閨秀的支持與理解上有內在的心理需求作爲精神根基；
二則，文士親自參與女性的詩文創作等社交活動，也絕不僅僅是唱和聯吟如
此簡單，作爲清代乾嘉時期的兩大文學陣營：性靈與格調，在對女性文學的

〔註20〕 （清）王蘊章《燃脂餘韻》卷五，南京：鳳凰出版社 2010 年，第 790 頁。

〔註21〕 （清）雷瑨、雷瑊輯《閨秀詩話》卷二，南京：鳳凰出版社 2010 年，第 932
　　　　～933 頁。

〔註22〕 （清）雷瑨、雷瑊輯《閨秀詩話》卷七，南京：鳳凰出版社 2010 年，第 1077
　　　　頁。

爭取與滲透上雖取擇不同，但殊途同歸，都與閨秀們結起社來，在各自的立場上分別強調了「閨秀創作」的特色：「貞靜敦厚」抑或「發自性靈」。這裡，我們必須補充的一點是，清代乾嘉年間的兩大主流詩學陣營淵源有自，在清初蘇州文人的詩學旨趣中已經反映出來，對此，我們稍加追溯。

以袁枚「性靈說」與沈德潛「格調說」爲代表的兩大陣營在詩學主張上的異趣是清代乾隆年間詩壇上的重要論爭。在《隨園詩話》卷一的開篇語中，袁枚即引用南宋詩人楊萬里對「格調說」的抨擊之論「從來天分低拙之人，好談格調」來闡明自己的立場：「余深愛其言」，進而言「性靈」與「格律」的關係：「須知有性情便有格律；格律不在性靈外」〔註23〕。概括而論，「性靈說」所反對的是傳統的規範與約束，所主張的是創作的藝術個性與自由，且以尊重個人的才情爲尚。而「格調說」恰恰與此對立，其所倡導的是「溫柔敦厚」的儒家詩教，要求創作「有補於世道人心」的文學作品，具有濃厚的儒家詩論的色彩，此說實源於南宋嚴羽（提出思想感情是格調形式的重要決定因素）。顯然，兩派論調的出發點與歸宿都有很大的不同，且對乾隆朝的詩學旨趣產生了極大的影響，甚至對閨秀文學的創作、閨秀詩學思想的形成都有著不可忽視的引力作用。那麼，蘇州閨秀對此詩學主張的接受，爲何能表現出相對靈敏的反映呢？蘇州府在乾隆朝之前有沒有兩派詩學主張的萌芽呢？這裡，必須談談康、雍年間的吳縣文人吳雷發與順治年間崑山文人歸莊的文學思想。在袁枚之前首先對沈德潛格調說明確表示反對的，是康雍年間蘇州吳縣文人吳雷發，在清人張潮所編纂的《昭代叢書》中記載了吳雷發《說詩管蒯》一卷，詳細記錄了吳氏的詩學主張：

> 余凡諸立論，斷不肯拾人牙慧，寧爲人所訕笑，而人云亦云，終有所不能爲也。惟從來至不易之論，雖人云亦云有所不辭；苟其說似正，而其中有弊，便掊擊不遺餘力，無論其爲古人之言及今人之言也。詩格不拘時代，唯當以立品爲歸，誠能自成一家，何用寄人籬下。詩以道性情，人各有性情，則亦人各有詩耳。俗人黨同伐異，是欲使人之性情，無一不同而後可也。詩本性情，固不可強。〔註24〕

詩人所論所作皆應當以性情爲本，人云亦云拾人牙慧實非眞詩。與此同時，吳

〔註23〕（清）袁枚著；顧學頡校點《隨園詩話》，北京：人民文學出版社 1982 年，第 2 頁。
〔註24〕（清）張潮等編纂《昭代叢書·丁集》，上海：上海古籍出版社 1990 年。

雷發指出，凡是人云亦云而導致言中有弊者，必盡全力予以掊擊，尤其對於沈氏格調說的中心命題，「溫柔敦厚」而「止乎禮義」的儒家傳統詩教觀點予以批判，其云：「詩人萬種苦心，不得已而寓之於詩。詩中所謂悲愁，尚不敵胸中所有也。《三百篇》中豈無哀怨動人者？乃謂忠臣孝子貞夫節婦之反過甚乎？」「從古詩人，大約憤世嫉邪者居多」〔註25〕。顯然，對於將詩與政教相對應，認為詩應以君國為念、寄託遠大者，吳雷發予以了掊擊，《說詩管蒯》有言：「詩要寄託遠大，然以鄙見論之，有不盡然者，吾謂詩自詩而人自人。」〔註26〕詩即是詩，應有其吐露胸臆，包含眞情，蘊藏萬種苦心的功能，即所謂「運一己之性靈，便覺我爲我」的抒寫享受。吳雷發在《說詩管蒯》中所闡發的「靈機異趣」、「詩本性情」等觀點實爲乾隆朝袁枚「性靈論」異軍突起的直接先驅。

　　而另一方面，詩歌除了關注一己性靈外，是否還應該關注「史」：社會治亂抑或人情道德？「性靈」與「世道人心」是否矛盾？這一問題，順治年間的蘇州崑山文人歸莊及其「驚隱詩社」的遺民成員早已有自己的解答。雖然，詩歌對「史」的觀照並不能簡單等同於「有補於世道人心」的詩教作爲，然而歸莊等人進一步闡釋「窮而後工」的創作姻緣與前提，並提出「以人重詩」的觀點，實難免有「補於世道與人心」的詩學意圖。在歸莊爲陳濟生所編選《天啓崇禎兩朝遺詩序》所作序言中這樣闡釋其「以人重詩」的意義：

> 國朝詩，選者不下數十家也。大率惟其詩不惟其人，吾友陳太
> 樸皇士有《兩朝遺詩》之選，屬序於余。詳其旨，蓋借詩存人，人
> 不得濫；以人重詩，詩不必盡工，其可謂知所重，善於選後世之詩
> 者也。〔註27〕

以人重詩，強調「性情」的重要，是崑山人歸莊言論的重心，這與吳雷發的性靈觀不謀而合。然而，歸莊在論「性情」時，是與「志」相提並論的，這就是說，詩的言情與對史的關注應並生互存。此文中，歸莊作了明確的闡釋：「傳曰『詩言志』，又曰：『詩以道性情』，古人之詩，未有不本於其志與其性情者。」〔註28〕又言：「通其意者，知余所謂人無足取，詩不必多存，未爲苛論，而皇士此選，有補於世道人心，爲不可少也」〔註29〕。在歸莊看來，或

〔註25〕（清）張潮等編纂《昭代叢書·丁集》，上海：上海古籍出版社1990年。
〔註26〕（清）張潮等編纂《昭代叢書·丁集》，上海：上海古籍出版社1990年。
〔註27〕（明末清初）歸莊《歸莊集》，北京：中華書局1962年，第181頁。
〔註28〕（明末清初）歸莊《歸莊集》，北京：中華書局1962年，第181頁。
〔註29〕（明末清初）歸莊《歸莊集》，北京：中華書局1962年，第181頁。

者說，在驚隱詩社遺民成員看來，只有經歷家國洗禮、人情變遷，「宗社鷇脆，民生塗炭」〔註 30〕而感慨良深者，方才有「情」的眞實與「志」的皈依，此二者密切統一，無怪其言：「自古詩人之傳者，率多逐臣騷客，不遇於世之士。吾以爲一身之遭逢，其小者也，蓋亦視國家之運焉。然則士雖才，必小不幸而身處厄窮，大不幸而際危亂之世，然後其詩乃工也。」〔註 31〕這即是歸莊所言「大不幸」與「小不幸」的辯證關係，當然更是詩人之情志與史之遭逢的關係。在這樣的闡述中，歸莊實將「性情」的抒發與「世道人心」的關注聯繫起來，其「用世」的精神與意旨是很強的了。

從以上兩位蘇州文人在清代順治、康熙、雍正年間對詩之「情」與「史」關係的闡釋，我們發現，一方面他們的觀點與用意對蘇州當地重要文人的影響是深刻的，也參與文學創作的蘇州閨秀的影響也必然是潛在的，蘇州閨秀文學在兩個陣營中的徘徊與昇華始終是其文學聲明的主題；另一方面，從順治到康雍的歷史變遷，使得詩的創作靈魂由「詩史」並載轉向以情爲尚，既是一種必然趨勢，也是對康乾嘉年間愈加嚴密的文網的一種背棄，在與官方詩壇並行不悖的路數上開掘出的一條「心路」。

一、「自爲寫照」的心理因緣——文士結社之精神寄寓

文士與閨秀的結社反映出諸多新的社會動向，首先應該說這是女性社交意識發展的一個重要表現，是她們走出閨閫進行廣闊的社會交往的一個新的開始；其次，應該看到，收閨秀爲徒從而結起詩文社，是一部份進步文士的選擇，也是時代主題賦予閨秀的文學生命，而作爲與閨秀結詩文社的文士而言從心裏上講，他們的立場與心態雖然不盡相同，但在閨秀的靈性、清節的氣格等特質上「自爲寫照」的力量與寄託也正是文士們選擇這群富才善言的女子作爲詩文之友的內在原因之一。比如清代淮山棣華園主人在與友人石生討論是否應該討論閨秀詩，是否應該將精力付諸與閨秀唱和甚至搜集徵集閨秀詩集時，友人石生有一番發自肺腑的言辭：

> 君自束髮受書以來，遊於庠，舉於鄉，立於朝，皆爲丈夫所宜爲者也。今視莊莊，髮蒼蒼矣，其所成就何如？夫男女贈答、棄婦不得於夫，上至妾媵、夫人宮闈之什，不廢於《三百篇》。古人宮怨、

〔註30〕（明末清初）歸莊《歸莊集》，北京：中華書局 1962 年，第 181 頁。
〔註31〕（明末清初）歸莊《歸莊集》，北京：中華書局 1962 年，第 181 頁。

閨情、春詞諸作，皆身爲丈夫不惜設身處地探女子心事而代爲之言。
其間清風亮節表表人耳目間者，且可藉女子之美色貞操自爲寫照評
選，獨不可乎？今之彙緣奔走昏暮乞憐者，鬚眉而巾幗，曾不自知
耳。〔註32〕

石生指出，士大夫「束髮受書以來，游於庠，舉於鄉，立於朝」，本爲所宜，
但卻「今視茫茫，髮蒼蒼矣」，因未成就卓著而心生凄涼。於是，士子們便將
一生的落寞以代言的方式，以閨秀的口吻予以寄託，在石生看來，詩《三百
篇》中「夫男女贈答、棄婦不得於夫，上至妾媵、夫人宮闈之什」，皆是士子
們「身處地探女子心事而代爲之言」，他們所看重的，不獨是對閨秀遭際、命
運的憐憫，而是從閨秀「清風亮節表表人耳目間者」、「女子之美色貞操」自
爲寫照，這也是夫婦君臣之儀的一種心理暗示與對應。再例如曾主編《婦女
雜誌》（當時倡導女性文學影響力最大的文化雜誌）的江蘇文人王蘊章曾編撰
《燃脂餘韻》，友人邵瑞彭在其作序時，言及編輯原因，云：

昔西樵揚靈芬於並世，今蒓農搜殘艷於墜簡。體例小異，取捨非
殊。王氏多才，吾何間然？原夫詩教，首《風》肇端房闈，游女求思，
「彤管有煒」。屈、宋嗑嗑，寄情嬋媛……或謂才思非婦人之事，樂
安於焉？焚詩小技，非壯夫所爲，揚云悔其作賦；不則易安詞媛，誣
起玉壺，涪皤高賢，罪在綺語。蒓農茲作，豈不多事？雖然歌謠之端
發於勞聲；士女之情，多由託興。人生百年，歡愉能幾？當其百昌，
外鑠牢愁，中洉冥心，孤運往而不復。瓊樓夜冷，錦瑟春啼，結想所
生，神光離合。作者、述者，各有會心。皇穹鑒其忠誠，聖人知其怨
悱。辭取復意，何假蹄筌？蒓農微旨，或在斯乎？〔註33〕

邵瑞彭指出，屈原作《離騷》，尤「離憂」也，以香草美人譬喻賢臣忠君，自
有一番寄託。「漢魏以還，芳徽未沫。《古詩十九》，乃出思婦；《玉臺》一編，
蔚爲濫觴。自時厥後，音響彌萬。」在《文選》中第一次出現的《古詩十九
首》以「思婦」爲主線所體現的實質是士子人生漂泊、命運難測、思歸不得
的內心痛楚與無盡的哀傷，是《離騷》「香草美人」話語系統的一個延續。然
至有清一代，比興寄託的詩歌精神逐漸淡漠，「才思非婦女之事」的觀念亦開
始流行，因而對於王蘊章編撰《燃脂餘韻》輯閨秀詩事於一編的做法，友人

〔註32〕　（清）淮山棣華園主人《閨秀詩評》，南京：鳳凰出版社2010年，第2306頁。
〔註33〕　（清）王蘊章《燃脂餘韻》，南京：鳳凰出版社2010年，第621～622頁。

邵瑞彭始表示不解。然而又覺「人生百年，歡愉能幾？當其百昌，外鑠牢愁，中洹冥心，孤運往而不復。瓊樓夜冷，錦瑟春啼，結想所生，神光離合。」人情之相通，作、述者之會心往往又能彼此共鳴。方才悟出王蘊章所撰此書的用意，或「辭取復意，何假蹄筌？」所取者應在辭意之間。於是，文士們樂此不疲地對閨秀之人、之作、之思、之境給予如此多的觀照，甚至不惜冒世之大不違而與之結社，這也是心理根源之一面甚至在清代就已經有文人指出，閨秀之作或爲「代作」？只是這樣的言論極其零星。在清人雷瑨、雷瑊所輯《閨秀詩話》卷九里即有此類記載：

> 蘭陵女子鵑紅，有題壁詩十二首，絕佳。或謂此非眞女士之詩，係某君作客侯門，不見契於府主，託於美人香草，自寫其牢騷之意。然事無佐證，作爲姑妄言之姑妄聽之而已。要其詩之哀感頑豔，情韻纏綿，不可不讀者也。詩曰：「苔徑無人草自青，深深庭院掩重扃。吳娘日暮秋房冷，夜雨瀟瀟不可聽。而今孰與話溫存，夜夜衾羅漬淚痕。萬種相思千種恨，要憑題葉一相聞。」〔註34〕

鵑紅雖非蘇州才媛，但似乎這裡雷瑨、雷瑊的評價帶有一般性，鵑紅也不過是一個書寫的符號。倒是這位「作客侯門」的士子，因「不見契於府主」，心生牢騷，無處訴說，便借香草美人之喻託懷才不遇之心。這是「楚辭」話語的典型延伸，這位士子遂將纏綿的情韻、頑艷的哀感一併寄託於詩，遂有了「明珠只寄綢繆意，恰是相逢未嫁時」的傷感與「萬種相思千種恨，要憑題葉一相聞」的執拗，而十二首題壁佳作由此產生。然不知出於何種考慮，這位儒雅而焦慮的文士在題壁時，卻以蘭陵女子鵑紅之名附上，或許是有所隱諱，或許也是有所顧慮，或許這正是其才情抒寫的方式？清人雷瑨、雷瑊在記錄此則材料時並未給定解釋，只言「事無佐證，姑妄聽之」，也留給後人無盡的猜想。

乾嘉時期蘇州閨秀作創作也存在不少文士代筆的現象。清代乾隆五十三年，長洲舉人王芑孫繼妻曹貞秀（琴墨）詩文集《寫韻軒小稿》即附錄於王芑孫《淵雅堂集》之後，於嘉慶甲子（公元 1804）年間刊行，據柯愈春《清人詩文集總目提要》記載：「貞秀生於乾隆二十七年（公元 1762），卒年不詳，字墨琴，安徽休寧人，僑居長洲，銳女，王芑孫妻，工書畫。此集詩文各一卷，續增一卷，附於王芑孫《淵雅堂集》，王芑孫序，嘉慶九年刻」〔註35〕說

〔註34〕（清）雷瑨、雷瑊《閨秀詩話》卷九，鳳凰出版社 2010 年，第 1143 頁。
〔註35〕柯愈春《清人詩文集總目提要》，北京：北京古籍出版社 2001 年，第 979 頁。

明了其附錄刊刻的事實。而在乾隆五十六年冬十月，楞枷山人王芑孫於京師官茱園寓舍爲之所作序言又自敘其爲貞秀代筆的實況：「其未嫁以前之作，山人無所改。既嫁有作，或經山人點竄，或竟山人代爲之者，時時都有。」〔註36〕對此，王芑孫似乎並不隱晦，不但如此，更似有所期待，序言中又云：「因業已流落人間，今亦概與存錄，俾後人有所據以考焉」〔註37〕，實有借之以傳的用意，對己家居不得志又終不達其志，始與文墨相伴的人生刻錄，寄託之意流於言表，足見曹貞秀《寫韻軒小稿》中即有不少王氏代筆之作。而在乾嘉年間，文士借閨秀之手言情述志的做法並不鮮見。曹貞秀《寫韻軒小稿》中《書段容西樓遺稿》一文就記載了這樣一則事件，蘇州文士段奕之女段容嫁予蔣文學爲妻，於乾隆五十二年二月卒，年方十九。段容卒後十年，蔣文學將其遺稿「刻之以行於世」，並「出遺稿示余」。但在曹貞秀看到段容遺稿時，卻首先生出這樣的一番感慨來：「年來海內閨秀之以詩文來質者多矣，然皆倚所歸學士大夫，其詞眞贗未可知。余亦無辭以拒之也。今文學所持遺稿，殘煤斷紙，細字蛛絲，有可信者。余雖欲不爲之表章不能矣。」〔註38〕屬「嘉慶元年夏四月」。出於對藏書家、書法家王芑孫的敬仰，當時人凡索題於王氏者，便順及索題於曹貞秀，《寫韻軒小稿》序即有：「山人有詩名，復以書稱於世人。或持縑素求山人書者，必兼求墨琴書。」〔註39〕的記載，然海內閨秀以詩而質者，卻並非盡然爲閨秀所親爲，王芑孫點竄、改動，甚至代筆其作之事已是事實，其它閨秀「皆倚所歸學士大夫」自然亦在情理之中，因此，對蔣文學所示亡妻段容遺集時，曹貞秀任然謹慎窺視「殘煤斷紙，細字蛛絲，有可信者」。這都從一個側面反映出乾嘉時期文士代筆，寄言的事實。透過這寫事例，我們同時也看到文士對閨秀才學的認可與對其心靈世界的感同身受，是客觀存在的，這也恰是清代士子能與才媛結起詩社來，並視之爲知己的重要原因。

〔註36〕（清）曹貞秀《寫韻軒小稿》卷一，上海：上海古籍出版社 2010 年，第 697 頁。

〔註37〕（清）曹貞秀《寫韻軒小稿》卷一，上海：上海古籍出版社 2010 年，第 701 頁。

〔註38〕（清）曹貞秀《寫韻軒小稿》卷一，上海：上海古籍出版社 2010 年，第 735 頁。

〔註39〕（清）曹貞秀《寫韻軒小稿》卷一，上海：上海古籍出版社 2010 年，第 703 頁。

二、兩大陣營的詩學依託——「貞靜敦厚」抑或「發自性靈」

首先，主詩教者。以「貞靜敦厚」作爲品評閨秀詩風，定位閨秀詩質的策略。爲有力提升女性詩歌的地位，實現詩教的目的，清代文士採取了一系列策略，比如彙集女性作品並爲其題序、刊刻女性詩作助其廣爲傳播、高度品評女性詩風，提升女性詩學地位等等。而將以往評價文士詩學風格的詩學概念用於評價閨秀詩學觀，是清代文士的新創，評價體系的轉移不僅意味著文士對女性詩學思想的多方面深入關注，更是清代文士有意借助此種方式提升女性詩學品格實現詩教目的的有效途徑。我們試以界定詞——「清」爲例。

皆清俊邁俗，洗盡人間煙火氣。

六芳妹笙愉，名潤玉，字照華，一號壺山女士。其詩清新俊逸，絕無富貴之氣，可貴也。

磁州張湘東之從姊祐之女史，工詩。早世。佳句如：『斷煙寒食節，小雨落花天』，『客路遍黃葉，秋山多白雲』，皆清婉可誦。

嘉善朱聽秋女史，詩筆清雅。《病中述懷》云：『銅漏點殘憐夢短，珠簾不卷怯春寒』

醉青女史，涇川吳朝昌大令之女也，僑居湖北宜昌。詩筆甚清。

〔註40〕

這樣的例子不勝枚舉，這裡只摘錄了極少一部份爲例。從以上文獻材料中發現，清代文士似乎極盡可能地以「清」作爲評價標準來衡量閨秀詩風及其造詣。比如清才、清秀、清麗、清婉、清淺、清貞、清絕、清隱、清眞、清豔、清妙、清和、清超、清雋、清逸、清空、清新、清剛、清雅、清俊、清健、清順等等。與此相聯繫的是，清代文士亦喜以「林下風」來高度評價女性詩歌藝術風貌及其詩學精神追求，現略舉數例如下：

孫春岩觀察滇南，娶姬人王氏，名玉如，雲南昆明人。善畫工詩，與女公子雲鳳、雲鶴閨房倡和，有林下風。〔註41〕

孫春岩觀察滇南，娶姬人王氏，名玉如。善畫工詩，與女公子

〔註40〕 清代王蘊章《燃脂餘韻》卷二，鳳凰出版社 2010 年，第 672、682、686、686、687 頁。

〔註41〕 （清）雷瑨、雷瑊《閨秀詩話》卷四，南京：鳳凰出版社 2010 年，第 1002 頁。

雲鳳、雲鶴閨房倡和，有林下風。〔註42〕

　　自然好學齋主人汪端，有姑雲琴，茲逸珠。能詩，著有《沅蘭閣集》，寄端詩云：『美人雲影在西湖，誰識青溪最小姑？殘墨冰甌和雨潑，回風羅袂倩花扶。薰香靜展《藏真貼》，拂素春臨《望遠圖》絕似當年曹比玉，瓊簫吹徹月明孤。』林下清風，略見一斑矣。〔註43〕

「林下風」或用以讚美女性閒雅飄逸、超塵脫俗的風采與氣格，也用以指隱居者恬淡自然的風度。當然更指如同竹林名士般超曠的風儀。顯然，「林下風」的評價是極高的。據《世說新語》記載：「謝遏絕重其姊。張玄常稱其妹，欲以敵之。有濟尼者，並游張、謝二家，人問其優劣，答曰：『王夫人神情散朗，故有林下風氣；顧家婦清心玉映，自是閨房之秀。』」〔註44〕此外，北宋詩人蘇軾《題王逸少帖》詩：「謝家夫人淡豐容，蕭然自有林下風。」明代詩人梁辰魚《各調犯七犯玲瓏‧遇妓》曲：「琳宮驀地逢，脩然林下風。」都曾以「林下風」稱女性獨特而形神兼備的風格。國朝文士周銘還撰有《林下詞選》十四卷，據《四庫全書總目提要》記載，《林下詞選》題目中，取「林下」二字，蓋取《世說》所載謝道韞事也。在清代，把「清」視作具有「林下風」女性文學創作的自覺追求，逐漸成為了主流，逐漸被後代評論家所接受，認為這即是清代女性詩歌創作的宗旨與藝術追求。何謂「清」呢？它除了指女性恬淡自然的風度，還指與此密切風度相關的詩歌創作，追求超脫塵俗、獨具性靈、閒雅飄逸、風骨充盈的較高藝術境界。「清」還被清代學者定位為閨秀所獨有的「靈秀之氣」。據胡文楷《歷代婦女著作考》記載，清朝雍正年間，致力於搜集女性文學作品的學者范端昂就曾以「清」作標準高度評價了女性的詩歌創作：「夫詩抒寫性情者，必然清麗之筆，而清莫清於香奩，麗莫麗於美女……舉凡天地間之一草一木，古今人之一言一行，國風漢魏以來之一字一句，皆會於胸中，充然行之筆下。而余終不能忘於景之仰之者也。」〔註45〕范端昂的的評價具有典型意義，這段文字指出，女性正是集天地之靈氣，在創作中最富於天性與天然，因此，其以

〔註42〕　（清）袁枚著；顧學頡校點《隨園詩話》卷二，北京：人民文學出版社 1982年，第 41 頁。

〔註43〕　（清）王蘊章《燃脂餘韻》卷五，鳳凰出版社 2010 年，第 793 頁。

〔註44〕　〔南朝宋〕劉義慶撰，徐震堮著《世說新語校箋》，北京：中華書局 1984 年，第 179 頁。

〔註45〕　胡文楷《歷代婦女著作考》（增訂本），上海：上海古籍出版社 1985 年，第 906頁。

清麗之筆抒寫性情最富有詩人的氣質。可見，以「清」作爲衡量女性詩學特色
的標準，其落腳點正在於女性溫柔敦厚的天性。清代文士丘壑在爲其妻子許瓊
思（字宛懷，號西湖，江蘇吳江黎里人）所撰《宛懷韻語》作序時以親身經歷
爲例對女性的這一詩學特色作出細緻說明：

> 　　內子錢塘許宛懷，生於永康學署。四歲母授《毛詩》，讀未畢也，
> 五歲習女紅，遂輟業。年二十一歸余爲繼室。問曾讀書否？則並其
> 向所讀《毛》之半而不能記憶之。見余好吟詠，輒喜，輒取閱，閱
> 亦不求甚解。予耆白、蘇詩，見余翻閱，亦從而諷之，余掩卷輒忘，
> 渠亦然。顧性多鬱，尤日思父母不置，遇父母諱日，未嘗不茹蔬也，
> 未嘗不穆然思泫然涕也。與余語及父之秉鐸永康、壽昌，如何勤學，
> 如何愛士，未嘗不淚涔涔下也。語及母之居家，與其在任所業，如
> 何操心，未嘗不望父母之墟墓，恨不能奮飛也。兄若弟，天各一方，
> 有姊一人，遠在西江，則又未嘗不太息于歸寧之不得，曾不如童年
> 骨肉一堂，嬉笑於父母之前也。而無聊之思，稍一發於詩。故其詩
> 眞，由其情眞；其性眞，未始有詩；未始知有詩，汩汩然來，故不
> 必能詩，而爲能詩者之所必不能。不識古今，遑論源流，不計工拙，
> 遑問正變，此眞《三百篇》之性情自然流出也；此眞不學而能之，
> 能不慮而知，無不知愛，無不知敬之所發也。〔註46〕

邱壑講述的是一個極感人的故事，許瓊思是他的繼妻。小時候受到母親家學
的影響，曾略讀詩書，但之後由於家庭瑣碎事務便放棄了詩學，慶幸的是，
所嫁丘壑喜愛吟詠，最喜白居易、蘇軾詩作，許瓊思也就有機會翻閱了這些
作品，雖然不甚知之，雖時而與丈夫一同吟詠，卻大都一知半解又不求甚解。
然而，邱壑卻道，許瓊思是一位感情極其細密女性，她時常在閑暇之時想起
與父母兄弟聚集一堂時的美好時光，也因此而涔涔淚下，感慨良深發於詩。
據此，丘壑意識到，女性之所以作詩能做到以眞情實意爲精髓，正是因爲她
們「不識古今，不知源流，不計工拙，不知正變」，因而在詩學思想上無所牽
累，方可可以做到許多眞正的詩人都難以做到的眞性情。但這裡我們不得不
注意的是，丘壑所讚美的許瓊思，其詩歌創作的情眞意切，是以對父母、兄
弟、姊妹的懷念，對家庭生活的掛記爲前提的，這裡所包含的以家庭倫理爲
基礎的情感仍然是儒家傳統思想的體系。

〔註46〕（清）許瓊思《宛懷韻語》，南京：鳳凰出版社2010年，第2530頁。

　　我們必須注意問題是，以「清」作為詩學評價的方式，其評價體系原本就是男性詩學世界所特有的。《周易‧說卦》即言：「元氣初分，清輕上為天，濁重下為地」所謂的天，在中國古代唯心主義哲學家看來，就是世界精神的中心。明代郎奎金在《釋名》中說：「天，顯也，高顯在上也，坦然高遠；地，底也。其體底下，載萬物也。」清與濁相對立，清代表著陽剛，而濁則意味著陰柔。早正在在先秦時期，人們就常常將「清」之概念與文士的道德價值相聯繫，因為他們賦予了「清」以高尚的節操，這一切似乎是大自然賦予男性的天分。《孟子‧離婁上》：「有孺子歌曰：『滄浪之水清兮，可以濯我纓，滄浪之水濁兮，可以濯我足。』孔子曰：『小子聽之，清斯濯纓，濁斯濯足矣，自取之也。』」《楚辭‧漁父》「漁父莞爾而笑，鼓枻而去，歌曰：『滄浪之水清兮，可以濯吾纓，滄浪之水濁兮，可以濯吾足。』遂去，不復與言。」同樣的一段文字，在孟子與屈原意義卻不盡相同，孟子之意是無論水之清濁，正義之人自可以按其不同的質態適得其用；而屈原的則將水之清比喻明世，以水之濁比喻亂世，對於高潔之士而言，明世可進仕而亂世則可遠行。無論從哪個層面上講，水之清實質上也語意著士之清，因而在先秦時期，人們也常常將高潔之士稱為「清才」或者「清士」，比如商末孤竹君的長子，因不食周粟而餓死首陽山的伯夷，就曾經被孟子成為「聖之清者」（《孟子‧萬章》：「孟子曰：『伯夷，聖之清者也；伊尹，聖之任者也；柳下惠，聖之和者也。孔子，聖之時者也。」）但明清士人卻多以「清才」稱閨秀詩人中的卓越者：

　　　　芳蘭畦女史，崑山人。著有《息影山房詩》，長洲宋子翔為之付梓，詩多佳句。苦節清才，微子翔，幾乎湮沒矣。〔註47〕

　　　　吳江嚴綠華，名蕊珠。《春日雜詠》云：『薄寒天氣掩窗紗，九十春光已半賒。戲剪綠幡庭畔立，教他常護未開花。』綺思清才，誦之齒頰生芬。〔註48〕

　　　　大興朱韞珍，名琬卿，為山陰馮怡堂先生元配。雅負清才。惜結縭未久即去世，先生搜其《浣清吟稿》一卷行世。〔註49〕

<hr>

〔註47〕（清）雷瑨、雷瑊《閨秀詩話》卷一，南京：鳳凰出版社2010年，第911頁。

〔註48〕（清）雷瑨、雷瑊《閨秀詩話》卷四，南京：鳳凰出版社 2010年，第 1001頁。

〔註49〕（清）雷瑨、雷瑊《閨秀詩話》卷十五，南京：鳳凰出版社 2010年，第 1300頁。

　　　　蜀中劉子暎妻馮氏，詩才甚清。有《春日即事》云：「閒步小橋
　　東，黃鶯處處逢。梨花風雨後，人在綠楊中。」風韻獨絕。〔註50〕

　　　　沈宛君清才淑德，午夢一堂，首標馨逸。〔註51〕

清代文士對女性詩學風格的提升自然有自己的目的，即如上文所言，以「清」
之特色評價閨秀詩，甚至將之目爲閨秀詩學的自覺追求，從詩風上界定了女
性與傳統詩格的內在一致性。此一方面，是文士對「清」之內涵的解讀，也
是將之與傳統儒家思想聯繫的依據。

　　其次，主性靈者，以「性情爲根」作爲界定閨秀詩作與文學活動的重要
論言。可以說這既是提升女性詩學品質的一種嶄新理念，也是清代文士倡導
性靈說的一種策略。而這種策略並非起源於清人，明代早已有之。據胡文楷
《歷代婦女著作考》記載，明代著名學者葛徵奇曾言：「非以天地靈秀之氣，
不鍾於男子；若將宇宙文字之場，應屬乎夫人。」〔註52〕。編撰《古今女史》
的明代學人趙世傑也說：「海內靈秀，或不鍾男子而鍾女人，其稱靈秀者何？
蓋美其詩文及其人也。」〔註53〕《紅蕉集》的編撰者鄒漪亦說：「乾坤清淑之
氣不鍾男子，而鍾婦人。」明人江盈科撰《閨秀詩評》及鍾惺編選《名媛詩
歸》都是受到「性靈」文學思想的啓示，將眞率、高雅與淡泊的品質富裕了
女性詩人。鍾惺在其《名媛詩歸·序》中云：

　　　　若夫古今名媛，則發乎情，根乎性，未嘗擬作，亦不知派，無
　　南皮西崑，而自流其悲雅者也。夫詩之道，亦多端也，而吾必取於
　　清。清則慧，盧眉娘十四能千尺絹繡靈寶經，男子之巧，洵不及婦
　　人也。蓋病近日之學詩者，不肯質近自然，而取妍反拙，故青蓮乃
　　一發於素足之女，爲其天然絕去雕飾。〔註54〕

在這裡，鍾惺明確指出「詩之道多端，而吾必取於清」，詩歌的旨趣是多種多
樣的，但其獨以「清」之一字爲品，在這裡，「清」之涵義，除了高潔脫俗之

〔註50〕　（清）苕溪生《閨秀詩話》卷一，南京：鳳凰出版社 2010 年，第 1648 頁。
〔註51〕　（清）雷瑨、雷瑊《閨秀詩話》卷十五，南京：鳳凰出版社，2010 年，第
　　　　　1312 頁。
〔註52〕　（清）雷瑨、雷瑊《閨秀詩話》卷一，南京：鳳凰出版社，2010 年，第 887
　　　　　頁。
〔註53〕　（清）雷瑨、雷瑊《閨秀詩話》卷一，南京：鳳凰出版社，2010 年，第 889
　　　　　頁。
〔註54〕　張宏生《中國詩學考索》，南京：江蘇教育出版社 2006 年，第 414 頁。

美善而外，還包含了「發乎情，根乎性」的真性。鍾惺進一步指出，正是因為女性不曾模擬前人的創作，也不知詩歌的流派，才能在創作中「自然流其悲雅」，傳達出自然天性的「真」而「絕去雕飾」，這一點，也是清代文士對閨秀詩學特色的普遍共識。以鍾惺為代表的文士所強調的，是閨秀的「本真」與「自我」，而完全區別於格調派所倡言的閨閣中人「貞靜賢淑」、「溫柔敦厚」的詩教用意。雖然「清」之一字之內涵囊括著太多儒家賦予傳統文人的氣格與品質以及溫柔敦厚的風儀，但是在魏晉時期，「清」之內涵又逐漸與名士階層的清談之風聯繫起來。以《世說新語》為例，其中所記載的人物品藻，與「清」字相關的就有二十多種，比如清疏、清朗、清遠、清暢、清虛等等。學者孫康宜在《明清文人的經典論與女性觀》〔註55〕一文中就已指出，「清」，是魏晉名士極其欣賞的審美風格，它既指人的外在形象，也代表了內在的人格，是形與神的完美結合，更是人格魅力的綜合寫照，它意味著脫俗而具備高雅尊嚴的風度，是天性本質的自然流露，與一個人與生俱來的「氣」息息相關。而後，李白《古風》也說：「自從建安來，綺麗不足珍。聖代復元古，垂衣貴清真。」此後，「清」就成為文學評論中最常用的術語，與真率、典雅、超脫、淡泊等相聯繫起來，形成了人們對男性詩人美質的重要論斷。清代文士將「清」字用於對閨秀人格的評價，個中也包含著對其「超脫」、「真率」、「自我」元素的肯定，這一點是毋庸置疑的。

從目前的文獻資料與研究現狀看，人們仍然偏重於強調女性對日常生活與女性獨有情感的抒寫與體認，似乎並未走出閨閣文學的範疇（即使她們已有較為頻繁的結社唱和活動），但實際上，從有清一代有關閨秀的別集、選集、詩話、筆記以及地方志考察，清代江浙地區的閨秀尤其是蘇州地區的女性已經將文學抒寫如欲如水般地融入最普通的生活，乃至是家貧的婢女竟然也將手中的文字化為生存的力量，與此同時，蘇州地區閨秀的交友活動實際已大大超越家庭的範圍，社交型結社就包含了本地結社與異地結社的兩個大類，且女性與文士的文學交遊活動也十分頻繁，除了和詩、題贈、徵題、書信等形式外，社集聯吟成了最新異的一道風景，風雅一時。更為重要的是，當代名士，竟將自身對文學的觀照、體驗與詩學觀念與此等閨秀討論商榷，不分彼此，不諱性別，不論高低，不懂貧賤，亦不畏輿論，實是前所未有的文化

〔註55〕孫康宜《明清文人的經典論和女性觀》，《江西社會科學》，2004 年 2 期，第
　　　　206～211 頁。

盛宴與奇觀。究其原因，正如上文所分析，一方面對閨秀文學創作的欣賞、獎掖、支持，或者出自於「自爲寫照」的心理因緣，是清代文士獨特的思想寄託之一面；另一方便，或者也出自當代文化的需求，兩大陣營的詩學選擇：「貞靜敦厚」抑或「發自性靈」的定位策略，但值得深究的是，兩個方面的出發點是截然不同的，前者是「以詩存人」而後者則是「以人存詩」。而在清代，已有文士指出這兩者的根本性區別，錢泳即有如此言論：「每見選詩家總列以蓋棺定論一語橫亙胸中，只錄已過者，余獨謂不然。古人之詩有一首而傳有一句而傳，毋論其人之死生，惟取其可傳者而選之可也。不可以修史之例而律之也。然而亦有以人存詩，以詩存人者。以詩存人，此選詩也，以人存詩，非選詩也。」〔註56〕出於不同的立場與考慮，文士對閨秀文學創作的觀念不盡然相同，但殊途同歸的是，他們的支持的確都使清代女性文學得以延伸，在詩學思想與出版刊行方面都獲得了不小的發展。清人錢泳也非常敏銳地指出這一問題，清代女性文學的興盛與作品的豐富，與清代文人的積極提倡、大力支持密不可分，是女性文學獲得發展的根本動因之一：

> 詩人之出，總要名公卿提倡，不提倡則不出也，如王文簡之與朱檢討，國初之提倡也；沈文慤之與袁太史，乾隆中葉之提倡也；曾中丞之與阮宮保，又近時之提倡也。然亦如園花之開，江月之明，何也？中丞官兩淮運使，刻《邗上題襟集》，東南之士群然響風，惟恐不及，迨總理監政時又是一番境界。宮保爲浙江學政，刻《兩浙輶軒錄》，東南之士亦群然響風，惟恐不及，迨總制粵東時，又是一番境界矣。故知瓊花吐艷，惟燦漫於芳春璧月，只專樂於三五其義也。〔註57〕

名公巨卿的提倡與獎掖雖然並非清代江浙一帶女性文學繁盛的唯一條件，但在所有因素中，它顯得格外重要。錢泳在這裡舉國初、乾隆中葉、近時三個階段，分別以王文簡之與朱檢討、沈文慤之與袁太史、曾中丞之與阮宮保爲例作一說明，顯然，文士必得如此，更何況閨秀。但即便是名士有此力，卻也須待於時。如阮元編選《兩浙輶軒錄》，當其爲浙江學政與總制粵東時，追隨者的境況自然也會相應而異。這更說明文士，尤其是名士的提倡，對「詩

〔註56〕（清）錢泳撰，孟斐校點《履園叢話》卷八，上海：上海古籍出版社1996年，第118頁。

〔註57〕（清）錢泳撰，孟斐校點《履園叢話》卷八，上海：上海古籍出版社1996年，第119頁。

人之出」的重要程度。清代才媛對此深有體會。吳中閨秀王瓊曾云：「乃閨閣
成名，不少親師取友之益，而詩篇不朽，尤仗名公大人之知，若昭華之於西
河；採於之於西堂；映玉之於松崖；芳佩之於董浦；莫不藉青雲而後顯，附
驥尾而益彰矣。」〔註 58〕王瓊提到的是清代幾位著名的文士及其所獎掖的閨
秀，以名士毛奇齡與才媛徐昭華爲例，昭華之詩得到毛奇齡的親自指點，亦
曾拜毛奇齡爲師，稱女弟子，其詩集《徐都講詩》乃在康熙間以《毛西河全
集》附刊本行世，顯然，昭華之作得以刊行，其詩名得以傳播，與毛奇齡有
著十分密切的聯繫。而這一因緣也絕非偶然。據清人黃秩模所輯《國朝閨秀
詩柳絮集》卷三「徐昭華」條所記毛奇齡爲《徐都講詩》所作序云：「徐都講
者，女弟子徐昭華也。昭華既受業傳是齋中，每賦詩必書兼本郵示予請益，
陸續得詩如干首，留其帙，不忍毀去，遂附予雜文後，存出藍之意。獨念昭
華才實高，下筆都禮，如遙林秀樹，使人彌望不能卻。」〔註 59〕與蘇州典型
的閨秀文士結社相似，徐昭華亦與毛奇齡有著師徒關係，昭華示西河以詩，
向其請益，西河則將其詩留存並彙編成集，附錄於所作雜文之後一併刊行。
從出版傳播的角度看，毛西河之舉正是徐昭華詩作得以行世十分重要的前
提。那麼毛奇齡爲何獨賞徐昭華之作呢？在此序言中，他亦講出了緣由：「昭
華字昭華，始寧人。其尊公仲山君與予同召試，其大父則大司馬亮生公也；
若其母太君，則爲商太傅女，有詩集。予郡閨中能詩者推商氏祁忠敏夫人，
與太君爲同父兄弟。忠敏夫人名景蘭，太君名景徽。」原來，徐昭華爲商景
徽之女，景徽正是景蘭之妹，商氏一門風雅，乃文化世家。而毛奇齡又曾與
昭華父親仲山君一同召試，爲摯友。且在西河弱冠之時，商景蘭就曾出詩請
其點定。而「忠敏（景蘭）夫人亡後，其家並弢寂，不復事此矣。閨中詩歌
其不易傳。其後繼起，則昭華與商氏雲衣（太君之姪），極稱振作；而雲衣又
亡，惟昭華魯靈光巋然獨存」〔註 60〕因而，毛奇齡之傳昭華詩作似乎早有夙
緣，不論是出於對友人之女的器重，抑或是對商氏一門才媛的激賞，甚或對
商氏之後才媛凋零的惋惜與珍重，毛奇齡終歸是將昭華之作刊行了。與此同

〔註 58〕　（清）王瓊《愛蘭書屋集・寄呈袁簡齋先生書》，（清）張滋蘭選錄《吳中女
　　　　　士詩鈔》，哈佛燕京圖書館藏本。
〔註 59〕　（清）黃秩模編輯，付瓊校補《國朝閨秀詩柳絮集校補》卷三，人民文學出
　　　　　版社 2011 年，第 90 頁。
〔註 60〕　（清）黃秩模編輯，付瓊校補《國朝閨秀詩柳絮集校補》卷三，人民文學出
　　　　　版社 2011 年，第 90 頁。

時，在清人陳檢討爲《徐都講集》所作序中也言及昭華早年在讀毛奇齡詩時愛不釋手的情景，後由其父親引介，乃忝列西河門墻的經過，又從另一個視角昭示著其詩名成就的內因：「昭華好之，請於父曰：『吾讀唐後詩不怡於心，獨是詩者怡然若有會。吾思以學之，而不知其爲何如人也？』父曰：『嗟乎！此吾友西河者也。其人窮於時，流離他方，吾方欲爲文招之，而若好其詩，他日歸，吾請爲若師。』女曰：『諾』。」〔註61〕不論如何，文士提攜與獎掖，對清代才媛爲詩及作品傳播的價值是不可估量的。另一位才媛馬素貞則言：「不特文人學士爲能踊躍向風，即閨閣奇才，往往究心詩學。此雖山川靈秀所鍾，要亦賴有人焉提倡之耳。」〔註62〕縱觀清代文學，獎掖閨秀創作者不乏名公巨卿，清初有毛奇齡、吳偉業、錢謙益、王士禎，清中葉有袁枚、陳文述、任兆麟、吳蘭雪、王芑孫、郭麐，閨秀拜文士爲詩與積極參與酬唱活動，亦不能不謂才名意識滲透的結果。

〔註61〕　（清）黃秩模編輯，付瓊校補《國朝閨秀詩柳絮集校補》卷三，人民文學出版社 2011 年，第 90 頁。
〔註62〕　（清）王瓊《愛蘭書屋集集》，《吳中女士詩鈔》，哈佛燕京圖書館藏本。

第六章 清代乾嘉時期蘇州閨秀結社視野下的文學成果

第一節 結社視野下蘇州閨秀文學創作特色辨析——以常熟季蘭韻《楚畹閣集》爲中心

在這篇論文中，我們所要集中研究的問題，是清代乾嘉時期蘇州府閨秀結社活動形成因由、結社類型、結社過程、所產生的影響以及閨秀在結社活動中所扮演的角色及其文學創作、詩學觀念的新變等，並以此作爲中心線索討論清代乾嘉時期兩大詩學陣營對閨秀文學發展產生的各種影響，以此剖析蘇州閨秀文學及其活動的走向及其特點，從而爲研究中國古代閨秀文學打開新的思路。在正文中，占比重較大的文字皆以結社活動爲核心命題展開，並部份涉及蘇州閨秀結社交遊中的創作實況。然而，若要獲得更加清晰的閨秀結社全貌，我們必須考察其文學活動展開的典型個例。在選擇研究對象時，論文儘量避熟就新，以目前未研究而具有典型性的蘇州閨秀及其作品爲對象，分析結社環境下閨秀交遊網絡的構成及相應作品創作特色。被選閨秀應具備以下幾個方面的突出特點，首先，有作品集傳世，以昭示其創作的歷程；其次，有家族詩文結社史實，以彰顯其世家根底；再次，有非血緣關係的社交型結社網絡存在，以標明其社集活動的寬泛性與複雜性；因此，此部份選擇常熟閨秀季蘭韻及其《楚畹閣集》爲研究中心，以點帶面展開分析。

　　常熟閨秀季蘭韻（公元 1793～1848），字湘娟，主要生活於乾隆後期至道
光前期，其文學活動集中於清嘉慶朝。季蘭韻的祖父季學錦曾做過乾隆朝的翰
林院檢討，於嘉慶三年去世。蘭韻的丈夫，是常熟著名的書畫家屈頌滿（字宙
甫，頌滿的父親乃書畫名家屈寶鈞，爲隨園女弟子屈秉筠之兄），據《墨林今話》
卷十二記載，其「生有夙慧，數歲能作擘窠書，既長，工行、草、篆、隸，善
鐵筆。畫山水、花卉，竹石，涉筆入古，能吟詠，好古琴。」〔註 1〕《墨林今
話》卷十二亦有「季湘娟」工詩善畫的記載，夫婦二人同時被載入史冊，在繪
畫上的造詣名顯一時，顯然二人皆幼受庭訓有家學淵源，蘭韻更是在《三十知
歎》中寫道：「我家敦詩禮，我父即我師」。值得注意的是，《墨林今話》的作者
清人蔣寶齡在「墨林今話敘」中對詩、書、畫三者與「心」的關係作了明確闡
釋，所主張者亦在心物之靈性，詩畫之緣情，其云：「聰於耳者長於聲，聲爲詩；
明於目者長於形，形爲書爲畫，三者本於耳目，而耳目本於心，有人焉心之所
發足以安其心，則其餘之施於耳目而成聲與形者，必清淳淡古爲世寶重；苟不
求諸心而作聰明焉，或遂流於濁惡，雖精能勿尙也。」〔註 2〕詩、書與畫乃有
形之物，皆得統一遇心，惟有作詩、書、畫者心靈靜遠，身心怡然，其所作方
才能達至「清淳淡古」的佳境，否則只能背道而馳，流於俗陋。蔣寶齡論調所
宗者仍在「性情」二字，顯然，《墨林今話》所收錄者亦在於此。

　　在《楚畹閣集》中保存了大量蘭韻與族人、與丈夫與非血緣關係詩友與
師友的唱和之作，在這些酬唱篇什中，眞切而深刻地記載著季蘭韻廣泛交遊
的事實與足跡四布的行走旅程。在廣交天下詩友，看遍吳中大好河山，嘗盡
人間生離死別與歡愉寂寥之後，蘭韻的筆觸中雖仍充斥著心酸、哀怨、悵惘
與孤憤，但卻又多了些許沉澱與曠然以及在落寞之後的雲淡風輕。季蘭韻於
髫齡時及未嫁前度過了一段於雙親膝下其樂融融無憂無慮的孩童生涯，在《感
述》詩中她曾對這段生活有過充滿溫情的記錄：「回思我父母，生我垂髫日，
延師教我讀，望我通書帙。爾時尙童稚，嬉戲心徒切。迨當二八年，隨親宦
楚北。長途愛江山，欲吟不可得。從此學塗鴉，閒情託紙筆。值親閑暇辰，
詩文求論說。父女作師生，親顏添喜悅」〔註 3〕。垂髫時，蘭韻父母專門爲請

〔註 1〕　（清）蔣寶齡撰，蔣茞生續《墨林今話》卷十二，明文書局 1985 年，第 519
　　　　　頁。

〔註 2〕　（清）蔣寶齡撰，蔣茞生續《墨林今話》，明文書局 1985 年，第 3 頁。

〔註 3〕　（清）季蘭韻《楚畹閣集》卷三，合肥：黃山書社 2010 年，第 967 頁。

塾師教其讀書，且對這個女兒的成才抱以極大的期許。成年後，蘭韻曾隨父
宦遊楚北，遊歷河山。伴隨視野的開拓，她在詩文創上開始嶄露頭角，且在
不斷與父親亦師亦友的詩歌切磋與「論說」中獲得了提升，生活的安樂與詩
文的涵養，讓蘭韻樂在其中。在嫁給同里屈頌滿後，季蘭韻也曾有一段十分
融洽和睦的大家庭生活，在《哭姑》中她記載了屈母對她的種種溫情：「既得
拜堂前，愛兒如珍寶。調羹知未諳，問安憐太早。」然而過門僅六十八日，
其姑辭世，剛剛新婚不久的蘭韻一度陷入悲痛之中，《哭姑》詩云：「慘茲骨
月緣，七旬計尚少。追思噩夢驚，昕夕呼天禱。不誠神不應，默自傷懷抱。
慘爾逢歲朝，遽棄歸瑤島。撫今以思昔，柔腸斷如絞。籟籟淚雙紅，餘痕漬
素稿。」〔註4〕對自己無能為力的祈禱感到十分的憂傷，而對其姑的突然離世
又充滿了無力迴天的痛惜。而此後數年，屈頌滿的英年早逝更是讓年輕的季
蘭韻陷入了深深的悲傷之中。在丁丑年所作《悼外》詩序中，蘭韻這樣寫道：
「自去春遭變，淚枯腸斷，候已年餘。追思前事，如幻如夢。隨筆雜書，聊
以當哭，不自知其言之不文也。」〔註5〕在此作中，蘭韻不僅記錄了頌滿對雙
親盡孝道的事實，更記錄了當年曾與頌滿相約晚年浮家湖上或偕隱山中的人
生期許：「青山結宇水浮家，雙隱神仙願太奢。憶著海榴花底語，只堪痛苦過
年華。」亦將頌滿臨終時對自己的諾言一一綴錄：「彌留一息尚神清，事事丁
寧哽咽成。言盡囑休思往日，計窮還與約來生」，二人相約來生再續前緣的場
景實感人至深。可惜天不遂人願，屈氏早逝，而季蘭韻膝下無子，後得過繼
屈頌滿堂兄屈惟豫第三子承嗣，為懋修（其生母為伯姒吳慶儀，《楚畹閣集》
中《近以墨花仙館遺書裝冊　伯姒吳墨香慶儀夫人為刺繡囊賦報謝詩三絕》
詩下有注），據《嘉慶丁丑二月二十六日嗣夫族光懋修第三子為子取名承杜遵
遺命也詩以紀實》中題下注云：「夫子歿後，即議嗣。按宗支昭穆，應嗣夫從
兄漵瑞次子，顧已許其已故之胞弟為後矣。又夫族兄惟泰、惟豫俱早有子二，
驟難割恩，未便相強。因議定三房內有先舉第三子承嗣，今如願。懋修，字
豫字也。」〔註6〕頌滿去世後，蘭韻守寡撫孤以終，在漫長的人生歲月中，她
時常感到無盡的孤獨與哀傷，《悼琴》詩中便將這種今昔對比睹物思人的傷感
述諸筆端：「聲中鴻雁落，指下梅花飛。更唱而疊和，節奏無參差。情緣才一

〔註4〕（清）季蘭韻《楚畹閣集》卷三，合肥：黃山書社2010年，第948～949頁。
〔註5〕（清）季蘭韻《楚畹閣集》卷三，合肥：黃山書社2010年，第957頁。
〔註6〕（清）季蘭韻《楚畹閣集》卷二，合肥：黃山書社2010年，第962頁。

雲，倏如朝露晞。人亡琴尚在，三載含淒淒。彈恐不成聲，撫弦長歔欷。傷我同心人，囊琴淚滿衣」〔註7〕。但即便在這樣的生活遭遇中，季蘭韻仍堅持以閱讀、寫作的方式「消遣」人生，更在其中得到無限的自我昇華，《讀書》詩云：「竹素性所耽，也知非婦職。長晝苦無聊，惟茲可破寂。宛然對古人，不辨今與昔。渾忘日影移，旋見西窗黑。歎失同心人，難將疑意析。獨自細參詳，枯坐面素壁。識淺悟固稀，有時亦稍得。歲月悔蹉跎，掩書長太息。」〔註8〕與此同時，她也仍然堅持寫作，筆耕不輟，與族內、族外詩友建立起廣泛的詩文交遊關係，以結社或書信往來的方式彼此唱和，互爲心靈摯友，探討詩文藝術。其一生的不幸似都已化作文學創作不可或缺的源泉與靈感，爲其精神大廈增磚添瓦，而詩文技藝的不斷提升與閨秀結社的彼此影響，又反過來充實著蘭韻的生命世界，使之不斷修善並至臻淳靜。而後，蘭韻將丈夫屈頌滿遺稿整理成冊，編爲《墨花仙館遺稿》，並請同人爲之題詠，又將其與自己所作《楚畹閣集》合刊爲《墨花仙館合刻》刊行於世，再留一段佳話。下面我們將對蘭韻詩文結社網絡的形成與展開，以及由此帶來的文學創作思致、風格的變化作分類考察。

一、交遊關係的開掘與交叉：族內聯吟　族外社集

　　相較於將「婦德」視同自覺遵守的社會規範並逐漸道德內化的傳統閨閣女性而言，清代蘇州閨秀不論從接收詩書教育的機會與程度抑或社會遊歷與交遊的廣度上講，都有著得天獨厚的優勢。究其原因，上文已有深入的考察。生活於在清代嘉慶年間的蘇州閨秀季蘭韻平生足跡更是遍布四處。從其《楚畹閣集》中的詩歌唱和情況來看，所至之處至少包括武昌、荊襄、岳陽、黃州、黃岡、錢塘等地，所至古跡名勝多處，如岳陽樓、赤壁山、錢塘江、吳山、昭慶寺、龍井山、破山寺、燕園等。其爲自己的閨閣命名爲「繡囊齋」，並於此中與族內外閨秀有著頗多的詩文過從。從蘭韻的一生行跡來看，早年悠遊，中年守寡撫嗣，晚年孤苦禮佛，既一定程度地受到詩教與經學思想的影響，又有意識地進行超越；既因情感備受煎熬而傾向於禮佛，又不斷自我否定堅持自我解脫，因此，其思想與情感都頗爲駁雜。而在季蘭韻的後半生，生活一度陷入困頓，在《冬日感懷》一詩中，她曾自述道：「中年疏懶渾如老，

〔註7〕（清）季蘭韻《楚畹閣集》卷三，合肥：黃山書社2010年，第973頁。
〔註8〕（清）季蘭韻《楚畹閣集》卷三，合肥：黃山書社2010年，第971～972頁。

冬令溫和竟似春。手改詩篇還憶舊，心驚債券又添新。古云無米難誇巧，況我誠非巧婦人」時已進入冬天，已大雪，而蘭韻身上仍「尚衣一棉」，且又添新的債券。然而，即便處於如此困境之中，蘭韻仍然保持著相當的淡然與超懷，一句「冬令溫和竟似春」點染了出一份豁達的襟懷。鮮明地昭示著其不爲生活窘迫而放棄對自我精神聖境的追求與渴望。創作的目的也並未爲換取生活物資與世間的名譽，在蘭韻看來，「禮佛不因求賜福，耽詩豈必慕傳名」，參透名利、看薄生死，遊仙物外方才是人生的至樂與終極解脫，即使在登文昌閣時，她所吟誦的詩句仍然是「心安知止水，意懶似閒雲。梵唱隨風度，鐘聲隔樹聞。羨他方外福，居此絕塵氛。」其詩詞創作伴隨她一生情感遭際而起伏沉浮，中晚年時期表現出對生命的超然忘懷與棄逐心態也使得創作逐漸減少，正如其在《絕筆》詩中所言：「一朝能絕筆，情絕如止水。窹寐絕無懷，筆絕如心死」。考察其一生交遊網絡可知，季蘭韻的基本交遊對象主要包括三類，一類是以族人爲中心，比如其家慈、父親、兄弟姊妹等；第二類，則是以其丈夫屈頌滿爲中心而形成的伉儷唱和關係；第三類是以外族親友爲中心，比如其外姑母屈秉筠及隨園弟子歸懋儀等，以及外族的閨友與其師趙若蘊等；第四類是當代頗具典型性招收女弟子的文士，比如袁枚、陳文述、孫原湘等。其交遊往往以詩文唱和爲中心，與閨友之間又多結盟友關係。除此而外，由於季蘭韻參禪，其與閨友的過從又存在禮佛的集體活動，比如《楚畹閣集》中有詩《九月初六日登乾元宮戊寅秋余曾一往候已十年矣今約伴焚香詩以紀事》云：「繡伴相攜拜佛前，靈山香火認因緣。容他魚婢鴉娘附，平等心看即是禪」詩下有注云：「是日閨閣十餘人合疏焚香，嫗婢有信心者亦許附於後也」，十餘閨秀焚香，另有數婢附後，場面蔚爲壯觀。蘭韻參禪部份的結社活動暫不列入考察範圍。

1.「閨中不慕隨園事，未敢輕身問字來」——季蘭韻結社傾向論

《讀孫子瀟太史天眞閣集奉題二律》詩中首先對常熟文士，袁枚弟子孫原湘一門風雅，才調橫絕予以頌美：「一編珠玉喜攜將，手盥薔薇閱幾行。才調誰當唐杜牧，秕糠獨掃宋歐陽。一門雅壇文如錦。廿卷新排鬢未霜。畢竟先生眞達者，臚雲才調即還鄉。」詩下注云：「席道華夫人及令嗣俱工詩文」。緊接著對孫原湘如鶴風骨的清奇與瀟灑示以十分的敬仰，又言閨秀紛紛系列門墻，自己亦因仰慕隨園風雅而向原湘問學：「一管江花細細開，門墻桃李幾多栽。清奇風骨原如鶴，瀟灑襟懷獨愛梅。慧業何曾妨艷福，聲名須克副奇

才。閨中不慕隨園事，未敢輕身問字來」〔註9〕蘭韻對袁枚清才逸韻的仰慕由來已久，在《讀小倉山房詩集》中她對袁枚讚譽有加，其云：「千古奇才士，輸公福壽全。登朝欣弱冠，解組樂中年。政績推循吏，詩文比謫仙。他年青史上，佳傳合雙編」。實則上，季蘭韻所仰慕者，又豈止袁枚與孫原湘呢，曾招收女弟子的錢塘文人陳文述以及明末清初吳江葉紹袁、沈宜修「午夢堂」一門聯吟也是其追慕的對象。試看其《讀陳雲伯文述大令頤道堂集》云：「詞場卅載久傳名，宮體齊梁有繼聲。酒賦琴歌參冶譜，花天月地拓詩城。曾因奉檄經滄海，慣說遊仙夢碧城。我向卷中佩餘事，蕊蘭才藻足心傾」〔註10〕，在齊梁宮體之後再度以女子爲中心的文學創作高潮中，陳文述應算是有力的組織者之一。在嘉慶年間，他召集江浙一帶閨秀爲碧城女弟子，唱和聯吟，賦詩結社，是繼隨園之後的又一文壇巨擘，在支持與推動清代閨秀文學發展上用力頗深，其曾多次組織閨秀社集活動，例如西湖修墓以及圍繞此事而組織的眾閨媛酬唱聯吟，爲當世才媛所欽慕。再看季蘭韻所作《閱午夢堂集》：「弄玉雙成輩，相邀聚一家。神仙偶遊戲，姊妹鬥才華。一面姻緣好，三生慧業誇。」相邀聚一家，所指即吳江文士葉紹袁及其妻沈宜修與七子四女一門唱和，蔚爲風雅。美好姻緣神仙眷侶與一門之內姊妹才華實在是蘇州簪纓大族詩禮世家的典型寫照！季蘭韻對此深爲欽慕，且親身踐行，眞有再使風俗存的襟懷。對於閨秀之間社交型的結社聯吟，蘭意更是讚歎不已。在《楚畹閣集》中有詩《讀長洲李紉蘭女史生香館遺稿》，寫出了蘭韻對一位長洲才媛蘭馨芬芳才華的讚譽，這位長洲閨秀正是道光年間滿漢才媛的社集——「秋紅吟社」重要成員之一的李紉蘭，其詩才更與京師楊蕊淵齊名，此詩云：「十載意傾私淑久，三生緣淺識顏難。今朝始把遺編讀，何處仙山覓彩鸞。」對於一生未能與李紉蘭謀面，蘭韻深感惋惜。讀其遺編又深爲其「拈毫細膩，芬芳似蘭」的才華所折服，於是「累我殷勤吟不倦，寒宵月落竟忘眠」手不釋卷的情狀溢於言表。詩中記錄了李紉蘭曾與孫古雲先生德配查夫人諸女史的唱和交遊的史實，對紉蘭所結詩社亦表示了羨慕之意，更有「不知他日瑤清地，可許儂來共唱酬」的內心期許。

從一門聯吟到社交型閨秀結社再到袁枚、陳文述、孫原湘招收女弟子，對於一系列當代文壇發生的新動向，季蘭韻是十分關注的，在表達自己欽慕

〔註9〕　（清）季蘭韻《楚畹閣集》卷四，合肥：黃山書社 2010 年，第 984 頁。
〔註10〕　（清）季蘭韻《楚畹閣集》卷五，合肥：黃山書社 2010 年，第 1000 頁。

之情的同時，她自己也自覺或不自覺地成爲了清代閨秀詩文結社活動的實踐者與倡導者，在廣泛交遊的同時亦創作了大量的酬贈詩篇，成爲蘇州一地世家閨秀文學的發展不可或缺的重要環節。

2.「室有琴書尊有酒，聯吟惜遠素心人」──季蘭韻族內結社考

季蘭韻有繡囊齋，是她與閨友聯吟賦詩、社集酬唱的主要場所。在其丈夫屈頌滿去世後，季蘭韻守寡終身，翰墨抒懷與焚香禮佛成爲她主要的精神支柱與生活構成。在《楚畹閣集》中保存了大量其與丈夫及族人唱和的詩篇，並從其交遊的方式來看，既有閨中聯吟，也有壯遊觀攬，比如《小春望後三日遊黃州赤壁山用壁間韻》詩中即云：「褰衣臨赤壁，逸興繼前賢。四野輕陰合，千家複道連。雲根深護樹，山色遠籠煙。歷歷飛帆影，遙知江上船。閨閣同登眺，清遊亦偶然。蘆灘爭舞雪，茅屋淡生煙。雁字疏還密，漁歌斷復連。天然是圖畫，著我在中邊。一望心神曠，茫茫萬頃田。夕陽紅戀樹，遠浦碧浮天。二賦傳千古，重遊待幾年。低徊留不去，山水有深緣。」〔註11〕此日蘭韻就曾約「閨閣同登眺」，「清遊」黃州赤壁山，顯然是一番清雅的遊賞。更多的則以書信保持唱和關係；既與閨媛往來，也與當代文壇名士交遊，爲世人所欽慕甚至多欲拜其爲師。但很特殊的是不論處於哪種社集類型，季蘭韻始終作爲唱和的主體存在，也就是說，我們在考察季蘭韻詩詞結社網的時候必須注意到，她更多地處於結社的中心而非參與的邊緣，其主體性十分突出和鮮明。從其族內、族外交遊的範疇來看，的確有幾個非常固定的詩友群體，也有相對集中的唱和時間和地點，甚至還有詩詞合集《墨花仙館合刻》的傳世以及大量的聯吟詩篇存稿，因此雖無結社之名，而確有結社之實就，正如清初分別以沈宜修、商景蘭爲中心形成的族內外社集關係，亦無結社之名而確有結社之實。與此同時，需要補充的一點是，季蘭韻的結社交遊與沈宜修、商景蘭有著頗多的相似因緣，比如三人同出於文化世家，自幼皆受家學涵養；婚後琴瑟和鳴爲其文學活動開展奠定根基；子女多富詩才，形成極盛的一門聯吟；後期遭遇家國變故，詩中多流露出蒼涼悲戚之感甚至強烈的家國意識；對文學的自覺追求與積極引導，使其周圍逐漸形成較爲穩定的交遊群體，以情爲宗唱和聯吟。下面先考察蘭韻族內結社活動的一般情況。

於「族內」結社而言，既包括同宗之人，亦包含以婚姻爲基礎形成的家

〔註11〕　（清）季蘭韻《楚畹閣集》卷一，合肥：黃山書社 2010 年，第 939 頁。

族親屬群體。在這樣的限定下,蘭韻的族內交遊可以分爲兩個部份,第一是同宗之人,比如表姊文瑛、表妹珧書、苣湘姑、宜蘭妹、家慈、弟礪之,以「諸姊妹」爲主;《春日寄懷景表姊文瑛》云:「千紅萬紫逞韶華,獨怪庭前姊妹花。不管人分南北地,終朝含笑對窗紗。寂寥春夜對花叢,猶記當年繡閣同。君愛彈琴儂覓句,此情拋付明月中」〔註 12〕庭前的姊妹花,當年的繡閣同,一來彈琴來一覓句的雅興,是蘭韻與諸姊妹交遊場景的眞切寫照。在諸姊妹中,蘭韻與表妹珧書、文瑛的唱和最爲密切,集中有《簡文瑛姊時赴越》、《贈景珧書表妹即送還福山》、《寄珧書妹》、《對雪作寄珧書》、《秋夜書懷寄珧書妹》、《秋宵詞懷珧書》、《送珧書歸後感成》、《午日有懷珧書》、《寄珧書》、《余久不作詩珧書妹札來勸余毋絕詠吟感成一律》、《盆蘭一莖雙花作寄珧書》、《秋宵聽雨寄珧書》、《寒夜曲集珧書》、《長至夜懷珧書》、《二月甲子同瑤書登觀音閣》、《九月初三日隨家慈約同諸閨侶再登乾元宮珧書不克偕往懷念之餘作詩記事即以代簡》等,詩中多表達對「人生聚散若萍逢」的感慨,對「咫尺天涯不相見」的痛楚,以及對「望寄魚書慰寂寥」的心理與情感期待,更有「料得君情亦我如,挑燈三復寄來書」的自我慰藉,而在《楚畹閣集》卷十二的「詩餘」中,更有蘭韻《如夢令》(雨夜懷珧書妹)、《長相思》(寄珧書)等作託以寄懷。其次,集中蘭韻與其弟的唱和詩作亦較多,例如《礪之弟作閨人禮佛詞戲次二絕》、《和礪之秋感詩原韻》、《礪之被放詩以慰之》、《雨窗偕礪之弟小飲即事聯句二十韻》、《春夜大雪同礪之用東坡雪後書北臺壁韻》、《憶梅次礪之弟韻》、《詠水仙花禁用湘妃漢女洛神事礪之索和即次原韻》。而在《與礪之弟檢先王父遺詩感成二律》云:「遺編護惜勝瑤瓊,展處凄然感至情。欲識音容嗟杳渺,卻翻詩句誦分明。鴻泥踪跡無多在,宦海風波最可驚。幸得追隨還有叔,堪將往事問來清。」詩下有注云:「大父作詩皆不存稿,此卷晚年之作,偶而留遺,集中多有感之作」。可知其祖父詩集中多有針對宦海沉浮的感慨篇什,或唯恐文字之禍,信手寫來卻又從不存稿。然蘭韻與其弟仍對祖父之遭際予以關注,不僅推敲其晚年所作,且詢問其叔當年之事,那麼蘭韻與其弟礪之的詩文唱和則應歸屬季家文化的背景之中,而絕非以嗜詠風月爲尚。最後必須提出的是,在蘭韻所組織的族內結社中,有一位十分重要的女性,在其中更以「師」的身份出現,這就是她在《寒夜懷宜蘭文瑛珧書諸姊妹》一文中曾經提到的趙若蘊,《楚畹閣集》中有詩爲證,

---

〔註12〕 (清)季蘭韻《楚畹閣集》卷一,合肥:黃山書社 2010 年,第 938 頁。

《挽表祖姑母孝貞女趙若蘊師》云：「憶得閨中侍絳綃，讀書時節尙垂髫。而今難字憑誰問，哭向西風賦大招」。

第二是以婚姻爲中心的網絡群，如外子屈頌滿、外姑母宛仙等，主要是與丈夫屈頌滿的伉儷唱和。例如《寄外》、《暑窗十詠同子謙作》、《對月口占寄外時余歸寧》、《長相思寄外》、《子謙寄見懷詩奉答數語》、《題子謙寫贈墨竹軸》、《歸寧贈外》、《與外讀白頭吟》等，二人以詩文之嗜爲基礎的婚姻從一開始即已體現出來，試看《次子謙夫子催妝詩韻》：「檢點釵奩欲語遲，背人特地告君知。儂家贈嫁無他物，只有周南一卷詩。」〔註13〕所選贈嫁之物並非珠寶器玉，而是一卷《周南》詩，已足見雅致。「小立東風裏，談詩倚石旁。閒雲如意懶，流水託情長。花影靜生媚，苔痕微有香。不須偕隱去，已自俗塵忘」〔註14〕（《春日同子謙》）的生活已與隱逸之態毫無異趣，林間閒雲花影生媚，俗世兩忘伉儷賦詩，絲毫不亞於商景蘭與祁彪佳的琴瑟和鳴、沈宜修與葉紹袁之伉儷情深！

然而在季蘭韻看來，與其同病相憐，最爲相知的族內閨媛無非其妹季宜蘭與其嫂吳墨香（慶儀，爲其繼子屈承柱親生母親）。在《楚畹閣集》中，蘭韻曾無數次地表達過對與之離別的深徹痛心與對相逢的痴痴期待。且執著地將之視爲生命的摯友，在精神上相依相伴。集中與妹季宜蘭的詩歌往來最多，詩歌創作已經成爲她們日常生活不可或缺的重要組成部份，經歷的點點滴滴，感受的深深淺淺，寄託的遠遠近近都須以詩記錄、把玩，如《宜蘭妹之閩口占二律送行》、《十二月望日寄書宜蘭妹》、《得宜蘭妹書》、《聞雁憶妹》、《宜蘭妹歸自閩中余在城南聞信急歸詩以紀實》、《月夜懷宜蘭》、《望妹逾期不歸》、《喜妹歸》、《得宜蘭妹書知余所寄八函浮沉者五感成二律》等等不勝枚舉。《宜蘭妹將有繁昌之行感懷疇昔率成三十韻即以贈行》詩中即寫到與姊妹之間的共同交遊與嗜學賦詩：「性情欣適合，形影鎭相隨。識字爭先熟，觀書互析疑。眠遲因賭繡，起早爲尋詩。隨宦湘江去，全家畫舫移。齊安同攬勝，赤壁共探奇」〔註15〕。季宜蘭爲季蘭韻之妹，與蘭韻感情頗深，於道光十四年三十九歲時離世，其女景筠與蘭韻繼子屈承柱成婚。《寄妹》云：「離懷處處暗牽腸，舊恨新愁兩渺茫。欲說忘情情益苦，但求無別別偏長。」《苦

〔註13〕　（清）季蘭韻《楚畹閣集》卷二，合肥：黃山書社2010年，第948頁。
〔註14〕　（清）季蘭韻《楚畹閣集》卷二，合肥：黃山書社2010年，第949頁。
〔註15〕　（清）季蘭韻《楚畹閣集》卷三，合肥：黃山書社2010年，第972頁。

雨寄妹》：「遣悶詩堪賦，消寒酒慣賒。懷人情最苦，咫尺似天涯」，非常頻繁地傳達出自己懷念宜蘭妹的強烈情緒以及當下因分離而至的孤悶與苦愁。

贈吳慶儀的詩亦十分密集，如《與墨香》、《書懷寄墨湘》、《代簡寄墨香》、《四月朔日別墨香》、《除夕作寄墨香》、《雨夜憶墨香》、《雨夜聞蟲有感寄墨香》、《遊吳氏外園次首戲墨香》、《月下口占寄墨香》、《花朝墨香過我》、《雨雨風風春光過半小樓獨坐有懷墨香》、《留墨香小住不果惘然有作》、《墨香以竹根玉釧一事見贈賦此報謝》等，幾乎在自己每一次若有所思的當下，在每一個節令來臨的時候，蘭韻都會有詩與墨香唱和，這份同心人之情、君子之交的深摯之意，可以說無時無刻不在蘭韻心中蔓延，在《寒詞寄墨香》中她這樣寫道：「憶我同心人，非有關山隔。相思苦萬里，相違實咫尺」，《對蓮寄懷墨香》又云：「君子之交原合淡，閨情未免被花嗤」，或許因爲同病相憐的原因，使二人走得更近，《期墨香不至》云：「影憐我似離群鳥，情感君如並命禽」。不論如何，蘭韻與墨香始終保持著密切的酬唱關係，正如《送春前一日往訪墨香》詩中所寫：「去年歡聚送春前，今日重來已一年」年復一年的相邀，日復一日的唱和，既是她們交遊的方式，更是其彼此精神的皈依。這似乎與一般的閨秀結詩文社以切磋詩藝爲主不太相似，那麼，爲何二人會有如此親密的詩友關係呢？考察季蘭韻與吳墨香的交遊方知，二人關係，既爲妯娌，墨香更是蘭韻繼子的親母，而二人之間的關係遠非如此簡單，在《壽墨香四十》一詩中，蘭韻說出了當初墨香過繼屈承枉給自己的緣由：「瀟灑襟懷若個知，愛儂先在識儂時。若非願結同心契，那許庭蘭分一枝」，詩下有注云：「君欲與余訂姊妹盟，故以全兒許嗣」，原是因欲「訂姊妹盟」方得以許嗣。縱觀二人在人生及爲詩上的相互砥礪、彼此尊重，將其關係定位爲「畏友」比之普通詩友顯然要恰切得多，《壽墨香五十》中曾云：「賢聲籍籍眾咸知，宜室宜家我所師」。與此同時，蘭韻在詩中多次提及，其居所雖與墨香近在咫尺，然而見面仍難，墨香曾有心願二人移居同住，以解相望之愁，蘭韻亦默許，更爲人情之至感懷，在《春日雜感寄懷墨香》一詩中，蘭韻寫道：「咫尺偏教見面難，朝朝傳語問平安。花中誰似君和我，只有同心一箭蘭。人到情深每近癡，盈盈脈脈苦相思。此身願化爲蝴蝶，日傍君飛君不知。縹緲樓臺思悄然，紅蠶怪底太纏綿。痴心欲作同功繭，不識功成在甚年。」詩下注云：「墨香欲早了向平之願，與余同居」。兩位才媛之間的感情，已超越了時空，甚至消融了彼此，似乎已合二爲一地成爲對方生命的一部份，堅不可摧。蘭

韻在其《楚畹閣集》中多次表達欲與墨香攜手同心共度一生的夙願，《喜墨香至》云：「來能不速方知己，話到相思倍感情。隨筆詩篇呈草草，當筵酒盞酌盈盈。閨中難得金蘭契，願結同心過此生。」《詠蟬寄墨香》又云：「閨中我有同心侶，願對雲鬢過一生」。這「願結同心過此生」似乎一語成讖，在道光二十八年，吳慶儀去世的同年，季蘭韻也走完了她五十六歲的一生。

縱觀季蘭韻的閨中唱和詩作，最重「情」與「眞」，每以情而傷懷，又每以情而自喜，以情會友，又以情繫恩。《題黃紉蘭女史二無室吟草次歸佩珊夫人韻》云；「卅載持家心力瘁，一篇述祖性情眞」，《對雪作寄珧書》云：「此時胸次淨無塵，此際詩情別樣眞」。《悼蘭詞》云：「相對足怡情，超然遠塵俗」，《月下口占寄墨香》云：「春月令人喜，前人語本眞。可憐離別者，對月總傷神」。《詠情示不情閨友》詩亦云：「一任心如石，人人解至情。五倫無不重，萬世總難更。賴此文章妙，因之世界成。今看未知者，徒自負身生。」〔註16〕人心至情，五倫所重，萬世難更，繫之以情，文章方可達至境。蘭韻詩集中《臨宜蘭妹遺照感題四十韻》以及《哭珧書》、《再哭珧書》、《題墨花仙館遺書》等章用筆頗沉，亦感人至深。

從上述詩文可知，季蘭韻於族內建立的詩社以宜蘭、文瑛等爲主要成員，在《寒夜懷宜蘭文瑛瑤書諸姊妹》中她記錄了與諸姊遊勝和詩的經歷：「記得寒閨嬌小年，圍爐人似月輪圓。折梅詠雪尋常路，今日思量盡可憐。當年姊妹鬥才華，一色連天句共誇。喜較謝娘吟筆重，不將白雪比楊花。」又在《寒夜懷諸姊妹》等詩作中表達了對往昔社集賦詩的追憶。而在《寒夜懷宜蘭文瑛瑤書諸姊妹》詩下注中我們注意到，蘭韻與諸姊妹的詩學活動更統一於其師趙若蘊門下，其云：「昔趙若蘊師命蘭同諸姊妹學賦雪詩，起句皆用『一色連天白』五字，蓋先生原唱之起句也。」知蘭韻等曾受學於趙氏。在與族內閨秀結起詩社的同時，她們亦拜文士爲師將族內結社向族外結社拓展，建立新的詩社平臺。

3.「交因翰墨情緣深，紅閨同調最難尋」——季蘭韻族外結社考

季蘭韻族外酬贈詩篇在《楚畹閣集》中所佔比例雖然遠不及其族內唱和的數量，但它實在是清代乾嘉時期蘇州閨秀社交型結社活動的一個縮影。蘭韻在清代閨秀結社活動中的地位，雖然不如其外姑母屈秉筠那麼醒目，亦無

〔註16〕（清）季蘭韻《楚畹閣集》卷五，合肥：黃山書社 2010 年，第 999 頁。

幸忝列隨園門墻爲女弟子，但我們從其詩集中考察可知，蘭韻與屈秉筠、歸佩珊、袁枚、陳文述、孫原湘、吳竹橋等的交遊，卻更帶有閨秀參與社會活動的自覺意識與自我確認的生命形態，她在與諸名士交遊過程中所表現出的特立獨行的風貌與評詩論畫中所顯現出的高度的文化素養，更使其超越了一般才媛結社的詩藝化與以文匯友的依從性而在蘇州閨秀的結社領域中別具一格。

首先談談蘭韻與隨園弟子歸懋儀的詩文盟友關係。《歸佩珊懋儀夫人以詩稿見示率呈一律》云：「傾襟十載仰才華，奈隔橫塘一水斜。此日幸親林下範，春風徐拂後堂花。量材可惜昭容尺，授業甘辜宋氏紗。安得追隨妝閣裏，移來桃李女兒家」〔註17〕歸懋儀以詩見示，蘭韻遂率呈一律。蘭韻於此詩中表達了對歸佩珊的敬慕與欲「追隨妝閣」之意。實際上，歸懋儀在與蘭韻近五年的的詩文交遊中，多次以詩見示，約請蘭韻和詩，比如《佩珊夫人以琅玕女史葬花詩見示命次原韻》、《己卯秋佩珊夫人以圓硯雲箋玉約指繡羅襪見贈今條五載矣偶檢來函率成二律》、《題黃紉蘭女史二無室吟草次歸佩珊夫人韻》、《題佩珊夫人所貽詩札後》等，在第二首詩中，蘭韻對二人盟友關係建立的過程作了這樣的記述：「渺渺伊人隔遠天，朵雲珍重墨痕鮮。春風噓拂曾三日，舊雨迢遙候五年。手足許聯慚倚玉，詩書俱拙愧題箋。知君贈我團圓硯，要共心堅翰墨緣。」詩下注云：「夫人欲與余訂姊妹盟，贈約指、羅襪、取手足之義也」。歸佩珊所贈之約指、羅襪等物，顯然象徵著二人手足情誼，而所贈「團圓硯」的則更是嚮往「心堅翰墨緣」的共建。從其交遊的詩文中可知，季蘭韻與歸佩珊實際上是亦師亦友而又手足情深的姊妹盟友關係。在《前聞佩珊夫人即世余以夫人手書俱付裝池並作輓歌今聞夫人尚在不能無詩漫成二律》詩中記錄了一件讓人啼笑皆非的事，蘭韻因誤聽消息以爲歸懋儀去世，竟「一卷裝唐韻，連篇唱楚些」爲之作輓歌以悼，但隨即便知此消息有誤，於是作詩對自己的誤聽表示歉意，「君知休失笑，奇事類杯蛇」，而隨即筆鋒一轉，又言事雖荒唐，但情誼實篤：「亦有前緣在，交因翰墨深。多君情款款，使我意欽欽。流水高山曲，千秋萬古心。紅閨同調少，知己最難尋」，她引用《詩經·秦風·晨風》：「未見君子，憂心欽欽」（鄭玄箋云：「思望而憂之。」）之語述說自己對歸佩珊的「即世」曾憂思難忘的眞切感受。

其次，再言蘭韻與常熟文人、隨園弟子孫原湘的詩詞交遊。《讀子瀟太史

〔註17〕（清）季蘭韻《楚畹閣集》卷五，合肥：黃山書社2010年，第964頁。

天真閣集奉題二律》云：「一門雅壇文如錦，廿卷新排鬢未霜。畢竟先生真達者，鑪雲才唱即還鄉。閨中不慕隨園事，未敢輕身問字來。」對孫子瀟超逸曠達之形神予以仰慕的同時，更對其「一門雅壇文如錦」（詩下注云：「席道華夫人及令嗣俱工詩文」）的一門聯吟抱以傾心，當然更令其歎服者實乃孫子瀟「畢竟先生真達者，鑪雲才唱即還鄉」（鑪雲，即指孫原湘進士及第後不久便告假還鄉）超脫的人生選擇與敏銳的人生志趣。在詩題中出現的「奉題」二字十分關鍵，其意為奉長輩或長官之命而題寫，那麼蘭韻在拜讀孫原湘《天真閣集》後，原出於孫氏的要求，對其詩集作的一番品評。再《子瀟太史屬題隱湖偕隱圖》云：「壯歲才名重玉堂，拂衣歸作老鴛鴦。收來宦海人雙隱，壓倒名卿命婦行。萬頃湖波別有天，春山眉黛自年年。前生慧業今生福，令我披圖一惘然。」詩題中同樣出現「屬題」的字樣，此詩亦應出孫氏之請。對孫原湘命題圖之事蘭韻是既感榮幸欣喜，又覺出乎意料。再如蘭韻詞作《壺中天》（子瀟太史復以叔美錢君所畫《隱湖偕隱圖》屬題），題中仍有「屬題」字樣，受請於孫氏屬題的季蘭韻即以「拋卻軟紅塵十丈，料理天隨漁具，寫韻樓臺，鷗波亭館，一樣同圓聚。菱歌四面，紫簫還按新譜」暗寫原湘偕隱歸里書院講學，酬唱聯吟的情景。季蘭韻並未入孫原湘門下，其唱和關係的建立主要得益於季蘭韻外姑母屈秉筠（蘭韻丈夫屈頌滿之姑，隨園女弟子之一）與另一位隨園女弟子席佩蘭之間的關係（孫原湘為席佩蘭丈夫）。從詩詞創作上看，蘭韻與孫原湘多借助同題唱和的方式來傳遞彼此的文學旨趣，從而建立起較為穩定的詩文社集關係。當然在《楚畹閣集》中，還有《蔣伯生大令屬題泰山玉女印軸》等詩篇，同樣在詩題中出現「屬題」字樣。而此中所言文士蔣伯生與吳江文人郭麐過從甚密，且與隨園弟子金逸亦有詩文往來，金逸即曾有詩《次前韻即送郭頻伽蔣伯生之淮上》，蔣氏亦是閨秀文學的倡導者與支持者。

二、思致與哲理的雙向昇華：生命意識　自立情結

1.「只須身在知為夢，何必心灰遁入禪」：生命意識　孤夢幽情

清代乾嘉時期蘇州閨秀結社交遊背景下的文學作品多表現出與以往才媛文學不同的特色，比如在文學主題上，涉筆者多不在花鳥蟲魚、草木山川，那些夏雲暑雨、冬月祁寒似乎都化作作家筆下點染思致的圖景融入作者濃鬱的情思。在這一幅幅自然圖景中，她們的精神生活得以舒展，她們對世界的

認知、對生命的感悟、對時空的解讀與對人情的體察在冥冥之中得到一次次昇華，並在閨秀與閨秀之間，閨秀與文士之間不斷往來唱和，彼此商榷切磋中得到一次次的自省與自新。季蘭韻《楚畹閣集》便具有十分的典型性，此集中以「感懷」、「感述」、「生」、「死」、「愁」爲詩題的作品佔了近半數比重。下面我們試分兩個方面予以說明。

首先，聚散難料，孤獨相隨。蘭韻的筆觸時常伸向對生命的拷問，她對生命無常，聚散有時、孤獨苦寥的感受顯得格外敏感而深刻。《生》云：「無分墮溷與飄茵，來去須知總有因。三載恩勤由父母，百年勞役此形神。軀骸一樣殊千種，福慧雙修定幾人？弄瓦弄璋原不異，乾坤原是偶成身」〔註18〕。《死》云：「到此分明事事休，全將恩怨付東流。算來薄命同歸好，偷得浮生亦夢留。萬古英雄同一瞬，畢生名節定千秋。從知修短皆由數，何必三山把藥求。」既然生死有命，緣出偶然，殊途同歸，那麼就無須三山求長壽。生命的延續唯有「名節」可以定千秋。立言的意識是鮮明的。

其次愁情凝重，翰墨釋懷。《愁》詩中對「愁」的刻畫窮形盡相：「一縷初來渺若絲，旋牽萬緒若難支。臨妝輾輔惟嫌悶，和病纏綿不諱癡。曲檻斜陽閒倚處，小樓細雨夢回時。兩般最是酸辛味，付與雙眉自得知」，將其易來難去的凝滯、和病纏綿的沉重、小樓夢回的傷感與難展雙眉的形慚枯槁寫得淋漓盡致。而這愁緒的引發，或許因爲孤清，或許因爲離別，或許因爲生死，而不論哪端，蘭韻都能在詩中盡釋其義，且始終在尋找揮毫釋懷的出路。比如其寫因孤清引發的愁端，我們試看《除夕感懷》一詩云：「無眠非守歲，感昔愈悲今。身到分生死，情方見淺深。寒燈陪隻影，殘漏促孤吟。除夕難除恨，拈毫淚滿襟。」〔註19〕詩人竟將孤清冰冷的感受置放於除夕本應熱鬧溫暖的環境，寒燈相伴，漏斷人靜，凄冷無聲，昏暗不明統統構成了催人傷感的可憎氣息。若只是冷清也就罷了，可睹物思人，今昔落差，生死分明卻又如此殘忍地侵蝕著詩人單薄的內心，由情到景，撫景及情，無時無刻不在腐蝕著作者已徘徊於命途邊緣的靈魂。然而「揮毫」潑墨畢竟可抒一時之悶。在《感成》中，她仍然寫道：「天色恰如人黯淡，春光只覺日消除。愁當難遣頻推命，悶到無聊且讀書。」《讀書》云：「長晝苦無聊，惟茲可破寂」。《三十自歎》云：「我有一卷書，祖傳之離騷。無以發孤憤，高吟度昏朝。」《讀

〔註18〕 （清）季蘭韻《楚畹閣集》卷三，合肥：黃山書社2010年，第969頁。
〔註19〕 （清）季蘭韻《楚畹閣集》卷三，合肥：黃山書社2010年，第968頁。

書》又云：「排悶盡堪消歲月，陶情眞覺勝摴蒲」。翰墨揮毫是抒寫憤懣的方式，但「詩」眞乃人之鬱結不得爲言方才行之於是的不得已選擇，「非愁非恨亦非痴，方寸纏綿十二時。酒未能澆彈作淚，人無可語發爲詩」，顯然，她將詩當作曲寫其意，隱喻抒懷的最好途徑，我們也注意到，《楚畹閣集》中另有一首《秋感》佳作，似乎恰好對這曲折抒懷的因由作了最好的注腳：「難從安樂求佳句，易向孤貧見世情」，似乎正應了韓愈的「和平之音淡薄，而愁思之聲要妙；歡愉之辭難工，而窮苦之言易好也。」（《荊潭唱和詩序》）發憤著書無疑是最好的精神歸宿。

　　然而當詩作以自悼自憐又近乎淡然的方式呈現在讀者視野中時，我們所看到的季蘭韻對生命的感懷已經帶著穿透歲月底色的犀利，更深刻地打上了超越自我性靈極限的堅韌，無須參禪而盡得禪韻，在《贈禮佛者》一詩中她直將這種體悟勾勒得細膩生動：「眼前擾擾盡雲煙，得失悲歡事偶然。蛇影杯弓成變幻，鏡花水月悟因緣。只須身在知爲夢，何必心灰遁入禪。若得此中無一物，不勞方外乞延年」，一語「知身爲夢，此中無物」更是參透了禪機！她正是帶著參透的視角去觀察未參透的人世，從而獲得了另一種特殊的悖論審美！

2.「幽蘭偶抱貞靜姿，芬芳清韻竟玲瓏」：自立情結　沒世稱名

　　季蘭韻一生命途多舛，人願乖違，不遂其意，雖然孤清與傷懷時常相伴，讓其倍感凄涼，然而，在季蘭韻的骨子裏卻總有一種儒家立身不朽、「沒世稱名」的自我勖勵成爲其精神的有力支撐，並以此爲命理影響著周圍的人，蘭韻頑強與倔強的自立取擇讓她的生命在生活的陰暗中大放光彩。

　　《感述》詩可以說是季蘭韻的自述與誓言，在此詩中她追憶了垂髫日受學親師的快樂與充實，更追憶了所遇顚躓的不幸與愁苦，然而貫穿始終卻又更爲清晰的一條明線卻是她傲然自立的情懷，其詩云：「人生當自立，貴賤豈異質。沒世不稱名，君子所致疾。俯仰宇宙間，萬事難齊一。山則有高卑，水則有污潔。窮通根賦畀，遭逢本陰騭。彼擁豔福者，大都頑且劣。偶抱貞靜姿，孤貧十居七。譬如幽蘭花，芬芳韻清絕」[註20]，面對人世間的種種情態，站在選擇的十里路口，她認定的是「抱貞靜，守孤貧，如幽蘭，絕清韻」的獨立人格，所秉持的是「一言聊自勵，我自盡我職」的守望姿態。而這些皆根植於「沒世不稱名，君子所致疾」的生命理想。《論語·衛靈公》篇

〔註20〕　（清）季蘭韻《楚畹閣集》卷三，合肥：黃山書社 2010 年，第 966 頁。

曾記孔子言：「君子疾沒世而名不稱焉」〔註21〕，與其說是對「沒世」身後之名的期待，不如說是對君子當世立身行事社會責任的約定，更是「君子求諸己」的道德要求。在《感述》中，蘭韻以「節序判炎涼，人情分冷暖。憶舊發長歌，浪浪淚沾臆。著龜卜不靈，時命杳難測。一言聊自勵，我自盡我職」煞筆，直有誓言的意味。

第二節 蘇州閨秀文學活動對文學批評觀念的促進與發展

一、結社與唱和條件下閨秀詩學思想的多元形成方式與途徑

與文士結社及社集聯吟的興盛相呼應的是，詩話作品在清代也盛極一時。士人往往評說古今談文論藝，並摘錄其詩述之於文。道光年間學者沈茂德爲《蓮坡時話》所作跋文即云：「夫人幸生隆盛之朝，得與當代名流，聯吟結社。因而摘其篇章，詳其姓氏，彙爲一編。俾後之覽者，如親見吾謦刻於先生長者之前，而吾之篇章姓氏，亦籍此傳，豈非人生一大快事哉。」〔註22〕由於對「立言」的重視以及對聯吟結社的興趣，文士將社集活動及其內容以詩話品評的形式記錄下來，清代詩話之作，大抵由此而來。其內容，據清代學者沈茂德言，可以分爲兩類：一是評論作詩的方法，爲後來的詩歌創作開先路，比如薛雪《一瓢詩話》、翁方綱《石洲詩話》、王士禎的《漁洋詩則》、葉燮《原詩》、徐增《而菴詩話》等；二是評述作詩之人，作爲閒談的資料，這其中主要記錄的是作詩者的聞見、交遊及詩歌章句等，因人存詩或因詩傳人。典型著作有錢泳《履園譚詩》、吳騫的《拜經過詩話》、袁枚的《隨園詩話》、查爲仁的《蓮坡詩話》等，這裡就包括了對閨秀的詩評。

清代的詩話究竟有什麼樣的社會作用，學者蔣寅在其《清詩話的寫作方式及社會功能》〔註23〕一文中指出了以下幾個關鍵問題。從價值上看，一方面爲詩人出名及作品流傳提供了機會；另一方面，它本身又是詩話作者對有恩於己者所報以的諛詞，更有工於心計者預諸名流以作利市。主要還是刊佈

〔註21〕 （魏）何晏等注；（宋）邢昺疏《論語注疏》卷十五，上海：上海古籍出版社1990年，第136頁。

〔註22〕 （清）王夫之《清詩話》上海：上海古籍出版社1978年，第523頁。

〔註23〕 蔣寅《清代文學論稿》，南京：鳳凰出版社2009年，第130頁。

揚名。學者林峻序在其《樵隱詩話》中對此作了形象的說明，他認爲：「自有詩話作，以一家而彙千百家之言，置一編而知千百人之事，佳句流傳，雖其全集湮沒，而其姓字已不朽矣。」

　　清代閨秀詩學思想的具體形成方式與途徑，概括起來，包括以下兩個主要方面，一是女性結社，在結社中，閨秀們彼此唱和，切磋詩藝，並逐漸形成自己對詩歌創作的一整套較爲成熟的理念與技巧；二是詩事活動的頻繁，也是拓寬閨秀詩歌創作視野，不斷完善其詩學觀念的一個重要方式，這包括了參與文士詩事活動與一門風雅的詩事活動以及閨秀之間的社交型詩事活動。吳中閨秀張滋蘭詩學觀念的形成即是一個典型例子。

　　沈善寶《名媛詩話》卷四記載：「《吳中十子詩鈔》者，張滋蘭允滋，與張紫蘩芬、陸素窗瑛、李婉兮微、席蘭枝蕙文、朱翠娟宗淑、江碧岑珠等結清溪吟社，號『吳中十子』，媲美西泠。張滋蘭號清溪，別號桃花仙子，諸生任兆麟室。幼受業於徐香溪女史之門，工詩文，善寫墨梅。于歸後偕隱林屋山中，琴瑟倡和，詩學益進。有《潮生閣吟稿》。」〔註24〕從這裡我們得知，張滋蘭詩學思想的成形，與女史徐香溪、丈夫任兆麟有關，也與吳中十子的唱和密切聯繫。這三重關係，一則是師徒受學，二則是琴瑟唱和，三則是詩事交往。張滋蘭在多種可能的詩歌酬唱中，詩學得以長進。

1. 家族詩學　根情苗言

　　女性詩學思想首先受到家族文化的影響，包括女性出嫁之前及出嫁之後。家族文化對女詩人的影響是最直接的，但女性基於各種限制，參與文學創作仍是不易，女詩人駱綺蘭就曾在其《聽秋軒閨中同人集序》中對此中的不易作了說明：「女子之詩，其工也，難乎男子。閨秀之名，其傳也，亦難乎才士，何也？身在深閨，見聞絕少，既無朋友講習，以淪其性靈；又無山川登臨，以發起才藻。非有賢父兄爲之溯源流，分正訛，不能卒其業也。」〔註25〕女性生活空間的狹小，交遊的有限，才學成長的不受重視等等因素都是直接導致其文學創作顯得單薄的原因，除非有「賢父兄爲之溯源流，分正訛」，才有可能完成其才學的塑造，從而參與到文學創作中去，因此，駱綺蘭這裡說明的是一個非常本質性的問題，女詩人的被成就，與其家庭成員，尤其是男性成員的扶持密不可分。這一點，冼玉清《廣東女子藝文考》後序中也曾言及，

〔註24〕　（清）沈善寶《名媛詩話》卷四，南京：鳳凰出版社2010年，第406頁。
〔註25〕　（清）駱綺蘭《聽秋館閨中同人集》，金陵龔氏刻本。

所謂才女成名的三個重要條件，一則名父之女，二則才士之妻，三則令子之
母。女性才學成長與成名既與此密切相關，自然，其詩學思想就必然受到家
族男性的直接影響。以清代揚州儀徵著名學者阮元妻孔璐華爲例。孔璐華身
份特殊，其字經樓，山東曲阜人，孔子七十三代孫女，慶鎔女。其思想先受
到家學薰陶，出嫁之後，在詩歌創作上，又受到丈夫阮元的浸染，得意頗多。
在詩稿自序中，孔氏這樣說道：「幼年讀《毛詩》，不能穎悟，兼又多疾，先
君憐之日：『願汝能學禮，不必定有才。吾家世傳詩禮，能知其大義即可矣。』
于歸後，丈夫喜言詩，始復時時爲之。又因宦遊浙江，景物佳美，得詩較多。」
〔註 26〕足見家學傳統及家庭文化氛圍對女性詩學思想形成的重要。另一個典
型例子是明末清初著名學者毛先舒之女毛媞。毛媞曾與其丈夫徐鄴合刻詩集
《靜好集》二卷，阮元《兩浙輶軒錄》記載了毛媞詩學思想先受其父毛先舒
影響，並在歸徐鄴室後又與徐氏伉儷唱和，對作詩極度投入，徐徵在毛媞去
世後，感其詩事恐其詩文墜散，並爲刊刻：

> 毛先舒《靜好集序略》曰：《靜好集》者，余婿徐子華徵與余
> 女媞之作也。余好詩，媞十餘歲即從余問詩，余麾之曰：「此非汝
> 事」，媞退，仍竊取古詩觀之。及已嫁，歸寧時復出詩，詩頗有思
> 理，而華徵常客遊周晉燕魯間，臨眺感遇，亦輒有作。媞常曰：「我
> 近四十乃無子，詩乃我神明爲之，即我子矣。」又嘗予可刻否？予
> 曰：可，然須之暮年，積更多，乃刻未遲。今年六月，媞竟病歿，
> 思其平時「詩以爲子」語，益爲淒酸。華徵又恐其久且散墜也，因
> 便刻之。〔註27〕

毛媞詩學思想一方面受其父毛先舒的影響，毛氏思想較爲保守，一開始並不
贊同毛媞爲詩，媞卻「竊取古詩觀之」；另一方面，毛媞詩歌創作的「思理」
也與丈夫徐鄴有關（徐鄴常客遊周晉燕魯之間，臨眺感遇，詩多感慨之作），
夫婦的伉儷唱和不僅增加了毛媞詩創作的數量，更是讓她融入「神明」，將生
命寄託在詩的世界裏。可見家族與家庭對女性詩風及詩思影響之直接和深刻。

　　而世家大族之中，一門聯吟的情形更爲常見，女性之間的日常交流也是
其詩學思想彼此影響的一個基礎。以江蘇爲例，家族之內一門聯吟的情況相

〔註26〕張宏生《明清文學與性別研究》，南京：江蘇古籍出版社 2002 年，第 491 頁。
〔註27〕（清）阮元編，楊秉初輯；夏勇整理《兩浙輶軒錄》杭州：浙江古籍出版社
　　　　2012 年，第 39 頁。

對複雜，即以吳江計氏一門而言，諸生計嘉禾室金兌、金兌母親楊珊珊、計嘉穀室丁阮芝、計嘉詒室沈清涵（長洲人，沈德潛次女）、計洵室宋靜儀、計嘉儀女計瑞英、金兌長女計捷慶、金兌次女計趨庭、金兌三女計小鸞等。計氏一門之中，女性多好吟詠，家庭之間，互相唱和，素有「午夢堂風」。吳江七大姓氏，其家族婦學的興盛聞名一時，除計氏外，另有宋氏、柳氏、周氏、丘氏、吳氏和王氏，近代學者柳棄疾在《松陵女子詩徵》序言中就曾細緻描述乾嘉時期吳中女性文學的盛況：「蓋當是時，靈芬館主方稱霸騷壇，提倡閨襜，不遺餘力。或娣姒競爽，或婦姑濟美。以暨母子兄弟，人人有集」〔註28〕靈芬館主，指的是清代吳江文士郭麐，他一生雖未步入仕途，但醉心詩歌學，是清代婦學的積極提倡者，常與閨秀有詩文往來，尤其賞識金逸的才識。一門聯吟的例子在清代舉不勝舉，再例如常州學派代表作家張綺的四個女兒及其四女張紈英的四個女兒，形成了一個兩代人之間完密的文學網。清代乾嘉時期女性文學最集中的蘇浙地區，類似的文化世家比比皆是，如太倉的畢氏、常熟的宗氏、常州的莊氏等等。與此同時，不可忽略的一個問題，就是一門聯吟還包括了家族之間的聯姻，這也是培養和塑造女性詩學觀念的重要基礎和前提，就江蘇常州而言，其姻親世家就多達七十六家。婚姻，對文化的承載是不可忽略的，學者潘光旦在其《明清兩代嘉興的望族》中就這樣評價道：「婚姻能講類聚之理，能嚴選擇之法，望族的形成，以至於望族的血緣網的形成，便是極自然的結果。這種類聚與選擇的手續越持久，即所歷的世代越多，則優良品性的增加，集中，累積，從淡薄變做醇厚，從駁雜變做統一，從參差不齊的狀態進到比較標準化的狀態，從紛亂、衝突、矛盾的局面進到調整、和諧的局面——也就越進了一步，而一個氏族出身人才的能力與夫成為一鄉一國之望的機會也就越不可限量。」〔註29〕文化家族的整合與累積是一個融彙的過程，自然，受到家族文化影響的女性詩學思想也並非一蹴而就、只在朝夕，亦是一個承續性的存在和一個在新的文化思潮衝擊下不斷自我更新與完善的主體建構過程。在這裡，我們也看到，幾乎每一個文化世家之中，都有支撐性的當代名士，他們的思想幾乎也是時代文化的縮影，這種縮影又恰到好處地投射在家族成員的身上，文學女性自然受到其感染與滋養，爲其性靈詩思的相對個體呈現做好了充分的準備。

〔註28〕（清）費善慶《松陵女子詩徵》，鳳凰出版社 2010 年，第 2574 頁。
〔註29〕潘光旦《明清兩代嘉興的望族》，上海：上海書店出版社 1991 年，第 12 頁。

2. 社集交遊　視野開拓

　　女性結社活動爲其詩歌創作及詩學思想的發展提供了溫床。清代女性詩歌創作活動的地域比較集中，據學者付瓊考證，清代江西撫州府宜黃縣人黃秩模所輯《國朝閨秀詩柳絮集》（咸豐三年刻本）五十卷，是現存規模最大的清代女性詩歌總集，據此文獻統計，清代女詩人多分佈在江蘇、浙江、湖南、福建、江西、廣東、安徽七省，形成以「首府中心型」和「名府中心型」爲特徵的詩人分佈特點，確切講，是以江蘇的蘇州、松江、常州、揚州四府和浙江的杭州、嘉興、湖州三府爲中心共同構成的長江三角洲中心地帶〔註30〕。在詩歌創作活動中，女詩人結社也成爲極具特色的文化標誌之一，也主要集中於江浙一帶。結社，由於其成員的身份地位大都相近；其活動的方式多爲不定期的賦詩聯吟，比如《國朝杭郡詩輯》對「蕉園詩社」的詩會活動作了這樣的記載：「是時武林風俗繁侈，值春和景明，畫船繡幕交湖灊，爭飾明璫翠羽以相誇耀。季嫻獨漾小艇，偕馮又令、錢雲儀、林亞清、顧啓姬諸大家，練裙椎髻，授管分箋。鄰舟游女望見，輒俯首徘徊，自愧弗及。」〔註31〕

　　清代女性的雅集，多選擇良辰佳日，山川形勝之地遊宴賦詩；結社又多有明確的發起人，比如清康熙年間「清溪吟社」即由蘇州張允滋（字滋蘭，號清溪，任兆麟妻）發起。據法式善《梧門詩話》記載，張滋蘭、江珠等「結林屋十子吟社，分箋角藝，裒然成帙，兆麟刻以行世，流播海內，真從來所未有也」〔註32〕人又稱「吳中十子」。詩社成員之間相互酬唱，比如席蕙文有《讀清溪夫人詩集，內載碧岑子寄贈佳章，一往神交，偶成短句，寄呈》詩，而江珠卷中亦有《代柬奉酬耘之席姐》等詩篇，足見其詩歌聯繫之緊密。女性的結社活動無疑成爲她們趨同性詩歌創作與詩學見解形成、糅合的重要途徑。在清代主要是家族型結社、社交型結社、師友型結社。家族型女性結社，以明末清初吳江午夢堂葉氏爲例，錢謙益在《列朝詩集小傳·閨集·沈氏宜修傳》記載：「中庭之詠，不遜謝家；嬌女之篇，有逾左氏，於是諸姑伯姊後先娣姒，靡不屛刀尺而事篇章，棄組紃而工子墨，松陵之士，汾湖之濱，閨

〔註30〕付瓊、曾獻飛《論清代女詩人的地域分佈》，《海南大學學報人文社會科學版》2008 年 2 月第 1 期。

〔註31〕吳顥《國朝杭郡詩輯》卷三十，清同治十三年丁氏刻本。

〔註32〕（清）法式善著，張寅彭、強迪藝編校《梧門詩話合校》卷十五，鳳凰出版社 2005 年，第 415 頁。

房之秀代興，彤管之詒交作也。」〔註33〕道出葉氏一門閨秀文風之勝。以葉紹袁妻子沈宜修及長女葉紈紈、次女葉小紈、三女葉小鸞、五女葉小繁等為中心，緊緊圍繞著的，是沈葉兩家的其它女性家眷，比如姑母、族姑、表姐妹、堂姐妹等十數人，在江南詩歌壇形成重要的影響。而像這樣的家族閨秀結社，在清代還有浙江山陰祁氏、江蘇太倉畢氏、福建建安荔鄉九女等，這一類結社對女性詩學思想的影響，主要是形成較直接的詩學聯繫並在較集中的範圍內傳遞趨同的詩學理念與見解。社交型女性結社最典型的是道光後期北京的「秋紅吟社」、江西「湘吟社」，此類結社的影響主要是拓展閨秀的詩學視野並提升其審美品格。師友型結社主要以清代拜文士為師的女性作家為主體，這些女性主要集中在袁枚、陳文述、王士禛、阮元、沈德潛、陳維崧、杭世駿周圍，這類結社閨秀詩學思想以接受其師的影響為主。結社方式的多樣性及交際網的錯綜複雜，使得女性詩學思想接受著來自各主流思潮的影響。比如康熙四年顧玉蕊組織發起的「蕉園七子詩社」，包括顧姒、林以寧、錢鳳綸、柴靜儀、馮嫻、張昊、毛媞七位女性，其中毛媞，上文提及，字安芳，浙江錢塘人，其父正是清初西泠派成員之一的毛先舒，毛先舒不僅與前輩顧炎武、陳子龍常有書信往來探討文論議題，更與陳維崧、吳偉業、王士禛名家皆有詩文唱和、書信往來，這其中，吳偉業、陳維崧和王士禛都是女學的積極支持者和倡導者。毛媞思想不能不受到毛先舒的影響，而在蕉園七子中，其思想的傳播也不能不與其餘六子相互交叉與彼此接受。蕉園詩社中，亦有部份女性與西泠諸子接觸較多，受到西泠派的直接影響。除毛媞外，還有柴靜儀和張昊。以柴靜儀為例，其作詩以傳統詩教觀為圭臬，宗法初唐與盛唐，恰與西泠派觀點一致，據胡文楷《歷代婦女著作考》記載，丁澎、毛先舒、林鹿庵等西泠派文人都曾為柴靜儀《凝香室詩鈔》作序，在丁澎為柴靜儀詩集所作序言中，就直接讚美了其「清拔，具林下風，有助風化」的詩歌特質：「吾友沈漢嘉夫人柴季嫻氏，幼聰穎，工詩……漢嘉性恬退自高，夫人佐之，故為詩神情散朗，有林下風氣。今天夫人慈孝敬儉之風，溢發於篇什，且將與《芣苢》、《草蟲》助流風化，何不可傳諸世也。」〔註34〕而柴靜

〔註33〕　（清）錢謙益《列朝詩集小傳》，上海：上海古籍出版社 1983 年，第 753～754 頁。

〔註34〕　胡文楷《歷代婦女著作考》（增訂本），上海：上海古籍出版社 2008 年，第 367 頁。

儀的兒子沈用濟後來竟也名列「西泠後十子」，如此密切的文學交往，西泠派詩學思想對柴靜儀的影響自是必然，而「蕉園詩社」之中，柴靜儀與朱柔則等人詩學觀念的相互滲透也在所難免。阮元《兩浙輶軒錄》引《碧溪詩話》中即有記載：「凝香室詩，本乎性情之貞，發乎學術之正，韻語時帶箴銘，不可於風雲月露中求也。令子方舟能承母教，朱柔則為其子婦，庭闈風雅，為藝林佳話。」足見其彼此詩學理念的滲透性影響。

　　因此，結社活動的地域性集中，女性詩人的上述特點，都共同造就了清代女性詩學思想在結社層面上的趨同與單一的特徵。與此同時女性結社活動也得到了清代文士的支持，比如毛奇齡、袁枚、陳文述等就直接招收女弟子鼓勵其結社，推動了女性詩學的發展。

3. 詩事活動　薰陶涵養

　　清代女性詩學思想的形成，還受到詩事活動的浸潤型影響，比如在參與詩壇名士所發起的詩文韻事中，其詩風、詩格等也在悄然改變感受著來自詩壇名士們的風韻。其方式主要有：和詩、集會、徵題等。

　　和詩。以清初王士禎所作《秋柳》詩及和詩為例。《秋柳》詩寫於順治十四年（公元 1657）秋八月，共四首，七言律詩。時年作者年僅二十四歲，正春風得意，當時邀請諸名士集於濟南大明湖，宴飲於水面亭，亭下柳樹千株，搖曳生姿，綽約近人，士禎悵然有感，遂賦詩四首以寄興。《秋柳》詩也最具王士禎所倡言之「神韻」，所謂「神韻」，主要指詩歌應具備風韻、風姿、風神，有言外之意、象外之趣，同時還具備神理自然、化工造物的藝術境界；王士禎最欣賞具有「清遠」特質的詩歌，在《池北偶談》中他曾引汾陽孔文谷之言表達詩歌的宗尚：「詩以達性，然須清遠為尚」。認為那些描寫自然山水的隱逸生活，最具有沖和淡遠的人生態度，亦最能體現「神韻」的特質，實際上，王士禎的文學宗尚不僅是一種藝術審美的選擇，更是清廷調和社會矛盾心理的文化需要與文學策略。《秋柳》詩一出，一時流傳大江南北，和者數百人，其中就不乏各地閨秀的和作，比如通州閨秀王璐卿、江蘇泰興閨秀季嫻等皆作詩以和。以文安令衣德子婦鏡蓉（字玉臺，歸陳文思，早寡，以節終，得旌表，是一位典型的以儒家婦教思想為指歸的女子，有《垂露齋集》、《泡影集》）為例，她作有《和漁洋山人〈秋柳〉詩四首》，據雷瑨、雷瑊《閨秀詩話》卷二記載：

　　　　音節諧婉，含毫渺然，在閨閣中可稱傑作。詩云：遣愁何處寫

詩魂，節序驚心白板門。斜日寒塘留故態，秋風涼露印啼痕。長條
有意縈歸舫，暮色無端黯別村。爲惜當時眉樣好，臨風惆悵與誰論。
弱態何曾解乞憐，無緣淚眼滯寒煙。江淹賦就魂先黯，霍玉愁深病
轉綿。蝶瘦蛩寒幾知己，桂濃楓醉共芳年。堪嗟灞水分襟處，無限
愁情古道邊。〔註35〕

和作之詩與王士禎原詩在氣格上固然有大小只別，但「神韻」的中心是絲毫
未見改變，將大明湖畔秋柳的臨風惆悵，幾點寒烟全然呈現，寫盡了詩人感
時傷逝的思緒與黯然銷魂的意態，情在言中，而意在詞外，眞得「神韻」精
髓。與此同時，我們不僅應注意到鏡蓉是儒家婦教思想的忠實踐行者，更應
注意鏡蓉一門風雅，九姊妹皆工吟詠。清代閨秀施淑儀對其一門聯吟之風給
予了極高的評價：「自古至今一家閨門中詩事之盛，無有及此者」〔註36〕那麼，
鏡蓉婦教觀念的存在與對「神韻」詩風的認同未必不是其姊妹間彼此趨同的
思想。從這則風雅韻事裏，我們發現，名士與閨秀之間的詩歌唱和，不僅是
一種雅致的創作實踐與詩藝切磋，還潛移默化地引領著閨秀詩歌風格的形成
與詩學思想的成熟，從這個意義上講，和詩，變向成爲名士詩學觀念傳播的
重要方式。

　　集會。據袁枚《小倉山房詩集》及《隨園女弟子詩選》記載，他曾兩次
召集女弟子於自己寓居的西湖寶石山莊湖樓雅集，據王英志先生考證，兩次
集會時間分別是乾隆五十五年庚戌（公元 1790）春、乾隆五十七年壬子（公
元 1792）春，一次是袁枚回鄉掃墓召集十餘位女弟子於湖樓舉行詩會，一次
是重遊天台歸來途徑杭州，又舉湖樓詩會，七人爲舊徒，四人爲新弟子。王
英志對袁枚《十三女弟子湖樓請業圖》二跋手跡進行校點，清楚地記載了湖
樓盛事：

　　　　乾隆壬子三月，余寓西湖寶石山莊，一時吳會女弟子，各以詩
　　　來受業。旋屬尤、汪二君爲寫圖布景，而余爲志姓名於後，以當陶
　　　貞白「眞靈位業」之圖。其在柳下姊妹偕行者，湖樓主人孫令宜桌
　　　使之二女雲鳳、雲鶴也。正坐撫琴者，乙卯經魁孫原湘之妻席佩蘭

〔註35〕（清）雷瑨、雷瑊《閨秀詩話》卷二，南京：鳳凰出版社 2010 年，第 941～
942 頁。

〔註36〕（清）施淑儀《清代閨閣詩人徵略》卷三，南京：鳳凰出版社 2010 年，第 1832
頁。

也。其旁側坐者，相國徐文穆公之女孫裕馨也。手折蘭者，皖江巡
撫汪又新之女纘祖也。……執團扇者，姓金名逸，字纖纖，吳下陳
竹士秀才之妻也。……十三人外，侍老人側面攜其兒者，吾家任婦
戴蘭英也，兒名恩官。諸人各有詩集，現付梓人。嘉慶元年二月花
朝日，隨園老人書，時年八十有一。

　　乙卯春，余再到湖樓，重修詩會，不料徐、金二女都已仙去，
為淒然者久之。幸問字者又來三人，前次畫圖不能羼入，乃託老友
崔君，為補小幅於後，皆就其家寫真而得。其手折桃花者，劉霞裳
秀才之室曹次卿也。其瓢帶佩蘭而立者，句曲女史駱綺蘭也。……
皆工吟詠。綺蘭有《聽秋軒詩集》行世界，余為之序。清明前三日，
袁枚再書。〔註37〕

袁枚是清代性靈詩說的領袖，嘉慶元年（公元 1796）他曾編纂《隨園女弟子
詩選》，選收了二十八位女弟子的詩作，包括了席佩蘭、孫雲鳳、駱綺蘭、金
逸、屈秉筠、歸懋儀在內，這還只是部份女弟子。詳考《隨園詩話》、《小倉
山房詩集》、《小倉山房文集》以及胡文楷《歷代婦女著作考》、施淑儀《清代
閨閣詩人徵略》、惲珠《國朝閨秀正始集》等文獻資料，袁枚女弟子至少在五
十人左右，這在清代已經是一個相當龐大的詩人群體。通過雅集吟詩的方式，
袁枚性靈說的詩學思想也著實影響著這群圍繞著他的閨秀。雅集甚至無需預
設，它似乎是隨時隨地都可以舉行的盛宴，再尋常不過的詩事。袁枚《小倉
山房文集》與施淑儀《清代閨閣詩人徵略》卷六就同時記載了這樣一件事：

　　當是時，吳門多閨秀，如沈散花，汪玉軫、江碧珠等，俱能詩，
推纖纖為祭酒。一日者，遇諸女於虎丘，日將昳矣，偕坐劍池旁，
相與談《越絕書》、《吳越春秋》諸故事，洋洋千言，此往彼覆，旁
聽縉紳先生，或不解所謂，咸灠也罷，有識者息曰：「《山海經》稱
帝臺之石上，帝所以享百神也。昨千人石上，毋乃真靈彙集耶，其
鄉里所欽挹如此」〔註38〕

這則材料所記，乃一日午後，隨園先生在虎丘巧遇金逸等閨秀，與其共坐池

〔註37〕 王英志《袁枚集外文〈十三女弟子湖樓請業圖〉二跋考》，《中國典籍與文化》，
2008 年 1 期 72～78 頁。
〔註38〕 （清）施淑儀《清代閨閣詩人徵略》卷六，南京：鳳凰出版社 2010 年，第 1991
頁。

旁、談古史之雅事，話來簡單，卻正好說明雅集的日常性與公眾化。當時一位文士韓廷秀曾作詩稱讚袁枚性靈說詩論：「隨園弟子半天下，提筆人人講性情，讀到君詩忽驚覺，每逢佳處見先生。經年共領江山趣，一點真傳法乳清。努力更成三百首，小倉集定不單行。」〔註39〕袁枚弟子詩學觀念深受其性靈說影響，以金逸為代表的女弟子就深悟其意：「余讀袁公詩，取《左傳》三字以蔽之，曰：『必以情』」〔註40〕，而雅集正是他們彼此影響，切磋詩藝的重要方式之一。

而在清代，凡招收女弟子的文士也多舉行集會活動，比如文士陳文述，其碧城仙館女弟子群人數也在三十人左右，緊隨袁枚之後。陳文述就曾多次舉辦吟詠、編校、出版、繪畫等活動，規模最大的一次，即是著名的重修西湖三女士墓的賦詩聯吟。此外，像陳維崧、杭師駿、王士禎、阮元等也都曾召集女弟子多次集會詩詞唱和。這類切磋詩藝的集會無疑深刻影響著女性的詩學思想。

徵題。徵題一般是以一個主題為中心，徵集閨秀詩作彙以成集或以此闡揚閨秀詩名。比如清代中葉江蘇吳江閨秀汪玉軫，雖然家貧，但詩才超群，時吳蘭雪作《新田十憶圖》，數十人為該圖題詩，汪玉軫詩曰：

> 一幅生綃一段春，鄉心真似轉車輪。宵深便有夢歸去，也恐難分十處身。

> 晴窗難展玉鴉義，畫裏春風各一家。生性清寒儂自笑，就中畢竟愛梅花。

> 兒家舊宅頻遷徙，也要良工畫幾方。只是不堪追憶了，門庭冷落故園荒。〔註41〕

隨後，吳江文士郭麐〔註42〕以《水村圖》介紹閨秀詩友請玉軫為其題句，這

〔註39〕（清）袁枚著；顧學頡校點《隨園詩話補遺》卷八，北京：人民文學出版社1982年，第778頁。

〔註40〕（清）袁枚著；顧學頡校點《隨園詩話補遺》卷十，北京：人民文學出版社1982年，第825頁。

〔註41〕（清）錢大昕著；陳文和主編《嘉定錢大昕全集》，南京：江蘇古籍出版社1997年，第129頁。

〔註42〕郭麐，清代吳江詩人，婦學的積極支持者，在《靈芬館全集》中就曾記載，當時才媛對他的尊崇非同一般，閨秀們常將自己所作詩歌寄予郭麐批閱，郭氏在閨秀心目中，儼然成為詩學的衡論者，甚至在她們去世之後，其丈夫竟還將其詩稿寄給郭麐，期其整理編訂，一時成為美談。

與汪玉軫爲隨園弟子的詩學身份並無關係，而郭麐本人在詩學觀念上，與袁枚實爲一路，主張詩應抒寫個性的獨立存在。比如他在《雜著續補》卷四《與汪楠庵論文書》有言：「一代有一代之作者，一人有一人之獨至。氣盛則沛，辭達則偉，簡而不枯，腴而不華，無背於六經之旨，如是而已。」〔註43〕又在《江聽香詩吟》中說：「夫人心不同，所遭亦異。託物造端，唯其所適。但論眞贗，不問畛畦」〔註44〕，與袁枚「性靈說」如出一轍，稍有不同的是，他的性情獨立論仍建立在六經範疇之內。汪玉軫回應了郭麐的徵題，其詩曰：「深閨未識詩人宅，昨夜分明夢水村。卻與圖中渾不似，萬梅擁一柴門。」郭麐得此詩後，對「萬梅花擁一柴門」句極其欣賞，於是又請來畫師奚鐵生補畫，遍徵題詠，閨秀才媛多有題作，一時傳爲佳話。汪玉軫本人也曾題郭麐《水村第一圖》詩：

> 溪流曲折路迂斜，老屋三間樹影遮。漫道水村秋一色，小橋春漲有桃花。

> 野水無風細作波，連三白蕩接分湖。先生制有欸歌在，十五漁娃解唱無。

> 江鄉風景世應希，奈何饑驅未息機。輸於逢人吳季子，閨門自製藕苗衣。〔註45〕

汪玉軫〔註46〕的詩寫得清新靈動，幾分憂傷之中頗見心致，個中所包含的，是作爲寫詩人的眞性情，「生性清寒儂自笑，就中畢竟愛梅花」，臨寒獨展的的傲骨、清冷寒寂的自嘲以及隨性而生的倔強似乎將一位貧寒孤獨的女詩人推到了一個季高的精神領地。其靈動詩筆眞有郭麐《秋葵將花，餘又他出，不能無詩》之類律詩的神韻：

> 徑曲籬疏好扶持，扶頭初見一枝枝。騷人憔悴生何晚，寒女神仙嫁亦遲。

> 不分西風將夢斷，要留淡月與心期。臨行豈惜千回繞，多恐寒螿瘦蝶知。

〔註43〕嚴迪昌《清詩史》下冊，杭州：浙江古籍出版社2002年，第1001頁。
〔註44〕嚴迪昌《清詩史》下冊，杭州：浙江古籍出版社2002年，第1002頁。
〔註45〕周雪根《清代吳江詩歌研究》北京：人民出版社2012年，第243頁。
〔註46〕清人袁沽《蠡莊詩話》中對汪玉軫的生活境遇有所記載，其詞云：「吳江汪宜秋女史，父兄夫婿，皆非士人，境遇艱辛，藉十指爲活，依舅氏家，其表弟朱鐵門，吳江詩人，與宜秋唱和甚多。」

　　　　是花生命是秋心，待到將開恨不禁。淺淡玉容剛病較，紛披珠
露已寒侵。

　　　　四圍窠石鳴蟲亂，一面闌干夕照深。合向海棠話腸斷，更無紅
淚與沾襟。〔註47〕

汪玉軫的詩學旨趣既受到袁枚的影響（玉軫爲隨園弟子），也在與郭麐等著名
文士的詩文交往中被深化。徵題，便成爲了文士與閨秀之間詩歌往來的重要
階梯，此中既有趨同的詩學觀念，更在創作實踐中發揮相互影響的作用。

二、結社與唱和視域中的詩學觀述論：以蘇州閨秀爲中心

　　　　基於性別角色、社會身份、活動面寬窄以及歷史認知等的差異，女性文
學作品在傳播中的阻礙是可想而知的，而建立在創作實踐基礎上的詩學觀念
的形成，就更爲不易。清代學者錢泳在《履園叢話》中說，自古婦人工詩畫
者多，而能評論古今作詩話者卻甚少，說的的確是事實，據現有文獻資料看，
清代以前的女性很少有詩詞評論及詩話類專著，宋代李清照《詞論》這樣的
作品是極少的。但在清代，女性詩論家對此卻極爲重視，詩話，即是她們詩
學思想的重要載體。明末清初，桐城女詩人方維儀作《宮闈詩評》即是清代
女性論詩的開端，清代中葉以後則有如皋女詩人熊璉的《淡仙詩話》四卷、
太原人辛絲與金匱人王仲蘭的《國朝詩品》（評論了二十餘家國朝詩人）、常
州金匱（今江蘇無錫）女詩人楊芸的《古今閨秀詩話》等。而沈善寶的《名
媛詩話》成就最高〔註48〕。

　　　　《名媛詩話》正是一部詳載清代才媛事跡及文學創作的詩評文本。作者
沈善寶（公元 1808～1862）字湘佩，號西湖散人，清代錢塘著名女詩人，道
咸間女性文壇領袖。沈善寶出身於官宦之家，幼年時期曾隨父親宦遊江南，
從陳權學詩，從小受到良好教育。但由於家道中落，其不得已以寫作所得奉
母課弟。沈家一門風雅，沈善寶曾從其母吳浣素、姨母吳世祐及義母史太夫
人等學。不數年，則常有人慕其詩畫而求之。據善寶《名媛詩話》記載，史
太夫人曾「召至京寓相依，爲擇偶遣嫁」，後歸來安武凌云爲繼室。沈善寶進
京之後，與京城多位名媛交遊唱和，並結「秋紅吟社」，據李世治《鴻學樓初

〔註47〕嚴迪昌《清詩史》下，杭州：浙江古籍出版社 2002 年，第 907 頁。
〔註48〕馬清福《女性詩話和沈善寶》，《文壇佳秀——婦女作家群》，遼寧人民出版社
　　　　1997 年，第 247 頁。

集序》記載，善寶最終成爲閨閣世界的「奇偉之才」。在《名媛詩話》中，沈善寶記錄了清代閨秀才媛的生平事跡、作品品評。對清代中後期，以江南爲中心的閨秀詩學活動進行了重點記載，比如閨秀的詩歌交遊、家族詩事活動，閨秀結社等。在《名媛詩話》中記錄了沈善寶本人的詩學觀念，並記載了大量他人論詩的言論。與文士所言的女性詩學觀念不同的是，沈善寶及其它女性學者的詩學觀念是基於女性作家的生存體驗、創作實踐、家學傳承、時代影響，是以女性的立場而論之，沈氏曾言：

> 竊思閨秀之學，與文士不同；而閨秀之傳，又較文士不易。蓋文士自幼即肄業經史，旁及詩賦，有父兄教誨，師友討論；閨秀則既無文士之師承，又不能專習詩文，故非聰慧絕倫者，萬不能詩。生於名門巨族，遇父兄詩友知詩者，傳揚尚易；倘生於蓬蓽，嫁於村俗，則湮沒無聞者，不知凡幾，余有深感焉，故不辭掇拾搜輯而爲是編。惟余拙於語言，見聞未廣。意在存其斷句零章。話之工拙，不復計也。〔註49〕

沈善寶女性立場的詩學定位是很明確的，一則，閨秀之學與文士不同，既不能通經史，又不可專習詩，故其所作，皆生活中聰慧性情所致，與學問無關，更自然靜怡。二則，就詩作的傳播而言，閨秀之詩實屬不易，名門巨族之女尚可，而村俗之人實難，故善寶掇拾搜輯，其目的就在於「存其斷句零章」，以詩存人。實質上是將女性詩歌創作及其詩學活動與其命運緊密地聯繫起來，是女性的立場與視野，體現著建構女性文學的自覺意識，因而產生了許多特異的詩學論斷截然有別於文士之於閨秀的詩學觀念。同時，由於《名媛詩話》中包含著大量蘇州閨秀的詩學思想，因此，此著既是沈氏詩學認識的成果，也是清代江浙才媛詩學成就典型顯現。我們試以《名媛詩話》爲例說明清代閨秀詩學思想的特點。

　　首先需要指出的是，清代女性詩學觀念的形成，與其廣泛的詩事社集活動密切相關，這既包括了一門風雅的家族式詩事活動，也包括了閨秀與閨秀以及與文士非血緣關係的文學結社。先來看家族詩事活動。沈善寶《名媛詩話》卷七記載了她對家族遊宴活動的回憶並順及其它閨秀同類詩事，具有清代江浙閨秀結社的典型特徵：

> 吾鄉西湖佳處，全在眞山眞水，所以四時風景及陰晴朝暮，姿

〔註49〕　（清）沈善寶《名媛詩話》卷一，臺北：新文豐出版公司 1987 年，第 18 頁。

態不同，月夜更為清絕。煙波浩渺，一望無際。偶見數星漁火，出
沒蘆汀菱漵而已。蓋限於城闉，無人作秉燭遊也。先慈在時，每年
六七月之望，必招姊妹攜兒女泛舟遊玩，觴詠達旦。家兄等亦邀一
二至親之善音樂者，別駕一周，相離里許。萬籟皆寂，竹肉競發，
歌聲笛聲，得山水之助，愈覺空靈縹緲。維時明月如畫，荷氣襲人，
清風徐來，水天一色。想廣寒宮闕《霓裳羽衣曲》不是過也，令人
有飄飄出塵之致。今則先慈見背已經十載，余復遠離鄉國，即欲一
見松楸，亦不可得。回憶萊彩承歡時，恍如遊仙夢醒矣。偶見蘋香
《花簾詞集》中有「四月十六夜泛棹，北山月色正中，湖面若熔銀，
戲拈小石投水，波光相激，月累累如貫珠。時薄酒微醺，繁絃乍歇，
浩歌一闋，四山皆應。不自知其身在塵世也。」覺湖中風景宛在目
前，杖觸舊遊，不覺惘然。〔註50〕

家族詩歌宴集其樂融融最令人欽慕，清代一門風雅，往往選擇蕩舟湖山之間，
明月如畫之夜，清風徐至之時，伴酒吟唱，融清美夜景、淳美心境、甜美詩
境於一爐。在酬唱之中，閨秀詩藝得以提升，詩歌創作的追求也在某種程度
上得以確立。以文士為主的詩歌集會就更為頻繁，沈善寶《名媛詩話》續集
下記載了這樣兩則故事，一則是巢園雅集，一則是鴛湖雅集：

秋芙宴余巢園，余即席賦贈一律一年：「朔風西壤雪，春意欲舒
梅。水竹園林勝，金樽書閣開。鮑姑香茗賦，開妹粲花才。更喜群
仙集，新詩珠玉裁。」秋芙和云：「晚來天欲雪，春意到庭梅。幸得
良朋集，欣逢笑口開。椒花傳妙詠，柳絮仰高才，愧我詞章拙，煩
君為剪裁。」同席海昌陳湘英和云：「曾將畫眉筆，東閣寫新梅。疑
是荒村裏，一枝前夜開。丹鉛傳妙品，錦繡厭群才。我獨追陪幸，
春風仗化裁。」李佩秋和云：「去年風雪裏，勞贈一枝梅。幸未朱顏
改，還逢絳帳開。剪燈同聽雨，樽酒快論才。更喜瞻村什，篇篇錦
繡裁。」〔註51〕

巢園雅集中酬唱賦詩者有秋芙、沈善寶、海昌陳湘英、裏佩秋等，參與者之
多，可謂社集盛事。此次雅集為同題賦詩，詠歎對象同為「梅」，有人吟梅之

〔註50〕 （清）沈善寶《名媛詩話》卷七，臺北：新文豐出版公司1987年，第139頁。
〔註51〕 （清）沈善寶《名媛詩話》續集下，臺北：新文豐出版公司1987年，第468
頁。

態、有人頌梅之意，有人贊梅之才，在唱和中，梅之品漸次展開，閨秀通過聯吟的方式求得詩藝的切磋。另有一則：

> 辛亥春初，余晤鳳陽萬鯪年姒。性極溫雅，愛才如命。湖上探梅，衙齋設宴，蘭誼優渥，良可感也。爲言：「無錫丁芝仙，工詩善畫，性情風雅。現隨任嘉興，當寄書介紹，俾與足下珠聯璧合，亦閨中之韻事。」逮余舟至鴛湖，芝仙已遣紀探問數日也，殊恨相見之晚，遂訂雁行。書一絕以惠，余亦口占和之。並邀遊金陀別業，爲南宋岳倦翁故居。古木連雲，蒼崖疊翠，池橫小艇，樓倚修篁。亭榭十餘處，每至一所，別開生面。〔註52〕

這則是著名的「鴛湖雅集」，鳳陽萬鯪年姒設宴，邀請無錫丁芝仙及余等賦詩飲宴於鴛湖，可惜余與丁芝仙失之交臂，未得謀面，但二人有詩歌酬唱，以表相見恨晚之意。其後，余邀請丁氏赴金陀別業南宋岳珂故居相聚，詩文唱和，甚是融洽。在如許社集活動下，閨秀詩學思想得以發展。我們試分析幾個方面。

1. 詩之旨與詩之格：緣情言志記史立身　感知時風絕去陳同

詩由情生，緣情言志的觀念在蘇州結社閨秀心中是較爲明確的，既是創作的靈魂，亦是生命的體現。袁枚記錄了其女弟子長洲閨秀金逸的一段論詩之言：

> 金纖纖女子，詩才既佳，而神解尤超。或問曰：「當今之人，推兩大家，袁、蔣並稱，何以袁詩歌遠至海外，近至閨門，俱喜讀之；而能讀蔣詩者寥寥？纖纖曰：「樂有八音：金、石、絲、竹、匏、土、革、木，皆正聲也。然人多愛聽金、石、絲、竹，而不甚喜聽匏、土、革、木。子試操此意，以讀兩家之詩，則任、沈之是非，即邢、魏之優劣矣。」人以爲知言。纖纖又語郎君竹士云：「聖人曰：《詩三百》，一言以蔽之，曰思無邪。余讀袁公詩，取《左傳》三字以蔽之曰：必以情。古人云：情長壽亦長，其信然耶？」〔註53〕

在正聲之中，人們更喜雅樂而忽略俗曲，傳統的儒家詩學觀念認爲：「三百篇，一以蔽之曰思無邪」，純粹的詩，合於詩教的詩才是好詩。但纖纖讀袁枚之作，

〔註52〕（清）沈善寶《名媛詩話》續集下，臺北：新文豐出版公司 1987 年，第 466 頁。

〔註53〕（清）袁枚《隨園詩話》卷二，北京：人民文學出版社 1982 年，第 38 頁。

卻不以爲然，反而提出「必以情」的宗旨與取向，顯然指出了詩以情味悠長、神情綿邈爲主要創作藝術的特點，此一非詩教的文學觀更將詩人自身的情志闡發置於首要地位，其性靈旨趣昭然若揭。金逸爲袁枚隨園女弟子之一，其詩學觀念自然受到袁枚的影響。而蘇州另一位才媛，僑居吳縣的閨秀江珠更是將自己作詩的用意寫在了詩稿自敘中：「驚歲月之如馳，恐年華之不永。且復藥物屛除，固已無心乞活；生涯若是，豈眞有意敲詩」。顯然從其「無心乞活」、「生涯若是」的生存境況與精神來看，作詩意圖惟在「追所憶者」，這與當代文士所言，閨秀多借詩揚名一說實在相去甚遠。那麼，在江珠看來作詩之宗旨又何在呢？據吳門閨秀張允滋《潮生閣集》所錄江氏《清溪閣集題詞》記載，江氏所宗者仍在「性情」二字，所謂「刻畫古人，反不能自道性情，此未知詩耳」，因而其極力推崇「吳中十子」的靈魂人物張清溪之作「清超之致，能以無爲爲工，得詩之三昧也」〔註54〕此外，李淑儀在其《疏影樓名姝百詠》自序中，更是以「情生劫」的命題作了最好的注腳：

> 自序曰：嘗聞人多情，草木忘情。有情即有劫。人但知多情者多劫，而不知情者亦不能免劫。草木之劫起於人，而人之劫則出於天。落英飄絮，泣雨啼風，花之劫也，亦人之情也。紅顏憔悴，青史紛紜，人之劫也，亦天之情也。其間貞淫百變，色相萬殊，誠不可以言該。而凡歷劫堪久，寓情獨遠者，花則以香豔傳，人則以才美傳；其權固花自操之，人自操之，天不得而限之。如儂者，固情中人，亦劫中人。悔讀詩書，羞言富貴。幼離父母，劫之始也；蔭失慈雲，劫之漸也；委身青衣，劫之極也；蛾眉見嫉，劫之變也。差不異乎花之情雅，雅不同乎人之情，亦不能遁乎天之情；是則安其劫可也，淡其情可也，而何必有言？然安其劫而劫更深，淡其情而情益重；此儂百美新詠之作，所以繼百花新詠而作也。嗟乎！春蠶未老，纏綿清淚成絲；錦瑟空彈，宛轉驚心入拍。自覺蜂愁蝶怨，到處逢情；未識燕去鴻來，幾生消劫。問諸花，花不解其故也；問諸人，人莫究其源也；問諸天，天難任其咎也。此無他，情生劫耳！
> 〔註55〕

李淑儀這段自序眞似以滿含血淚的切身之感。天地自然的變化，世間萬態的

〔註54〕（清）江珠《青藜閣集》，合肥：黃山書社 2008 年，第 854 頁。

〔註55〕（清）李淑儀《疏影樓名姝百詠》，南京：鳳凰出版社 2010 年，第 2526 頁。

轉遷，人倫世事的更換，都會引人情爲之生感，欲抑尤濃，欲靜尤動。而情由何生？人間劫數也。深處閨中的女性，遇此不得排解，自然更生憂憐，閨中之情也就聚而愈濃，於是便在詩中一併抒之。除詩以抒情之外，以蘇州閨秀爲代表的清代女性作家認爲以詩記史也是詩歌的主要功能與創作目的之一。江蘇元和閨秀吳文媛在爲其自作《女紅餘緒》一卷所作自序中詳敘所遭非偶，並說明作詩原因是爲了記述人生一段辛酸史：

> 丙午歲，適湘湖氏之守家子，良人之謂也何良，信業之謂哉益信。自古薰蕕各別，氣味難通；由之冰炭相投，心源不印。每若髮膚毀傷而棄，不如身心修正而立。故立身不敗，不生短見之心；存心有待，且留常辱之身。未幾而忽值得庚申之變，小丑揮戈，吳都騁馬，茂苑徙薪，閶門飛瓦。乍避跡於江湖，琁潛踪於山野。囊篋空虛，憂不徹於春秋；婢奴散去，勞不勝於冬夏。復因王師振奮，賊寰縱橫。拾尺土以何歸，宛比風中弱絮；借扁舟以暫住，猶如水面浮萍。不速死以定評，將何爲而了局；因續二語於後日，予之生也實愚。是記也謂之《愚愚錄》。〔註56〕

吳文媛在詩集自序中講述了自己親身經歷的兩件大事，一是所嫁非人，「氣味難通」、「冰炭相投，心源不印」，曾一度想到尋短見，但轉而又堅定了自己的信念，與其「髮膚毀傷而棄」，不若「身心修正而立」，因「存心有待」，方才「留常辱之身」。這段婚姻經歷，給吳文媛留下的創傷是極大的。二是隨後的「庚申之變」，吳文媛親眼目睹了山河遭劫的災難，於是將所感所見所歷記錄下來，有感於生之愚鈍，因而是集取名爲《愚愚錄》，作爲這段人生歷史的記載。清代女性何以具備以詩記史的意識？吳文媛爲何有如此大的精神毅力，幾次在命運絕望的邊緣堅定了自己的內定並最終以手中之筆將歷史與命運記錄下來？其自序中所言「存心有待」究竟待何？在自序中，吳文媛對自己的志趣作了這樣的自評：「媛竊有所告焉：夫珍羞之飫口也何益，錦繡之被身也何爲；媛之所好者，史文詞賦，書畫詩棋。」這裡說得很含蓄，實際上，閨秀對詩文詞賦的喜好，並不能簡單地視作消閒之作，筆墨之中包含的是她們的生命。以詩記史，明心見志，是清代女性詩人的精神歸宿。清代浙江仁和閨秀蘇畹蘭《閨吟集秀》六卷的自序亦言：

〔註56〕　（清）吳文媛《女紅餘緒》，南京：南京鳳凰出版社 2010 年，第 2524～252頁。

> 三代之興，窈窕妃嫒，有蓋文才，搦管揮毫，馳騁於法度之中，
> 爲世所傳，以興內教。近代以來，少習文章，六藝之奧，湮沒無聞。
> 發華緘而思飛，嗟林下風致，不及遠矣！積有歲時，謬蒙深拾。於
> 是詠萱草之喻，用寄幽懷。頤道家之秘言，察天下珍妙；固可觸憂
> 釋疾，目玩意移，縱心所欲。聞之前志，觀者勿以婦人玩弄筆墨爲
> 誚焉則足矣！〔註57〕

作爲女性，其創作視野雖多不出閨閣之中，讀書習文也閱歷頗淺，但其追求三代風致、崇六藝之奧、以興內教的觀念是自覺的，因此，雖然其作大多爲「萱草之喻」的夫婦唱和，但其繼承詩教精神又具有發潛闡幽的意味，絕非「婦人玩弄筆墨」可以定性。蘇畹蘭爲其《閨吟集秀》六卷所作序言，實可視作清代女性作家的心性正名。再試看江蘇元和閨秀顧靜婉爲所撰《抄韻軒詩稿》所作自述：「昌黎云：『物不得其平則鳴。』又云：『將窮餓其身，愁思其心腸，而使自鳴其不幸。』凡以論能鳴於詩者也。若余則不然，益困頓無聊之境，藉以自娛外，每囑存稿，余頗以爲非，竊恐率爾塗鴉，反資談柄焉。亦第抒寫性情，工拙誠所弗計，庶幾當『窮餓其身，愁思其心腸』之會，憑禿管爲解嘲而已。〔註58〕因現實生活的遭際而發不平之鳴，自然也就成了閨閣詩歌的主調之一，詩在此時不僅可以抒發性情，而且具備了記錄歷史的功用，因而，我們便不難理解，元和閨秀吳文嫒爲何在所嫁非人以及遭遇「庚申之變」後，「存心有待」，以詩記史了。

再次，在清代女詩人看來，詩不僅可以記史，亦可以論史，這是詩歌的功能，這是對孟子「知人論世」儒家詩學觀念的再次實踐。沈善寶《名媛詩話》卷六記載了清代著名女詩人汪端的一則詩評及詩歌軼事：

> 汪小韞，號允莊。著有《自然好學齋詩鈔》行世。小韞博學強
> 記，穎悟非常。九歲工詩，吐露已過老成。歸陳小雲別駕，時有「金
> 童玉女」之目。小雲即陳雲伯文述大令之子，一門風雅，討論切磋，
> 得竟其學。詩派神似乃舅，專以選色、煉聲爲主，而用意亦能深婉。
> 因人論月詩多沿歸愚舊說，尊李夢陽、王鳳洲而薄青邱，小韞非之。
> 竭數年心力，選《明詩》初二兩集，參以斷語，多知人論世之識。
> 小韞論古人，具有特識。集中《論古偶存》五首，第一首《論吳蜀》，

〔註57〕 （清）蘇畹蘭《閨吟集秀》，南京：鳳凰出版社2010年，第2542頁。
〔註58〕 （清）顧靜婉《抄韻軒詩稿》，南京：鳳凰出版社2010年，第2543頁。

詩云：「一失荊州漢業休，曹、劉兵劫換孫、劉。本來借地緣婚事，
何事寒盟啓啓寇讎？魚浦至今遺石在，螺磯終古暮潮愁。負心畢竟
君王誤，莫以疏虞議武侯。」〔註59〕

汪端選《明三十家詩選》即以儒家「知人論世」方法爲依託，且其嫁予陳文
述之子陳小雲之後，夫妻伉儷，又常與家人相切磋，得到了其舅陳文述詩學
觀念的精髓。在清代詩歌史上，陳文述又是一個一直追隨與傚仿袁枚的文人，
其詩學觀念自然受到袁枚「性靈說」的影響，以言情爲尚，講究詩歌創作中
性靈、性情的因素。因而，汪端不能不間接地受到袁枚思想的深刻感染，此
其一。其二，當時，沈德潛主持乾隆詩壇，世人論詩，多以其「格調說」爲
圭臬，同時又崇奉李夢陽等七子的復古之說，但汪端顯然巧妙地繞開這一路
經，獨尊高啓（號青丘子），以個性爲主，顯然也是受到袁枚詩學旨趣的影響。
袁枚在《隨園詩話》卷九中言及自己的詩學宗尚時，就提及明代之高青丘。
汪端持性靈詩學觀，表現在以詩論史中能提出獨到的見解。在這首《論吳蜀》
詩之前有一段文字對《論吳蜀》詩進行了詳細闡釋：

三國以荊州爲樞機，蜀失荊州，人多歸咎武侯，余謂此昭烈之
過也。昭烈既定蜀，遣一介之使迎孫夫人，正位中宮，則吳蜀交固，
荊襄之勢成，而漢業可復。乃惑於法正之言，別立吳後，致無以服
吳人之心。荊州失，？亭敗，永安託孤，而漢業從此不振矣。人必
先疑也，而後才入之。法正賣主小人，豈眞有愛於昭烈哉？實欲乘
隙弄權耳。觀於立吳後，而武侯不諫，其情事可想。法正不死，武
侯君臣之際，未可知也。千里之堤，潰於蟻穴。女子、小人之際，
其愼之哉。〔註60〕

汪端以一首《論吳蜀》的詩歌重新評定吳蜀的歷史關係，指出，如若不是小
人法正的蠱惑，劉備不會失荊州而毀漢業，個中只因立吳後事而起，一女子
的命運竟然決定了一個國家的存亡。汪端以詩論史，其目的不僅在於確認女
性的社會身份，甚至是政治身份，更在於對詩歌功能的重新詮釋，指出其「記
史」與「評史」的雙重價值，在「評史」中，作者作爲一位女性，其自我意
識在加強，其對歷史的參與亦在加強，這是清代女性詩學思想自覺的重要表
現。

〔註59〕 （清）沈善寶《名媛詩話》卷一，臺北：新文豐出版公司 1987 年，第 45 頁。
〔註60〕 （清）沈善寶《名媛詩話》卷六，臺北：新文豐出版公司 1987 年，第 301 頁。

2. 詩之質與詩之用：衡人詩文定其終身　人生坎途詩靈清輝

清代閨秀詩歌之眾爲世人欽贊，閨秀不僅獨立創作了大量詩歌，同時，在授學、創作及詩學觀念上也形成了自己較爲獨立的見解。在清代學者王蘊章《燃脂餘韻》卷六里就記載了清代女詩人顧若璞爲學用力之深及詩學淵源：

> 若璞，字和知，以詩文名世，著有《臥月軒稿》。尤有經世才，爲閨閣中所僅見。其致學之勤，可於其《與弟書》中見之。書云：「夫盍云逝，骨櫟魂銷。惟殯而哭，不如死之久矣。豈能視息人世，復有所謂緣情綺麗之作矣？徒以死節易，守節難，有貌諸孤在，不敢不學古丸熊畫荻者，以俟其成。當是時，君舅方都學西江，余復遠我父母兄弟，念不稍涉經史，奚以課貌諸而俟之成？餘日惴惴，懼終負初志，以不得從夫子於九京也。於是陳發所藏書，自四子經傳以及《古史鑒》、《皇明通紀》、《大政記》之屬，日夜披覽如不及。」〔註61〕

顧若璞，字和知，仁和人，清代前期著名的女詩人，黃茂梧之妻，據王蘊章《燃脂餘韻》可知，其日以繼日課學不輟，熟讀四書及古史政等書，以好談經世之學而著稱，她以詩歌闡述自己的世事觀照，更以詩歌承載對丈夫的紀念，因此，顧氏被稱爲清代女詩人中的才女典型。而像顧氏這樣將作詩習文作爲一己精神追求而孜孜以求者，在清代女詩人中是十分常見的，如杭州女詩人沈善寶，甚至將詩歌創作視作自己生命的歸宿。沈氏生活在道咸年間，清王朝的腐朽與衰敗、列強的侵奪與頑固、家庭的變故與流離、命運的起伏與煎熬，像一個巨大的熔爐折磨與歷練這這位柔弱而多才的女子，「十年攻苦耐君知」，她將道路崎嶇、人生沉浮一併匯入詩中，以詩爲友，成爲心志的唯一寄託：「自笑詩書積習深，一燈五夜尚披吟」〔註62〕。作者雖激憤感傷，但並不以悲觀，因爲，詩，在沈善寶的心理已經不簡單是藝術心靈的載體，本身就是詩人靈魂的所有，因此，她轉而將一切的履歷視作詩世界的豐富素材，彙融交織：「篷背夕陽篷底雨，都供詩料入詩囊」〔註63〕，在生活最艱難的時候創作出最純粹的詩章。顯然，她是積極而樂觀的，更是視詩如命的。當然這樣的例子不甚枚舉，它至少說明，在清代一群特殊的德才兼備的女詩人的

〔註61〕　（清）王蘊章《燃脂餘韻》，南京：鳳凰出版社2010年，第839頁。
〔註62〕　（清）沈善寶《四十初度口占》，《鴻雪樓詩草》卷十二，第2頁。
〔註63〕　（清）沈善寶《放舟口占示兩弟》，《鴻雪樓詩選初集》卷三，第5頁。

心目中，詩，已經不再是自娛娛人的方式、消閒的途徑，儼然成了眞實沉重而鮮活生命的寄予，也正是基於此，女性的詩學觀，方才呈現出傲骨臨霜的性靈與濃烈深厚的眞心。

另一方面，女性對詩歌創作的評價及對詩歌品評的期待，並非簡單源自對詩歌本身的興趣，我們必須注意到，對才名的渴望或許也是促使女性詩品發達的重要原因之一。據沈善寶《名媛詩話》卷四記載：「文人筆墨，皆喜回獲同類，亦自占身份，閨閣亦然。如吳縣鄒朗岑《讀〈漢書〉》云：『養士恩深三百年，國殤能得幾人賢？紅顏力弱能誅賊，長向思陵泣杜鵑。』」〔註64〕在清代女詩人看來，詩歌創作的價值還在有助提升才名。例如沈善寶，詩歌對其來說，不僅可以「名重浙西東」〔註65〕，還是「不憚馳驅赴帝京，要將文字動公卿」〔註66〕的重要一筆。但是，才名的提升，並非名利的追求，這似乎更應視作清代閨秀擺脫人生困境的必要嘗試與人格昇華的重要選擇。以沈善寶而言，在進入京師之後，經許雲林等人的引薦，她與項屛山、顧太清等人相識，並結「秋紅吟社」（參與者多爲京城官員的家眷），彼此唱和，寫下大量的詩篇，擺脫早年落魄的生存困境並借助詩名得到世人的欽佩。因此，我們用「人生坎途，詩靈清輝」來概括清代女詩人心中的「詩用」，一則指其對生命史的銘刻；二則指其對才女詩思的抒發；人生浮沉，寄情於詩，抒其性靈，詩即如同一道清輝擦亮了清代詩壇女性的詩名。

3. 詩之體與詩之風：自然天籟神由眞鑄氣韻沉雄清空雅正

王蘊章在其《燃脂餘韻》卷二中引用了清代沈善寶、郭六芳女史的兩部詩話對女性詩學思想的論述，純粹是女性獨有的生存經驗，稱爲「廚下調羹」詩論：

> 錢塘沈湘佩女史寶善，著有《名媛詩話》。其論詩曰：「詩猶花也，牡丹芍藥，具國色天香，一望知其富貴。他如梅品孤高，水仙清潔，杏桃濃豔，蘭菊幽貞。此外則或以香勝，或以色著，但具一致，皆足賞心。何必泥定一格也？然最怕如剪裁爲之，毫無神韻，令人見之生倦。」讀湘潭郭六芳《論詩》云：「玉溪獺祭

〔註64〕 （清）沈善寶《名媛詩話》卷四，臺北：新文豐出版公司1987年，第203頁。
〔註65〕 （清）顧太清《一叢花·題湘佩〈鴻雪樓詞選〉（一）》，張璋編校《顧太清奕繪詩詞合集》，上海古籍出版社1998年，第244頁。
〔註66〕 （清）沈善寶《抵都口占》，《鴻雪樓詩詞初選》卷五。

非偏論，長吉鬼才亦妙評。儂愛湘江江水好，有波瀾處十分清。
廚下調羹已六年，酸鹹情性笑人偏。近來領略詩中味，百八珍饈
總要鮮。」〔註67〕

作為女性詩評者，沈善寶與郭六芳二人表達了自己的詩學主張，在這段文字
裏，沈善寶首先說出了她對女性詩歌創作的看法，詩歌就像花一樣，各有其
色，各有其香，亦各有其品，不論為何，只要獨具一致，即備佳境；世人賞
花與品詩一樣，都不必拘泥於某一格調，而應賞其千秋之姿。其次，沈善寶
指出了女性詩歌創作的弊病所在，即「毫無神韻」，「神韻」一詞是清代詩壇
領袖王士禎詩學觀念的關鍵詞，本意是指詩應創作一種不落行跡、空靈超越
的意境美，沈善寶借用此詞，一方面，可能受到王士禎詩學觀念的時代影響。

另一方面，此「神韻」，偏重於「神」，與「賞心」之「心」正好對應起
來，強調創作主體所具備的個性或性情，沈善寶認為這才是詩歌創作的關
鍵。清代蘇州閨秀論詩，以「我」之意與我之情為尚者居多，試舉一例。常
熟閨秀宗婉有《夢湘樓詩稿》二卷、《詞稿》一卷，其族侄宗廷輔為之付梓
時，在總序中記錄了自己與長姑論詩的過程，先言及自己曾規模古人的做
法，後言及宗婉獨立特出的論詩主張：「姑則取詩中有人之說，謂法自文生，
聲隨境易。故自抒所得，不屑屑依傍古人，而又能樂善通中，不封己自域」
〔註68〕。宗婉所主張，並非依循古人作詩路徑，而是「情隨境生，詩隨情遷」，
詩中應有我在，所抒發者乃我之所得。這一論調與乾嘉性靈詩論不謀而合。
最後，郭六芬（名潤玉，一號壺山女士。適李石梧中丞星阮子杭）在其《論
詩》中又說出了她的見解，第一，不排斥詩之用典，關鍵在於是否能「妙」
到好處；第二，詩歌創作應有奇才奇語或耐人尋味的主題，在品賞中有一波
三折，迴腸寸斷之感，使詩保持鮮活的本色，同時，又不失清麗之姿。以「清」
評詩，本是文士詩風的界定標準，當其轉而用以評論女性詩歌特色時，便出
現了清俊、清切、清秀、清婉、清雅等與之切近的論調，鮮明地指出了女性
詩作的典型特色，即具有純明、寧靜、高潔的風骨。顯然，沈善寶與郭六芬
的評詩標準是極高的，兩者雖然都取材於文士詩評，但其卻是始終以女性為
本位。清人王蘊章評郭六芬所作詩歌「清新俊逸，絕無富貴之氣」，並舉其
《春日環碧園》詩句「柳因風軟嬌無力，花到香濃靜不聞。」指出其「能抒

〔註67〕　（清）王蘊章《燃脂餘韻》卷二，南京：鳳凰出版社 2010 年，第 681 頁。
〔註68〕　（清）宗婉《夢湘樓詩稿》，合肥：黃山書社 2008 年，第 681 頁。

寫性靈，一洗斧鑿堆砌之跡」。沈善寶與郭六芬的詩論，代表了清代女性詩
學觀獨立詩思的典型特徵。王蘊章《燃脂餘韻》詩話卷三引用熊淡仙女史對
女性詩學觀念的評介，也體現了清代女性詩歌創作追求自然天籟與抒寫性靈
的詩學旨趣：

> 自古婦人工詩畫者甚多，而能評論古今、作詩話者絕少。如皋
> 有熊淡仙夫人者，名璉，苦節一生，老而好學，嘗著詩話四卷。其
> 略云：「詩本性情，如松間之風，石上之泉，觸之成聲，自然天籟。
> 古人用筆，各有妙趣，不可別執一見，棄此尚彼。」又云：「詩境即
> 畫境也。畫宜峭，詩亦宜峭；詩宜曲，畫亦宜曲；詩宜遠，畫亦宜
> 遠。風神氣骨，都從興到。故昔人謂畫中有詩，詩中有畫也。」淡
> 仙詩詞俱妙，出於性靈。〔註69〕

作爲女性詩論者，熊淡仙首先指出，詩歌的創作本出乎人之天性，如松間之
風、石上之泉，皆出於自然天籟。因此詩之風格特色也就因人之性情各異而
千差萬別，品讀者不可固執一端，應各識其趣。這一論斷與沈善寶《名媛詩
話》中所言：「但具一致，皆足賞心。何必泥定一格也？」相通，皆旨在肯定
閨秀詩歌創作的價值與獨特性。其次，淡仙指出，詩與畫相通，二者都講究
一個「境」字，情隨境至，興隨情到，不論是詩中有畫，還是畫中有詩，其
風神氣骨都必須自「興」而來，「興」即詩人之性靈，因而詩畫相通，其妙即
在於此了。在詩歌創作風格上，以蘇州閨秀爲代表的清代女詩人不僅主張以
「情」爲主，更主張自然天成，並在自然眞情之中尋求眞「味」。沈善寶《名
媛詩話》卷七載：

> 詩本天籟，情眞景眞，皆爲佳作。毗陵陸君淑《暮春》云：「日
> 暖雲俱困，春和意反慵。」桐城左信芳如芬《初夏》云：「不知春色
> 老，但覺落花多。」武陵陳夢棠玉祥《聞雁》云：「關山千里夢，風
> 雨一聲秋。」琴川趙少蘊貴瑤云：「鶯花因雨困，親串爲貧疏。」《有
> 感》云：「家貧童僕散，花瘦蝶蜂稀」。皆有味乎言之。〔註70〕

在這些詩句之中，不僅飽含著詩人對自然景致的充沛熱情與眞心留戀，更寓
情於景，將對春日落花的淡淡哀傷與人生遲暮的微微憂愁水乳交融，進而寫
出世態炎涼，人情冷暖的冰冷現實。這種「味」不是對歷史經驗的說教，不

〔註69〕 （清）王蘊章《燃脂餘韻》卷三，南京，鳳凰出版社2010年，第726頁。
〔註70〕 （清）沈善寶《名媛詩話》卷七，臺北：新文豐出版公司1987年，第352頁。

是對社會民生的簡單體認，而是源自於眞實人生的切膚之感，因而不僅情眞意切，而且耐人尋味。《名媛詩話》中多處記載清代閨秀詩人在詩歌創作中對天籟、自然的強調，卷十有云：「《十三名媛詩鈔》，直隸居七。李韞華汝英《晚眺》云：『林靜雅聲晚，風高木葉秋。』《晚泊》云：『征帆飛鳥外，鄉思亂雲邊』紀巽中《感懷》云：『布被生寒夜雨來』七字最妙。詩俱自然工雅。」〔註71〕「自然天籟」，在詩歌創作方法上，還指講究「化痕」與「神行」，所謂化痕，一方面是指用典不留痕跡，一方面指作詩歌創作應自然而不刻意。而「神行」則主要是指詩歌創作以「意」爲主，也是強調創作者的個性、情感。沈善寶《名媛詩話》續集中記載了她與顧太清的詩歌交往，並借助對顧氏詩學風格評價，言及自己的詩歌創作觀念：「余與太清經年之別，思不可支，幸其詩函常至，慰藉離懷。七絕如《白虎港觀耕》：『杖藜扶過短松岡，楊柳風來拂面涼。忽見黑雲幕山頂，一犁春雨杏花香。』《新開口看春園》云：『慈谿新水漲春流，隔岸垂楊綠更柔。看到夕陽時更好，賣魚人過斷磯頭。』直化去筆墨之痕，全以神行矣。」〔註72〕清代女性強調詩歌創作中的個性、眞情、靈感、極致，與此同時，也並不排斥才學在創作中發揮的作用。雷瑨、雷瑊《閨秀詩話》卷八記載了華亭陸允恭夫人焦妙蓮女史在其詩集自序中對其詩學觀念的言論：「華亭陸允恭夫人焦妙蓮女士，著《日餘吟草》。自序謂：『筆墨非性靈，無以發其光。性靈非詩書，無以通其滯。』二語實概作詩大意，閨閣中乃能拈出，足見其用力之深也。」〔註73〕但我們不可簡單地將「詩書」之論理解成翁方綱肌理說的餘續，此處焦妙蓮女士雖然指出，學識是詩歌創作中打通關鍵的所在，是使詩歌情理通達的重要一環，但她終歸是將學識建立在「性靈」基礎之上，是學識與性靈的結合論。

第三節　蘇州閨秀文學的傳播方式與途徑略論

　　清代蘇州閨秀，在以家族爲基礎以及以社交爲基礎的結社活動中，產生了大量的文學作品及論詩之作，雖然一部份篇什不免因爲閨秀自身的觀念局限被人爲丟棄，或者由於生活境遇的變遷而無意遺失，甚爲可惜，然而更多

〔註71〕（清）沈善寶《名媛詩話》卷七，臺北：新文豐出版公司1987年，第345頁。
〔註72〕（清）沈善寶《名媛詩話》卷七，臺北：新文豐出版公司1987年，第349頁。
〔註73〕（清）雷瑨、雷瑊《閨秀詩話》卷一，南京，鳳凰出版社2010年，第1106頁。

的文字資料被有意識地保存、編輯並傳播開來、流傳下來，成爲我們研究乾嘉時期蘇州閨秀文學活動、文學思想、交遊範疇、人生觀念等重要問題的第一手文獻。考察地方志、清代的閨秀詩話及各種別集、選集、總集，以及文集的序跋等相關資料發現，蘇州地區閨秀文集的傳播有幾種基本途徑與方式，一是附錄於其丈夫的文集之後一併出版。比如長洲閨秀曹貞秀所作《寫韻軒小稿》即附錄於其丈夫王芑孫《淵雅堂集》之後刊行，常熟昭文閨秀席佩蘭的《長眞閣集》即附錄於其丈夫孫原湘的《天眞閣集》之後付梓，前文皆已記，此不再贅述；二是由其丈夫或族人搜集整理單獨付梓。這類閨秀詩文的刊刻，往往表達刊刻者對已逝親人的追思，因而更著重於傳布作者抒寫眞性情的主體需求，多呈現出情眞意切的筆觸而少詩教的用意。比如長洲閨秀吳清蓮所撰《定香樓小草》即由其丈夫蔣錫綬在其亡故之後，搜檢遺篇，彙集付梓。據蔣錫綬於辛亥秋八月爲《定香樓小草》所作跋記載：「宜人早失怙恃，依胞叔宗伯公居京師，嗣隨入閩中，暨浙江，在家日少。旋赴都供職，宜人偕行。長安居不易，家事瑣屑，悉宜人主之。老屋被災，寄居內家，一切賴舅兄鏡心照料焉。宜人體羸弱多病，居恒喜作小楷，耆詩尤篤，日手一編，寢食與俱。茲檢得若干首，彙而梓之，以存崖略」〔註74〕，吳清蓮一生雖然飽經顚沛，亦生活瑣事纏繞，然始終不忘書與詩，與之相伴。可惜的是，清蓮所作詩書隨手散佚的多，錫綬只能就所得若干首，彙集付梓，一來是對亡妻人生旨趣的追懷，二來寄寓「伯牙琴弦，山水凄斷」的哀傷，所謂：「閨房清課，回首黯然，惟有掩卷太息而已」。但都可以見到夫婦曾有的琴瑟和鳴。這類傳播方式在蘇州閨秀中較爲普遍，又如吳縣閨秀江珠的《小維摩詩稿》亦由其丈夫半客付梓，半客本身也是江珠詩文唱和的對象之一，至於半客爲之付梓的原因，常熟閨秀歸懋儀在爲詩稿所序中這樣說道：「夫人本不欲以詩名，半客先生傷其早逝，彙而梓之，俾閨中林下奉爲典刑，留爲佳話，以垂不朽」〔註75〕而在《小維摩詩稿後序》中半客自言：「碧岑嫻於吟詠，歿後檢其遺稿，彙爲一編。余恐其日久散佚，今將付諸梓人，是豈碧岑本心哉！特予不忍恝然於碧岑之零箋沉墨也」〔註76〕都可見半爲傷逝半傳揚的付梓心態。有趣的是，友人徐煜對半客刊行江珠之作一事作出的帶有悖論的評價，

〔註74〕（清）吳清蓮撰《定香樓小草》，黃山書社 2008 年，第 856 頁。
〔註75〕（清）江珠撰《小維摩詩稿》，合肥：黃山書社 2008 年，第 866 頁。
〔註76〕（清）江珠撰《小維摩詩稿》，合肥：黃山書社 2008 年，第 900 頁。

既認爲「女子無才爲福」，江珠早逝是「才」之弊；然而，「才」又成其福，江氏生稟淑質，長益貞純，其詩亦能脫凡化質，言士所不能言，是宗風雅、緣性情之大幸，「與彼懷才抱道之士困於時命，不獨議論事業不可見，即求以風雲月露之詞流傳於學士大夫之口，亦不可得，雖有才而不得以爲福者，又豈少哉！又豈少哉！」〔註77〕相較於文士之不能言、不敢言、言不能傳，江珠已受其福矣，徐煜又贊江珠詩「如古木拿空，危峰骨重，睥睨塵埃，蒼聳自尊，五律金熔玉栗，七言近體亦夐乎非閨閣語也」〔註78〕。如此評價，與乾嘉年間文網之密與文士之寄言立意不無關係，但《小維摩詩集》中之篇什究竟有多少爲江藩或半客所代筆，本書中暫不討論此問題。再看常熟閨秀宗婉及其妹宗粲、母錢念生的詩文合集《湘繭合稿》，亦由其族侄宗廷輔整理付梓。對於刊刻長姑宗婉《夢湘樓詩稿》的用意，廷輔自言乃出於對長姑之愛的紀念及對其爲學之奇的崇敬，總序曾言，自己爲學與做詩，曾困守規矩，亦步亦趨：「讀書之暇，不時往謁，相與論詩。輔謂簡齋之於少陵，猶顏淵之於孔子，學詩者當由之以趨黃、陳，上規韓、杜，余則以誠齋、後村博涉其趣。」而長姑宗婉則不然，其論詩主張：「自抒所得到，不屑屑依傍古人，能樂善通中，不封己自域」〔註79〕強調方法獨創與抒寫眞情，這亦被其族侄宗廷輔所推重。而在以家庭或家族爲主體刊刻傳播蘇州閨秀作品的助動中，更爲典型的應算吳縣閨秀吳苣《佩秋閣詩集》的付梓。吳苣乃吳堯之女，在其二十歲時曾適淩皋汪桐於，但在婚後僅七月，其丈夫即病逝，此後吳苣誕下一子，卻又在兩歲時染病夭折。飽受生活巨大痛苦的吳苣卻並未被擊垮，而是「忍痛以奉夫親」。不久，其翁又逝，吳苣也於次年卒。其傾盡畢生精力所撰之《佩秋閣詩稿》，在其亡故後，由其夫弟汪鶴衢幫忙刊刻，其繼子孫仲霖又加以補刻，方才得以流傳。在汪鶴衢、孫仲霖而言，付梓的理由盡然出於對長嫂、母親的追懷，對其守節侍姑的無限敬仰以及發憤著書、寒暑不輟、嗜書劬學行爲與人格的表彰。汪鶴衢在其所作序言中這樣評價道：「《佩秋閣遺稿》，吾長嫂吳紉之女史所著也。性耽文史，嗜吟詠。平時處閨中，手一編，寒暑不輟。雖儒生劬學，不是過也。素性慷慨，好施與，雖巾幗而有俠士風。蓋嫂茹荼含檗，已逾十六年。與朝廷守節歷十年已故者旌之例，實符焉。嫂

〔註77〕　（清）江珠撰《小維摩詩稿》，合肥：黃山書社 2008 年，第 864～865 頁。
〔註78〕　（清）江珠撰《小維摩詩稿》，合肥：黃山書社 2008 年，第 864～865 頁。
〔註79〕　（清）宗婉《夢湘樓詩稿》，合肥：黃山書社 2008 年，第 681 頁。

遭境多逆，中值寇難，天豈忌其才以厄其身耶？抑故使其顛連愁苦，得一發於著作，以玉成其不休之業乎？」〔註 80〕生活的遭際與精神的磨難似乎更爲吳芭成就佳篇作了必要的鋪墊，其富學多才終身不曾丟棄寫作的態度令人生敬，而其侍舅姑的孝道更爲其集增添幾分凝重。繼子孫仲霖乞序於茶磨山人汪芑，更著重對其才識的肯定，甚言：「近日文士士剽竊浮藻，坐致朱紫，豈知十步之內，芳草扇馨，如女史之才之識，有卓卓可紀者。殆郭西山水，清淑之氣，蜿蜒磅礴之所鍾乎！」〔註 81〕

　　三是友人搜集整理付梓。常熟閨秀陶安生所撰《清綺軒詩剩》即由其丈夫章玕之「同年」蔣士驥「索其篋中詩，得若干首，付之梓」〔註 82〕，但蔣氏這樣做的目的乃「非傳其詩，傳其人也」，其所宣揚的中心並非陶氏詩作本身，而在闡揚其「合乎中正之音、敦厚溫柔之旨」，使「鄉之族若戚景仰遺徽」。顯然有著明確的詩教用意。而文士黃光彬之題《清綺軒詩剩》序中也明確指出，進一步表彰陶安生詩，也出於「不獨以詠絮才高誇美謝家道韞也，所作隨口高吟，寓言抒意，其一種貞靜幽閒之致，與夫愛敬惻惻之誠，有含之於言外、託之於意中葉，皆鑿鑿可會也」〔註 83〕的審美旨趣，對陶氏貞靜賢淑的品德的贊譽似高於對其詩才的褒獎，與蔣士驥德評價可謂異曲同工。就連陶安生丈夫章玕爲其詩集所作題詞中仍表達了欲闡發陶氏「潛德幽光」，使其「不終泯滅於身後」的意願，且言「婦道在德不在才」，並對其「不肯繕成稿本」的作爲表示認同，這又與黃光彬之言「恭人之詩，不留者多而剩者只此，未焚猶焚。故知恭人之裕於才而並優於德也」的評價不謀而合。在這群文士眼裏，陶氏之才值得頌美，但其德尤在才之上，更需要宣揚。

　　四是在社集活動之後集體刊行。蘇州閨秀結社文稿付梓最爲典型的要數張允滋與其丈夫任兆麟共同編選、閱定的《吳中女士詩鈔》，這部選集所收錄詩歌爲吳中以張允滋爲中心的十名閨秀唱和之篇什，由任兆麟組織付梓，這是較爲典型的社集聯吟的結集之作。另外，崑山閨秀余希嬰以家族爲中心的賦詩聯吟以及酬唱合集的付梓也是閨秀結社後作品刊行的一個典型。希嬰爲文士余夢星次女，一生筆耕不輟，直到八十餘歲仍「爲女傳，教繡課經」。曾

〔註 80〕　（清）吳芭《佩秋閣詩稿》，合肥：黃山書社 2010 年，第 1187～1188 頁。
〔註 81〕　（清）吳芭《佩秋閣詩稿》，合肥：黃山書社 2010 年，第 1189 頁。
〔註 82〕　（清）陶安生《清綺軒詩剩》，合肥：黃山書社 2008 年，第 1335 頁。
〔註 83〕　（清）陶安生《清綺軒詩剩》，合肥：黃山書社 2008 年，第 1336 頁。

與族人進行詩文唱和，並彙刻其祖、父、弟、妹之作以及自己之詩，爲《余氏五稿》（《玉山連珠集》），其中就包含希嬰《味梅吟草》以及其妹希芬的《郎仙吟稿》兩部詩文集。以《味梅吟草》爲例，同里朱尙賓曾於道光十六年爲之作序，觀其所言乃重在推尊希嬰詩之「怨語」、「苦心」、「情眞」，以謂「其人傳，其詩亦傳」〔註84〕。

〔註84〕　（清）餘希嬰《味梅吟草》，合肥：黃山書社 2008 年，第 1241 頁。

結語：在「離開」與「回歸」中構建的生命美學：「以人存詩」與「以詩存人」

　　清代江浙地區閨秀結社總體而言有一個較爲顯著的發展趨勢，即由族內向族外發展，由一地向多地發展。以吳江葉氏詩社群爲例，沈宜修（沈德潛之女）與其三個女兒葉紈紈、葉小鸞、葉小紈以及其姑母、嫂、姊妹、侄女等等形成族內唱和群體；這樣的族內詩群關係至清代中葉開始發生變化，閨秀之結社逐步突破家族關係而朝著非血緣關係的社交型結社方式轉變。以蘇州吳江著名閨秀詩社清溪吟社爲例，社員中除了張芬爲張允滋從妹，李嫕與陸瑛爲姑嫂關係外，其餘社員之間並無直接的血緣關係。更甚者，《名媛詩話》作者沈善寶與孫雲林、項屏山所結秋紅吟社更是突破一地範圍而將結社規模拓展至京城。

　　「閨秀能文，終竟出於大家」[註1]，清代閨秀文學及結社活動的興盛是時代文化與世家文化的共同滲透的結果，乾嘉時期的蘇州只不過是此期閨秀結社極盛的一個縮影。明清時期江浙地區普遍的結社風氣、江南地區城市商品經濟的發展、文化觀念的演變、社團文化活動的增加、世家大族對女性文化與教育的重視、名士公開招收女弟子以及對女學的積極倡導、地方文化主義等等因素，可以說共同融匯出清代閨秀結社的一幅華麗圖景，開創了女性文學創作相對自由的天地。袁枚、郭麐、陳文述、毛奇齡等名士公開招收女

〔註 1〕　（清）袁枚《隨園詩話》卷三，北京：人民文學出版社 1982 年，第 72 頁。

弟子的行爲固然值得欽賞，而名媛自身在參與詩社的同時，亦招收女弟子，自身即爲女塾師的事實更說明其文化身份的相對增強與社會活動範圍的逐步擴大。此現象在江浙地區十分普遍，如清初閨秀商景蘭、康熙才媛胡愼儀、道光才媛沈善寶等都曾招收女弟子，而康熙間名媛胡愼儀就有弟子二十人左右，爲閨塾師四十餘年。閨秀結社雖多伴隨追慕風雅、修養情性的目的，但在飲酒彈琴、唱和吟詩的雅集過程中，卻也深深烙下了對自身生存的精神期許，不論是康熙間的「蕉園詩社」還是乾隆末年吳江的「清溪吟社」皆是如此，就連「海棠詩社」這個出現在小說《紅樓夢》中的社集，竟亦鮮明寫著「效法古風，開啓吟社」廣發英雄貼，遍招社員，起社以宴集詩人、醉飛飲盞爲目的，以雄才雅會，不讓鬚眉爲目標。而每一次分題賦詩與每一次優劣評定的根底都帶著詩藝較量的情致。清人許夔臣輯《國朝閨秀香咳集》時便曾高度評價過名媛們社集賦詩的才情：「我朝文教昌明，閨閣之中，名媛傑出，於染脂弄粉之暇，時親筆墨，較之古人，亦不多讓焉。」〔註2〕其評述是恰切的。閨秀結社的直接成果是結社酬唱集的出版以及文學思想的發展。在清代，女性詩文集的刊刻付梓相對於文士作品而言更爲不易，閨秀之作往往附錄於其丈夫詩文集之後一同出版或者被名士選錄出版，更有一部份以選集形式編輯刊行。在清人的文學傳播定位中，有一個較爲明確的觀念，這就是「以人存詩」與「以詩存人」，我們試看乾嘉年間著名的江蘇文人錢泳所作筆記《履園叢話》中以「以詩存人」與「以人存詩」爲題〔註3〕選數例清人作品加以評述。且「以詩存人」所選詩例中，尤以蘇州府之常熟、崑山、太倉士人爲多，不難看出清人在此問題上的限定。那麼，通過結社而付梓的作品與通過男性文士之手付梓的閨秀作品有什麼根本的區別？「以詩存人」與「以人存詩」有什麼本質性的差異？「以詩存人」固然看重的是詩的特質與時代的精神，而「以人存詩」則更多地包含著對創作者的認同、詩教的主題以及官方的意識。對蘇州閨秀詩文的傳播究竟取何種態度，自然在更大程度上取決於付梓者的選文標準與傳播者的刊行立場。

我們首先論述「以人存詩」在文士編選、刊刻閨秀作品時的共識。蘇州常熟閨秀陶安生爲鎮江府教授陶貴鑒之女，廬州郎中章玕之妻，撰有《清綺

〔註2〕（清）施淑儀《清代閨閣詩人徵略》卷四，南京：鳳凰出版社 2010 年，第 1870 頁。

〔註3〕（清）錢泳《履園叢話》，北京：中華書局 1979 年，第 208～222 頁。

軒詩剩》集，此詩集的刊行，得益於與其丈夫同榜錄取的文士蔣士驥之助。
在蔣氏為《清綺軒詩剩》所作序言中，記載著其為陶安生詩集付梓的原因，
乃出於「以人存詩」的選錄標準，其文曰：

> 世謂詩人多窮，即閨閣亦然。夫人文章經術，海內推重，晚歲
> 息影著書，足不出戶，時或以詩自娛。夫人隨侍之暇，親承家學，
> 其性情之貞淑，舉止之端謹，常流露於楮墨間。然而內言不出，罕
> 有能誦其詩者。爰索其篋中詩，得若干首，付之梓。非傳其詩，傳
> 其人也。夫以夫人之賢，而其詩又皆合乎和平中正之音、敦厚溫柔
> 之旨，宜可以享遐齡，膺厚福者。〔註4〕

從這段序言中可知，陶氏所作乃「隨侍之暇」、「親承家學」之筆，字裏行間
流露出的是其貞淑的性情、端謹的舉止。陶氏不欲傳其作，且秉持「內言不
出」之訓並未將詩稿流傳，因而世間罕有知者。蔣士驥於其篋中得若干首並
予以付梓並非純出於欽賞其詩，而是敬仰其人，其自言「非傳其詩，傳其人
也」，其所推重者正在於陶安生及其詩作所契合的「敦厚溫柔之旨」、「和平中
正之音」。在這篇序文中，蔣氏不遺餘力地讚美陶安生「歸我同年章韞卿觀察，
事親孝，相夫敬，接妯娌和，待婢僕寬，躬自操作，不辭劬瘁。其兢兢禮法
自持，殆將與鍾、郝比跡焉。若夫簪花詠絮之才，賦茗頌椒之譽，豈夫人志
哉！」〔註5〕的婦德與才學。陶氏之人合乎此禮，其詩亦然。可惜的是「既厄
其遇，復促其年，使其鄉之族若戚景仰遺徽，欲倣佛夫人之德言功貌不可得，
而僅僅於詩傳之」〔註6〕。蔣士驥之序一開始便言及「世謂詩人多窮，即閨秀
亦然」的命題。這一命題既是中國古典詩學的傳統命題之一（司馬遷、韓愈、
歐陽修等已提出「發憤著書」、「詩窮後工」），也是清代蘇州文士的共識，前
文已提到蘇州崑山文士歸莊在其《吳余常詩稿序》中所言「小不幸」與「大
不幸」的論詞：「士雖才，必小不幸而身處窮厄，大不幸而際危亂之世」〔註7〕
遭逢世窮，命途多舛，世積離亂而積發人生情志，是詩人成就詩才的重要動
因。然而，這「發憤著書」、「詩窮後工」的背後，埋藏的是詩人歷經歲月磨
礪而彌堅的情志、洗禮沉澱而不滅的性靈，遠非俗世的觀念與不可違背的「義

〔註4〕（清）陶安生《清綺軒詩剩》，合肥：黃山書社 2008 年，第 1335 頁。
〔註5〕（清）陶安生《清綺軒詩剩》，合肥：黃山書社 2008 年，第 1335 頁。
〔註6〕（清）陶安生《清綺軒詩剩》，合肥：黃山書社 2008 年，第 1335 頁。
〔註7〕（清）歸莊《歸莊集》卷三，上海：上海古籍出版社 2010 年，第 182～183
頁。

禮」。而閨秀身處深閨,「安常處順」又怎會有真「詩」傳焉?然讀陶夫人之什,卻若有所會,其人、其詩、其德、其才、其品皆在其中,因而蔣士驤才發出:「向使安常處順,其所傳當不止此」的感歎!此,指的是詩,不止此,當指的是德性與風教,無怪其序開篇又言:「古者齊家之訓,肇於二南,大半婦人女子之作,上自后妃,下至妾媵,莫不有詩」〔註8〕。蔣氏之論更大程度出於政教的立場與經學的用意,與其說是「傳詩」,毋寧言之「傳人」。學者付瓊在爲黃秩模所輯《國朝閨秀詩柳絮集》(校補本)所作前言中對此兩種不同的編輯方式與立場作出如下評述:

> 中國古代詩歌總集的選錄標準向來有「以人存詩」和「以詩存人」之分。「以人存詩」就是把人的品行作爲選錄的前提,詩的好壞不作爲主要的考慮。也就是說其人可取,詩即使寫得不好也可以收錄。「以詩存人」則是把詩的好壞作爲主要的選錄標準,而人品的高下和身份的貴賤,只作爲次要的考慮。中國古代女性詩歌總集向來首重婦德,次論詩藝,因而普遍採取「以人存詩」的選錄標準。《正始集》以「整壹人心,扶持壺教」(黃友琴序)、「風天下而端閨範」(潘素心序)爲己任,因而「女冠緇尼」、「青樓失行婦人」之詩以及「篆刻雲霞,寄懷風月,而義不合於雅教者,雖美弗錄」(惲珠《例言》),顯然採用了「以人存詩」的非文學標準,頗爲嚴奇。〔註9〕

付瓊的闡釋的是客觀的,清代文士在編撰女性詩文集時所採取的往往是「以人存詩」的態度,即純粹以女性的品行作爲是否編選的唯一標準,甚至刪改女性作品,黃秩模在編輯《國朝閨秀柳絮集》時就發現,同一閨秀作品在別集與總集中時常出現「異文」的現象,這種現象非常普遍,顯然這一標準是非文學的,並且在很大層面上遮蓋了女性文學創作的真實面貌也遮蔽了女性文學創作的真正價值。清人劉雲份輯錄《唐宮閨詩》二卷,明清之際經學家,四川新繁人費密爲之作序,在序言中,費密對文士編選閨秀詩的立場作出如下評述:

> 友淮南劉子雲份,總唐一代婦女之詩爲書,有后妃,有公主,有貴人之妻與妾,有庶人之妻與妾,有女冠、有尼,有娼,爲類不

〔註8〕 (清)陶安生《清綺軒詩賸》,合肥:黃山書社2008年,第1335頁。

〔註9〕 (清)黃秩模編,付瓊校補《國朝閨秀詩柳絮集校補》,北京:人民文學出版社2011年,第5頁。

一，劉子合而裁之，其完婦人之行，則詩載上卷爲正。其失婦人之
行，則詩載下卷爲餘。婦人既完其行，是庶人之妻與妾也，賤也，
而其詩不得不爲正。婦人既失其行，是后妃與貴人之妻與妾也，貴
也，而其詩不得不爲余。此固人志之無有不同者矣！劉子取人志之
無有不同者，定唐之婦人，以爲婦人之規。使凡爲婦人者，皆安順
守身，退然深靜，上之不敢亂國，下之不致污俗。儒者疏經，正史
亦於此又取焉耳。〔註10〕

經學家費密爲《唐宮閨詩》二卷所作序中指出劉氏輯錄唐代女詩人之作，只
以「婦人之行」「完」與「不完」作爲評判高下的唯一依據。劉雲份雖然「總
唐一代婦女之詩，合而載之」，但仍然以上卷、下卷來明確劃分婦女詩作的高
低。而這劃分高低的標準，又只以「婦人之行」爲唯一尺度，這即是說，只
要合乎婦人之德，受乎婦人之行，則「庶人之妻與妾也，賤也，而其詩不得
不爲正」，不論出身貴賤，皆爲上品；而不合婦人之德，失之婦人之行，則「后
妃與貴人之妻與妾也，貴也，而其詩不得不爲余」，也只能列入下品。而如此
編選標準的用意則是使「婦人者，皆安順守身，退然深靜，上之不敢亂國，
下之不致污俗。儒者疏經，正史亦於此又取焉耳。」在這裡，費密將編選者
劉雲份的經學立場、傳統婦教用意說得很明白。而劉雲份在自序中更是將自
己輯錄唐代女性詩以使「正者爲教，邪者知戒」的經學用意直接闡釋出來：

女子之詩，不從近世始矣。昔者聖人刪定《風》、《雅》，王化首
於「二南」。然自后妃以下，女子所作爲多，至於列國女子之詩，微
善者存之，即敗倫傷道之詠，亦存而不削，使正者爲教，而邪者知
戒焉。厥旨深哉！爰從離定之次，廣羅而全錄之：取其品行端潔者，
列爲上卷正集：若夫敗度逾閑者，列爲下卷外集；以其人別之，非
論其詩之工拙也。世之君子，當必有會心於余指者矣。〔註11〕

有選擇地編訂閨秀文學集，使「正者爲教，邪者知戒」。其教化的目的性也十
分突出。然而，閨秀文學的發展並未與言論的束縛成正比，從本書的文獻引
述中我們可以發現，蘇州閨秀在結社中所表現出的女性意識的自覺、創作精

〔註10〕 （清）劉雲份《唐宮閨詩》二卷，費密序，南京：鳳凰出版社 2010 年，第 2551
～2552 頁。
〔註11〕 （清）劉雲份《唐宮閨詩》二卷，費密序，南京：鳳凰出版社 2010 年，第 2552
頁。

神的相對獨立、參與結社的逐步社會化進程、文本內容的豐富多元，談論歷史、品評人生、感悟生活，甚至感傷時政，其文學風格更是呈現出脫離脂粉氣而頗具林下清風的骨力以及充實深沉的內涵與情感，絕非詩教所約定的單一的敦厚溫柔之風可以蓋棺定論。蘇州閨秀結社實際上在一個相對活躍而寬裕的話語空間中保留了女性部份的精神自主權。在研究中我們注意到，清人編選閨秀詩集，也並非純粹出於經學的立場、政教的需要與道德的關注，較爲客觀而相對真實地記錄閨秀思想與創作的選本，上文所言黃秩模編輯《國朝閨秀詩柳絮集》正是典型，其選錄標準是人詩並重、存沒兼收，他所關注的不僅是「人」的道德與品行，更包含人之爲人的普通性與平凡化，因而收取頗多真性情之作。在《柳絮集》的題辭中，我們也可以從黃秩模友人的筆觸中看到其選錄閨秀詩的立場。比如其族弟秩濬言：「作詩貴有真性情，應識古來重女史。要知詩教尚溫柔，須得正音黜浮靡」〔註12〕。性情，仍是選真詩的關鍵。

其次，我們再論述「以詩存人」在閨秀自編與結社合集中的編撰目的。無論是毗陵派對性情之真的倡導，還是袁隨園性靈詩說對閨秀才學的開掘與啓迪，抑或是陳文述之流風雅文士對閨秀才學的欽賞，以及任兆麟、郭麐氏等對閨秀才學的支持，都無疑是促成乾嘉時期蘇州閨秀詩文創作才能極大激發的源頭，使其前所未有地活躍於此期的詩壇。她們的詩學宗尙令人稱奇，追求「林下清風」的超然，脫盡脂粉氣的豪情、宗唐而不限於唐的靈性與灑脫。就其詩歌創作主題來看，既有閨中清韻、生活紀事、生命感慨，亦有對時事的感傷，對家國的憂慮，更有對命運的哀憐、對詩學的論爭。她們身後是悲喜交加的時代、家族與家庭的榮辱、沉浮，亦是置身於其間的歡喜、靜默與沉淪，背井離鄉、早年喪夫、貧病交加的傷痛與遺恨。命運如一張大網陰雲密佈般地籠罩著女性的心靈時空，但也恰恰是這真實刺骨的際遇熔化並鑄就了她們的特殊的心靈，「詩窮後工」，人亦窮而後志，方才織就一番朗闊的人生圖景與詩學圖景。乾嘉時期蘇州閨秀的詩歌世界是豐富的，它不僅讓數以千計的閨秀生命影像在這裡得以保存，更讓無數名宦士子望其項背。

以詩存人抑或以人存詩，終歸是審視閨秀文學創作價值增長點的一種外在視角，它不能等同於閨秀創作的本體；「貞靜敦厚」抑或「發自性靈」的詩

〔註12〕 （清）黃秩模編輯，付瓊校補《國朝閨秀詩柳絮集校補》，人民文學出版社 2011年，第 2 頁。

學定位也畢竟只是文壇大勢中兩大陣營差強人意的訴求。作為清代閨秀文學
創作活動的重要組成部份，蘇州閨秀結社及其成果，只是較為集中而典型地
體現了這一特殊時期特殊地域所發生的具有相對開掘性意義的女性文學活動
價值與趨勢。在正如乾嘉時期江蘇文人錢泳所言：「詩言志也，志人人殊，詩
亦人人殊，各有天分，各有出筆。如雲之行，水之流。古人以詩觀風化，後
人以詩寫性情，性情有中正和平、奸惡邪散之不同，詩亦有溫柔敦厚、嘺殺
浮僻之互異。如全取性靈，則將以樵歌牧唱盡為詩人乎？」〔註 13〕既傾向詩
人主體精神的建構，又側重雅正文學的闡發，並將兩者同置於「天工」的語
境中進行考察，強調自然的流露與率真的呈現，所謂「詩之為道，如草木之
花，逢時而開，全是天工，並非人力」〔註 14〕。倘若藉此綜觀乾嘉蘇州閨秀
結社的全局，從創作的發端到社集的開展，從閨閫之中到屋宇之外，從閨秀
之間到閨秀與文士之間、從依附性角色到獨立結社的有序舒展與種種轉變，
又怎能不說是清代蘇州閨秀以「走出」的姿態逐步「回歸」真實自我的過程？
胡文楷在《歷代名媛書簡》序中對有清一代才媛社集這樣綜述道：「武林閨彥，
創蕉園吟社，講論詩詞；箋翰手束，清雋風雅；一洗塵俗格調，洵管彤之煒
也。明瑛小貼登於《燃脂》之集；柏舟短簡，採於《奇賞》之編。有清女學，
遠邁前古；林屋吟榭，媲美西泠；隨園女弟，擅譽三吳。」〔註 15〕可以說，
開放性與兼容性並存，承續性與開拓性同有，正是清代蘇州閨秀文學結社活
動的特質。

〔註 13〕（清）錢泳撰；張偉點校《履園叢話》，北京：中華書局 1979 年，第 205 頁。
〔註 14〕（清）錢泳撰；張偉點校《履園叢話》，北京：中華書局 1979 年，第 206 頁。
〔註 15〕王秀琴編集；胡文楷選訂《歷代名媛書簡》商務印書館，1941 年，第 3 頁。

參考文獻

一、明清文獻

1. 〔明〕葉紹袁《午夢堂集》，上海：上海雜誌公司 1936 年。
2. 〔明〕葉天廖《午夢堂全集》，上海：貝葉山房 1936 年。
3. 〔明〕胡應麟《少室山房筆叢》，北京：中華書局 1958 年。
4. 〔明〕祁彪佳《祁彪佳集》，北京：中華書局 1960 年。
5. 〔明〕李贄《焚書・續焚書》，北京：中華書局 1975 年。
6. 〔明〕王端淑《名媛詩緯初編》，清康熙間清音堂刻本。
7. 〔明〕馮夢龍《情史》，南京：江蘇古籍出版社 1993 年。
8. 〔明〕葉紹袁編，冀勤輯校《午夢堂集》，北京：中華書局 1998 年。
9. 〔明〕葉紹袁《午夢堂集》，北京：中華書局 1998 年。
10. 〔明〕袁中道《柯雪齋集》，上海：上海古籍出版社 1989 年。
11. 〔明〕田藝蘅《詩女史》，《四庫全書存目叢書》集部。
12. 〔明〕鍾惺《名媛詩歸》，《四庫全書存目叢書》集部。
13. 〔清〕陳文述《碧城仙館女弟子詩》，西冷印社聚珍本 1915 年。
14. 〔清〕陳東原《中國婦女生活史》，北京：商務印書館 1925 年。
15. 〔清〕永蓉等撰《四庫全書總目提要》，商務印書館，1933 年。
16. 〔清〕劉雲份《翠樓集》，上海：上海雜誌公司 1936 年。
17. 〔清〕江標《黃蕘圃先生年譜》，上海：商務印書館 1939 年。
18. 〔清〕王曇《煙霞萬古樓文集》，上海：商務印書館 1939 年。
19. 〔清〕錢謙益《列朝詩集小傳》，上海：古典文學出版社 1957 年。
20. 〔清〕王夫之等撰《清詩話》，上海：上海古籍出版社 1963 年。

21. 〔清〕王士禛著《帶經堂詩話》，北京：人民文學出版社 1963 年。

22. 〔清〕王士禛著《漁洋詩話》，上海：上海古籍出版社 1978

23. 〔清〕葉燮《原詩》，上海：上海古籍出版社 1978 年。

24. 〔清〕沈德潛著《說詩晬語》，上海，上海古籍出版社 1978 年。

25. 〔清〕薛雪著《一瓢詩話》，《清詩話》本，上海：上海古籍出版社 1978 年。

26. 〔清〕趙爾巽等撰《清史稿》，北京：中華書局標點本，1977 年。

27. 〔清〕王夫之《清詩話》，上海古籍出版社 1978 年。

28. 〔清〕陳廷焯《白雨齋詞話足本校注》，濟南：齊魯書社 1983 年。

29. 〔清〕金人瑞《沉吟樓詩選》，上海古籍出版社影印嘉業堂本 1979 年。

30. 〔清〕阮元校刻《十三經注疏》，北京：中華書局 1980 年。

31. 〔清〕袁枚《隨園詩話》，顧學頡校點，北京：人民文學出版社 1982 年。

32. 〔清〕錢謙益《牧齋初學集》，上海：上海古籍出版社 1985 年。

33. 〔清〕陳文述《碧城仙館詩鈔》，北京：中華書局 1985 年。

34. 〔清〕史震林《西青散記》，北京，中國書店 1987 年。

35. 〔清〕沈寶善《名媛詩話》，臺北：新文豐出版社 1987 年。

36. 〔清〕余懷《板橋雜記》，南京：江蘇文藝出版社 1987 年。

37. 〔清〕許夔臣編《香咳集選存》，北京：人民文學出版社 1990 年。

38. 〔清〕章學誠《婦學》，北京：人民文學出版社 1990 年。

39. 〔清〕袁枚編，徐定寶點《隨園女弟子詩選》，南京：江蘇古籍出版社 1993 年。

40. 〔清〕袁枚編，王英志校點《隨園詩話》，南京：江蘇古籍出版社 1993 年。

41. 〔清〕李慈銘撰；由雲龍輯《越縵堂讀書記》，北京：中華書局，1963 年。

42. 〔清〕錢謙益輯《列朝詩集》，上海：上海三聯書店 1989 年。

43. 〔清〕王士禛《池北偶談》，北京：學苑出版社 1999 年。

44. 〔清〕施淑儀《清代閨閣詩人徵略》，北京：中國書店 1990 年

45. 〔清〕朱彝尊著《靜志居詩話》，北京：人民文學出版社 1990 年。

46. 〔清〕余懷《板橋雜記》，青島：青島出版社 2002 年。

47. 〔清〕季嫻《閨秀集》，《四庫全書存目叢書》集部。

48. 〔清〕吳梅村《梅村家藏稿》，《續修四庫全書》集部。

49. 〔清〕舒位《瓶水齋詩集》，上海：上海古籍出版社 1991 年。

50. 〔清〕沈彤等纂《中國地方志集成》，江蘇府縣志輯23，乾隆震澤縣志，震澤縣志續，垂虹識小錄，南京：江蘇古籍出版社，1991年版。

51. 〔清〕杜登春《社事始末》，北京：中華書局，1991年。

52. 〔清〕袁枚編，王英志校點《小倉山房文集》，南京：江蘇古籍出版社1993年。

53. 〔清〕陳文述撰《西冷閨詠》，上海：上海古籍出版社1994年。

54. 〔清〕邱心如《筆生花》，臺北：文化圖書公司1996年。

55. 〔清〕沈德潛《國朝詩別裁集》，杭州：浙江古籍出版社1998年。

56. 〔清〕李桂玉《榴花夢》，北京：中國文聯出版公司1998年。

57. 〔清〕顧太清、奕繪著，張璋編校《顧太清奕繪詩詞合集》，上海：上海古籍出版社1998年。

58. 〔清〕顧祿《清嘉錄》，南京：江蘇古籍出版社1999年。

59. 〔清〕袁景瀾撰；甘蘭經，吳琴校點《吳郡歲華紀麗》，南京：江蘇古籍出版社，1998年。

60. 〔清〕余懷《板橋雜記》，上海：上海古籍出版社2000年。

61. 〔清〕劉獻廷《清代筆記叢刊》，濟南：齊魯書社，2001年。

62. 〔清〕陳文述《頤道堂文鈔》，上海：上海古籍出版社2002年。

63. 〔清〕趙翼《甌北集》，上海：上海古籍出版社2002年。

64. 〔清〕席佩蘭《長眞閣集》，上海：上海古籍出版社2010年。

65. 〔清〕季蘭韻《楚畹閣集》，道光二十七年刻本

66. 〔清〕趙我佩《碧桃仙館詞》，清同治間程秉釗清寫底稿本行書。

67. 〔清〕錢淑慄《海棠春曉樓吟草》，光緒丁酉仲夏刊刻。

68. 〔清〕汪啓淑《擷芳集》，清乾隆間刻本。

69. 〔清〕徐乃昌《小檀欒室彙刻閨秀詞》，光緒二十二年南陵徐氏刻本。

70. 〔清〕惲珠《國朝閨秀正始集》，道光紅香館刊本。

71. 〔清〕惲珠《國朝閨秀正始續集》，道光紅香館刊本。

72. 〔清〕王之孚《畫餘勝墨》（與《綠窗吟草》合冊，名《金海樓合稿》），清末刻本。

73. 〔清〕吳宗愛《徐烈婦詩鈔》，清光緒元年刻本。

74. 〔清〕任啓運《清芬樓遺稿》，光緒十四年刻本。

75. 〔清〕張婉《三省樓勝稿》，光緒三十三年鉛印本。

76. 〔清〕王采頻《讀選樓詩稿》，光緒二十年東河督署校刻本。

77. 〔清〕武淑儀《海棠春曉樓吟草》，光緒二十三年刻本。

78. 〔清〕淩祉媛《翠螺閣詩稿》，咸豐四年武林廷蘭香谷刻本。

79. 〔清〕陳菊貞《晚香館遺詩》，光緒間吳縣蔣氏刻本。

80. 〔清〕史震林《華陽散稿》，清光緒九年圍叢書排印本 2 冊。

81. 〔清〕袁枚《小倉山房詩文集》，乾隆間刻本。

82. 〔清〕莊盤珠《秋水軒集》，光緒二年思補樓木活字本。

83. 〔清〕席佩蘭《長眞閣詩餘》，小檀欒室刊本。

84. 〔清〕王采薇《長離閣集》，光緒十年，吳縣朱氏槐廬梭刊本。

85. 〔清〕法式善著，張寅彭、強迪藝編校《梧門詩話合校》，南京：鳳凰出版社 2005 年。

86. 〔清〕法式善著；許徵整理《梧門詩話》，烏魯木齊：新疆大學出版社，2006 年。

87. 〔清〕任兆麟選定，張允滋選錄《吳中女士詩鈔》，乾隆五十四年刻本。

88. 〔清〕駱綺蘭《聽秋軒詩集》，乾隆六十年金陵龔氏刊本。

89. 〔清〕熊璉《澹仙詩鈔》，嘉慶二年刻本。

90. 〔清〕駱綺蘭《聽秋軒閨秀同人集》，嘉慶二年句曲駱氏藏本。

91. 〔清〕李佩金《生香館詩詞》，嘉慶二十四年刻本。

92. 〔清〕席慧文《瑤草珠草閣詩鈔》，道光元年本衙藏版。

93. 〔清〕夏伊蘭《吟鴻閣詩鈔》，道光己丑刻本。

94. 〔清〕惲珠編《國朝閨秀正始集》，道光十一年紅香館刊本。

95. 〔清〕毛國姬《湖南女士詩鈔所見》，道光甲午刊本。

96. 〔清〕沈善寶《鴻雪樓初集》，道光十六年鴻雪樓刊本。

97. 〔清〕梁德繩《古春軒詩集》，道光二十七年刊本。

98. 〔清〕張曜孫編《陽湖張氏四女集》，道光三十年宛鄰書屋刻本。

99. 〔清〕黃秩模編，付瓊校補《國朝閨秀詩柳絮集校補》，北京：人民文學出版社 2011 年。

100. 〔清〕錢守璞《繡佛樓詩稿》，同治八年刊本。

101. 〔清〕吳蘭畹《灌香草堂初稿》，同治五年刊本。

102. 〔清〕陳芸《小黛軒論詩詩》，上海：上海古籍出版社 2010 年。

103. 〔清〕施淑儀《清代閨閣詩人徵略》，南京：鳳凰出版社 2010 年。

104. 〔清〕趙棻《濾月軒集》同治十二年烏程汪氏刻本

105. 〔清〕汪端《自然好學齋詩鈔》，同治十三年刊本。

106. 〔清〕汪端編《明三十家詩鈔》，同治十二年蘊蘭吟館重刊本。

107. 〔清〕沈善寶《名媛詩話》，光緒丙子年鴻雪樓刊本。

108. 〔清〕孫原湘《天眞閣外集》,《續修四庫全書》第 1488 冊。

109. 〔清〕鮑之蕙《清娛閣詩鈔》,光緒八年刊本。

110. 〔清〕顧炎武《肇域志》,上海:上海古籍出版社,2012 年。

111. 〔清〕鮑之蕙《起雲閣詩鈔》,光緒八年刊本。

112. 〔清〕莊盤珠《秋水軒集》冒俊編《林下雅音集》,光緒十年如皋冒氏刊本。

113. 〔清〕吳藻《香南雪北詞》徐乃昌刊《小檀欒室彙刻閨秀詞》第五集,光緒 24 年。(1898)本。

114. 〔清〕沈德潛《清詩別裁集》,北京:中華書局 1975 年。

115. 〔清〕陳蘊蓮《信芳閣詩草》,光緒庚子年重印本。

116. 〔清〕孫德英《金魚緣》,光緒二十九年石印本。

117. 〔清〕方芳佩《在璞堂吟稿》、《在璞堂續稿》,四庫未收書輯刊十輯二十冊。

118. 〔清〕徐乃昌《閨秀詞鈔》,小檀欒室刊本。

119. 〔清〕徐燦《拙政園詩餘》,小檀欒室刊本。

120. 〔清〕李佩金《生香館詞》,小檀欒室刊本。

121. 〔清〕梁德繩《古春軒詞》,小檀欒室刊本。

122. 〔清〕沈善寶《鴻雪樓詞》,小檀欒室刊本。

123. 〔清〕熊璉《澹仙詞》,小檀欒室刊本。

124. 〔清〕商景蘭《錦囊詩餘》,小檀欒室刊本。

125. 〔清〕賀雙卿《雪壓軒詞》,小檀欒室刊本。

126. 〔清〕吳藻《花簾詞》、《香南雪北詞》,小檀欒室刊本。

127. 〔清〕左錫璿《冷吟仙館詩餘》,小檀欒室刊本。

128. 〔清〕左錫嘉《碧梧紅蕉館詞》,小檀欒室刊本。

129. 〔清〕錢仲斐《雨花庵詩餘》,小檀欒室刊本。

130. 〔清〕蔡殿齊編次《國朝閨秀詩鈔》,續修四庫全書·集部。

131. 〔清〕李漁《閒情偶寄》,北京:華夏出版社 2006 年。

132. 〔清〕朱彝尊《靜志居詩話》,北京:人民文學出版社 2006 年。

133. 〔清〕李重華撰《貞一齋詩話》,《續修四庫全書》本。

134. 〔清〕袁枚著,王英志校點《隨園詩話》,南京,南京:鳳凰出版社 2000 年。

135. 〔清〕趙翼《甌北詩話》,《清詩話續編》本,上海:上海古籍出版社 1983。

136. 〔清〕洪亮吉著《江北詩話》,北京:人民文學出版社 1983 年。

137. 〔清〕朱廷珍著《筱園詩話》，上海：上海古籍出版社 1983 年。

138. 〔清〕楊際昌著《國朝詩話》，上海：上海古籍出版社 1983 年。

139. 〔清〕王蘊章著《然脂餘韻》，南京：江蘇古籍出版社 2002 年。

140. 〔清〕吳景旭著《歷代詩話》，北京：中華書局 1958 年。

141. 〔清〕何文煥輯《歷代詩話》，北京：中華書局 1981 年。

142. 〔清〕袁枚著，王英志主編《袁枚全集》，南京：江蘇古籍出版社 1993 年。

143. 〔清〕雷瑨、雷瑊輯《閨秀詩話》，南京：南京：鳳凰出版社 2010 年。

144. 〔清〕袁枚著；顧學頡校點《隨園詩話補遺》，北京：人民文學出版社 1982 年。

145. 〔清〕宋如林、羅琦修，石韞玉纂，道光《蘇州府志》，清道光四年刻本。

146. 〔清〕李銘皖等修，馮桂芬等纂，光緒《蘇州府志》，光緒九年刊本。

147. 〔清〕李光祚、顧詒祿纂修，乾隆《長洲縣志》，乾隆三十一年刻本。

148. 〔清〕江文煒修，沈德潛纂，乾隆《元和縣志》，乾隆五年刻本。

149. 〔清〕金吳瀾、李福沂修，汪坤、朱成熙纂，光緒《昆新兩縣續修合志》，光緒六年刻本。

150. 〔清〕袁牧著；朱太忙標點；胡協寅校閱《正續隨園詩話》足本上，大達圖書供應社，1934 年。

151. 〔清〕王錡《寓圃雜記》，北京：中華書局，1985 年。

152. 〔清〕章鈺等編《清史稿藝文志及補編》，北京：中華書局，1982 年。

153. 〔清〕高宗敕撰《清朝通典》，商務印書館，1935 年。

154. 〔清〕高宗敕撰《清朝通志》，商務印書館，1935 年。

二、近現代及當代文獻

1. 謝無量《中國婦女文學史》，北京：中華書局 1916 年。

2. 梁乙真《清代婦女文學史》，上海：中華書局 1927 年。

3. 黃渡《中國婦女文學史》，香港：香港百靈出版社 1931 年。

4. 陶秋英《中國婦女與文學》，上海：北信書店 1932 年。

5. 朱士嘉編《中國地方志綜錄》增訂本，商務印書館，1935 年。

6. 冼玉清《廣東女子文藝考》，上海：商務印書館 1938 年。

7. 王重民、楊殿珣《清代文集篇目分類索引》，北京：中華書局 1965 年。

8. 丁英《婦女與文學》，上海：滬江書屋 1946 年。

9. 潘光旦《明清兩代嘉興望族》，上海：商務印書館 1947 年。

10. 王秀琴編，胡文楷選訂《歷代名媛文苑簡編》，北京：上午印書館 1947

年。

11. 梁啟超著《清代學術概論》，北京：中華書局 1954 年。

12. 姜亮夫《歷代人物年里碑傳綜表》，北京：中華書局 1959 年。

13. 引得編纂處編《藝文志二十種綜合引得》，北京：中華書局，1960 年。

14. 蔡鎮楚《中國詩話史》，修訂本，長沙：湖南文藝出版社 2001 年

15. 張舜徽著《清人文集別錄》，北京：中華書局 1963 年。

16. 永瑢等撰《四庫全書總目》，北京：中華書局 1965 年。

17. 蘇之德《中國婦女文學史話》，香港，上海書店 1977 年。

18. 張穆編《清顧亭林先生炎武年譜》，臺北：上午印書館 1980 年。

19. 錢實甫編《清代職官年表》，北京：中華書局 1980 年。

20. 陳寅恪《柳如是別傳》，上海，上海古籍出版社 1980 年。

21. 孫殿起《販書偶記續編》，上海：上海古籍出版社 1980 年。

22. 朱保炯、謝沛霖《明清進士題名碑錄索引》，上海：上海古籍出版社 1980 年。

23. 謝國楨編《增訂晚明史籍考》，上海：上海古籍出版社 1981 年。

24. 陳寅格《金明館叢稿二編》，古籍出版社，1981 年。

25. 謝國楨著《明末清初的學風》，北京：人民出版社 1982 年。

26. 孫殿起《販書偶記》，上海：上海古籍出版社 1982 年版。

27. 中國社會科學院歷史研究所明史研究室編《明史資料叢刊》第二輯，南京：江蘇人民出版社 1982 年。

28. 章鈺、武作成《清史稿藝文志及補編》，北京：中華書局 1982 年。

29. 謝國楨《明清之際黨社運動考》，北京：中華書局 1982 年。

30. 周采泉《柳如是雜論》，南京：江蘇古籍出版社 1982 年。

31. 郭紹虞《清詩話》，上海：上海古籍出版 1983 年。

32. 郭紹虞編選，富壽蓀校點《清詩話續編》，上海：上海古籍出版社 1983 年。

33. 鄧之誠《清詩紀事初編》，上海：上海古籍出版社 1984 年。

34. 譚正璧《中國女性文學史話》，天津，百花文藝出版社 1984 年。

35. 馮君實主編《中國歷史大事年表》，瀋陽：遼寧人民出版社 1984 年。

36. 江民繁、王瑞芳《中國歷代才女小傳》，浙江：浙江文藝出版社 1984 年。

37. 徐珂《清稗類鈔》，北京：中華書局 1984 年。

38. 蔣凡《葉燮和原詩》，上海：上海古籍出版社 1985 年。

39. 胡文楷《歷代婦女著作考》，上海：上海古籍出版社 1985 年。

40. 周駿富編《清代傳記叢刊索引》，臺北：明文書店 1985 年。

41. 胡文楷《歷代婦女著作考》，上海：上海古籍出版社 1985 年。

42. 王英志《清人詩論研究》，南京：江蘇教育出版社 1986 年。

43. 光鐵夫《安徽名媛詩詞徵略》，合肥：黃山書社 1986 年。

44. 譚正璧《中國女詞人故事》，臺北：莊嚴出版社 1986 年。

45. 劉石吉《明清時代江南市鎮研究》，北京：中國社會科學出版社 1987 年。

46. 蘇者聰《中國歷代婦女作品選》，上海，上海古籍出版社 1987 年。

47. 趙景深、張增元編《方志著錄元明清曲家傳略》，北京：中華書局 1987 年。

48. 王鍾翰點校《清史列傳》，北京：中華書局 1987 年。

49. 顧頡剛著；王煦華輯《蘇州史志筆記》，南京：江蘇古籍出版社 1987 年。

50. 杜芳琴《女性觀念的衍變》，鄭州：河南人民出版社 1988 年。

51. 錢鍾聯主編《清詩紀事》，乾隆朝卷，南京：江蘇古籍出版社，1989 年。

52. 錢鍾聯主編《清詩紀事》，康熙朝卷，南京：江蘇古籍出版社，1989 年。

53. 錢鍾聯主編《清詩紀事》，嘉慶朝卷，南京：江蘇古籍出版社，1989 年。

54. 錢鍾聯主編《清詩紀事》，明遺民卷，南京：江蘇古籍出版社，1989 年。

55. 徐世昌輯《晚晴簃詩彙》，上海：三聯書店上海分店 1989 年。

56. 雷夢辰著《清代各省禁書彙考》，北京：書目文獻出版社 1989 年。

57. 梁乙眞《中國婦女文學史綱》，北京：中國書店 1990 年。

58. 樊樹志《明清江南市鎮經濟探微》，上海：復旦大學出版社 1990 年。

59. 小橫香室主人《清朝野史大觀》，上海：上海文藝出版社 1990 年版。

60. 潘光旦《明清兩代嘉興的望族》，上海：上海書店出版社 1991 年。

61. 曹正文《女性文學與文學女性》，上海：上海書店 1991 年。

62. 潘知常《生命美學》，鄭州：河南人民出版社 1991 年。

63. 丁元正、陳荀纕修，沈彤、倪師孟纂《乾隆吳江縣志》，南京：江蘇古籍出版社 1991 年。

64. 金福增、熊其英纂修《光緒吳江縣續志》，南京：江蘇古籍出版社 1991 年。

65. 沈立東《歷代婦女詩詞鑑賞辭典》，中國婦女出版社 1992 年。

66. 謝巍編《中國歷代人物年譜考錄》，北京：中華書局 1992 年。

67. 朱則杰著《清詩史》，南京：江蘇古籍出版社 1992 年。

68. 陳建華著《中國江浙地區十四至十七世紀社會意識與文學》，上海：學林出版社 1992 年。

69. 吳文治著《中國文學史大事年表》，合肥：黃山書社1993年。

70. 陶慕寧《青樓文學與中國文化》，北京：東方出版社1993年。

71. 雷良波、陳陽鳳、熊賢君《中國女子教育史》，武漢：武漢出版社 1993年。

72. 劉詠聰《女性與歷史——中國傳統觀念新探》，香港：香港教育圖書公司1993年。

73. 羅侖《蘇州地區社會經濟史》明清卷，南京：南京大學出版社1993年。

74. 陳田《明詩紀事》，上海：上海古籍出版社1993年。

75. 袁行雲著《清人詩集敘錄》，北京：文化藝術出版社1994年。

76. 鄧長風著《明清戲曲家考略》，上海：上海古籍出版社1994年。

77. 蔣祖怡、陳志椿《中國詩話辭典》，北京：北京出版社1995年。

78. 鄔國平、王鎮元《清代文學批評史》，上海：上海古籍出版社1995年。

79. 謝正光、范金民編《民遺民錄彙輯》，南京：南京大學出版社1995年。

80. 郭英德著《明清文學史講演錄》，桂林：廣西師範大學出版社1995年。

81. 高燮初《吳文化資源研究與開發》，蘇州：蘇州大學出版社1995年。

82. 南京師範大學古文獻整理研究所編著《江蘇藝文志》（蘇州卷），南京：江蘇人民出版社1996年。

83. 杜學元《中國女子教育通史》，貴陽：貴州教育出版社1996年。

84. 錢杭、承載《十七世紀江南社會生活》，杭州：浙江人們出版社1996年。

85. 杜芳琴《發現婦女的歷史——中國婦女史論集》，天津：社會科學院出版社1996年。

86. 胡適《三百年中的女作家——〈清閨秀藝文略〉序》，見《胡適文存·三集》合肥：黃山書社1996年。

87. 沈道初《吳地狀元》，南京：南京大學出版社1997年。

88. 李銀河編《婦女：最漫長的革命——當代西方女權主義理論精選》，北京：三聯書店1997年。

89. 邵中、李瑾《吳中名賢傳贊》，南京：江蘇古籍出版社1997年。

90. 周明初《晚明士人心態及文學個案》，北京：東方出版社1997年。

91. 吳仁安《明清時期上海地區的著姓望族》，上海：上海人民出版社 1997年。

92. 鍾慧玲主編《女性主義與中國文學》，臺北：里仁書局1997年。

93. 馬清福《文壇佳秀——婦女作家群》，瀋陽：遼寧人民出版社1997年。

94. 杜瑜《輿地圖籍〈異域錄〉與〈大清一統志〉》，遼寧出版社，1997年。

95. 杜芳琴《中國社會性別的歷史文化尋蹤》，天津：天津社會科學出版社

1998 年。

96. 淩錦良《吳江札記》，吳江：古吳軒出版社 1998 年。

97. 郭杰、秋芙主編《中國文學史話·清代卷》，長春：吉林人民出版社 1998 年。

98. 魯迅撰，郭豫適導讀《中國小說史略》，上海：上海古籍出版社 1998 年。

99. 張璋《顧太清、奕繪詩詞合集》，上海：上海古籍出版社 1998 年。

100. 張岩冰《女權主義文論》，山東：濟南教育出版社 1998 年。

101. 中國古籍善本書目編輯委員會編《中國古籍善本書目·集部》，上海：上海古籍出版社 1998 年。

102. 江慶柏《明清蘇南望族文化研究》，南京：南京師範大學出版社 1999 年。

103. 錢仲聯主編《廣清碑傳集》，蘇州：蘇州大學出版社 1999 年。

104. 嚴迪昌《清詞史》，南京，江蘇古籍出版社 1999 年。

105. 郭紹虞編《清詩話續編》，上海：上海古籍出版社 1999 年。

106. 陳去病《五石脂》，南京：江蘇古籍出版社 1999 年。

107. 淡江大學中文系主編《中國女性書寫——國際學術研討會論文集》，臺北：學生書局 1999 年。

108. 李嘉球《蘇州狀元》，蘇州：蘇州大學出版社，1999 年。

109. 王紹曾主編，程遠芬編《清史稿藝文志拾遺》，北京：中華書局 2000 年。

110. 鄧紅梅《女性詞史》，濟南：山東教育出版社 2000 年。

111. 葉嘉瑩《迦陵論詞叢書》，石家莊：河北教育出版社 2000 年。

112. 鍾慧玲《清代女詩人研究》，臺北：里仁書局 2000 年。

113. 葉樹聲、余敏華《明清江南私人刻書史話》，合肥：安徽大學出版社 2000 年。

114. 李靈年、楊忠主編《清人別集總目》，合肥：安徽教育出版社 2000 年。

115. 李玫著《明清之際蘇州作家群研究》，北京：中國社會科學出版社 2000 年。

116. 李世英、陳水雲《清代詩學》，長沙：湖南人民出版社 2000 年。

117. 陳美東、沈榮法主編《王錫闡研究文集》，石家莊：河北科學技術出版社 2000 年。

118. 吳秀華、林岩著《楓冷亂紅雕 葉氏三姐妹傳》，石家莊：花山文藝出版社 2000 年。

119. 周淵良、孫入學主編《吳江歷史》，蘇州：蘇州大學出版社 2000 年。

120. 徐景藩、吳國良、俞志高《徐靈胎研究文集》，上海：上海科學技術出版社 2001 年。

121. 韓近廉著《無奈的追尋：清代文人心理透視》，保定：河北大學出版社 2001 年。

122. 趙杏根著《乾嘉代表詩人研究》，漢城：新星出版社 2001 年。

123. 喻大華《晚清文化保守思潮研究》，北京：人民出版社 2001 年。

124. 陳寅恪《寒柳堂集》，北京：三聯書店 2001 年。

125. 鮑震培《清代女作家彈詞小說論稿》，天津：天津社會科學院出版社 2001 年。

126. 柯愈春編《清人詩文集總目提要》，北京：北京古籍出版社 2001 年。

127. 鄧紅梅《閨中吟：傳統女性的閨中自畫像》，石家莊：河北人民出版社 2001。

128. 吳仁安《明清江南望族與社會經濟文化》，上海：上海人民出版社 2001 年。

129. 陳寅恪著《柳如是別傳》，北京：三聯書店 2001 年。

130. 譚正璧《中國女性文學史》，天津：百花文藝出版社 2001 年。

131. 謝正光著《清初詩文與士人交遊考》，南京：南京大學出版社 2001 年。

132. 蔣寅、張伯偉《中國詩學》第七輯，北京：人民文學出版社 2002 年。

133. 嚴迪昌《清詩史》，杭州：浙江古籍出版社 2002 年。

134. 陳伯海、蔣哲倫《中國詩學史》，廈門：鷺江出版社 2002 年。

135. 馬積高《清代學術思想的變遷與文學》，長沙：湖南人民出版社 2002 年。

136. 陳平原等編《晚明與晚清：歷史傳承與文化創新》，武漢：湖北教育出版社 2002 年。

137. 張宏生、張雁編《古代女詩人研究》，武漢：湖北教育出版社 2002 年。

138. 張宏生編《明清文學與性別研究》，南京：江蘇古籍出版社 2002 年。

139. 黃嫣梨《清代四大詞人》，上海：漢語大辭典出版社 2002 年。

140. 梁廷燦等編《歷代名人生卒年表》，北京：北京圖書館出版社 2002 年。

141. 張宏生主編《古代女詩人研究》，武漢：湖北教育出版社 2002 年。

142. 葛兆光《中國思想史》，上海：復旦大學出版社 2002 年。

143. 郝麗霞《吳江沈氏文學世家研究》，上海：復旦大學出版社 2002 年。

144. 譚松林《中國秘密社會·第四卷·清代會黨》，福州：福建人民出版社 2002 年。

145. 李聖華《晚明詩歌研究》，北京：人民文學出版社 2002 年。

146. 鮑震培著《清代女作家彈詞小說論稿》，天津：天津社會科學院出版社 2002 年。

147. 孫之梅《江浙文化圈的南社成員》，北京：人民文學出版社 2003 年。

148. 劉葉秋《歷代筆記概述》，北京：北京出版社 2003 年。

149. 張杰著《清代科舉家族》，北京：社會科學文獻出版社 2003 年。

150. 何宗美《明末清初文人結社》，天津：南開大學出版社 2003 年。

151. 何宗美《明末清初文人結社研究》，天津：南開大學出版社 2003 年。

152. 余英時《士與中國文化》，上海：上海人民出版社 2003 年。

153. 程郁綴《徐燦詞新釋輯評》，北京：中國書店 2003 年。

154. 劉世南著《清詩流派史》，北京：人民文學出版社 2004 年

155. 杜芳琴《中國歷史中的婦女與性別》天津：天津人民出版社 2004 年。

156. 陳玉蘭《清代嘉道時期江南寒士詩群與閨閣詩侶研究》，北京：人民出版社 2004 年。

157. 潘承玉著《清初詩壇：卓爾堪與〈遺民詩〉研究》，北京：中華書局 2004 年。

158. 喬以鋼《中國女性與文學》，天津：南開大學出版社 2004 年。

159. 夏曉虹《晚清女性與近代中國》，北京：北大出版社 2004 年。

160. 鄔國平《中國古代接受文學與理論》，哈爾濱：黑龍江人民出版社，2005 年。

161. 商衍鎏著《清代科舉考試述錄》，天津：百花文藝出版社 2004 年。

162. 杜芳琴主編《中國歷史中的婦女與性別》，天津：天津人民出版社 2004 年。

163. 魏中林《錢仲聯講論清詩》，蘇州：蘇州大學出版社 2004 年。

164. 陳玉蘭《清代嘉道時期江南寒士詩群與閨閣詩侶研究》，北京：人民出版社 2004 年。

165. 沙先一《清代吳中詞派研究》，北京：人民文學出版社 2004 年。

166. 熊月之、熊秉真《明清以來江南社會與文化論集》，上海：上海社會科學院出版社 2004 年。

167. 尚小明《清代士人遊幕表》，北京：中華書局 2005 年。

168. 高彥頤《閨塾師——明末清初的江南才女文化》李志生譯，南京：江蘇人民出版社 2005 年。

169. 江慶柏編《清代人物生卒年表》，北京：人民文學出版社 2005 年。

170. 蔣寅《清詩話考》，北京：中華書局 2005 年。

171. 何宗美《明末清初文人結社研究續編》，北京：中華書局 2006 年。

172. 王衛平《明清時期江南社會史研究》，北京：群言出版社 2006 年。

173. 楊莉馨《異域性與本土化——女性主義詩學在中國的流變與影響》，北京：北京大學出版社 2006 年。

174. 張慧敏《徐乃昌刻書文化研究》，合肥：安徽人民出版社2006年。

175. 張學群等《蘇州名門望族》，揚州：廣陵書社2006年。

176. 朱麗霞《清代松江府望族與文學研究》，上海：上海古籍出版社2006年。

177. 欒梅健《民間的文人雅集：南社研究》，上海：東方出版中心2006年。

178. 張宏生、錢秀南《中國文學傳統與現代的對話》，上海：上海古籍出版社2007年。

179. 陳玉蘭《中國詩學的傳統與現代》，北京：中國文史出版社2007年。

180. 楊宗興《湖山佳處足徜徉：同里》，北京：中國林業出版社2007年。

181. 王玉貴《機杼聲聲入耳酣：震澤》，北京：中國林業出版社2007年。

182. 葛兆光《中國思想史》，上海：復旦大學出版社2007年。

183. 馮其庸、葉君遠編《吳梅村年譜》，北京：文化藝術出版社2007年。

184. 段繼紅著《清代閨閣文學研究》，天津：南開大學出版社2007年。

185. 孫書磊《明末清初戲劇研究》，北京：社會科學文獻出版社2007年。

186. 闞紅柳著《清初私家修史研究》，北京：人民出版社2008年。

187. 盛志梅《清代彈詞研究》，濟南：齊魯書社2008年。

188. 趙雪沛《明末清初女詞人研究》，北京：首都師範大學出版社2008年。

189. 王標《城市知識分子的社會形態——袁枚及其交遊網絡的研究》，上海：上海三聯書店2008年。

190. 張慧劍編著《明清江蘇文人年表》，上海：上海古籍出版社2008年。

191. 李銘皖等修，馮桂芬纂《同治蘇州府志》，南京：鳳凰出版社2008年。

192. 鮑震培《清代女作家彈詞研究》，天津：南開大學出版社2008年。

193. 蔡靜平《明清之際汾湖葉氏文學世家研究》，長沙：嶽麓書社2008年。

194. 凌郁之《蘇州文學世家與明代文學》，濟南：齊魯書社2008年。

195. 凌郁之著《蘇州文化世家與清代文學》，濟南：齊魯書社2008年。

196. 陳和志修，倪師孟、沈彤纂《乾隆震澤縣志》，南京：鳳凰出版社2008年。

197. 佚名纂《震澤縣志續》，南京：鳳凰出版社2008年。

198. 費善慶纂《垂虹識小錄》，南京：鳳凰出版社2008年。

199. 張宏生、石旻《古代婦女文學研究的現代起點及其拓展》，上海：上海古籍出版社2008年。

200. 孟森《明史講義》，上海：上海古籍出版社2008年。

201. 張顯清《明代後期社會轉型研究》，北京：中國社會科學出版社2008年。

202. 蔡靜平《明清之際汾湖葉氏文學世家研究》，長沙：嶽麓書社2008年。

203. 胡曉明、彭國忠《江南女性別集》，黃山書社 2008 年。

204. 郝麗霞《吳江沈氏文學世家研究》，上海：復旦大學出版 2009 年。

205. 王金玲、林維紅主編《性別視角：文化與社會》，北京：社會科學文獻出版社 2009 年。

206. 蔣寅《清代文學論稿》，南京：鳳凰出版社 2009 年。

207. 張珍懷選注《清代女詞人選集》，合肥：黃山書社 2009 年。

208. 李彙群《閨閣與畫舫：清代嘉慶道光年間的江南文人和女性研究》，北京：中國傳媒大學出版社 2009 年。

209. 王金玲、林維紅主編《性別視角：文化與社會》，北京：社會科學文獻出版社 2009 年。

210. 《清代詩文集彙編》編纂委員會編《清代詩文集彙編》，上海：上海古籍出版社 2010 年。

211. 王冬芳《明清史考異》，北京：北京燕山出版社 2010 年。

212. 羅時進《地域‧家族‧文學 清代江南詩文研究》，上海：上海古籍出版社 2010 年。

213. 何宗美《文人結社與明代文學的演進》，北京：人民出版社 2011 年。

214. 徐雁平《清代世家與文學傳承》，北京：生活‧讀書‧新知三聯書店 2012 年。

215. 徐雁平《清代文學世家姻親譜系》，江蘇：鳳凰出版社 2012 年。

216. 孫立《日本詩話中的中國古代詩學研究》，北京：北京大學出版社 2012 年。

217. 柯繼承《蘇州望族秘事》，蘇州：蘇州大學出版社 2013 年。

218. 張文獻《明朝中期的蘇州 王鏊年譜》，蘇州：古吳軒出版社 2012 年。

219. 馬焯榮《中國宗教文學史》，北京：中國社會科學出版社 2014 年。

220. 葉舒憲《國際文學人類學研究》，天津：百花文藝出版社 2006 年。

221. 葉舒憲主編《文學人類學論叢》，北京：社會科學文獻出版社 2000 年。

222. 趙毅衡《符號學原理與推演》，南京：南京大學出版社 2011 年。

223. 余志鴻《傳播符號學》，上海：上海交通大學出版社 2007 年。

224. 趙毅衡《符號學》，新銳文創 2012 年。

225. 吳小英《科學、文化與性別 女性主義的詮釋》，北京：中國社會科學出版社 2000 年。

226. 徐世昌編著《晚晴簃詩話》，上海：華東師範大學出版社 2009 年。

227. 朱萸《明清文學群落 吳江葉氏午夢堂》，上海：上海人民出版社 2008 年。

228. 陳美延編《金明館叢稿初編》，北京：生活‧讀書‧新知三聯書店 2009

年。

229. 朱焱煒《明清蘇州狀元與文學》，北京：中國言實出版社 2008 年。

230. 蔡鎮楚《中國美女詩話》，長沙：湖南師範大學出版社 2008 年。

231. 宏偉著《法式善〈梧門詩話〉研究》，瀋陽：遼寧民族出版社 2006 年。

232. 康正果《風騷與豔情》，上海：上海文藝出版社 2001 年版，第 329 頁。

233. 王力堅《清代才媛文學之文化考察》，文津出版社有限公司 2006 年。

234. 王緋著《空前之跡 1851～1930 中國婦女思想與文學發展史論》，北京：商務印書館 2004 年。

235. 薛海燕《近代女性文學研究》，北京：中國社會科學出版社 2004 年。

236. 胡曉真《才女徹夜未眠：近代中國女性敘事文學的興起》，北京：北京大學出版社 2008 年。

237. 劉詠聰主編《性別視野中的中國歷史新貌》，北京：社會科學文獻出版社 2012 年。

238. 劉思謙，屈雅君等《性別研究 理論背景與文學文化闡釋》，天津：南開大學出版社 2010 年。

239. 張顯清主編《明代後期社會轉型研究》，北京：中國社會科學出版社 2008 年。

240. 王國平《蘇州史綱》，蘇州：古吳軒出版社 2009 年。

241. 李彙群《閨閣與畫舫 清代嘉慶道光年間的江南文人和女性研究》，北京：中國傳媒大學出版社 2009 年。

242. 郭靄春編著《清史稿藝文志拾遺》，北京：華夏出版社 1999 年。

243. 上海圖書館編《中國叢書綜錄》，上海：上海古籍出版社 1961 年。

244. 金恩輝，胡述兆主編《中國地方志總目提要》上中下，漢美圖書有限公司 1996 年。

245. 梅新林《中國古代文學地理形態與演變》，上海：復旦大學出版社 2006 年。

246. 王璦玲《明清文學與思想中之主體意識與社會·文學篇》上下冊，中央研究院中國文哲研究所 2004 年。

247. 黃霖《文心雕龍彙評》，上海：上海古籍出版社 2005 年。

248. 美國哈佛大學哈佛燕京圖書館編《美國哈佛大學哈佛燕京圖書館藏中文善本彙刊》，北京：商務印書館；桂林：廣西師範大學出版社 2003 年。

249. 方秀潔，（美）伊維德（Wilt L.Idema）主編《美國哈佛大學哈佛燕京圖書館藏明清婦女著述彙刊》，桂林：廣西師範大學出版社 2009 年。

250. 喬以綱《中國女性與文學——喬以綱自選集·中國古代婦女的傳統命運及其文學選擇》，天津：南開大學出版社 2004 年。

251. 中央研究院歷史語言研究所編《明清史料》，中央研究院歷史語言研究所員工福利委員會出版 1972 年。

252. 劉燕遠《柳如是詩詞評注》，北京：北京古籍出版社 2000 年。

253. 伊沛霞，姚平，張聰主編《當代西方漢學研究集萃》（婦女史卷），上海：上海古籍出版社 2002 年。

254. 張念《性別政治與國家 論中國婦女解放》，北京：商務印書館 2014 年。

255. 駱曉戈主編《女性學》，長沙：湖南大學出版社 2004 年。

256. 於東曄《女性視域 西方女性主義與中國文學女性話語》，北京：中國社會科學出版社 2006 年。

257. 楊莉馨《異域性與本土化：女性主義學在中國的流變與影響——文學論叢》，北京：北京大學出版社 2005 年。

258. 陳志紅《反抗與困境：女性主義文學批評在中國——比較文藝學叢書》，國美術學院出版社 2002 年。

259. 〔美〕孫康宜《文學經典的挑戰》，南昌：百花洲文藝出版社 2002 年。

260. 〔美〕高彥頤著，李志生譯《閨塾師——明末清初江南的才女文化》，南京：江蘇人民出版社 2004 年。

261. 〔法〕西蒙娜·德·波伏娃《第二性》，北京：中國書籍出版社 1998 年。

262. 〔美〕曼素恩著，定宜莊、顏宜葳譯《綴珍錄——十八世紀及其前後的中國婦女》南京：江蘇人民出版社 2005 年。

263. 〔美〕羅伯特·F.墨菲著；王卓君譯《文化與社會人類學引論》北京：商務印書館 2009 年。

264. 〔美〕曼素恩（Susan Mann）著《張氏閨秀》（The Talented Women of the Zhang Family, University of California Press，2007）

三、期刊論文

1. 姚品文《清代婦女詩歌的繁榮與理學的關係》，《江西師範大學學報》1985 年第 1 期。

2. 張珍懷《清代傑出的女詞家徐燦》，《蘇州大學學報》1986 年第 1 期。

3. 張佳生《清代滿族婦女詩人概述》，《滿族研究》1989 年第 1 期。

4. 陶繼明《袁枚和婦女詩歌》，《上海師範大學學報》1989 年第 1 期。

5. 李眞瑜《明清吳江沈氏文學家略論》，《文學遺產》1992 年第 2 期。

6. 曾亞蘭《清代女子學社絮語》，《杜甫研究學刊》1994 年第 1 期。

7. 蘇者聰《從賀雙卿詩詞看清代農婦的思想性格》，武漢大學學報 1994 年第 2 期。

8. 王英志《大家之女與貧者之婦——隨園女弟子錢孟鈿與汪玉珍》，《蘇州

大學學報》1994 年第 4 期。

9. 王英志《掃眉才子兩瓊枝──隨園女弟子孫雲鳳、孫雲鶴》,《古典文學知識》1994 年第 5 期。

10. 王英志《詩壇久作風騷主,閨閣頻添弟子班:隨園與女弟子》,《文史知識》1994 年第 7 期。

11. 高彥頤《空間與家──論明末清初婦女的生活空間》,《近代中國婦女史研究》1995 年第 2 期。

12. 王英志《隨園第一女弟子:常熟女詩人席佩蘭論略》,《吳中學刊》1995 年第 3 期。

13. 王英志《隨園女弟子概論》,《江海學刊》1995 年第 6 期。

14. 王英志《性靈派女詩人「袁氏三妹」》,《復旦學報》1995 年第 5 期。

15. 張宏生《清代婦女詞的繁榮及其成就》,《江蘇社會科學》1995 年第 6 期。

16. 胡兆明《女性詩歌自足性的深層探考》,《甘肅社會科學》1995 年第 3 期。

17. 姚玉光《論女詩人賀雙卿作品的獨特價值》,《學海》1995 年第 2 期。

18. 盛英《中國女作家和女性文學》,《中國文化研究》1995 年第 9 期。

19. 王英志《隨園閨中三大知己──性靈派研究之一》,《文學遺產》,1995 年第 4 期。

20. 戴慶鈺《明清蘇州名門才女群的崛起》,《蘇州大學學報》1996 年第 1 期。

21. 康正果《邊緣文人的才女情結及其傳達的詩意:西清散記初探》,《明清小說研究》1995 年第 2 期。

22. 史梅《清代江蘇方志著錄之清代婦女著作──胡文楷歷代婦女著作考拾遺》,《古籍研究》1996 年第 2 期。

23. 柯愈春《讀顧太清手稿:兼及顧太清與龔自珍的情戀》,《社會科學戰線》1996 年第 5 期。

24. 張璋《八旗有才女,西林一枝花:記清代滿族女文學家顧太清》,《文學遺產》1996 年第 3 期。

25. 宋曉萍《女性情誼:空缺或敘事抑制》,《文藝評論》1996 年第 3 期。

26. 祝注先《清代滿族、蒙古族的婦女文學》,《中南民族學院學報》1997 年第 4 期。

27. 趙曉華《「清代社會研究」國際學術討論會綜述》,《中國人民大學學報》1997 第 6 期。

28. 許周鶼《明清吳地社會對女子的期望與寬容》,社會科學,1998 年第 1 期。

29. 許周鶼《從婦女角度看明清時期吳地的開放風氣》,《吳中學刊》,1996 年第 3 期。

30. 李小江《婦女研究的緣起、發展及現狀——兼談婦女學學科建設問題》，《陝西師範大學學報》哲學社會科學版，1998 年 12 期。

31. 王躍生《清代中期婦女再婚個案分析》，《中國社會經濟史研究》1999 年第 1 期。

32. 李眞瑜《吳江沈氏文學世家作家與明清文壇之聯繫》，《文學遺產》1999 年第 1 期。

33. 陳志斌《中國古代女性詩人創作的憂患意識特徵》，《湖南商學院學報》1999 年第 10 期。

34. 張宏深閨《吳藻 喬影 及其創作的内外成因》，《南京大學學報》2000 年第 4 期。

35. 張兵《明清易代與清初遺民詩》，《江海學刊》2000 年第 2 期。

36. 王細芝《論清代閨閣詞人及其創作》，《中國韻文學刊》2001 年第 1 期。

37. 李舜華《「女性」與「小說」與「近代化」——對明清以來迄晚清民處性別書寫的重新思考》，《明清小說研究》2001 年第 3 期。

38. 李炳華《明清之際吳江女詩人》，《江蘇地方志》2001 年第 4 期。

39. 史梅《清代中期的松陵女學》，《東南文化》2001 年第 11 期。

40. 沈金浩《論袁枚的男女關係觀及婦女觀》，《深圳大學學報》人文社科版，2001 年第 3 期。

41. 李眞瑜《略論明清吳江沈氏世家之女作家》，《中華女子學院學報》，社會科學版 2001 年第 8 期。

42. 史梅《清代中期的松陵女學》，《東南文化》2001 年第 11 期。

43. 張濤《被肯定的否定——從清史稿·列女傳 中的婦女字少現象看清代婦女的境遇》，《清史研究》2001 年第 3 期。

44. 陳飛《二十世紀中國婦女文學史著述論》，《文學評論》2002 年第 4 期。

45. 施雯《文化視角與中國傳統女性的角色定位》，《山東社會科學》2002 年第 3 期。

46. 吳儀《李清照與柳如是：離亂時代成長起來的女詩人》，《江漢大學學報》人文社會科學 2002 年第 6 期。

47. 郭延禮《明清女性文學的繁榮及其主要特徵》，《文學遺產》2002 年第 6 期。

48. 宋新致《長江流域女性文學通觀》，《江漢論壇》2002 年第 12 期。

49. 范金民《明清地域商人與江南文化》，《江海學刊》2002 年第 1 期。

50. 陳友冰《臺灣古典文學中的女性文學研究》，《安徽大學學報哲學社會科學版》2002 年第 6 期。

51. 李眞瑜《文學世家：一種特殊的文學家群體》，《文藝研究》2003 年第 6

期。

52. 鮑震培《清代「女中丈夫」風尚與彈詞小説女豪傑形象》,《山西師大學報》社會科學版 2003 年第 1 期。

53. 夏曉虹《晚清女性:新教育與舊道德》,《北京大學學報》2003 年第 5 期。

54. 劉靖淵《陳文述論》,《山東師範大學學報》2003 年第 3 期。

55. 馬繼武、丁雲瀚《中國古代城市中的民間秘密結社》,《社會科學輯刊》2003 年第 5 期。

56. 陳水雲《20 世紀的清代女性詞研究》,《武漢大學學報》2004 年第 1 期。

57. 趙雪沛《關於女詞人徐燦生卒及晚年生活的考辨》,《文學遺產》2004 年第 3 期。

58. 朱則杰、李迎芳《清代詩歌中的若干本事問題》,《浙江社會科學》2004 年第 2 期。

59. 王緋、畢茗《最後的盛宴,最後的聚餐──關於中國封建末世婦女的文學文化身份與書寫特徵》,《中國古代近代文學研究》2004 年第 3 期。

60. 李眞瑜《沈氏文學世家的家學傳承及其文化指向──關於文學世家的家族文化特徵的探討》,《中國社會科學院研究生院學報》2004 年第 1 期。

61. 李眞瑜《文學世家的文化意涵與中國特色──以吳江沈氏文學世家個案爲例》,《社會科學輯刊》2004 年第 1 期。

62. 段繼紅《清代吳地女學的興盛與吳文化》,《蘇州大學學報》2005 年第 2 期。

63. 王建芹《論結社生活方式及其文化內涵》,《理論與改革》2005 年第 1 期。

64. 陳方《關於中國女性學學科學科建設的幾點思考》,《婦女研究論叢》2006 年第 5 期。

65. 段繼紅《清代閨秀詩中的幽怨不平和才名焦慮》,《山西大學學報》2006 年第 6 期。

66. 羅時進《明清之際江南文學版圖中的詩歌流派》,《江海學刊》2006 年第 2 期。

67. 李眞瑜《明清文學世家的基本特徵》,《中國古代、近代文學研究》2006 年第 6 期。

68. 楊劍利《論清代婦女的社會地位──從清法典看》,《江海學刊》2006 年第 3 期。

69. 張敏慧《徐乃昌刻書的文化價值和意義》,《圖書與情報》,2006 年第 2 期。

70. 王婕《論清代女詩人汪端及其〈明三十家詩選〉》,《蘇州教育學院學報》2006 年第 1 期。

71. 郭海東《近十餘年來明代婦女史研究綜述》,《中北大學學報》2006 年第 1 期。

72. 程君《清代閨秀詩人的「才」「德」之辯》,《江南大學學報》2007 年第 6 期。

73. 張煜《明清比丘尼與閨閣女性的生活、寫作比較》,《東方叢刊》2007 年第 1 期。

74. 蔣寅《清詩話的寫作方式及社會功能》,《文學評論》2007 年第 1 期。

75. 李冰馨《從「秋紅吟社」看明清女性詩社的發展》,《樂山師範學院學報》2007 年第 2 期。

76. 宮泉久《論清初山左詩人的結社交遊》,《理論學刊》2008 年第 10 期。

77. 段繼紅、高劍華《清代才女結社拜師風氣及女性及女性意識的覺醒》《天津師範大學學報》社會科學版 2008 年第 3 期。

78. 張遠鳳《清初「蕉園詩社」形成原因初探》,《金陵科技學院學報》社會科學版 2008 年第 1 期。

79. 付瓊、曾獻飛《論清代女詩人的地域分佈——以〈國朝閨秀詩柳絮集〉所收詩人爲例》,《海南大學學報》(人文社會科學版)2008 年第 1 期。

80. 郭蓁《清代女詩人的成長與家庭教育》,《東嶽論叢》2008 年第 5 期。

81. 潘文年《清代中前期的民間刻書及其文化貢獻》,《安徽大學學報》2008 年第 32 期。

82. 王力堅《「名媛詩話」的自我指涉及其内文本建構》,《中山大學學報》2008 年第 48 期。

83. 寧曉玉《王錫闡與驚隱詩社》,《科學文化評論》2008 年第 4 期。

84. 朱則杰、黃麗勤《兩種稀見清詩總集考辨》,《浙江大學學報》人文社會科學版 2008 年第 5 期。

85. 馬衛中《明末清初江蘇詩歌總集與詩派之關係》,《蘇州大學學報》哲學社會科學版 2008 年第 5 期。

86. 〔美〕魏愛蓮《十九世紀中國女性的文學關係網絡》,《中國古代近代文學研究》2008 年第 8 期。

87. 蕭慶偉《結社、家族與雲間詞派》,《漳州師範學院學報》哲學社會科學版 2008 年第 4 期。

88. 史五一《明清會社研究綜述》,《安徽史學》2008 年第 2 期。

89. 宋豪飛《方以智與桐城澤社考論》,《安徽大學學報》哲學社會科學版 2009 年第 6 期。

90. 郭英德《明清時代女子文學教育的文化生態環境》,《中山大學學報》2009 年第 1 期。

91. 王力堅《錢塘才媛沈善寶隨宦形跡與文學交遊》,《浙江大學學報》2009年第 39 期。

92. 〔美〕魏愛蓮《十八世紀的廣東才女》,《中山大學學報》2009 年第三期。

93. 李垚《紙潤墨香——藏書、家刻與女性著述「玉臺畫史」之成書關係》,《閩江學刊》2009 年第 2 期。

94. 張麗華《梁章鉅「閩川閨秀詩話」》,《蘇州大學學報》2009 年第 2 期。

95. 郭蓁《論清代女詩人生成的文化環境》,《中國古代近代文學研究》2009年第 2 期。

96. 羅時進《清代江南文化家族雅集與文學創作》,《文學遺產》2009 年第 2 期。

97. 羅時進《關於文學家族學構建的思考》,《江海學刊》2009 年第 3 期。

98. 陳寶良《從「女山人」「女幫閒」看晚明婦女的社交網絡》,《浙江學刊》2009 年第 5 期。

99. 陳寶良《女務外學:晚明婦女的名士化傾向》,《福建論壇》,2008 年第 10 期。

100. 韓丹丹《乾嘉吳中女性詩群成因初探》,《西南交通大學學報》社會科學版 2009 年第 3 期。

101. 羅時進、王文榮《清代吳地「九老會」文學活動探論》,《蘇州大學學報》哲學社會科學版 2009 年第 1 期。

102. 花宏豔《晚清女詩人地域分佈的近代化》,《海南大學學報》(哲學社會科學版)2010 年第 2 期。

103. 〔韓〕崔琇景《乾嘉之際女性作家的文學交遊關係及其意義——以駱綺蘭爲例》,《蘇州大學學報》哲學社會科學版 2010 年第 3 期。

104. 程君《論清代女詩人的佛道之風及其文學影響》,《北京理工大學學報》(社會科學版)2011 年第 3 期。

105. 宋清秀《十七世紀江南才女文學交遊網絡及其意義》,《浙江社會科學》2011 年第 1 期。

106. 高春花《清代女詩人惲珠生平家世考略》,《蘭臺世界》2011 年第 23 期。

107. 朱平《清代女詩人錢孟鈿的詩歌創作》,《蘇州教育學院學報》2012 年第 1 期。

108. 轟欣晗《論女性話語對清代詩學的構建》,《滿族研究》2012 年第 1 期。

109. 李玉栓《中國古代的社、結合與文人結社》,《社會科學》2012 年第 3 期。

110. 李國彤《明清婦女著作中的責任意識與「不朽」觀》李國彤,燕京研究院編《燕京學報》新 20 期,北京:北京大學出版社,2006 年。

111. 張國剛《佛教的世俗化與民間佛教結社》,中國中古社會變遷國際學術討

論會論文集，2000 年。

112. 黃霖《晚明女性主體意識的萌動及其悲劇命運——以〈金瓶梅〉爲中心》，王璦玲主編《明清文學與思想中之主體意識與社會》，臺灣中央研究院文哲研究所出版，2004 年。

113. 黃霖《笑笑生筆下的女性》，張宏生編《明清文學性別研究》，江蘇古籍出版社，2002 年。

114. 黃霖《文學地理學的理論創新與體系建構——評梅新林新著〈中國古代文學地理形態與演變〉》，《文學評論》2007 年第 9 期。

115. 胡元翎《論朱淑眞詩詞的女性特色》，《文學遺產》1998 年第 2 期。

四、學位論文

1. 周於飛《驚隱詩社研究》浙江大學博士論文，2002 年。

2. 蔡靜平《明清之際汾湖葉氏文學世家研究》復旦大學博士論文，2003 年。

3. 虞蓉《中國古代婦女的文學批評》四川大學博士論文 2004 年。

4. 葉懿慧《侯芝及其彈詞小説研究》嘉義大學博士論文，2004 年。

5. 王瑜《清代女性詩詞成就論》蘇州大學碩士論文，2004 年。

6. 關春燕《明代吳江女性文學研究》南京師範大學碩士論文，2004 年。

7. 毛慧君《文學史料運用中的性別視角研究》上海師範大學碩士論文，2005 年。

8. 攝晗欣《清代女作家沈善寶研究》暨南大學博士論文 2005 年。

9. 段繼紅《清代女詩人研究》蘇州大學博士論文 2005 年。

10. 吳碧麗《明末清初吳江葉氏家族的文化生活與文學》南京師範大學碩士論文，2005 年。

11. 王婕《清代蘇州閨閣詩人研究》蘇州大學碩士論文，2006 年。

12. 周律誠《清代常州女詩人王采薇研究》南京師範大學碩士論文，2007 年。

13. 紀鋭利《清代論詩詩史》蘇州大學博士論文，2007 年。

14. 李冰馨《清代女作家顧太清研究》成都：四川師範大學碩士論文，2007 年。

15. 孫毓晗《清代女詩人席佩蘭研究》蘭州大學碩士論文，2008 年。

16. 王勳鴻《論美國學者孫康宜之明清女性文學研究》山東大學博士論文，2008 年。

17. 王勳鴻《論美國學者孫康宜之明清女性文學研究》山東大學博士論文，2008 年。

18. 邢蕊杰《清代陽羨文化家族文學活動研究》蘇州大學博士論文，2008 年。

19. 趙文君《晚明吳江葉氏女性文學研究》華東師範大學碩士論文，2009 年。

20. 韓丹丹《乾嘉吳中女性詩人群體研究》蘇州大學碩士學位論文，2009 年。

21. 劉和文《清人選清詩總集研究》蘇州大學博士論文 2009 年。

22. 王文榮《明清江南文人結社研究》蘇州大學博士論文，2009 年。

23. 周雪根《清代吳江詩歌研究》蘇州大學博士論文，2010 年。

24. 黃金元《明清之際濟南府望族與詩歌研究》山東師範大學博士論文，2010 年。

25. 康維娜《清代浙江閨秀文章研究》南開大學博士論文，2010 年。

26. 丁小明《清代江南藝文家族研究》蘇州大學博士論文，2010 年。

27. 崔琇景《清後期女性的文學生活研究》復旦大學博士論文，2010 年。

28. 夏勇《清代總集研究》浙江大學博士論文，2011 年。

29. 張麗麗《清代科舉與詩歌》上海師範大學博士論文，2011 年。

30. 陳凱玲《清代詩人並稱群體研究》浙江大學博士論文，2011 年。

31. 張惠思《文人遊幕與清代戲曲》北京大學博士論文，2011 年。

32. 劉鳳雲《清代江浙地區「女子詩社」研究》四川師範大學碩士論文，2010 年。

33. 姜瑜《施淑儀〈清代閨閣詩人徵略〉研究》湖南師範大學碩士論文，2011 年。

34. 賈慧《清代杭州女詩人研究》浙江大學碩士論文，2011 年。

35. 黃建林《紅梨社研究》蘇州大學碩士論文，2012 年。

36. 張嫻《明代詩社與文人心態研究》西南大學碩士論文，2012 年。

37. 魏巍《陳文述詩歌與乾嘉女性》黑龍江大學碩士論文，2012 年。

38. 陳啓明《清代女性詩歌總集研究》復旦大學博士論文，2012 年。

39. 胡媚媚《清代詩社研究——以六詩社爲中心》，浙江大學碩士論文，2013 年。

40. 孫玉婷《竹溪詩社研究》蘇州大學碩士論文，2013 年。

41. 王冀飛《清代女性文學批評研究》武漢大學博士論文，2014 年。

42. 萬銀紅《清代婦女社會活動研究》南開大學博士論文，2014 年。

43. 張博《清代士人的生活世界》南開大學博士論文，2014 年。

44. 謝靜《李確及其結社研究》蘇州大學碩士論文，2014 年。

45. Dorothy Ko. Teachers of the Inner Chambers-Women and culture in Seventheenth-Century Chian Standford Univ Press 1994.

46. Wile Idema, Beata Grant. The Red Brush-Writing Women of Imperial China. Canbridge ande Londen: Harvard Univ . Press 2004.

47. Ellen Widmer. The Beauty and the Book-Women and Fiction in Nineteenth-

Century China. Cambridge and London: Harvard Univ. Press 2006.

48. Grace S.Fong.Herself an author-Gender, Agency, and Writing in Late Imperial China .Univ of Hawai.Press 2008.

49. Susan Mann, The Talented women of the Zhang family. Univ of California Press 2007.

50. Wilt Idema and Beata Grant《The Red Brush-Writing Women of Imperial China》, Cambridge and London: Harvard University Press 2004.

附錄：清代乾嘉時期蘇州閨秀文學活動一覽表

乾嘉時期蘇州閨秀族內文學活動

活動名稱	活動地點	發起者	主要成員	文學成果
計氏唱和	吳江	金兌	計嘉禾之妻金兌、 金兌母楊珊珊、 金兌弟媳丁素心、 沈清涵、宋靜儀、 金兌女計捷慶、 趨庭、小鸞、 侄女瑞英、 同族女計七襄、 計埰、計珠容等	《櫛生詩稿》、 《剩香集》、 《綠窗吟草》、 《佩聲詩稿》
葉氏唱和	吳江	沈宜修	葉紹袁之妻沈宜修及其 長女葉紈紈、 次女葉小紈、 三女葉小鸞、 五女葉小繁、 三兒媳沈憲英等戚屬	《鸝吹集》、 《芳草軒遺稿》、 《疏香閣遺稿》、 《幽芳遺稿》、 《存餘草》、 《繡香閣集》、 《靜閒居稿》、 《學吟稿》、 《惜春軒稿》
孫氏唱和	崑山	孫子香	孫雲仙、孫藍仙、 孫鶴仙、孫子香	《不櫛吟》

活動名稱	活動地點	發起者	主要成員	文學成果
畢氏唱和	太倉	張藻	畢沅之母張藻、妹畢汾、妹畢湄、女畢蕙、妾張絢霄、妾周月尊等	《挹翠閣詩鈔》、《培遠堂集》、《綠雲樓詩編》
太倉張氏唱和	太倉	張孟緹	張孟緹、張若綺、張婉紃	《澹菊軒稿》、《國朝列女詩錄》、《緯青詩草》
詹氏唱和	長洲	詹聲山	張藕香、黃荔薌、張蓮香、邱荷香	《三生堂稿》
長洲張氏唱和	長洲	張氏	張氏、文雪、陸名素、衡淑、金采蘭	《香奩瑣事》
宗氏唱和	常熟	宗婉	宗婉、宗粲、麗生、韻生、愚谷，宗廷輔、若霞、韻文、瑤華、吳竹橋	《夢湘樓集》、《夢湘樓詩稿》、《夢湘樓詞稿》、《繡餘詞草》合刊、《湘繭合稿》、《繭香館吟草》

乾嘉時期蘇州閨秀間社交型文學活動

活動名稱	活動地點	發起者	主要成員	文學成果
女中七才子社	長洲	周之標	吳絹、浦映淥、沈宜修、王鳳嫻、徐媛、余尊玉	《女中七才子蘭咳二集》、《嘯雪庵詩》、《繡香小集》、《鸝吹》、《焚餘詩草》、《絡緯吟》、《綺窗疊韻》、《考槃集》、《玄芝集》
江淑則結社	昭文	江淑則	江淑則、陳寶書、周佩兮、言靜媛	《獨清閣詩草》

活動名稱	活動地點	發起者	主要成員	文學成果
十二蕊宮花史社	常熟	屈秉筠	屈秉筠、謝翠霞、言彩鳳、鮑遵古、葉荺芳、李餐花、歸佩珊、趙若冰、蔣屬馨、陶菱卿、席佩蘭	《蕊宮花史圖》
虎丘結社	蘇州	金逸	沈善花、汪玉軫、江碧珠、金逸	《虎山唱和詩》
吳江十子詩社	吳江	張允滋	張允滋、張芬、陸瑛〔註1〕、李嬟、席蕙文、朱宗淑、江珠、沈纕、尤淡仙、沈持玉。王瓊（碧雲）、凌素（靜宜）、蔣瑤玉（月琴）、陸貞（佩瓊）、葉蘭（畹芳）、劉芝（采之）、徐映玉（香溪）、張蘊（桂森）	《吳中十子詩鈔》、《潮生閣吟稿》、《修竹廬吟稿》、《德音近稿》、《賞奇樓詩詞集》、《蠹餘稿》、《採香樓詩草》、《自怡集》、《曉春閣集》、《停雲閣稿》、《青藜閣詩鈔》、《修竹廬吟稿》、《繡餘集》、《翡翠樓詩文集》
張芬結社	吳縣	張芬	許冰壺（張芬之師）、桂森（妹）、寂居、碧雲	《別雁吟草》、《兩面樓偶存稿》
秋紅吟社	蘇州	沈善寶	顧太清、項章、許雲林、伯芳、富察蕊仙、雲姜、西林霞仙、李紉蘭、沈善寶	《天遊閣集》、《東海漁歌》
「六橋三竺」社	長洲	吳蕊仙	周羽步、吳蕊仙、范姝	《比玉新聲集》

〔註 1〕據雷瑨、雷瑊《閨秀詩話》卷十二記載，吳縣陸素窗，名瑛，詩才清婉，與其嫂婉分，時稱雙璧。

活動名稱	活動地點	發起者	主要成員	文學成果
問月樓社	蘇州	睿太福晉	太福晉、習幽、雪樓、梅軒、曹墨琴	《問月樓合刻》
楚畹閣詩社	常熟	季蘭韻	外子屈頌滿、外姑母屈宛仙、袁枚、陳文述、孫原湘、歸佩珊、吳竹橋、表姊文瑛、表妹珧書、嫂吳墨香、苙湘姑、宜蘭妹、家慈、弟礪之	《楚畹閣集》

乾嘉時期蘇州閨秀與文士文學交遊活動

活動名稱	活動地點	發起者	主要成員	文學成果
寫韻軒詩社	長洲	王芑孫	曹貞秀、劉石庵、洪雅存、法式善、從妹瓊娟、族姑葉夫人、季妹澧香、吳素雲、吳蘭雪	《寫韻軒小稿》
隨園詩社	蘇州	袁枚	袁機、袁棠、袁杼三妹嚴蕊珠、金纖纖、席佩蘭「閨中三知己」孫雲鳳、孫雲鶴、張秉彝、徐裕馨、汪嬪、汪妽、孫裕馨等、纘祖、戴蘭英、曹次卿、駱綺蘭	《三妹合稿》、《十三女弟子湖樓請業圖》、《隨園女弟子詩選》、《露香閣詩草》等
金逸結社	長洲	金逸	吳蘭雪、郭頻伽、陳竹士、袁枚、汪玉軫、江碧珠、沈散花、胡石蘭、汪宜秋、周湘花、吳素雲、吳瓊仙、袁淑芳、楊蕊淵、李紉蘭、陳雪蘭	《瘦吟樓詩草》

活動名稱	活動地點	發起者	主要成員	文學成果
席佩蘭結社	昭文	席佩蘭	孫原湘、袁枚、屈秉筠、歸懋儀、張玉珍、葉婉儀（子宙甫、女芭湘）、侄婦謝翠霞、閨友錢蕊仙、叔姑汪安人、詩友趙若冰、吳竹橋太史、李松雲太守、吳翠亭、陳古華太守、外祖張巽園、汪秀峰、駱綺蘭、王梅卿（金逸丈夫陳竹士繼妻）、王仲瞿金雲門夫婦、張南籠太守、張夢廬太守、陳文述	《長眞閣集》
歸懋儀結社	常熟	歸懋儀	段驤、席佩蘭、映藜四叔父、曹夫人、華山弟、香卿夫人、馮玉芬、圭齋妹、吉雲妹、潘榕皋、龔自珍	《繡餘續草》
碧城詩社	蘇州	陳文述	陳文述、辛絲、張襄、陳滋增、黃之叔、黃鬘仙、錢守璞、吳規臣、張儀昭、曹佩英、華玉仙、陳筠湘、戴文璣、吳仙銖、呂靜仙、徐緗	《頤道堂詩選》、《西泠閨詠》
清溪詩社	吳縣	任兆麟	張允滋、江碧岑、尤淡仙、沈纕、張芬、沈持玉、劉芝、朱宗淑、李嬡、任兆麟	《吳中十子詩鈔》

活動名稱	活動地點	發起者	主要成員	文學成果
江珠結社	吳縣	江珠	任兆麟（師）、江珠、余蕭客（師）、女弟子楊德芬、女弟子徐芬南、兄江藩、夫半客、潘榕皋、袁枚	《小維摩詩歌稿》
靈芬館詩社	吳江	郭麐	姚栖霞、汪玉軫、席佩蘭、金逸	《虎山唱和詩》
鈍吟詩社	長洲	馮班	吳綃、董雙成、唐靈華	《嘯雪庵詩集》、《鈍吟雜錄》
孫原湘結社	昭文	孫原湘	袁枚、席佩蘭、王韻梅、屈宛仙、季蘭韻	《天眞閣集》